周大庆 / 著

房门背后

南方出版传媒
花城出版社
中国·广州

图书在版编目（CIP）数据

房门背后 / 周大庆著. -- 广州：花城出版社，2019.1
 ISBN 978-7-5360-8816-0

Ⅰ. ①房… Ⅱ. ①周… Ⅲ. ①长篇小说－中国－当代 Ⅳ. ①I247.5

中国版本图书馆CIP数据核字(2018)第295859号

出 版 人：詹秀敏
策划编辑：林宋瑜
责任编辑：林　菁　揭莉琳
技术编辑：凌春梅
封面设计：庄海萌

书　　名	房门背后 FANGMEN BEIHOU
出版发行	花城出版社 （广州市环市东路水荫路11号）
经　　销	全国新华书店
印　　刷	佛山市浩文彩色印刷有限公司 （广东省佛山市南海区狮山科技工业园A区）
开　　本	787毫米×1092毫米　16开
印　　张	21.75　1插页
字　　数	335,000字
版　　次	2019年1月第1版　2019年1月第1次印刷
定　　价	52.00元

如发现印装质量问题，请直接与印刷厂联系调换。
购书热线：020－37604658　37602954
花城出版社网站：http://www.fcph.com.cn

序　言

　　今年是改革开放40周年，40年来我国改革开放取得了举世瞩目的巨大成就，改革的触角涉及政治、经济、军事、文化、民生等各个领域。特别是住房制度改革关系到城镇居民家家户户每个人的切身利益，所以备受广大人民群众的关注。中国自远古圣人有巢氏建立巢居文明以来，安居方能乐业，已成为中国社会几千年来的共识。

　　中华人民共和国成立以来，福利分房制度作为计划经济时代特有的一种住房分配形式，几十年来为解决城镇居民住房困难发挥了积极重要的作用，但伴随着人民群众对美好生活的不断向往，住房建设的速度已远远落后于人民群众日益增长的住房需求。为彻底解决城镇居民住房的供需矛盾，1994年我国拉开了住房制度改革的大幕。《房门背后》这部小说以20世纪90年代初国家实施住房制度改革前夕为历史背景，通过描写某政府机关福利分房这块奶酪在切割的过程中所经历的曲折复杂的过程，深刻揭示了福利分房制度存在的缺陷与不足，折射出在巨大的利益面前人性本能的表现和社会的人生百态。小说的可贵之处在于从一个侧面诠释了我国实施城镇住房制度改革的必要性与紧迫性，同时，小说将福利分房这条主线融入我国全面深化改革的历史背景下，通过机关这个小窗口浮光掠影地撷取了改革大潮中的几朵浪花，如价格改革、医疗制度改革、财政改革、党风廉政建设、出租车行业改革等，可以说是当时社会各行各业全面改革的一个缩影。另外，小说没有就分房说分房，而是以更宽广的视角对自己所熟悉的机关生活进行了全面真实的扫描，对机关党组织弘扬正能量、整顿机关作风、大刀阔斧整治"软懒松散"现象进行了充分肯定，赞美了共产党员在巨大利益面前主动退出分房的高风亮节，同时，对机关中存在程度不同的"四风"问题进行了抨击。

小说文笔流畅，语言幽默；情节生动，故事感人；矛盾突出，跌宕起伏；人物鲜明，引人入胜。作者尤其善于通过生动的语言和细微的情节塑造栩栩如生的人物形象，个性鲜明，呼之欲出。在写作手法上擅长将人物的心理活动与外在景色的描写有机融合，情景交融，相互衬托，反映了作者深厚的文学功底。

我相信：阅读过《房门背后》这本书后，亲身经历过福利分房的读者必将被唤醒尘封已久的对往昔岁月的难忘回忆，没有经历过福利分房的年轻读者也可以从中对住房制度改革的历程有一个清晰全面的了解，忆昔抚今，对我国实施住房制度改革的历史必然有了更加全面深刻的认识！

是为序。

张平，现为第十三届全国人大常委，第十二届民盟中央副主席，第十届中国文联副主席。主要作品有《祭妻》《姐姐》《凶犯》《孤儿泪》《红雪》《法撼汾西》《天网》《抉择》《十面埋伏》《国家干部》等。先后获全国优秀短篇小说奖、赵树理文学奖、庄重文文学奖、金盾文学奖、中国图书奖、国家图书奖、中宣部"五个一工程"奖、茅盾文学奖等重要文学奖项。被授予"人民作家"称号。

目　录
CONTENTS

一　三年协议 / 1

二　处室众生相 / 5

三　语言艺术 / 14

四　当选分房委员 / 18

五　与美共舞 / 24

六　信心受挫 / 31

七　分房委员会议 / 36

八　言人人殊 / 43

九　老干部的靠山 / 51

十　狐假虎威 / 60

十一　提心吊胆参会 / 65

十二　刘莹莹离婚 / 72

目 录
CONTENTS

十三　党组会议
/ 79

十四　分房方案出台
/ 89

十五　住房困难户
/ 94

十六　不速之客
/ 104

十七　扎堆离婚
/ 115

十八　分房常委会议
/ 122

十九　暗度陈仓
/ 132

二十　老抠请客
/ 138

二十一　曹宝柱轶事
/ 146

二十二　祸起萧墙
/ 154

二十三　高阳碰壁
/ 160

二十四　针锋相对
/ 165

目 录
CONTENTS

二十五　进退维谷 / 177

二十六　精心服侍 / 184

二十七　借酒撒疯 / 190

二十八　同室操戈 / 201

二十九　红杏出墙 / 209

三十　郝明德自戕 / 217

三十一　潘全力做媒 / 224

三十二　峰回路转 / 231

三十三　确定二榜 / 238

三十四　牛力"服毒" / 244

三十五　缺一套房源 / 250

三十六　心劳计绌 / 256

目　录
CONTENTS

三十七　老梅的烦恼 / 262

三十八　徐局长过世 / 270

三十九　童年的梦 / 277

四十　研究三榜 / 284

四十一　辛处长争房 / 293

四十二　注水业绩 / 299

四十三　三喜临门 / 309

四十四　期盼改革 / 314

四十五　三榜出台 / 320

四十六　戏耍田小玲 / 326

四十七　再生波澜 / 333

四十八　尾声 / 337

一　三年协议

每个人都有一个从童年时代萌发的梦想，孟学圆也不例外，而他的这个梦想在大学毕业后终于实现了！

伫立在市场管理局的楼下，孟学圆心潮起伏、感慨万千：长大后坐在宽敞明亮的高楼大厦里办公，成为这个城市主人的童年梦想今天终于成为现实！理想的生活即将从这里起步，他内心深处不禁对未来的机关生活充满了奇妙的幻想。

"小孟，别看了，以后有的是时间，我们赶紧上楼吧。"接他来机关的人事处王洁把他从憧憬中唤回，领着他们三个毕业分配生到大楼后门乘电梯。王洁边走边介绍，八层的办公楼1~4层是外单位的办公用房，5~8层是咱们单位的办公用房，外单位进出走南门，咱们市场管理局走北门，进口处设有各自的传达室。王洁经过传达室的门口，冲着里面喊了一声："关师傅，这是咱们单位新来的三个大学生，以后进出门您多关照点儿。"

"好了，小王，你就放心吧。"传达室的窗口里一个60多岁的老头伸出一颗花白头，笑呵呵地和王洁打招呼。王洁带着学圆他们三个人坐电梯上到六楼。出了电梯，楼道里面没有开灯，显得有些阴暗，两边办公室全都房门紧闭，更衬托出楼道的静谧，给人一种庄重又压抑的感觉。往来的人都是低声细语，面带微笑点头和王洁打着招呼。

王洁对学圆他们说:"我们直接去刁处长的办公室吧,刁处长要代表局领导和你们谈话。"

学圆他们跟着王洁走到了楼道尽头的一个房间,刚推开门,一股呛人的烟味迎面扑来。窗户下,宽大的写字台后面坐着一位50开外的男同志,个子不高,大概有1.68米的样子,瘦长脸,尖下颏儿,脸上没有胡子,一双不大的三角眼,上面架着一副金边眼镜,眼角往下耷拉,微笑时眼睛眯成了一条缝,两鬓斑白,前额有些谢顶,腰好像撑不住身子的重量,上身微微向前倾。上午的阳光透过玻璃窗照在他的脸上,半边发亮半边发暗,成了阴阳脸儿。乍一见面不知道为什么,学圆的脑海中马上浮现出一个脸谱,怎么看怎么像戏台上和说书人嘴里的奸臣形象,他竭力想把这个荒诞的念头驱除出脑海,可越是刻意强迫自己不去想,越是想得厉害,内心忽然为自己这个龌龊的念头感到很窘迫。

刁处长从椅子上站起来,学圆他们三个人依次上前,和刁处长握了握手,王洁站在刁处长的旁边,一一向刁处长介绍:"这是孟学圆,学财务管理的,这位女同学叫巩海燕,是学财政的,这位叫樊建国,是学企业管理的。"王洁做完介绍,又面向学圆他们,用谦恭的口吻奉承刁处长:"这是咱们人事处的刁处长,也是咱们局的专家,政策水平和业务能力都很强,也是我的老师,我们都要好好向刁处长学习。"

刁处长笑眯眯的,用缓慢低沉又略带沙哑的嗓音连连说:"哪里,哪里,互相学习。"他用手一指对面的沙发,"请坐吧!"

学圆三人并排坐在长沙发上,王洁坐在了他们旁边的单人沙发里。刁处长眯着眼睛先扫了一圈,又轻轻咳了两声:"我受局领导的委托,首先代表局领导班子和全局干部职工对你们三个人的到来表示欢迎。你们都是年轻人,正如毛主席所说的,好像早晨八九点钟的太阳,希望寄托在你们身上。你们的到来给局里增添了新鲜血液,相信一定会给局机关增添活力,局里也希望有知识有抱负的青年人到机关来。希望你们好好干,不要辜负组织的希望和学校的培养,学有所用,学有所成,只要发奋努力,就一定会有自己发挥抱负的广阔天地。"

一番鼓励说得学圆等人心里热乎乎的,在来机关的路上那种紧张的心情一下子得到了释放。不料刁处长话锋陡转："但是，当前局里的一些困难也要和你们讲清楚，咱们局的收入不高，工资以外的奖金、补贴不是很多，办公条件也比较艰苦，特别是职工的宿舍问题一直比较紧张，这些年以来，局党组花了很大的力气，解决职工的住房难问题，应该说有了很大的改善，但仍然有许多干部职工住房没有得到解决，由于局机关的办公用房现在都比较紧张，所以集体宿舍都无法满足需要。因此，孟学圆同志目前只能暂时住在办公室里，等以后有了集体宿舍你再搬走，估计等的时间也不会太长。"

刁处长说到这里，停顿了一下，从一个镀金的烟盒里抽出一支红塔山过滤嘴烟，又随手在烟盒上顿了几下，点上火，深深地吸了一口，伸手端起桌子上一个透明的高档保温杯，脑袋左右摇动，用嘴吹开漂在上面的几片龙井茶叶，轻轻呷了一口，目光又重新回到三个新人的脸上，见学圆他们在全神贯注、神情拘谨地听自己说话，便慢条斯理顺着思路继续往下说："由于住房紧张，所以我们局有个规定，凡是新调入的同志，都要和局里签订一个不要局里解决住房的协议，要申明住房问题自己解决，这样才能办理调入手续。"这个消息不啻一盆冰水，把他们三个人心里刚涌起的一腔热情浇灭了。

"刁处长，我家住在郊区，在省城怎么自己解决住房？"学圆有些焦急地发问。刁处长面对着疑惑不解的目光，把还没有抽完的烟头在烟灰缸里用力捻了一下，按照自己的思路继续说下去："对于你们三个，局领导为了体现尊重知识、尊重人才的理念，对你们这些新分配的大学生，还是比较关照的，你们就不用签这个协议了。但是……"一听见"但是"两个字，学圆刚放下来的心忽而又被提到了嗓子眼儿。

"你们刚来，还没有为局里做什么贡献，为了照顾那些比你们先到我们局工作，而且做出贡献较多的同志，所以你们要签订一个三年内不要房子的协议书，这也体现一个公平性。"学圆他们三个人异口同声地发问："那我们三年以后就可以参加分房了？"刁处长眉头皱了一下："原则上可以，那也要看房源情况，如果有房源，当然可以，如果没有，也没有办法。"见学圆他们还想再说什么，刁处长一摆手："好了，我们不说这个了，这是局领导班子的决定，多说也没有什么用，你们一会儿先和王处长签这个协议书，王处长再告诉你们所要去的处室，我们派人送你们到处里去。有些情况到了处里，处里的同志会详细给你们介绍的。"

通过刁处长的嘴，学圆他们才知道王洁是人事处的副处长。刁处长又简单地说了一下分配情况，学圆被分配到收费管理处，樊建国是局农业价格处，巩海燕被分配到医药处。刁处长说完了分配方案，吩咐王洁签完协议书以后，再叫上小闻、小张把他们三个人分别送到各自的处室去。学圆他们三个人跟刁处长道过别，跟在王洁的后面进到了一间挂着人事处牌子的大房间里。进了门发现屋子里坐着两位女同志，王洁介绍梳短发的叫张雪梅，管劳动工资，留马尾辫的叫闻杼，主管档案、人事工作。王洁让闻杼拿出来几张带有市场管理局红字头的白纸，让学圆他们每人签一个协议书。拿起笔，学圆不解地问："王老师，我应该怎么写？"

"你就按照刁处长的意思写吧，说自己自愿申请在三年内不要局里解决住房问题。"

"可是，我写了不要房子，以后我自己怎么解决？我现在可以不要，可是以后局里有了房子，不会不给我解决吧？"

"不会的，以后等你们工作满三年了，就可以参加分配住房了，咱们局一直是这个做法，不到三年不能参加分房，其实这也只是一个形式，你们也不用紧张。"

孟学圆按照自己对刁处长意思的理解，写了协议书，他特意将自己没有能力解决住房，只有依靠组织解决的意思加了进去。巩海燕拿着纸过来，看了一眼学圆写的，又过去看了一眼樊建国的，才坐下来写自己的。三个人把写好的协议书交给了王洁，她接过来粗粗扫了一遍，说："我去让刁处长看看，你们等一下。"

一会儿，王洁回来了。学圆恐怕自己写得不行，神色有些紧张地问："王老师，可以了吗？"王洁脸上露出微微笑意："行了，可以了，你们现在可以到各自的处里去了，张姐你送小巩，小闻你送建国，我送学圆。"学圆跟在王洁后面坐电梯上楼，心止不住地扑扑乱跳，脑子里不停在想：即将面对的处室领导和同事们长什么样？脾气秉性如何？他们都好接触吗？会接受我这个来自郊区的孩子吗？

二　处室众生相

王洁领着学圆从七楼电梯口出来，一指左手边挂着收费处牌子的房门："这就是你们处的办公室。"又一指右手的房间，"这是你们处长的办公室。"说完，他屈起食指在右边的门上轻轻敲了敲，门里面瓮声瓮气"请进"的声音隔着厚厚的门板传了出来。王洁拧开门把手领着学圆进了门。孟学圆迅速扫了一眼这间办公室：有20多平方米，靠窗的地方，摆了两张办公桌，办公桌后面分别坐着一位50多岁的男同志和一位40多岁梳着齐耳短发的女同志。进门的左手靠墙放着一组沙发和一张茶几，右边靠墙摆着一张单人床，紧挨着床头放着一组文件柜。进门后，王洁冲着那个50多岁的男同志喊了一句："辛处长，人我给您送来了，我就不管了，一切就交给您了。"辛处长哈哈笑了几声，声音在屋子里回荡："好啊！希望你多给我送点大学生来，多多益善呀。"

"可以呀，赶明儿个把我也调过来，给您当兵，欢迎吗？"

"你要是来，我当然欢迎，可是，当兵就委屈你了，你来得接我这个位置，我给你让位。"

"您的岗位这么重要，我可接不了，给您当兵我就心满意足了。"王洁和辛处长开了几句玩笑，向辛处长简单介绍了孟学圆的情况，又转头告诉学圆，这是收费管理处的辛处长。做完交接，王洁急忙说自己还有事情要办，匆匆告别而去。

借他们开玩笑的机会，学圆仔细观察了自己未来的顶头上司，50开外的年纪，国字脸、寸头、络腮胡子，鼻孔外面窜出了少许鼻毛，身穿一件半新不旧的夹克衫，头发有些花白，两个眼睛看人的时候放射出一种咄咄逼人的目光，说话声音特别响亮，笑起来的哈哈声在屋子里回荡。辛处长示意他在沙发上坐下，首先自我介绍："我姓辛，叫辛有成，你以后叫我老辛就行了。"

对面的女同志忙接过话头："这是咱们处的辛处长，局里的顶梁柱。"

"什么顶梁柱，能当个檩条就不错了。"

辛处长自我解嘲了一句，接着一指对面的女同志："这是咱们处的楚京明同志，我们正在商量工作。"孟学圆原以为这位梳着齐耳短发、圆脸蛋、大眼睛、眉眼带笑的女同志是副处长，听了处长介绍，方知有误。他面对外表严肃的处长，有点手足无措，不知道说什么好。

可能是辛处长看出了孟学圆的窘态，于是和孟学圆先聊起了闲天，问他多大了、家里都有什么人、学的什么专业、为什么起这个名字……孟学圆一一作答，紧张的心情逐渐放松了下来。聊完了家常，辛处长又把处里的一些基本工作内容和主要工作任务给他做了介绍，接着又问他工作证办没办，饭票买没买，还有没有需要帮助办理的。孟学圆说人事处都已经答应帮助办理了，而且三年不要房子的协议书也签了。

楚京明咦了一声说："你是国家分配来的大学生，不是自己申请调进来的，为什么也要你签这个协议书？"

"是刁处长让我签的。"

"算了，签就签了，签的也分，不签的也分，该分你房的时候肯定要分的，这个也没什么关系。"辛处长安慰孟学圆，又让楚京明把大家叫过来，开个欢迎会。

对面的门打开了，一老一少两个男同志跟在楚京明的后面进了门。落座后，辛处长先介绍孟学圆，孟学圆忙站起身来。辛处长又继续介绍："咱们处里一共6个人，除了我们在场的5个人还有一位副处长，叫刘延安，现在省大检查办公室工作，两边办公来回跑，今天没有过来。"学圆认识并细细打量了一番自己未来的战友。刚才进来的那个50多岁、头发花白稀疏、干瘪精瘦的老同志姓梅,叫梅践实;戴着一副近视眼镜满脸堆笑、有些溜肩膀的20多岁小伙子叫潘全力;楚京明刚才已经认识了。辛处长首先代表全处对孟学圆表示欢迎,然后说:"孟学圆同志的到来,给处里增添了新鲜血液,改变了处里的年龄结构,希望大家多多帮助孟学圆同志,孟学圆同志也要虚心地多多向老同志学习,争取尽快进入角色。"

楚京明插话说:"你是一个年轻人,以后跑跑腿、卖卖力气的活多干点,我们老同志可以省点力了。"学圆忙点点头。

楚京明又一脸真诚地对学圆说:"小孟,以后你有什么事情就跟我们说,能帮你的一定帮你,别不好意思。"老梅、潘全力也说了一些表示欢迎的客套话。辛处长等大家的客套话讲完了,又把工作重新做了分工:"学圆先协助小潘工作,等工作熟悉了以后,再独立管理一个行业的工作,大刘的工作你们两个多分担一些。老梅和小楚的分工不变。现在,咱们局里还没有集体宿舍,所以,孟学圆同志目前先住在我和大刘的办公室里,等有了集体宿舍再搬家。住在这里就要辛苦一些,每天打扫卫生、打打开水的事情你就多承担一些。"

"辛处长,咱们中午出去撮一顿吧,欢迎孟学圆同志的到来。"潘全力给辛处长出主意。一听说出去吃饭,大家都纷纷叫好。

辛处长见大家都挑唆自己出去吃饭,不好扫这个兴,犹豫了一下说:"可以呀,可是大刘不在,把他丢下合适吗?还是改日吧。"

正在说话的当口,推门走进了一位30岁出头、身高1.80米左右浓眉大眼的大个子。

"得,说曹操,曹操到,我们正在说出去吃饭就缺你一个人,你就来了,还是你有口福。"潘全力满心欢喜地笑了。

大刘说:"我在外面就闻到了烤鸭的香味,就急忙赶回来了。"辛处长一指刚进门的男同志:"这就是我刚才说的大刘,刘延安同志,爸爸妈妈都是老革命,也是我们处里的前卫派。"大刘简单和孟学圆打了一个招呼,又问潘全力是不是还去吃烤鸭。潘全力说听处长的。辛处长说:"既然大家都同意,我们就去吧。大刘你给饭店的经理打个电话,让他给咱们留一个单间。潘全力你去帮助学圆把行李搬过来安排安排。"

欢迎宴后大家回到办公室，辛处长怕中午喝了酒脸红红的，让其他处室的人看见影响不好，于是让大家集中在自己的办公室里，喝口茶，扯一扯，外人来了就说正在学习。孟学圆回想刚才楚京明结账交的钱，以为自己看花眼了，就悄悄地问："楚大姐，咱们没有看账单，账是不是算错了？这么便宜。过去，我们在学校和同学们一起出去吃饭，再花一倍的钱连一条烤鸭腿也吃不下来。"

楚京明说："这是咱们的一个关系户，他给咱们不光打了折扣，而且上的量也大。现在有的饭店宰客特别厉害，但他不会宰咱们。"

潘全力一听宰客的话题，马上来了兴头："要说宰客的事情，现在可太多了，各行各业都有。咱们旁边的工艺品商店，价格比市场上高一倍，就靠给导游和司机塞钱，人家才一车一车往这儿给你拉客人，要不谁来这里当冤大头？我上次自己买个工艺品，找经理要个进价，结果经理给打的四折，你们说这里的水分多大。"

老梅愤愤不平接过了潘全力的话头："我有个亲戚前几天去北京旅游，糊里糊涂上了一辆黑车，说是一日五游，结果去的都是一些人文景点，而且门票价格特别贵，真正的古迹倒没有去。中午导游把他们拉到一个小饭馆吃饭，光图名字新鲜了，要了一个火山堆雪，其实就是糖拌西红柿；蚂蚁上树，是肉末炒粉丝；还要了一个海鲜豆腐，结果豆腐里面放了一把虾米皮，价格要了几百块。饭没有吃好，我这个亲戚气得和饭馆的人还吵了一架，已经向当地的物价局举报了，到现在也没有处理结果。"

听着大家的议论，辛处长吹了吹漂在茶杯上的茶叶，抿了一口花茶，慢条斯理地接过了话题："你们说的这些，都是和咱们发展社会主义市场经济的要求相背离的，所以，我们国家从80年代开始年年都要搞税收、财务、物价大检查，现在已经90年代初期了，可是大检查工作依然还在进行，说明了大检查工作的重要性和必要性，国家就是要通过大检查整顿市场经济秩序，整一整这些扰乱社会秩序的害群之马。这也从一个侧面说明了我们工作的重要性，咱们更要感到肩上的责任重大。"

潘全力伸出大拇指两个眼睛笑成一条缝奉承辛处长："还是处长

水平高，时刻从全局的高度和国家大政方针的角度看问题，说出话来就是不一样，不像我们只看见自己眼皮子下面的那点事儿。"

楚京明也不甘落后地接了一句："要不然怎么老辛当处长，咱们当兵呐！水平上就是有差距。"

辛处长哈哈笑了两声："话也不能这么说，工作还是大家做的，办法还是要靠大家想嘛，群策群力才行！"这时候，办公室打来电话，让辛处长去会议室开会，辛处长出了门，大家也回到了自己的办公室。

"潘师傅，这个杨经理为什么对咱们这么好？是咱们的什么关系？"孟学圆回到自己的办公室，回想刚才的美餐，忍不住问潘全力。

"什么关系也不是，咱们是通过税收、财务、物价大检查和他认识的，大刘他们查出了他们的一些问题，后来，上面有人出面说情，咱们照顾了他，所以，他对咱们挺感激的，吃饭特别照顾。"

"他感谢咱们，不是说不要钱吗？咱们干吗还给他们钱？"

"这你就不懂了，我告诉你，你以后在工作中一定要记住：与买卖人交往，一定要长个心眼，他们嘴上说得再好听，心里头不定怎么想的，嘴不对心的人多了。你一分钱不花，就是违纪行为。你交一分钱也是你花钱买的，别人也说不出什么。你刚参加工作，还不太清楚这里水的深浅，以后时间长了，就逐渐知道这些事情了。这些过去都是有深刻教训的。"孟学圆没有想到一顿饭里面竟然吃出这么多的学问，感觉上了半天班，好像比学校一个学期学的社会经验还要多。

转眼之间，学圆到处里已经有一段时间了，逐渐对处室的每一个同志有了初步的了解。特别是自己的对桌潘全力的故事几乎有些传奇色彩了。据楚京明讲，潘全力消息灵通，神通广大，人送外号"小灵通"。他的父亲是个老工人，母亲是个家庭妇女。"文化大革命"中，他父亲是个逍遥派，两派闹革命，他父亲在家闲着没有事情做，每天拿一把大扫帚打扫院子和胡同。

一个寒冷的冬天，夜里飘起了雪花，早晨起来，院子内外已是白雪皑皑，银色的世界。老潘急忙起床去扫雪，在胡同里看见一个老太太扫街时被雪滑了一跤，花白的头发凌乱地披散在地上，沾满了雪粉，分不清是白雪还是白发，两只手撑着地正费劲地往起站。老潘急忙赶了过去，上前搀住老人的胳膊，用力把老人扶了起来，搀着胳膊一步一步把老人送回了家。

老太太躺在床上千恩万谢。老潘问她：这么大岁数了，干吗不好好在家休息，冰天雪地的还去干活，万一摔坏了怎么办？老人叹了一口气告诉他，自己是省政府一个部门的领导，老伴被关到"牛棚"，孩子们去插队了，她在街道接受劳动改造，身边无人照料，刚才是连累带冻，所以滑到了。老潘觉得她太可怜了，叮嘱说："你在家好好休息吧，大冷的天别再冻病了，我替你去扫雪。"老人害怕街道的造反派找她麻烦，颤颤巍巍地还要下地去扫雪。老潘拍着胸脯说："扫雪的事情我来干，我是根正苗红的工人阶级，造反派知道了我去和他们说。"老人眼里含着泪花，问了他的名字和住址。

这件事情过后，老潘隔三岔五就到老人那里去看看，还让潘全力帮助做一些买煤、买大白菜等家务活。另外，街道上还有一些老干部被专政了，看见他们，老潘也总是关心地问候几句，家里没有孩子的，也让潘全力去帮个忙。俗话说，好话一句三冬暖，恶语伤人六月寒，听惯了造反派呵斥的这些老干部，看见潘全力父亲的笑脸，听到他嘘寒问暖的问候，都从心里感激他。

打倒"四人帮"之后，老干部陆陆续续恢复了工作，后来，潘全力的父亲托老干部把潘全力从工厂调入市场管理局。潘全力知道自己命运的转变是这个老干部给安排的，所以，他到了市场管理局以后，往这些恢复工作的老干部家里，腿跑得更勤了，叔叔、阿姨不离口，伯伯长、伯伯短的叫得特别亲，并时不时地打听一些当时还没有对社会公开的消息，然后到局里来散发。时间久了，局内上下都知道他路子广，有靠山，且消息特别灵通。其实，有些消息也是他挖空心思，削尖脑袋，甚至是付出惨痛的代价换来的。

据楚京明说，潘全力为了得到局党组正在研究的一些消息，经常摸准党组会会间休息的时间，提前潜入厕所，因为潘全力知道局长们非常珍惜宝贵的时光，就连上厕所的工夫，也念念不忘工作，经常在厕所里高谈阔论，继续议论会议内容。掌握领导们这个特殊嗜好后，潘全力经常把自己反锁在厕坑里，独自享受着刺鼻的尿素气味，等候从厕所里窃取党组情报。有一次，他凭着老经验，蹲在茅坑里，等候旁听局领导的"厕所办公会"。结果不知道什么原因，局长们散会晚了，结果他足足蹲守了一个小时，局长们才来上厕所。蹲坑时间过长，出来的时候双脚发麻，行走不便，只好扶着墙一步一步挪。进出厕所的人无不大吃一惊，都惊讶地问他这是怎么了。他编个瞎话说：痔疮犯了，便秘，蹲的时间长了，所以，脚蹲麻了。到后来，局内的人逐渐知道了他这个毛病，司机班的司机给他起了一个外号：WC情报员，与"门缝包打听""司机班第二信息中心"号称市场管理局三大情报系统。据说，局保密委员会知道这个事情以后，还特意在全局规定了一条保密纪律，今后上卫生间只许谈工作以外的事情，不许涉及尚处于保密阶段的工作话题。

楚京明是通过省政府的关系调进来的，在农村插过队，业务水平不是很强，但她对人脸上总是堆满了和蔼的笑容，说话也让人爱听，就像个温柔体贴的老大姐，所以，平常除了老梅和辛处长，大家都称呼她楚大姐。但潘全力说她是个笑面虎。

老梅给他的印象，是属于那种抠抠索索老实巴交的人，潘全力背后称他"抠爷"。老梅"抠爷"外号的来历据潘全力演绎：有一次老梅的老伴给他买了一条新裤子，让他穿着在意点。有一天老梅穿着新裤子骑车外出办事儿，谁知道天有不测风云，被别人撞个人倒车翻。老梅从地上爬起来，一瘸一拐顺着裤腿往下流血。撞他的人一见血吓坏了，急忙要带着他去医院看病，他却说看病不着急，先看裤子有没有摔破。对方奇怪地问他为什么，他说：皮肉破了，可以自己长好，而且看病有公费医疗；可是裤子摔破了，自己长不好，买新的还得自己花钱。回家老婆问他为什么把新买的裤子摔破了，他自我解嘲说：摔跤之前没有来得及脱裤子呀。老梅一年四季很少穿新衣服，在食堂吃饭也很少吃大鱼大肉，他长挂在嘴边的一句口头禅就是"鱼生火，肉生痰，白菜豆腐保平安"。他从不请别人吃饭，如果吃不花钱的饭一定吃个肚歪，每次吃饭剩菜剩饭都要打包带走。

大刘这个人，表面上比较冷淡，给人一种玩世不恭的感觉，据潘全力说他外面做买卖、炒股票。他因为自己的父母亲都是老革命，根子比较硬，所以敢说话，有时候连辛处长的账也不买。但据楚京明讲：辛处长很豁达大度，从不计较，上次省大检查办要人，辛处长主动找到局领导，不吝辞色地夸了大刘一通，忍痛割爱把大刘送了出去。然后，又去跟局长要人，所以，学圆才分配到了这个处。

对辛处长他从心里有点怕。辛处长高兴的时候，哈哈大笑，震得屋子都嗡嗡响；发怒的时候，满脸的络腮胡子根根奓起，双目圆睁，粗声大气，口沫横飞，说话毫不留情面。特别是第一次挨辛处长批评的场景，在学圆的脑海中留下了深深的烙印！

一天晚上学圆看球赛，第二天起床晚了，还没有来得及收拾屋子，辛处长就进了门。一看卫生没有打扫，辛处长黑着脸，到卫生间取回拖把去擦地。学圆愧疚地抢上前去，从处长的手里去夺拖把："处长您骑车累了，赶紧歇一会儿，我来擦。"

"不用了，我擦吧。"辛处长一口回绝了学圆的要求，可紧攒着拖把的手掌在学圆的抢夺下顺势张开，顺水推舟把拖把递到了学圆手里。辛处长坐在椅子上，一边看报纸，品香茗，一边观察学圆拖地板、擦桌子。看见学圆忙得满头大汗，辛处长突然冒出了一句学圆意料不到的话："学圆你在家里不怎么干活吧？"

听了这句话，学圆十分委屈："处长，我上小学的时候就扫院子、收拾屋子，上了初中，几乎天天在家里做饭、刷锅洗碗，周围的邻居都夸我勤快，您怎么说我不干活？"

"我看你干活的方法不对，所以怀疑你在家不干活。"处长一边说，一边从学圆的手里夺过抹布。

"你看，擦桌子应该这么擦。"辛处长一边说，一边把抹布在手里折了两折，"一块抹布里外有八个面，你应该擦一个地方换一个面，这样抹布即使擦八个地方，也总是干净的。你看你用一个面来回擦，这里的土又擦到那里去了，擦完桌子也显不出干净。"干活还遭批评，学圆刚开始心里颇有些委屈，认为辛处长吹毛求疵，故意挑自己的毛病。辛处长虽然看出了学圆的不满，可脸上没有丝毫的同情，又从学圆的手里抢过拖把："还有你拖地的时候，墩布来回擦，地上这点脏东西全留在原地了，要这样擦，才擦得干净。"辛处长嘴上念叨，手里不停地示范，把拖把从前往后拖，而不是像学圆那样来回拖。

学圆看见辛处长额头上有汗珠沁出，急忙端起辛处长刚泡好的茉莉花茶，把茶杯递到了处长手中："辛处长您喝茶，我来擦。"辛处长直起腰，把拖把递给学圆，用手一指学圆放在桌面上的茶杯盖："还有，你这个茶杯盖这么放也不对。"辛处长走到桌子边，把学圆扣在桌子上的茶杯盖用手举起来让学圆看："刚沏的茶杯盖上的水蒸汽是热的，你这么扣下去把桌子上的脏东西都吸到杯子盖里面了，你看看。"辛处长把杯子盖递到学圆的眼前，让他看杯子盖里面热蒸汽从桌子上吸附上来的脏东西："杯子盖应该反着放，这样才卫生。"

学圆万万没有想到连放个杯子盖都有讲究，看来自己要学习的东西太多了。见学圆面有愧色，辛处长语重心长地告诫学圆："别小看擦桌子拖地还有放杯子盖这些小事，这里面的学问也大着呐。要想在机关发展，就要从小事做起，小事干不好，大事肯定也做不成。"

三　语言艺术

　　自从那次起床晚了挨了处长的批评并被处长言传身教指点一番后，学圆知道，大刘说的睡懒觉理论上可行，现实中行不通，为了给处室领导和同志们留个好印象，每天孟学圆早早起床，墩地、擦桌子、打水。在一次处务会上，辛处长特意对孟学圆提出表扬，说处里的卫生都由他一个人包了，给大家创造了一个干净的办公环境，大家都要向孟学圆学习。随着时间的推移，大家仿佛习以为常了，孟学圆也觉得这是他应尽的义务，做不好心里好像有一丝愧疚感似的。

　　入局时间不长，机关党委按照党组的要求，召开了全体团员大会，正式组建了管理局团支部，学圆被大家选举为团支部书记，巩海燕当选组织委员，樊建国当选宣传委员，三个老同学在这里又聚首了。当选时间不长，一天学圆按照程序刚打扫完处室卫生，突然党办来了电话，说党办主任王清廉要找他谈话。学圆和潘全力打了一个招呼，带着疑问叩响了党办主任的房门，推开门看见一位笑眉笑眼的中年人坐在写字台后等候自己。见学圆进了门，他示意学圆坐在他对面的椅子上，并拿起桌子上的凤凰牌香烟让学圆抽，学圆摇摇头："谢谢王主任！我不会抽烟。"王清廉见学圆不吸烟，自己从烟盒里抽出一颗过滤嘴烟，用打火机点燃后深深吸了一口，一股凤凰烟的特有香味在房间里弥漫，学圆近距离观察王清廉：见他身穿一件毛料夹克衫，梳着偏分头，四方脸、眼睛不大，两道粗黑的眉毛透露出一种坚毅和果敢的神气。王清廉没有说找学圆有什么事，而是先问团支部成立后搞了什么活动，对今后工作有什么计划安排等，学圆一一做了回答，王清廉等学圆说完了，代表机关党委给团支部提了一些工作要求，要求学圆回去后召开支委会，认真研究落实，并且要求团组织把机关里的两块黑板报的宣传布置承接下来，要配合全局的中心工作，每个月更新一次，学圆满口应承下来。王清廉布置完工作又鼓励学圆要积极努力工作，主动向党组织靠拢，争取早日入党。学圆一个新入职不久的人员，首先得到全体团员的信任被选举为支部书记，党办王清廉主任又这么鼓励关心自己，心里感觉很温暖，真切感受到了组织对自己的关怀。回到办公室潘全力问他"假马列"找他什么事。学圆把王清廉的要求告诉了潘全力，并且说对王主任的印象很不错，为什么叫他"假马列"。潘全力鼻子里面哼了一声："他平时嘴上总是唱高调，说得一套一套的，但是，很少见他有什么实际行动。"学圆对潘全力的话有些不以为然，认为潘全力对王主任是否有些误会。

住单位期间，孟学圆认识了同样住集体宿舍的田小玲、裴慧慧两个女孩子，田小玲和学圆一样，家住在郊区，男朋友是大学的同班同学，家在广西，因为和田小玲谈恋爱，毕业后也留在了省城工作，两人因为没有房一直没领结婚证，各自住在单位。裴慧慧是中专毕业生，在打字室当打字员，据说因为和前任局领导有绯闻，快30岁的人了，一直单身。她们二人比孟学圆早来一年。为了两个女孩子的安全，单位特意在库房的里面打了一堵墙，隔出一间屋子，给她们当集体宿舍。住单位的还有一个叫曹宝柱的男同事，他的家在北部山区，平常不能回家，只能像学圆一样暂住办公室。晚上没有什么事情，大家聚在一起看看电视，扯一些趣闻逸事，交流交流各自工作。一天晚上几个人在一起看电视，看见电视剧里盛大的婚礼场面，触景生情，孟学圆好奇地问田小玲为什么还不去领结婚证把婚事办了。田小玲说领了证也没有地方住，等有了房子再领证也来得及。说到房子，学圆突然想起刁处长让他签协议书的事，急忙问田小玲来单位报到的时候，签没签三年内不要房子的协议书，她说没有签。孟学圆有些奇怪："那为什么要我签？"

"本来也让我们签，可是我们处长说，只有自己主动申请调进来的人才签，像我们这些国家分配来的大学生，可以不签，而且我们处长和人事处的刁处长关系不错，所以，和他说了一下，我就没有签。"

学圆见田小玲没有签协议书，内心隐隐有些不快。第二天，他和潘全力说了这件事，问自己能否也把那个签过字的协议书撤回来。

潘全力诡秘地一笑："撤回来不可能，至于为什么让你们签这个协议书，我倒是猜到原因了。"孟学圆一听，好奇地追问说："潘师傅，是什么原因？"

潘全力欲言又止："你不用问了，过些日子你就清楚了。"孟学圆看潘全力不肯说，也不好意思再追问。

潘全力好奇地问了孟学圆一个问题："我平常听你怎么总是叫王洁王老师？她当过你的老师？"

"没有，那天她去学校接我们，我的班主任陶老师说王洁过去是她的学生，让我叫她老师，我就一直叫她老师。"

潘全力恍然大悟，嗯了一声说："原来是这么回事儿，我明白了。"他摘下眼镜，往镜片上使劲儿哈了两口气，一边擦镜片，一边用委婉的口气劝学圆说："我给你提个醒，对你今后有好处。在咱们机关里，不要叫有官衔的人老师什么的，要称呼他的职务。以后，你就叫她王处长就行了，显得对她尊重。"

"她是副处长，我是不是应该叫她王副处长？我看书上部队的人都是按照实际的职务称呼官衔。"

潘全力把眼镜戴上，轻蔑地一笑："你这就是读死书了，那是部队，在地方称呼官职没有带副字的，你叫人一个副字，搞不好你就把人得罪了。"

"一个称呼真的这么重要？"学圆有些不信。

"机关里的人都爱摆个谱儿，端个官架子，不光是有职务的人计较，就是没有职务的人也计较这个。你比如副处级调研员，你如果叫他某某副处调，他肯定不高兴，你要是叫他处长，他一准儿乐开花。巡视员也是，你叫他厅长，他准给你一个笑脸，你叫他巡视员，他肯定不爱搭理你。就连退了休的人，按说已经是普通百姓了吧，可是人退了休，职务不能退休，还都拿自己当领导干部，你见面如果不称呼他过去的官衔，而是叫他老张老王的，他肯定不高兴。遇见大度的无所谓，遇见小心眼的，搞不好还给你甩脸子看。"

"这不过就是一个称谓，还值得这么计较？"学圆颇有些不以为然。

"你觉得是小事，在他们看来就是大事，机关里面，不仅仅是称呼，连坐个座位，排个名单，一起走路，谁在前、谁在后都讲究大了，搞错了，领导马上甩脸子给你看。你不注意这些小节，早晚要吃亏的。我是关心你，所以给你提个醒，换了别人我还懒得说呐。"

学圆没有想到一个称谓在机关里竟然还有这些讲究，他不禁追问了一句："那这些规矩您是怎么知道的？"

"你刚来不要着急，时间长了慢慢你就知道了，实践出真知。你在机关里要注意多观察、多学习，光死啃书本知识在机关里是吃不开的。"

潘全力停顿了一下，又说："你以后不要叫我潘师傅了，在机关只有那些工勤人员、司机叫师傅，你就叫我老师或者名字都可以。"

学圆一听潘全力的话，心里感觉特别不自在，他恐怕得罪了潘全力，急忙为自己辩解，一着急又叫出了潘师傅，不过，他反应还算快，刚说出了"潘师"二个字，又生生咽回最后一个字，改口说："潘老师，我不是那个意思，我是很尊重您的，我只是不知道这些规矩而已。我真的没有其他意思。"

潘全力很大度地一摆手："你不用解释，我知道你没有这个意思，其实你叫我什么我都没意见，我这也是为你好，给你提个醒。"

学圆没有想到一个称呼后面还有这么多学问，看来前面不知道机关里还有多少未知的学问和规矩等待自己去了解掌握！

四　当选分房委员

　　转眼又到了规定的学习日，按照机关党委要求，每周要拿出一个下午的时间组织政治和业务学习，没有特殊情况任何人不许外出，吃完午饭办公室的同志打了一会儿扑克，估计处长睡醒了午觉，大家拿着本和笔来到了处长办公室，只有楚大姐中午出去买东西，不知道为什么还没有回来。

　　辛处长手里拿着一份省报招呼大家说："今天下午按照机关党委的安排，我们学习的主题是如何提高工作效率，转变工作作风，只有小楚还没有回来，我们边学边等吧。下面，咱们先学习一下报纸上的评论员文章，然后结合工作实际进行讨论，小孟你记录一下大家的发言，讨论记录会后要上交机关党委。"说完，辛处长首先声音洪亮地念了起来。

　　学圆听见辛处长把"臀部"念成了"diàn部"，抿着嘴忍不住想笑，他扫了一眼大家的表情：老梅手里拿着笔，不知道在桌子上画着什么，潘全力手上捧着一张省报，报纸里面遮盖着一本杂志，正在津津有味地翻阅着。大刘拿着指甲刀，嘎吱、嘎吱铰着指甲，大家好像都没有听见处长念错了字，学圆也赶紧强忍着把笑声憋了回去。辛处长念完一段，把报纸递给潘全力，让他继续往下念。潘全力学着处长的样子，大声朗读报纸。正在这个时候，楚大姐满头大汗提着一个装着大袋、小袋食品的尼龙兜子闯了进来。

"现在都讲究文明执法，要教育为主，可是这些警察就知道罚款。"楚大姐一进来就没头没脑地一通抱怨。

老梅忙说："小楚你别着急，发生什么事情了？坐下来，慢慢说。"

楚京明气呼呼坐下，端起杯子咕咚咕咚喝了一杯水，从头到尾解释了一通。她说刚才骑车去买东西，怕回来晚了耽误学习，所以，在过一个红灯路口时看见左右两边没有车辆通过，就往前骑了过去。谁知道，前面大树后面藏着一个警察，见她闯红灯了，马上从树后蹿出来，截住要罚款。楚大姐说自己是省政府的，怕迟到了着急赶回去上班，不是故意闯红灯，再说了两边也没有车辆通过。

警察说："省政府的人也不能闯红灯，不管谁闯红灯都一样要受罚。"

楚大姐不屑地把嘴一撇，用手一指走应急车道的一辆警车："你是软的欺负硬的怕，就知道欺负我们老百姓。你有能耐去管管公安的车、部队的车、当官的车，他们违章你怎么就装看不见？"

警察被揭了疮疤，不禁恼羞成怒，说再不缴罚款就把车扣了。

楚大姐一听扣车害怕了，只好交了5元罚款，所以回来晚了。潘全力说："听说警察有罚款任务，罚款多，奖金就多。"

大刘说："楚大姐你跟警察不能犯横儿，要动脑子以智取胜。"

楚大姐问怎么智取。大刘神采飞扬地讲了一段智斗警察的故事。

前几年，大刘借了朋友一辆残疾人摩托车，上路的时候怕警察查，所以他在车上放了一副拐，冒充残疾人，可以说是畅通无阻。不幸，有一天在岗厅底下还是被警察截住了，要看他的残疾人本子。那天天气特别热，三十七八度的高温把路上的柏油都晒化了，可能是因为天气热的缘故，站在岗楼里的警察火气特别大，怎么说好话也不行，非让他掏本子不可。大刘脑子一转说，本子就放在屁兜里，他腿有残疾，根本站不起来，请警察下岗楼来扶起他，他才能掏本子。警察看了看冒着火的柏油公路和他近100公斤的体重，隔着老远都能闻到他那被汗淋浸透的衣衫中冒出的汗臭味，皱皱眉，一挥手，让他走了。

楚大姐撇撇嘴："我可不会撒谎骗人，做人就要一是一、二是二的。"

"这不叫骗人，叫智慧。"

"小楚你买这多东西干什么呀？大热的天，吃不了要坏的。"这时，老梅见楚京明火气不消，还要和大刘拌嘴，怕她们两个说僵了，急忙岔开话题。

"嗨，今天我们家老马过生日，这不，晚上给他过生日买的。"

"要是怕吃不了，楚大姐，今天我们都去你们家里给马大哥过生日吧。"潘全力笑眯眯地接过了话茬。

"那敢情好，真想请你们去！就是我们家里头窄，怕怠慢了你们几位。"

"楚大姐，不要着急，我们不去，和你开个玩笑。"

"我可不是小气的人，房子要是宽绰，我一定让大家到我那里去做客。唉，亲戚朋友来了都觉得心窄，你们几位去了，一定更觉得憋屈。"

"楚大姐，你不要发愁，我们局马上要分房了，已经买了。"

"真的吗？在哪里买的房子？"

"我听说在北环城路的旁边，而且房子的结构特别好。"

"辛处长，是真的吗？"楚大姐掉转过头来，满脸疑惑地问。

"克格勃都说了，还能有假的吗？"辛处长半开玩笑地答了一句。

"买了多少房？多大面积？"

"多少钱一平方米？"

"是现房吗？"

"交通便利吗？坐多少路车能到达？"大家七嘴八舌地提出了一大堆问题。

潘全力狡黠地一笑："具体的我也不太清楚，等过几天一开会，就全都清楚了。"分房的话题把大家的注意力全部集中了过来，大家议论纷纷，无心学习。突然，办公室来电话，要求各处室的处长到会议室开一个紧急会议。辛处长拿起笔记本让大刘领着大家先学，自己急匆匆出了门。

一个小时以后，辛处长拿着笔记本走了进来："大刘，学习的事情停一停，我先传达一下刚才的会议精神。"

在大家焦急的目光中，辛处长不急不慢地端起茶杯润了润嗓子，然后打开笔记本介绍了会议内容。最近，为了照顾全局干部职工的切身利益，解决干部职工的住房难问题，局里多方筹集资金买了2000多平方米的住宅，为了确保住房分配的公开、公平、公正，局里决定成立分房委员会，要求各处室推荐一名分房委员。条件是不要房和不具备分房资格的同志，而且要办事比较公正、有责任心。具体哪些同志不具备资格，一是住房已经到位的，二是分配到局不足一年的同志。孟学圆虽然已经预感到自己很可能不符合要房的条件，但还是心存一丝侥幸，听处长说到这里，头嗡的一下，心里的希望彻底破灭了，反观大家都是兴高采烈、眉飞色舞，而他内心却油然生出一种失落感。

传达完会议精神，辛处长把手里的笔记本一合说："大家按照条件看选哪位同志当分房委员吧。"

大家按照当选委员的标准把处里的人过了一遍筛子，不符合分房资格的是孟学圆和楚京明，不要房的是大刘，因为他住在他父母的一套小四合院里，房子不缺。

楚京明首先推荐大刘，大刘忙推辞说："我最近的工作太忙，根本没有时间，而且还要参加全省的税收、财务、物价大检查，据说下一步还要去外省市交叉互查，根本没有空参加分房会议，还是让楚大姐当吧。"

楚京明急忙摇晃了一下脑袋："我可没说我不要房，分房委员还是你当合适，我可不当。"

刘延安好奇地问："你在南郊住着大两居，已经到位了呀！"

"到不到位我都不当分房委员。"

刘延安不知道楚京明葫芦里卖的什么药，见她执意不从，只好推荐孟学圆当分房委员。

孟学圆吓得摆了摆手，忙说："我刚来谁都不认识，情况也不熟，我当不合适。"

老梅说："小孟虽然很不错，但他毕竟刚来，局里的人和事都不熟悉，我同意小楚的意见，还是大刘合适。再说大刘是处长，说话也有分量。"

大刘还是推辞，理由是自己手里的工作太多，根本抽不出时间，实在干不了。

辛处长问潘全力："你的意见呐？"

潘全力嘿嘿一笑，眼睛看着处长，慢条斯理地说："要按理说是刘处合适，"这时候他从辛处长的脸上似乎搜索到了一丝不快，马上转了口风，"但是，刘处毕竟负责两边的工作，时间比较紧张，我看可以让学圆去。人和情况不熟悉不要紧，一分房不就全知道全熟悉了？"

大刘接过潘全力的话茬说："不错，让学圆当一次分房委员，人也都认识了，情况也都熟悉了，我看挺好。"学圆听潘全力和大刘都推荐自己，很紧张又有些担心，连忙推辞说，自己和刘处长差得太远，还是请刘处长当吧。

看大家都表明了自己的意见，而且两种意见旗鼓相当，辛处长清了清嗓子，表明了自己的态度："要说情况熟悉，当然是大刘了。但是，目前我们的工作任务比较重，而且，参加全省的税收、财务、物价大检查，是我们局的一项重要任务，我们不能拖全省工作的后腿。我看就让小孟去吧，情况不熟是个不足之处，但是也有好处，因为谁都不认识，关系少，所以处事比较公平，而且通过分房也可以尽快熟悉局里的情况和各个处室的人员。"

辛处长的话音刚一落，潘全力立即表态说："我同意处长的意见，还是小孟比较合适。"大刘也说同意。老梅和楚京明一看处长表了态，也就不坚持自己的意见，都急忙说同意处长的意见。孟学圆还要推辞，辛处长说："既然大家都同意了，我们就推荐孟学圆为我们的分房委员吧，一会儿上报局行财处。"

大家刚要起身离开，突然大刘腰间的BP机响了起来，大刘打开机器看了一眼信息，对辛处长说："大检查办来信息了，有个案子要我回去一块研究，我先走了。"大刘起身刚要走，辛处长突然叫住了他："大刘，你先等等，我听说大检查办公室最近买了一批BP机，你回去能不能和杜主任说说，给咱们处里每个人发一个？咱们每年给大检查贡献那么大，应该奖励奖励咱们，再说了一个BP机也值不了几个钱。"20世纪90年代初期，BP机风靡中国大地，由于一台进口的BP机要卖3000多块，学圆一直舍不得买。听辛处长一说，大家都纷纷叫好。大刘沉吟了一下："好，我回去马上向杜主任汇报，争取给全处每人发一个。"

见大刘出门，大家也纷纷起身。辛处长说："学圆你等一下，我还有事跟你说。"等大家出了门，辛处长让学圆坐在自己的对面，表情略带严肃地说："学圆，你知道我为什么让你当分房委员吗？"

学圆有些疑惑地回答："处长，为什么不让刘处当分房委员呀？他比我强多了。"

"学圆，这是我对你的培养，也是对你的信任。你从学校刚到机关，许多机关的事情你还不清楚，你这些日子的表现令我很满意，让你当分房委员，就是想通过分房让你尽快地了解机关的情况，熟悉机关的人员和工作流程，而且把分房工作做好了，也能树立你在机关的良好形象。所以，你不要把它当成一件小事，而是要把分房工作当成你发展的一个良好的机遇。"

学圆没有想到处长把分房工作提高到自己成才发展的高度，一种自豪感和使命感油然而生，刚才因为自己没有分房资格而产生的不快顿时消失得干干净净。他激动地向处长表态："感谢处长的培养，我一定把工作做好，不辜负您对我的信任和鼓励。"

五　与美共舞

学圆回到自己的办公室，老梅笑脸相迎，并解释说："小孟，不要误会，刚才选大刘是因为怕你刚来，让你为难，既然处长都这么信任你，我们也没有什么意见，你就好好干吧。"

楚京明接过老梅的话头急忙表态说："就是，我和老梅的本意是为你着想，怕你初来乍到情况不熟，工作起来有困难、有压力，可别误解大姐的好意。"

学圆连忙说："我知道大家都是关心我，为我好，我很感激。说实话，我也很担心，心里没底，怕工作做不好，辜负了处长和你们大家的期望。"

老梅笑呵呵地给他打气说："年轻人要有闯劲，什么也不要怕。大胆去干，大胆去闯，出点错也没有关系，失败乃成功之母嘛。"

楚京明也异口同声地鼓励他："没问题，像你这么聪明好学的小伙子，这点事肯定能干好！"

学圆听了大家的鼓励和表扬，信心也增加了不少。

下班了，老梅和楚大姐都走了，只有潘全力还在打电话联系什么人。孟学圆起身准备去食堂打饭，潘全力忽然站起身，一伸手夺过了他的饭盆儿："不用去食堂吃了，今天有个朋友的饭店开张，让我去给他贺贺喜，晚上我们一起去吃饭吧"。

孟学圆忙推辞说:"我也不认识他们,还是您和嫂夫人去吧。"

"她怀孕了,出来不方便,不认识也没有关系,一回生,两回熟,时间长了就是朋友了。别客气了,你来这么长时间了,今天就算是我对你的欢迎吧。"学圆说处长还让他审看一个明天上会的材料,吃完饭还得加班修改。潘全力说:"一会儿就回来,等回来再看也来得及。"说完,他伸手把孟学圆拉了起来:"快走,不然就晚了。"

出了机关大门,潘全力伸手拦了一辆微型面包出租车,打开后车门让学圆上去,自己拉开司机旁边的侧门坐在了前面。到了饭店门口,司机按照潘全力的要求,把车子停在了饭店对面的便道上,潘全力给了司机10块钱,要了发票,和学圆穿过马路向饭店大门走去。门前的停车场停满了各种牌号的小轿车,门口两侧悬挂着许多大红宫灯,五彩的霓虹灯不停地闪烁,映亮了酒店的夜空。饭店的旋转门前红男绿女穿梭不息,簇拥而入的人流把旋转门挤得时转时停。潘全力带学圆随着人流涌进了饭店大门,坐在大厅的沙发上,潘全力招手叫过来一位服务员,低声和她讲了几句话,服务员点点头到柜台去打电话。

学圆平生第一次进这种豪华的星级酒店,眼前晃动着不同肤色的男男女女、老老少少,女服务员露在旗袍外雪白的大腿,还有各种刺鼻的香水味道,让学圆手脚拘谨,眼花缭乱,头脑微微地有些眩晕。

过了一会儿,服务员领着一位身着笔挺的藏蓝西服,白汗衫、红领带,30多岁的小伙子走了过来,潘全力忙起身相迎。两人亲热地握了握手,相互问好。潘全力笑眯眯地一指站在身边的学圆,向对方介绍:"这是我们处里新分配来的大学生,叫孟学圆,以后请多关照。"又面向学圆手指对方介绍说:"这是酒店的李总,年轻有为的新生代!"被称为李总的年轻人和学圆握握手,忙从口袋里拿出了名片夹,掏出了一张洒金的名片双手递给学圆,嘴里还不停地说着客气话:"什么李总,都是给国家打工的,我叫李克俭,以后还要请潘处长多多关照我们。"学圆也学着李克俭的样子,伸出双手接过名片,两眼一扫名片上李克俭的头衔是饭店的副总经理兼财务总监,心里暗自佩服李克俭,这么年轻就担任了豪华大酒店的副总。忽听李克俭称呼潘处长不禁一愣,不知道是自己听错了,还是李克俭口误,正在犹豫是否解释一下，潘全力马上抢过了话头："你昨天给我打电话，说今天开了一个西式快餐店，我因为不知道今天有没有时间过来，所以没有让你给我送请柬，再说咱们好朋友也不用客气，我只要有时间，一定来给你道喜的。"

李克俭笑道："潘处长光临让我们蓬荜生辉，您是稀客，平时请也请不到的，请您来主要是给我们提提意见，让我们更好地改进工作。"潘全力忙道："咱们之间不用客气，经营上我是个外行，政策上可以帮助你把把关。"李克俭一脸虔诚地说："在咱们国家，政策就是生产力，政策就是经济效益，您在政策上给我们企业把关，这就是最大的帮助了。"

李克俭寒暄过后，回过头吩咐旁边一个穿黑色职业装的服务员："小毕，你一会儿带潘处长他们去餐厅，要照顾好。潘处长他们有什么意见你先记下来，回头再告诉我。"嘱咐完服务员，李克俭又用略带歉意的表情和口吻对潘全力说："真对不起，我不能陪您了，今天有省领导来，我得去陪他们，您有什么事情就和小毕讲。"

潘全力忙说："你不用客气，有小毕陪就行了。你快去忙吧。"李克俭和潘全力、学圆握手道别，匆匆而去，小毕左手臂前伸做了一个请的手势："两位领导请随我来。"领着潘全力和学圆径直奔向西餐厅。这是酒店刚引进的一家必胜客比萨饼快餐店，因为刚刚开业的缘故，店里人头攒动，座无虚席，小毕叫过一个身着红旗袍的领座小姐，把他们两人领到预留的座位上，小毕对潘全力嫣然一笑："潘处长您二位先用餐，我在办公室等您，吃完了叫服务员给我打电话我马上过来。"小毕又对服务员叮嘱了几句，迈着轻盈的步子飘然而去。

潘全力和学圆落座后，打着领结的男服务生托着菜单走了过来。

"请问您两位用点什么？"

潘全力问学圆吃什么，学圆急得忙摆手："潘老师我什么也不懂，还是您来点吧。"

潘全力一笑，从服务员手中接过菜单，点了几个菜，要了一款新推出的比萨品种，又点了一个传统的品种，然后，又点了一瓶苏格兰威士忌。

"学圆，你来过这里吗？"

孟学圆不好意思地摇摇头。

"来，我先教你怎么装沙拉子。"

潘全力拿着一个盘，领着学圆来到了装沙拉子的地方。

"装沙拉子的技巧很讲究，葡萄干等干果要放在下面，上面再放沙拉子酱，周围要摆一些蔬菜叶，防止洒出来，沙拉子酱要满满地倒，形成层次，最后上面再洒一些干果。"潘全力一边说，一边熟练地装着。

"装这么多不好端，为什么不吃完再装？"

"你第一次来不知道，沙拉子只能装一次，所以大家都要装得满满的，你看，那个小姐装得比我还要满。"

潘全力用嘴努了努，让孟学圆看不远处一位穿着时髦20岁出头的小姑娘，装的沙拉子快要流出来了，她还在不紧不慢一点一点地往上放东西。

"装这么多，吃得了吗？"孟学圆有些不以为然。

"你不懂，有些东西你不争不去要，就不是你的，只有到了你的手里，才是你的。就像这沙拉子，装到盘子里就是你的，你不装就不是你的。咱们单位分房子也同样如此，分到手里就是你的财产，不争不要你就一无所有。"

学圆没有想到，装沙拉子竟然引出了潘全力对分房的一番感慨和评论。回到座位上，两个人边吃边喝边聊天。

潘全力可能觉察到了李克俭叫自己处长时，孟学圆内心的疑惑，于是，他漫不经心地告诉了学圆自己和李克俭认识的经过。

在开展税收、财务、物价大检查时，潘全力参加了对这个饭店的检查。当时，由于检查组的同志来自各个不同的部门，相互之间不熟悉，进入饭店检查时，不知道组长是为了抬高检查组的身份，还是为了调动检查组成员的工作积极性，就火线封官把潘全力说成处长了。潘全力本想过后向组长解释一下，可后来，在工作中，潘全力发现企业对领导比对一般干部更重视，挂个处长头衔有利于工作的开展，所以，潘全力就打消了更正的念头，忍辱负重挑大梁承担了处长的工作任务。

他一脸诚恳地告诉学圆："其实，我倒不是爱慕虚荣，贪图这个处长的名分，主要是为了有利于工作的开展。"可是，学圆却从内心感觉到，潘全力的解释有些此地无银三百两。从刚才坐出租车，司机说门口停了许多好车，潘全力马上让司机把车停在马路对面，到李克俭叫潘全力处长，潘全力脸上荡漾出的灿烂笑容，学圆觉得潘全力就是爱慕虚荣。而且他不让把请柬送到单位，恐怕是担心写着潘处长的请柬送到单位露了馅。学圆心里虽然这么想，但嘴上没有说出来，毕竟要给自己的老师留足面子。所以，对潘全力的解释，学圆嘴里一边哦哦哦地回应，一边连连点头，表示对潘全力所言的赞同和理解。潘全力端起杯子和学圆碰了一下，表情严肃地叮嘱学圆，今天到酒店的事情不要和处里的任何人讲，学圆当即斩钉截铁做了保证。

吃饱饭，潘全力让服务员给小毕打了一个电话，小毕像一阵旋风般马上卷了过来，手上拎着两个酒店的塑料袋子："潘处长，你们吃好了吗？给我们留点宝贵意见。"

潘全力摸了摸滚瓜溜圆的肚皮，风趣地说："毛主席说了，贪污和浪费是极大的犯罪，我们为了不走上犯罪的道路，吃得酒足饭饱，再吃就走不动路了。"

小毕说："走不动那就先不要走了，去我们舞厅跳跳舞再走，您也难得来一次。"

潘全力扭脸征求学圆的意见："盛情难却，那我们就去消化消化。"

学圆忙摆动双手，推辞说自己不会跳舞，而且还要回去加班。小毕给他打气说："跳舞有什么难学的？和走路差不多，一学就会。再说了，不学永远也不会。"

潘全力也鼓励他说："不用害怕，谁也不认识谁，没有人会笑话你。我们跳一会儿你再回去干活。再说了，就凭你的水平，那点活对你还不是小菜一碟儿？"说完，不顾学圆的再三推辞，招呼他起身一起去舞厅。小毕领路刚要往电梯间走，潘全力忙说："不要坐电梯了，我们走楼梯下去运动运动，正好减减肥。"小毕甜甜地一笑："您这么健美的身材还用减肥？"

谈笑间小毕领着他们从楼梯一步一个台阶进入地下舞厅，并把他们带到了一张圆桌前坐下，让服务员沏了一壶铁观音，摆上了四碟干果，又上了一个水果拼盘。张罗完这一切，小毕把两个袋子递到潘全力手里，略带歉意一笑："对不起，潘处长，我还有事情，就不陪您了，您好好玩儿，需要什么就和服务员说，我已经和她们讲好了。"用手一指两个袋子，"这是我们李总的一点小意思，不成敬意，留个纪念吧。"

潘全力让学圆下舞场去跳舞，学圆忙推辞说："我先看一看，您先去跳吧。"潘全力微微一笑，起身向邻座的一位女士做了一个邀请的手势，两个人立即汇入了旋转的人群。学圆坐在椅子上，嘈杂震耳的音乐、闪烁的彩灯、扭动腰肢、甩着长发不停晃着脑袋的红男绿女，再加上洋酒的后劲，眼前的一切都晃动模糊起来。正当学圆昏昏欲睡时，一阵香气突然钻进鼻孔，睁眼一看，身边站着一位身材窈窕、面容清秀、身穿红色旗袍的姑娘。她笑容满面伸出双手请学圆跳舞，学圆连连摆手说不会跳。姑娘嫣然一笑说："没关系，我来教你。"学圆不好再推辞，被服务员牵着手领进了场地。

学圆在学校的礼堂和同学也跳过舞，虽然跟这里的条件比起来，有天壤之别，但跳舞也不是一窍不通，只是第一次到这种场合来，有些拘谨而已。女孩是一个跳舞高手，在她的耐心帮助下，学圆逐渐找回了一些失去的记忆。女孩眯着弯弯的笑眼说："您说不会，这不是跳得很好吗？"学圆觉得女孩笑得很美，而且从她的身上透出的一股芳香，沁进大脑，让学圆不禁有些心神荡漾，想入非非。他赶忙定了定神，笑着回了一句："有这么好的老师教，能学不会吗？"

"哪里，是您聪明，悟性高。"

学圆听了女孩的夸奖，身上的毛孔都舒畅了，刚才还想赶快回单位加班，现在这个念头消失得无影无踪。两个人越跳越默契，越聊越开心。学圆请教女孩的芳名，女孩浅浅一笑，报出了简历：我叫杨丽，家在郊区，高中毕业后，托亲戚的关系到饭店当了服务员，刚才是舞厅的经理看见您一个人坐在这里太孤单，所以叫我来陪一陪。学圆也简单地把自己的姓名、毕业院校、工作单位等可以炫耀的内容毫无保留地告诉了她。

杨丽带着羡慕的口吻说："我特别佩服大学生，可惜自己没有考上大学。"

五　与美共舞

学圆安慰她："你在这么好的单位工作也很不错了。收入也不少，我虽然大学毕业了，但是一个月也挣不了一葫芦醋钱。虽然在外人的眼里，机关干部看似很高贵，但是吃苦受累，加班加点是家常便饭，也没有什么乐趣。"

愉快的时间总是过得飞快，学圆和杨丽跳了一曲又一曲，两人都有些累了。当一曲终了，杨丽说："我有些累了，想休息一会儿了。"学圆抬头看墙上的挂钟，已经11点多了，自己也感觉两条腿有些发软，汗水已经湿透了内衣，他连声向杨丽道谢，杨丽还学圆一个甜甜的微笑说："不用客气，欢迎您有时间再来。"学圆依依不舍地和杨丽道别。

学圆回到座位上，发现潘全力正坐在那里等候自己。见学圆回来，潘全力脸上闪出一丝狡黠的笑容："跳得不错呀，乐不思蜀了吧。"学圆的脸唰地红了，不好意思地说："别开玩笑了，潘老师，咱们回去吧。"潘全力领着恋恋不舍的学圆走出了舞厅。外边一阵夜风拂过，孟学圆不禁打了个寒战。潘全力忙伸手招过一辆微型面包出租车，拉开门让他坐了进去。

"我不送你了，让司机直接把你送回单位，我也直接回家了。"潘全力说完，把手里的袋子递给学圆一个，并塞给司机10元钱，孟学圆连忙推辞，潘全力不由分说，对着学圆挥挥手说："明天记得把发票给我。"学圆打开纸袋，看里面装的是两瓶威士忌洋酒。回到机关，已经睡下的看门大爷，披着衣服满脸不高兴地给孟学圆解锁开门，孟学圆连连给大爷道歉。电梯早已经停了，楼道里的灯泡也坏了，他只好拖着疲惫不堪的双腿，摸着黑，扶着墙，深一脚、浅一脚，气喘吁吁地爬上了八楼，把审稿件的事忘得一干二净，咀嚼着幸福的甜蜜沉沉进入了梦乡。

六　信心受挫

　　一阵急促的敲门声把孟学圆从沉睡中惊醒，他睁眼一看，已经八点了，因为睡得太沉，连闹钟响都没有听见，离上班还有半个小时。他急急忙忙爬了起来，开门一看，是大刘来了。大刘一进门，看了看睡眼惺忪的孟学圆，二话没有说，拿起暖瓶去水房了。孟学圆刚整理完床铺，辛处长进了门，一看屋子没有打扫，沉着脸拿起抹布开始擦桌子，这时候楚大姐嘴里嚼着油条进了门，可能噎着了，进屋就拿起杯子要喝水，一看暖瓶不在，端着杯子到其他处室找水喝。孟学圆仿佛犯了什么大错误，低着头赶紧拿墩布去擦地。

　　学圆擦完屋子正在擦楼道，就听处长在屋子里急促地叫他。他进去一看，只见辛处长眉头紧皱，脸色阴沉，见他进来也没有让他坐，学圆的心不由得怦怦打起了鼓。辛处长从桌子上举起一份材料，声音冷冷地问："我让你昨晚仔细看看这个材料，你看了吗？"学圆脑袋嗡的一下，心里暗道：坏了，昨晚回来太晚，把这件事忘到脑后了。他不敢承认没有看，吞吞吐吐地说："昨晚看了一遍，觉得文字没有什么大问题了。"

　　"文字没有什么大问题？里面的数字都校对了吗？"

　　学圆因为没有审看材料，所以说话的底气明显不足："我觉得数字应该不会有大问题吧。"

辛处长把材料往桌子上一掷，鼻子里哼了一声："应该不会有大问题？你仔细看看小数点点到哪儿了？"学圆拿起材料一看，发现小数点错了，数字相差了100倍，不禁有些汗颜，赶紧诚恳地向处长承认了错误。

辛处长见学圆主动认错，语气也有些缓和，用略带轻松的口吻说："我虽然不细致，工作比较粗，你如果差个毛八分的蒙蒙我可以，差了一百倍蒙我那可就蒙不过去了。"

学圆嗫嚅地回了一句："处长我哪敢蒙您？这是我工作不细致造成的，我今后一定注意。"

辛处长见他垂头而立，表情惶恐，没有再批评他，眉头也舒展开了："好了，知道错误就可以了，你知道在机关里，一些惊天动地的大事很少，主要是通过一些小事情来观察一个人。所以，有些人说机关无小事，的确如此。看似鸡毛蒜皮的一些小事，可能就毁了你的前程。你要想在机关有所发展，一定要在小事情上注意自己的言行、举止。"

学圆听了处长这似乎发自肺腑的忠告，不禁感激地点点头。处长看学圆的态度很好，顺势又鼓励了他几句："这次我力主让你当分房委员，就是希望你好好干，通过这次分房，尽快熟悉局里的情况，同时，也给大家留下一个好印象，有利于你今后的进步和发展，你可不要辜负我对你的期望。"

"您放心，我一定努力工作，不会让您失望的。"辛处长让他拿回去赶快改，说一会儿还要上会讨论。

"机关里面无小事儿！"

处长夯着胡子板着脸提醒他的这句话，是孟学圆到机关以来印象最深最难忘的一课。

福无双至祸不单行，处长的批评言犹在耳，因为照顾杨丽的情面，又被处长狠狠训斥了一顿。

在一次例行的处务会上辛处长安排工作时，用略带不满的口吻说："最近，省五星饭店又给咱们写申请，要求提高饭菜的毛利率和调整房价，现在他们的毛利率已经不低了，老百姓都把他们列为省城的三把快刀之一，怎么还嫌不够，涨多少是个头啊！小潘你抓紧时间去核实一下。"潘全力听出了辛处长话中对自己的不满,连忙谦恭地表明自己的态度:"您说得对,我也一直对他们说,不能光想着涨价,要在内部挖潜上多下功夫。我明天就抓紧时间去核实。"他停顿了一下,向处长建议,"处长,明天让学圆和我一起去查账吧,他是学财务的,有理论知识,正好到实践中去展示一下。"

"好!让小孟和你去!"辛处长爽快地答应了,转过脸又仔细地叮嘱孟学圆:"你和小潘去了,要认真审核他们的成本,看有没有不该列入成本的项目列进去了,成本核算准不准,一定要看第一手资料,别光看总账,明细账目要认真抠一抠,别让他们把咱们蒙了。"孟学圆想自己在大学学了四年财务,查个账应该问题不大,正好也借机在处长和全处同志面前露露脸。另外,这次去有可能再次见到日思夜想的杨丽,所以,信心满满应承了下来。

离饭店还有一段距离,学圆远远就望见李经理站在饭店门口等候他们。一见面,李经理笑呵呵地紧紧握住孟学圆的手说:"学圆,我们是一回生,两回熟,下次再见面就是好朋友了。"

潘全力不失时机地插了一句:"现在就是朋友了,不用等下次了。"李经理笑道:"对,对,还是潘处长说得对,领导就是比我们水平高。能够结识这么年轻有为的朋友,非常荣幸,以后还请多多关照我们。"孟学圆被李经理的热情和吹捧抬得有些头脑发涨,虚荣心得到了极大满足,嘴上连声客气,心里却像抹了蜜一样甜。

学圆脚步轻飘飘满心欢喜地随着李经理进了贵宾室,一进门眼前突然一亮,只见杨丽身袭一领红色的旗袍,满脸洋溢着灿烂的笑容,站在屋子里恭候他们。见他们进了门,马上过来给他们沏茶、倒水、拿水果。杨丽的一颦一笑马上勾起了他幸福的回忆。李经理看见学圆进屋的表情,仿佛洞察到了什么,赶忙赔着笑脸道歉:"对不起,二位领导,我那边还有一些紧急的事情要处理,恕不奉陪了。让我们财务经理和杨丽先陪你们,有什么事情,需要什么东西,就和她们讲,中午我陪你们一起吃饭。"

李经理转过脸又严肃地叮嘱杨丽:"你一定要照顾好二位领导,如果让领导们有什么不满意的,小心回头找你算账!"杨丽信誓旦旦保证做好服务。

有美女相伴，再加上杨丽殷勤周到的服务，学圆感觉枯燥乏味的查账变得轻松愉快，头脑也变得特别清晰，工作效率提高显著，计划两天的工作，第二天吃过午饭就基本完成了。查完账孟学圆发现了许多费用不应该记在成本里，这个饭店的毛利率确实有些偏高。他满心高兴，觉得自己第一次出马审查出了问题，内心非常得意。他兴致勃勃地把自己的发现告诉了潘全力，想让潘老师和自己一起分享快乐。结果让学圆大失所望，潘全力对此并不感到意外，好像这些事情他都已经了然于胸，很让孟学圆困惑不解。

回来的路上潘全力告诉孟学圆：哪个企业的账目没有水分？企业全是涨价的时候一个成本，降价的时候一个成本，怎么对自己有利用哪个。现在谁在社会上没有几个朋友？包括局长、处长他们也有自己的关系和朋友。你以为他们全是大公无私吗？这种事千万不要太较真了，只要没有什么大问题，睁一只眼闭一只眼就可以了。再者，李经理对咱们也不错，把咱们当朋友，能照顾朋友的地方就关照一下。多个朋友多条路嘛。这件事，只要回去你不说，我不说，也就过去了。

听了潘全力的一席话，孟学圆恍然大悟，为什么饭店西餐厅开业时潘全力要拉他来吃饭，原以为是潘全力关心照顾自己，现在才明白，原来潘全力早就为以后的事情埋下了伏笔，自己被潘全力当猴耍了。俗话说：吃人家嘴软，拿人家手短。孟学圆也觉得查账这两天，饭店天天好吃好喝的招待，还送了礼品，特别是杨丽也求他，说这件事关系到她的前途和在饭店的地位，千万看在小妹的面子上，请多多关照。孟学圆看见杨丽的笑脸非常开心，对她的请求感到很难拒绝。检查期间，潘全力还有意无意地对学圆说："你和杨丽真是天生的一对，得机会的时候我给你们当个介绍人，你们交个朋友。"学圆当时心里特别开心。思来想去，学圆觉得这不是查账，而是在解开一个人际关系的纽带。再者说潘全力是带队的，自己也不太好意思和他闹别扭。结果查账回来，复查的结果成本不仅没有降下来，反而比饭店申报的还要略高一些，辛处长板着脸，粗声大气地把他和潘全力训了一顿。孟学圆觉得自己的形象在处长眼里不但没提高反而打了折扣，着实郁闷了好几天。

接连被处长批评,学圆的自信心遭遇极大打击,对自己适应机关生活的能力产生了怀疑。接到行财处召开分房委员会议的通知后,他扪心自问,凭自己胆小怕事爱面子的性格能胜任分房委员的神圣使命吗?

七 分房委员会议

下午2点钟，局八楼大会议室，分房委员会第一次全体会议准时召开。学圆进了会议室，看见长方形会议桌的最前端，市场管理局主管行政后勤事务的副局长魏公正正襟危坐，右手的香烟举在半空，烟雾从他的手中向四周弥漫。魏公正来局时间比学圆早一年多，长得人高马大，一米八的身高体重超过200斤，因为胖的缘故，显得头大脖子粗眼睛小，一年四季喜欢梳个寸头，说话粗声大气，司机班的人背后都叫他"魏大头"，并说他没有什么本事；但局里也有人夸魏公正敢说话办事公道。学圆对魏公正不太熟悉，只是在全局大会上见过几面，对魏公正的能力强弱缺乏任何判断。他坐下后扫视了一圈会场，见魏公正的左手边坐的是行政财务处处长刘旭，桌子周围委员们习惯性地按照级别、年龄从前到后围着桌子坐了一圈儿，大家的脸上都流露出一种自豪、庄重的神色。几个爱抽烟的委员，看见魏局长在上面吞云吐雾，也各自掏出香烟，相互之间让了让，美美地享受了起来。会议室里烟雾缭绕，空气浑浊，从不吸烟的孟学圆一进来被呛得眼泪直流，不由自主地干咳了几声，脑袋有些发蒙，感觉会议桌中间树立的那块标有"No smoking"和"严禁吸烟"中英文标志的牌子，被烟雾熏得左右摇摆起来。

刘旭见委员们都到齐了，习惯性地用手扶了扶眼镜框，轻轻地咳嗽了几声："同志们！我们今天召开我局第一次分房委员会全体会议，下面首先请魏局长宣读局党组关于成立分房委员会的决定，大家欢迎。"刘旭说完带头鼓掌，委员们也都纷纷把手高高举过桌面，好像拍巴掌比赛一样，拍得啪啪作响。魏公正举起厚厚的像熊掌一样的右手，伸向半空向大家挥了挥，示意掌声停下来，左手捧起了放在桌上的两张白纸。

"同志们，下面我代表局党组宣读一下关于成立分房委员会的决定。"大家肃静下来，竖起耳朵听魏公正宣读。决定的主要内容是：局党组任命魏公正为分房委员会的主任，行政财务处处长刘旭为副主任。分房工作主要由魏公正代表局党组牵头负责，日常工作由刘旭同志主抓。分房委员会在局党组的领导下负责做好日常工作，最终由局党组决定房屋分配方案。后面附了这次分房委员会的16名委员名单。

魏公正声音洪亮底气十足宣读完决定，脸色突然凝重起来，用眼睛扫了一圈桌子周围投向自己神色各异的目光，语气也转为严厉："同志们，为了保证这次分房任务的顺利完成，我让刘旭同志起草了分房工作的五条纪律，各位分房委员必须严格遵守。下面我宣读一下这五条纪律。第一，秉公办事，坚持原则。第二，不吃请、不受礼。第三，严格遵守保密纪律，不该说的不说，不该问的不问，不许泄露会议讨论情况。第四，坚持民主集中制原则，一切通过分房委员会，严禁个人说了算。第五，在会议讨论时，可以畅所欲言，一旦形成决议，对外要统一口径，不允许再发表不同意见。另外，为了对分房的全过程进行民主监督，局内要设置'意见箱'，欢迎全局同志对违反分房规定的人和事进行举报，一旦发现了并查证属实，是委员的，要坚决取消其委员资格；是要房的人弄虚作假欺骗组织，也要取消其分房资格。"

魏公正一口气讲完上述话，会场上顿时鸦雀无声。魏公正暗自得意，自己这声色俱厉的几句话，就像小说《水浒》里的"杀威棒"，起到了震慑作用。他端起茶杯咕咚咕咚痛饮了几大口，用眼睛扫了一圈在座的委员，问大家对此有什么意见。这时候，一个五短身材，圆耳朵、圆眼睛、头发稀稀拉拉的中年人轻轻调侃了一句："魏局长您放心，为了严格遵守分房纪律，打今儿起我就戒酒了，分完房再开戒。"学圆悄声问坐在身边的张建华这个人是谁。张建华低声告诉他这是老干部处的处长叫贾大生。

魏公正知道贾大生是个贪杯的人，戒酒的话只能左耳朵进右耳朵出，于是也半开玩笑地回了一句："你要能戒酒我就能戒饭。也不是不让你喝酒，只要与分房没有关系的，就可以喝。尺度你们自己心里都清楚，把握好就行了。"

下面几个委员也纷纷表态"没有意见"，魏公正见没有反对意见，十分高兴："我相信大家的觉悟，谁也不会为了一顿饭而丢咱们分房委员会的脸。如果大家都没有什么意见，我们转入下一项议程，讨论分房办法草案。"

行财处的张建华急忙起身把草案分送到每个委员的手中。抓住委员们看材料这个间隙，魏公正把草案举在手里，对着大家摇了摇："这个草案是以我局历次分房办法为基础，刘旭他们又先后走访了省政府办公厅、计委、财政厅、地税局等好几个部门，结合咱们局的具体情况，起草了这个分房办法。应该说既吸收了以前的经验，又补充了新的内容，这个办法还不算定稿，今天咱们先讨论一次，根据大家的意见修改后，再送各处室讨论，最后上报局党组批准实施。下面先请刘旭同志把这个办法念一遍，大家消化消化。"

刘旭是个慢性子的人，一米七八的身高，体重只有120斤，瘦长脸、细长眼、脖子又长又细，戴着一副金边眼镜。他扶了扶眼镜腿，端起杯子喝了一口茶，清清喉咙，慢条斯理地说："这个办法，也不是我们闭门造车编出来的，它的出处是局内过去历次分房办法的综合，同时，也参考了刚才魏局长说的兄弟局的一些分房办法。在此基础上行财处的同志加班加点，起草了我局的分房办法，我们认为这个办法应该说是比较完善了，可以说照顾到了方方面面的利益。当然了，虽然我们主观上想把这个办法搞成一个尽善尽美的方案，但是，再好的规则也有漏洞，所以，肯定还会有遗漏和不足的地方，希望大家集思广益进行补充完善。下面我先把办法念一遍，请大家认真听，有什么不清楚的地方我再解释。"

刘旭当着局长和全体分房委员的面，先自鸣得意地把自己和本处室做的工作充分肯定了一番，然后才抑扬顿挫地把分房办法从头到尾念了一遍。

刘旭把分房办法念完，刚想再解读一下，一句气冲冲的质问就从一个委员的嘴里蹦了出来："不是说以过去局内的分房办法为基础吗？那为什么把工龄分从过去的一分提高到两分？为什么取消了每年四分的局龄分？这个不合理。"

在座的委员们都把目光投向了这第一个发声的人，学圆见这个人国字脸，前额有些谢顶，眼睛睁得像牛蛋一样大，两道粗黑的眉毛微微上扬，声音虽有些发哑，但是声调又高语速又快。张建华告诉学圆这是轻工业处的分房委员，叫肖天虎。魏公正很不满意肖天虎带有质问的口吻，不待刘旭作答，就先抢过了话头："因为局龄分不合理，我们局内凡是有分房资格的人都可以要房，设局龄分就没有什么意义了。提高工龄分，主要考虑的是为党做工作时间长的同志贡献更大一些，所以要通过工龄分体现出他们的贡献。"魏公正的解释就像一滴凉水掉进了热油锅，引爆了下面一片嘈杂之声，委员之间交头接耳，议论纷纷。这些声音在肖天虎听来好像是给自己撑腰壮胆，不由得勇气倍增，理直气壮顶了一句："这是我们市场管理局分房，应该计算大家谁来局的时间早，谁对市场管理局的贡献大，局龄分就是为了这个目的而设置的嘛，怎么能说取消就取消了？"

魏公正一看肖天虎胆敢在大庭广众之下公开顶撞自己，不禁有些恼羞成怒，心里暗想不把这个出头鸟打下去，下面众多的调整内容怎能顺利通过？他把手里捏着的分房方案用力往桌子上一摔，声音也调高了八度："怎么就不能取消？国家法律还能改呐，分房办法怎么就不能改？我们都是党的干部，有句俗话说得好，党的干部就像一块砖，东西南北任党搬。在哪里工作要服从党的需要。组织上把我从省里调到市场管理局，这也是革命工作的需要。难道我这几十年没有在市场管理局工作，就没有为党做贡献吗？简直岂有此理！党的干部要看为党为人民做了多少贡献，不能光看为市场管理局做了多少贡献。"

魏公正的这番话，不但没有平息下面的议论之声，反而激起了更大的反响，既有赞同之声，也有反对的声音。肖天虎从一片嘈杂的声音中捕捉到了自己的同盟军，一下子那股天不怕、地不怕的二杆子劲头又上来了，他毫不示弱地把声音也提高了一截："那为什么不把房子拿到社会上去分，社会上为党做过贡献而且没有房子住的人多的是呀。"

肖天虎的这番话无疑给正在气头上的魏公正火上浇油，他伸开巴掌冲着肖天虎拍起了桌子："你这是胡搅蛮缠，市场管理局分房与社会分房有什么关系，这挨得上边吗？"一听这话，肖天虎"腾"地站了起来，咧开大嘴岔子还要放炮。这时候，坐在他旁边的贾大生攥住他的胳膊往下用力把他拉回到椅子上，劝他说："有话慢慢说，你和局长嚷什么？"肖天虎一怔，把下一句话生生咽回了肚子里，憋得他脸红脖子粗，坐在椅子上喘着粗气。

委员们一看魏公正拍桌子动怒，谁都明白这是"杀鸡给猴看"，会场顿时沉寂了下来，大家面面相觑，谁也不愿意再当出头鸟去得罪局领导。刘旭见会场有些冷，委员们都缄口不言，心中对魏公正的做法也有些不满意，心想肖天虎一个小泥鳅能掀起什么风浪？和他发火有失局长风范，也容易引起大家的不满。为缓和紧张气氛，他脸上挂出一丝笑容，语气平缓地说："大家有什么意见可以继续提，今天就是讨论会，大家可以畅所欲言，亮出自己的观点，我们的目标都是为了更好地完成这次分房的工作，有不同的意见，甚至有一些争论也是正常的，有争论不要紧，因为真理是越辩越明的。"

刘旭讲完话，魏公正见大家还是欲言又止没有人发言，心里也有些后悔，自己毕竟是一个堂堂的副局长，跟肖天虎这个一般干部争吵，一来有失身份，二来也有压制委员意见之嫌。他思索怎么打破僵局，眼睛余光一扫，见老干部处的贾大生两眼直直地看着自己，好像要发言的样子。对贾大生他颇有好感，刚才要不是他把肖天虎拉回到椅子上，可能与肖天虎之间的争论更加激烈，搞不好自己很难下台。想到这一点，他主动点了贾大生的名："老贾，你到我们局的时间长，对过去的情况也熟悉，你先讲一讲，然后大家都说一说。"

贾大生见局长点名让他发言，急忙道了声"谢谢！"然后，贾大生语速不紧不慢、声音不高不低地谈了他的意见："首先，我认为这个分房办法起草得不错，既继承了过去分房办法的一些精华，又补充了新的内容，照顾了方方面面的利益，考虑得也很周到，应该说是我局有史以来最完备的一个分房方案。看得出来，行财处的同志们在魏局长和刘处长的带领下花费了不少心血，我对这个方案基本赞同。"

讲完上述话，贾大生见魏公正刚才还紧绷的脸完全放松了，刘旭也眉眼弯弯、嘴角上翘，脸上笑眯眯的，刚才紧张的会场气氛顿时有所缓和。见机会来临，他马上转入了"但是"的话题："这个分房办法，前面已经提出了局长可以分到四间房，处长分三间房，处长以下一般干部职工分两间房。我看可以同级别的互相比较，领导不要再和普通干部职工一起比分数排队了。可以领导和领导比，普通干部职工之间互相比。因此，在加分标准这一节，给局长加8分，副局长加7分，处长加6分，副处长加5分，是否还有必要？"

刘旭和颜悦色解释说："领导也不能特殊嘛，要按照分数和大家一样排队挑房，谁的分高谁先挑。"魏公正接过刘旭的话头夸赞贾大生："老贾提的意见很好，这次局党组定的分房原则，就是领导和干部职工一起按分数排队分房，体现公平、公正、公开的原则。下面大家接着提，不清楚的地方也可以问。"

听完贾大生的发言，学圆真切感到，姜还是老的辣，贾大生寥寥数语，虽然也是提意见，却讲得魏公正和刘旭眉开眼笑，和肖天虎的效果完全相反，看来，今后要学习贾大生的讲话艺术。他第一次见魏公正发这么大的火，感到有些不可理解。虽然肖天虎提的意见有些尖锐，但是既然让大家讨论，总要让人说话吧。看这个架势，他暗暗打定了主意，自己的策略就是徐庶进曹营——一言不发。他不敢正视魏公正的目光，怕魏公正点自己发言，所以，假装低头看分房方案，避免目光和领导直接相对。

检查分局的张瑞英见会场气氛活跃了，马上问了一个敏感问题："为什么要从过去的到局内三年改为到局内一年就可以分房？要是改为两年是否好一些？"刘旭解释说："这是因为这次的房源相对比较宽裕，所以降低了年限标准。"学圆听到这里灵机一动，那自己和人事处签订的三年不要房子的协议书是否也应该改为一年？散会后去问问人事处。

众人七嘴八舌，有的对奖励条件有意见，有的对分房的原则有看法，还有的认为学历加分不合理……渐渐地会议室内热闹了起来，许多委员之间开始争得脸红脖子粗。魏公正没有像开始时那样再发脾气，脸上又恢复了往日那种和颜悦色的表情，还时不时咧开大嘴干笑两声，对委员提出的意见耐心地做着解释工作，而且对一些委员提出的标点符号不对或句子表述不完整的意见，也不时地给予肯定和表扬。

"铃—铃—铃"一阵清脆的电铃声盖住了会议室的争吵，魏公正屈起中指敲了敲桌子，会议室里顿时安静了下来。"如果大家没有新的意见，今天我们就先讨论到这里，大家讨论得很热烈，也提出了很好的修改意见，但是，没有什么颠覆性的意见，这个办法原则上算通过。散会后请行财处把大家提出的意见综合一下，吸收到方案中去，形成一个修改稿，然后发给各个处室讨论。离退休老干部由老干部处召集他们开会，听听他们的意见。谢谢同志们。散会！"

八　言人人殊

分房委员会议结束的第三天，行财处就把修改后的分房草案整理出来了，张建华打电话通知学圆到行财处去取，并告诉他，方案拿回去后要及时向处室领导汇报，组织处室人员进行讨论。学圆急不可待地想知道修改了哪些内容，拿着方案边走边看，见新的草案前面加了一段说明，大意是：这个草案是经过分房委员会全体会议讨论后，根据委员们提出的修改意见，进行了补充完善，现发给各个处室，请各个处室在本周内组织本处室全体人员进行讨论，并将修改意见形成文字稿，在月底前返回行财处。

回到了办公室，他跳过前面的说明，手脚麻利地翻开草案，把上次会议上大家意见比较集中的地方仔细看了一遍，发现这些内容修改意见基本没有吸收，只是在个别地方和标点符号、句子的表述上进行了一些修改。他突然产生了一种被戏弄的感觉，觉得全体分房委员会议只不过是走个形式和过场，实际上方案并没有接受大家的任何意见。

潘全力见学圆拿着草案沉思不语，好奇地凑过来问了一句："怎么了？发什么呆？"学圆用不满的语气抱怨说："修改了半天，内容基本没有动，还说是根据委员的意见修改的，我觉得有些可笑。"

潘全力说："如果都按照你们的意见修改了，那办法不是又回到了以前的老路子上了？这次就是要修改以前的办法，想把办法再改回去，你想能通过吗？"

"那就不能说是分房委员会讨论通过的，因为分房委员会意见不统一呀。"

潘全力冷笑了一声说："意见不统一，不代表没有讨论，这个方案确实你们分房委员会讨论了，所以说是讨论通过的，也没有错呀。再说了，意见不统一，说明有人支持肯定也有人反对，意见有分歧，所以听哪一方的意见都会遭到另一方的反对，索性谁的也不听，外甥打灯笼——照旧（找舅）最好。"

"可是反对取消局龄分的人是大多数呀。"学圆有些不服气地与潘全力争辩。

潘全力鼻子里不屑地哼了一声："你太天真了，你们现场表决了吗？你怎么就知道是大多数？告诉你，即使表决了，反对取消局龄分的真的占大多数，老魏一句话，'真理往往在少数人手里'，也会把你们大多数人的意见否定了。"

学圆对潘全力的话颇有些不以为然，心里暗暗思忖："潘全力是不是有些以小人之心度君子之腹了，魏公正一个局级领导干部能说这么无赖的话？"潘全力仿佛洞穿了学圆的心思，还想再说什么，恰好老梅进了门，问他们争论什么。潘全力忙打住话题，说在闲聊天。学圆怕老梅要草案看，赶忙起身把分房草案给辛处长送了过去。

按照辛处长的要求，讨论会和周五的政治学习合并到一起开。每次学习，辛处长都要学圆去催，这次是讨论分房办法，事关大家的切身利益，所以没等催，大家都准时到了辛处长的办公室。辛处长见今天没用催而且人提前到齐了，舒展眉头夸了一句："今天不错，又守时，人到得又齐。"

"那当然，您天天带着我们学习，总得有进步，不然不就白学了？"潘全力不失时机地捧了处长一下，老梅和楚京明也随声附和，给辛处长脸上贴金。

"有进步就好，希望你们青出于蓝而胜于蓝，进步再快点，赶紧超过我。"大刘微微皱了一下眉说，"处长，人都齐了，咱们是先学习，还是先讨论分房方案？"

"当然是先学习了,你把这几份文件先念一念。"

等大刘念完文件,辛处长又把文件的要点强调了一遍,吩咐学圆会后要围绕重点内容写好学习总结。做完这一切,辛处长拉开抽屉,从里面拿出了分房的讨论稿,先高声把前面的说明读了一遍,然后把分房草案递给学圆:"小孟,你先把草案念念,看大家有什么不清楚的地方,你再详详细细地解释解释。"

孟学圆把分房草案高声念了一遍,并且把会议上魏公正和刘旭的解释鹦鹉学舌地复述了一通,当然有些内容他还是有所保留了。

学圆的话音刚一落地,辛处长就带头放了一炮:"刘旭他们这个解释没有道理,这是市场管理局分房,不是给全省党的干部分房。你老魏要是还在省政府工作,市场管理局能给你分房吗?正因为你是市场管理局的局长,所以市场管理局才给你分房。这个不能作为取消局龄分的理由。"潘全力连说了几个对。

大刘接过辛处长的话头,嘿嘿干笑了几声:"这也不奇怪,现在制定政策的人,只要是既得利益者,出台的政策没有不维护自身利益的,不仅是分房,其他方面也是如此,这已经是一个普遍的社会现象,我们局也不能例外。不过局龄分每年4分确实有些不合理,这也是当年制定分房办法时,那些先到局的人为了确保自己的利益定的标准。但是,一下子就没有了,也太急了点儿,我认为逐步取消好一些。"

潘全力听出了大刘话中的意思,他的工龄短,可是他在局里工作的时间比较长,所以,他坚决反对取消局龄分,反对增加工龄分。可是他没有直接和大刘争辩,而是先捧辛处长,再表明自己的观点:"辛处长说得好,说出了我们的心里话。市场管理局分房只能分给市场管理局的干部职工,而不是分给全省各个部门的干部职工,所以,必须考虑对市场管理局做的贡献和到局的时间长短。据我所知,他们提到的许多局现在也还保留着局龄分,为什么偏偏我们局取消了?还有工龄分一下子增加了一倍,是不是幅度太大了?也要考虑年轻干部的情况。我觉得还是刘处说得对,因为他们刚来,所以就取消局龄分,增加工龄分,这么做就是只考虑了自己的利益,一切为我所用了。"

大刘一听潘全力拿自己的话借题发挥，嘴里急忙嗨嗨了两声，纠正潘全力的观点："小潘你可别歪曲我的意思，我可不是说取消局龄分就是把自己的利益放在前面了，我只是说应该逐步来，不能一步到位。就像咱们调整价格一样，不能调得太高，要考虑群众的承受能力，一点儿一点儿地往上涨。"

楚大姐现住在南郊单位分的一套两居室，按照分房办法不具备分房的资格，所以，她首先就自己的分房资格放了一炮："当初，我们去南郊住是为了缓解局里的分房矛盾，而且路途远、没有班车，和郊区差不多。秦守仁局长曾经说过，等有房子了，就让我们搬回来，我建议分房办法中应该把'让南郊住户搬回来'的内容加上。"

见无人呼应，楚京明马上转移了话题，她从学圆手里夺过分房方案，用手指点着说："过去，都是到市场管理局三年以后才能分房，这次为什么一年就可以要房，时间太短了吧？上次分房不就是因为我来局时间短，所以给我发配到南郊去了？我的意见还应该按照上次的分房办法办，总要有个先来后到吧。"

潘全力和楚京明很有同感："刘旭和魏公正都刚来一年多，所以，他自然要把分房办法改为一年了，这样一来，他既可以名正言顺地要房，还给局领导拍了马屁。"

大刘为刘旭打抱不平说："人家刘旭这次可没要房，小潘你可别信口开河。"

学圆插话说："分房会议上，我听说这次吴局长和石岩局长公开表态，不和干部群众争利，不参加这次分房。"

"你们听听，两位局长高风亮节主动退出，可魏局长为了自身利益，愣把三年缩短为一年，差距太大了。再说了要房的人不能当分房委员，他不但当了，还是主任，你说他又当运动员，又当裁判员，能办事公平吗？"

辛处长见话题集中到魏公正身上了，赶紧插话说："你们俩别争了，咱们集中讨论分房办法，对事不对人，不议论张三李四。老梅你说说你的看法。"

老梅虽然岁数大工龄长，但是到局的时间不长不短，所以，对取消局龄分虽然也有看法，但是不像辛处长和楚京明他们那么强烈，由于自己的工龄长，对增加工龄分的做法非常赞同，但是，他犯不上和潘全力他们发生冲突，伤了和气，所以他慢吞吞、字斟句酌地表明了自己的态度："我对大家说的都同意，我还想说一点，既然局领导可以分四间、处级领导分三间，我们这些大头兵只能分两间，本身就没有按照是否困难的原则来分房，而是按照级别来分房的。那就领导与领导比，非领导与非领导比，按照分数高低排队要房就可以了，干吗还要给局领导加10分，处级领导加8分？这不是处处都优先了？另外，奖励标准里应该增加一条，响应国家号召支援西藏建设的可以奖励一套住房，这是局领导讲过的，要明确写出来，不能老是放在袖口里。"老梅的分数如果和干部比有优势，如果局长、处长加这么高的分，先挑房的优势就丧失了。

学圆向老梅解释说："这个问题上次分房会议上有人提出来了，魏局长和刘处长都解释了，主要是领导也不能搞特殊化，也必须按照分数的高低，和大家一样按分数排队选房，如果分数低，也不能先挑房。"

"瞎扯，这就是又想要好房，又想堵众人的嘴，落个好名声，司马昭之心，路人皆知的事情。"潘全力一针见血地揭了底。

大家七嘴八舌对分房办法又提出了其他一些意见，可讨论来讨论去，主要的意见还是围绕上述问题打转转。见没有更多的新内容了，辛处长吩咐学圆说："小孟，你把大家的意见综合一下，看看都有哪些？"学圆把记录情况念了一遍。

辛处长归纳总结说："我看大家的意见主要集中在三个方面：第一就是取消局龄分的问题，我们认为不合理，应该恢复，如果认为偏高，可以减少为每年2分。第二是来局多长时间就可以要房的问题，我们意见还是三年，保持政策的连续性。第三是奖励分数的问题，我们的意见是领导与非领导之间拉的距离过大，应该缩小分数差距。这三个是主要问题，其他的问题，小孟你再归纳一下，然后上报。大刘你们看这样可以吗？"

大刘见辛处长尊重了自己的意见，连忙说没有什么意见了。老梅和楚京明也称赞辛处长总结归纳得很好，纷纷表示同意。潘全力本想再说应该把工龄分的问题也列为主要问题，但是他一想在座的人，除了孟学圆以外，其他人工龄都比自己长，话说出来肯定要伤众，所以，犹豫了一下，嘴张了张还是没有说出口。辛处长仿佛知道他要说什么，假装没有看见："既然大家都没有什么意见，那就这么定了，小孟你按照我说的去整理吧。散会。"学圆点点头表态说："等我整理完了，请处长再过一下目，然后再送行财处。"

星期一早晨，孟学圆把整理好的会议记录送给辛处长。辛处长一边看一边问他："你看大家提出的意见还有什么不完善的地方？他们的想法你都清楚了吧？"

"清楚倒是清楚了，就是潘老师说应该把他建议的工龄分一年2分太高的问题也列进去，楚大姐要求把让南郊住户搬回来的问题也列入，我没有当主要问题，而是把它作为其他问题也写进去了，您看合适不合适？"

"个别的意见就不用再列进去了，在反映问题的时候，还是要遵循少数服从多数的原则，你说对不对？"辛处长嘴里说着，顺手从笔筒中抽出一杆红蓝铅笔，在学圆写的讨论记录上重重画了几道。

"您说得对，我按照您的意见修改后再送行财处。"

学圆心里清楚，处长工龄已经几十年了，增加工龄分他是最大的受益者，绝对不能容忍别人提出反对意见，自己也是碍于潘全力和楚大姐的情面写上的。

"行了，就这么办吧，你修改完了就送走吧。"

学圆把会议记录修改完急忙给张建华送去："建华，这是我们处的讨论记录，放在你这儿，有什么不清楚的再给我打电话，我先走了。"他把讨论记录往桌子上一放，转身就往外走。

"学圆，你先别走，刘处长说等你过来了让你找他一趟。"

"刘处长找我什么事儿？"

"不知道什么事，你过去问问不就清楚了？"

学圆揣着忐忑不安的心敲开了刘旭的房门。刘旭示意学圆坐在自己办公桌对面，随口问道："小孟，你们处里主要都是什么意见呀？"孟学圆把会议讨论的情况简要说了一遍，看刘旭没有什么反应，站起身来准备往外走。

"小孟呀，先别走，我问问你，你对咱们的分房办法有什么看法？"刘旭摆摆手，让孟学圆坐回来。

"我看大家主要是对局龄分的意见比较大。"

"你怎么看这个问题？"

"我看大家的意见也有些道理。"

"小孟，你刚到咱们局，有些情况你还不太熟悉。你知道当时为什么要定局龄分吗？定这么高的局龄分受益者是谁吗？咱们这次分房的出发点就是要充分考虑全局干部职工的利益，不能仅仅考虑局部人的利益。这是我们分房的出发点，也是原则，你说是不是？"

学圆机械地点点头，表示赞许，可是他突然想起昨天讨论的时候，辛处长发言是反对取消局龄分的，除了大刘，其他同志也全是反对派，千万别和处室领导还有同志们唱反调。想到这里，他赶紧说："但是，我们处里在讨论的时候，大家都认为这是市场管理局分房，不是全社会分房，所以，一定要考虑为咱们局做出的贡献大小。"

刘旭眼镜后面闪出一丝愠怒，但瞬间又恢复了正常，他循循善诱地给学圆做开了思想工作："咱们都是党的干部，党的干部就要把党的利益放在第一位，在哪里工作不是你我能够决定的，一切都要听组织安排。我在农场当场长，干得舒舒服服的，办公用房、住房都比这里宽敞，可是一纸调令把我调到了这里，魏局长他们也是如此。其实，不管在哪个岗位，都是为党的事业做贡献，要说比贡献，要比整体为党和国家做的贡献，不能仅仅比在市场管理局做的贡献，你说是不是？"

学圆心里暗暗思忖：你说的这些似乎有些道理，可是，加分不加分都和我没有关系，反正我是不想陷进去，以免到时候两边不讨好。

刘旭从学圆冷漠的表情和漫不经心的话语中揣摩到了学圆事不关己、高高挂起的自私心理，他决定从学圆的切身利益入手，说服他支持自己的观点："这件事儿其实与你的切身利益也有关系。以后如果再分房，你到局的时间短，就没有多少局龄分。你是国家分配的大学生，在大学读了四年书，知识层次也比较高，而且你是服从国家分配来的，可是就因为你来得晚，你就要比那些比你来得早几年，但是学历比你低，能力不如你的人分数低很多，这不是知识贬值了吗？你说这合理吗？对你公平吗？"

孟学圆听了刘旭一番挑唆的话，感觉句句说到了自己的心里。四载寒窗苦读，到头来却比早来几年的高中生甚至初中生的分数还要低，确实有些吃亏了。他内心突然升起一股酸楚和愤愤不平的感觉，情绪激动地点点头表示赞同。刘旭看见孟学圆赞许的表情，知道自己的话已经打动了学圆的要害，他面带微笑顺着思路继续往下说："这次分房虽然没有你，但是，这次的分房方案肯定会对下次的分房产生影响，不为别人为自己考虑，你也应该旗帜鲜明地支持这个方案，大胆表明自己的意见，我希望你在开会的时候不要老是当旁观者，不要怕得罪人，要敢于亮明自己的观点，坚决地支持分房委员会的正确决定。"

见刘旭这样体贴关心自己，学圆心里热乎乎的，一直萦绕在自己内心的一个纠结，忍不住向刘旭倾诉出来："刘处长，我看咱们这次分房办法规定，到局一年就可以参加分房，可是，我来的时候，人事处让我们签了一个协议书，要求我们自愿申请三年之内不向局里要房，这和分房办法是否有抵触呀？而且，按照魏局长的说法，我们也是国家分配到市场管理局的，应该也属于服从组织分配的类型呀。"

刘旭两个眼珠骨碌碌地在镜片后面转了转，思索了一下，给了学圆一个模棱两可的答复："你们刚来的时候，这个分房办法还没有出台，以前规定就是到局三年才能参加分房，所以让你们签三年不要房的协议与这个分房办法之间并不矛盾，情况总是在变化嘛。"

"那我们能不能去人事处重新签协议，把自愿不要房的时间改为一年？"

"这个牵扯到与人事处的工作衔接，而且牵扯到许多人，等我们与人事处联系后再说吧。另外，就是改为一年你也无法参加这次分房，你还是专心致志把分房工作做好，以后这些问题组织上会有通盘考虑。"

学圆突然想起出门前楚京明嘱托的事，于是把秦局长曾经答应让南郊住户搬迁回来的话转达给了刘旭。刘旭斩钉截铁地说："简直异想天开，你告诉她分房委员会不考虑这个问题。"

九　老干部的靠山

　　每个月最后一个周末的下午是局里离退休老干部学习文件和聚会的日子，老干部可以根据身体情况自愿参加。由于这次活动是讨论分房方案，贾大生知道，只要是发钱发物、外出旅游和与福利有关的事情，来的人一定多，所以，他很有预见性地把会场设在了局大会议室，而且向魏局长请示，请学圆帮忙做记录，因为学圆会速记，可以把老干部的意见完整记录下来，而且借机会也让学圆熟悉熟悉局里老干部要房的情况。魏局长觉得是个好主意，于是给辛处长打了一个招呼，学圆被迫给贾大生当了一回书记员。

　　宽畅的会议室老干部一个人坐两把椅子，也绰绰有余，可老干部一进门自然而然地分成两拨儿坐。学圆轻声问贾大生为什么要分成两拨。贾大生在学圆耳边小声地告诉他：人数比较多的这拨儿是拥戴原离休老局长秦守仁的，人比较少的一拨儿是拥戴原副局长老徐的。人多的一拨里一个白头发、白须、背微微有些驼，60多岁的老干部冲贾大生喊了一嗓子："大生说什么悄悄话呐，这个小伙子是你们处里新来的人？"贾大生示意学圆站起来，用手指着学圆对老干部们介绍说："这是我们局新分配的大学生，叫孟学圆，分在收费处。学圆既是分房委员也懂速记，今天专门来给大家做记录。金处长，请你们坐得分散一点儿，不用那么挤。"刚才说话的人叫金大鹏，退休前是生产资料处的副处长，他对着学圆微笑着点点头算是打了招呼，对贾大生的话却充耳不闻。贾大生见下面没有人理睬他的话，也就偃旗息鼓，任由他们去了。

这些老干部为什么要分成两拨儿？这与这些离退休老干部的切身利益有关系。原来的老局长秦守仁，家在陕北老区，他父母生了他们弟兄四个，按照忠、孝、仁、义排列，小弟弟得病死了，剩下他们哥儿三个。红军长征到了陕北后扩大队伍，地方政府动员他父母送孩子当红军，父母考虑他两个哥哥是家里的壮劳力，就把15岁的秦守仁送到了部队。因为年龄小，到了部队他先给首长当勤务员，后来调到警卫部队当兵。全国解放后，跟随解放大军进城并接管了这座城市，后来转业到地方成为这个城市的管理干部。

"文化大革命"前，秦守仁在省物价委员会工作，"文化大革命"开始后机构撤消。改革开放初期，为控制物价，省里又成立了市场管理局，组织上调秦守仁到局里任局长。这时候，过去的一些老物价委员会的人员纷纷找上门来，要求调回到秦局长的手下工作。当时主管人事的副局长老徐认为：为了提高干部的业务素质，增添机关活力，应该多要一些大学生和年轻人，秦局长的这些老部下年龄大多数都知天命了，干不了几年就要退休，而且身体或多或少有这样那样的毛病，所以，应尽量少要这些人。可秦局长认为，这些人有丰富的工作经验，又是自己的老部下，比较了解，用起来也方便、顺手。还有一层情感的因素掺杂在秦局长的内心世界不便说出口。那就是在"文化大革命"中，他们当中有些人因为自己而受到了牵连，秦守仁心里多少有些愧疚，觉得应该补偿他们。两种意见当时在党组会议上有些争执，但因为秦局长是一把手，所以，他的意见自然占了上风，随后陆陆续续调进来许多老部下和自己的关系户，并安排了相应的职务。滴水之恩，自然要涌泉相报，这些人唯秦局长马首是瞻，对反对他们调入的徐副局长心存不满。

秦守仁因身体原因到了岁数就办理了离休手续。当时，省里没有马上派局长来任职，秦守仁就推荐自己的部下冯有义副局长主抓全局工作，徐副局长仍然主管人事财务等。徐局长岁数大，到局时间长，他本以为应该由自己主持全面工作，不想在秦守仁的眼里，还不如一个到局时间短、岁数比自己小的冯有义，不仅对秦局长有所不满，对冯有义的工作也是看热闹的时候多，出主意的时候少。有一次，老干部提出要去井冈山红色圣地参观学习，出发前，徐副局长提出为节省办公费用，用实际行动学习革命前辈艰苦奋斗的精神，应该坐火车来往，身体不好的，就不要参加了。虽然有许多老干部对这个决定不满，可为了能够去旅游一圈，还是坐着火车高高兴兴地走了。可老干部到了井冈山后，给冯有义打了一个电话，要求坐飞机回来，理由是老干部们岁数大了，身体不好，坐火车颠簸怕身体吃不消，冯有义没有跟徐副局长商量就同意了老干部们的请求。

老干部们回来后，兴冲冲地去找徐副局长签字报销。徐副局长却拒绝签字，理由是他们事先没有和自己打招呼，而且违反了当初的约定，所以只能自己出飞机票钱。这一下可把老干部们激怒了，他们又是找省委老干部局，又是找秦局长告状，在压力下虽然最后还是给老干部们报销了飞机票，可是"飞机门"事件引发了秦守仁、冯有义和许多老干部的强烈不满。在他们千方百计的阻挠下，老徐以正局级待遇退休的梦想烟消云散了。你对我不仁，休怪我不义，退休前，省委组织部的领导来考察冯有义的政绩表现，老徐谈了对冯有义的一些看法，特别是从廉洁的角度提出来冯有义不胜任局长，建议组织部门外派局长过来。省委组织部经过慎重考虑，果真从外面调来了局长，冯有义对徐局长更加怀恨在心。

老徐退休后担任老干部支部的书记，来局里参加老干部活动时，秦守仁调动提拔的这些老干部都不愿意和他坐在一起。但是，世界上没有无喽啰的势力，由于徐局长退休前也提拔过一些自己的人，局内也有一些和他比较谈得来的老干部，他们为老徐打抱不平。这样一个机关里的老干部由于追随的领导者不同，自然而然地分成了两拨儿人，平常讨论一些问题，意见也往往相左，形成了泾渭分明的两大阵营。

贾大生坐在两拨老干部中间，见人基本到齐了，面带笑容来了一段开场白："各位老领导，大家下午好！今天请各位来，主要是按照局党组的要求，就分房草案征求你们的意见，这个草案已经分房委员会全体会议讨论，按照讨论时大家提出的意见，进行了一次修改，现在的这个草案就是修改后的。"说到这里,他举起手里的几张纸冲着大家摇了摇,见几个老干部想发言,大生急忙把他们挡了回去:"各位老领导不要着急,先等我把话说完了你们再说。过一会儿大家可以畅所欲言,有什么说什么。下面,我先把这个草案念一遍,等我念完了,你们有什么不清楚的地方我再解释。"

大生刚把草案念完,底下的声音就一浪高过一浪像炸开了锅。别看平时这些离退休的人员屁股坐不到一条板凳上,但是,没有永远的朋友,只有永远的利益,为了分房这个共同的利益,他们终于摒弃前嫌走到一起,体现出老干部强烈的团队意识和责任意识。

到局时间早一些的,对取消局龄分有意见;到局时间比较晚的,主要是对奖励分数的设立有意见,因为他们大多数人都享受不到独生子女、学历、晚婚晚育、赡养父母等奖励分数;还有的对限制领导干部住房的数量有意见。金大鹏首先发难,他的腰有毛病,直起身用双手叉腰,把四个手指贴在腰的两侧,两个大拇指卡在后面腰眼上,挺胸昂头质问贾大生:"照这个办法,局领导只能分四间房,那秦老就不能要房了。"

"这次住房分配主要是解决住房困难户的住房困难和改善干部职工的住房条件,秦局长现在已经有三套房子了,按照分房办法的规定,可能这次不能再参加分房了。"贾大生简单解释了为什么要限制住房的原因。

"话不能这样说,想当年,人家秦老把脑袋掖在裤腰带上干革命,出生入死的,落下了一身伤病,为我们打下了红色江山,现在还住在低矮破旧的小平房里,阴天下雨浑身酸疼,要一套好房子安享晚年难道还不应该吗?你们说是不是这个理儿?"老金话音落地,马上有几个人附和着老金为秦局长鸣不平。

贾大生明白,老金等人表面上是为秦局长打抱不平,其实是为了打鬼而借助钟魁,都在打自己的小算盘。老金过去是个一般干部,在省工商局工作,"文化大革命"中,秦守仁被工商局的造反派揪到工商局批斗,到了中午批斗大会还没有结束,下午还要继续批斗。造反派们去吃饭,勒令秦守仁老老实实地待在这里等着,不许乱说乱动。金大鹏见秦守仁脖子上挂着走资派的大牌子,低头哈腰地站在台上,又饿又累站在那里双脚直打晃，顿生怜悯恻隐之心。他祖上三代是贫农，因此造反派也奈何不了他。见礼堂里的人都散了，老金急忙去食堂买了两个馒头，掰开后在中间夹了点咸菜，又端了一搪瓷缸的开水给秦守仁送去。秦守仁有低血糖的毛病，低头哈腰挨了半天斗，已是头晕眼花，摇摇欲坠了。接过老金递过来的馒头和水，感激得涕泪交流，泪花伴着馒头下了肚，从此记住了金大鹏。58岁的时候，他找到秦守仁，想调入市场管理局，秦守仁不但马上给他办理了调入手续，而且提拔他当了副处长。

老金现住着一套大二居，按照这次处级干部只能分三居的分配标准，他的住房虽然没有达标，但是，他应该交出两居分配三居，可是他不想交房，而是想单独要一套两居室给孩子结婚用，所以，借口给秦局长争房子，实际想以秦局长为榜样，再多要一间房子。

贾大生对此心知肚明，可他也不想捅破这层窗户纸，只有心平气和地劝说："老金，慢慢讲别激动，小心别气坏身子骨。"贾大生又安慰大家说："这仅仅是一个讨论稿，不是最后的定稿，今天请大家来，就是要听取大家的意见，进一步完善这个办法，大家有意见不要紧，说出来我们一定反映给局领导。"贾大生话音落地，老干部们喋喋不休地又提出了一大堆问题，特别是对奖励加分，意见特别多。

"计划生育也加分，我们那个时候不是不想计划生育，而是国家鼓励多生育，多生孩子光荣，我们也是响应国家的号召呀！"

"就是，我们的一个邻居生了五个孩子，还成为了英雄母亲，当时还号召向她学习哪。"

"分房不能光看学历，也要看实际工作经验！"

"赡养老人是法律责任，还用加分奖励呀，没有道理！"

学圆见下面吵吵闹闹，犹如蛙声一片，急忙对贾大生说太乱了，没有办法记录了。贾大生听下面吵吵嚷嚷，确实听不清，忙提高嗓子喊了起来："各位老领导不要着急，一个一个说，我们一定把大家的意见都记录下来，这么吵吵，谁也听不清，反而可能遗漏大家的意见了。大家喝口水，不着急，一个一个来慢慢说。"贾大生喊的这一嗓子，让大家的情绪慢慢地安定了一些，你一言我一语提出了对办法的意见。

太阳西斜，会议室里的光线逐渐暗淡下来。贾大生见大家再也提不出什么新的意见了，他伸手把全是速记符号的会议记录举起来向大家摇了摇："各位老领导的意见都发表了，我看记录得非常全了，重复的就不要再说了，还有没有新的意见？"

"大生，我们提的意见，会不会有作用呀？"

"这个我就不知道了，因为我说了也不算。我只是奉命召集会议，听取大家的意见，然后上报给局分房委员会，由局党组进行研究、确定。"

"大生，我们好不容易来一趟，据说国家要进行住房制度改革了，你认识人多、消息广，提前给我们透露透露。"

"具体的改革内容据我所知主要的就是把住房建设投资由国家、单位统包的方式改为由国家、单位、个人三者合理负担，今后实现住房商品化、社会化，以后你们有钱就可以随便买房了。"

"机关挣的半葫芦醋钱拿什么买房，改革了是不是更没房住了？"

"就是！上有老下有小的，哪有富余的钱买房？万元户行了。"

"也不一定，国家的改革开放搞了十几年了，我看是越改越好。"

"我也认为改革不是坏事，不可能改得让老百姓住不上房子吧。"

贾大生见老干部又扯上了住房改革，忙接过了话茬："各位老领导如果没有什么新意见，今天的会就到这儿了，大家回去向个别今天没有来的老同志传达一下会议内容，特别是申请要房的同志。大家放心，我们一定不打折扣，把大家的意见完完整整地反映上去。你们也不用担心，正确的意见分房委员会一定会认真考虑的，只要方案一天不定，大家有什么意见还可以随时向我们反映。请大家回去的路上一定注意安全，有什么消息我们会及时通知大家。"

华灯初上，夜幕降临，喧嚣了一天的城市逐渐安静下来，坐落在省城闹市中心的一个灰墙灰瓦灰色铁门的小四合院，高高耸立的一圈围墙遮挡住了外面的纷乱、嘈杂，形成了一个自然的小天地，小院闹中取静，别有一番幽雅。院子东边的角落里栽着一棵榆树，西边是一棵洋槐树，在正房的前面是一棵枝繁叶茂的柿子树。每当春天来临，院子里五颜六色花草盛开，姹紫嫣红，满树槐花绽放，雪白的槐花随风飘散，连院外的街道都弥漫着甜腻腻的花香。秋天到了，柿子树上挂满了果实，圆圆的柿子红得像玛瑙，碧绿的叶子鲜得似翡翠，红绿相间，成为小院一道亮丽的自然风景。秦守仁离休后，除了参加一些省里组织的会议，更多的时间习惯于独坐窗前，静静地欣赏小小庭院内的四季风光，为撰写回忆录沉思默想。

秦守仁是一个已过古稀的老人，身高1.7米左右，也许是脸上肉太多的缘故，说话或者笑的时候眼睛几乎眯成了一条缝，嘴唇略厚并有些上翘，圆圆的鼻子，脸上有几块老人斑。因为腰围太胖系皮带很不方便，平常习惯穿着一条吊带裤。秦守仁比较注重养生之道，信奉早吃饱、午吃好、晚吃少的饮食习惯，晚饭刚喝完粥，几个退休的老干部在老金的带领下来到秦局长的家里，一五一十地把今天会议讨论的情况和分房办法的规定向秦守仁做了汇报。

"秦老，我就是为您鸣不平，您把脑袋掖在裤腰带上干革命的时候，他们在哪里？现在看您多要两套房就眼红，这个江山还不是你们这些老革命用鲜血换来的！"其他人也顺着老金的话头你一言我一语为老秦打抱不平。

秦守仁听老金说自己还住在低矮的平房里面，阴天下雨腰酸腿疼的话语时，眉头略皱了皱，提醒老金说："小金，我住在这个院子里是党和政府对我的关心和照顾，条件已经很不错了。我很知足，你以后千万不要再说这样的话，影响不好。"老金忙检讨说，自己当时太激动了，所以就没有考虑那么多，自己今后一定注意。其他几个人也纷纷附和老金，把对分房办法的不满一股脑儿地发泄出来，请秦老为他们做主。秦守仁点点头，连说了两句："我明白，我明白。"表示他明白了老金他们的做法，是为我老秦打抱不平，深一层的意义他心里更明白：这些人表面上为自己鸣不平，其实，他们把自己抬出来，只不过是拉大旗做虎皮，拿自己当靠山，他们在大树底下好乘凉。

在要房前，秦守仁判断凭自己的资格要房子，困难应该不是很大。但从老金他们反映的情况来看，这次要房的困难看来不小。当然，凭着自己的资历和人脉，不管闹到哪里，单位最终还是要给这个面子的。但是，如果和他们这些退休的人员裹在一起，反而不好办了。秦守仁沉吟了一会儿心里已经有了主意，他闭上眼睛做思索状，然后把眼睛一睁，对老金他们下了逐客令："这件事情让你们受累了，具体怎么办，我再好好考虑考虑。时间不早了，你们也早点回去休息吧。"

秦守仁有四个子女，孩子们长大成人后，他先后给三个孩子要了房子，并把他们都放飞了出去，只有最宠爱的小女儿秦守仁没有舍得放走，留在身边做伴。最近，秦守仁经常生病住医院，有一次医院还下发了病危通知，秦守仁自己感觉可能剩下的时光不多了。老话说：七十三，八十四，阎王不叫自己去，对生死他是很看得开的，这是自然规律，任何人也抗拒不了。

过去，在局里的大会小会上，他经常对干部职工讲：自己这一生有三个没有想到，一是没有想到自己能够跳出山窝窝，娶妻生子，过上幸福美满的生活；二是没有想到自己能当上这样大的官，因为自己闹革命的时候，只是响应边区政府号召，也是为家里减少一张吃饭的嘴；三是没有想到自己从一个目不识丁的穷孩子，在党的培养教育下，能够成为一个经济管理部门的专家。所以，他常常要求干部们，要珍惜今天来之不易的幸福生活，一定要好好干，对得起党，对得起人民。全局的干部职工把他的这些话已经背得滚瓜烂熟了。

秦局长刚刚离休的时候，心态还是比较平和的，辛苦了一辈子终于可以好好地安享晚年了。可是，在职与赋闲产生的强烈反差，逐渐让自己有些心理失衡，特别是一次看病用车的事彻底打破了秦守仁的心情守恒。

盛夏时节，因为天气炎热，老伴的老毛病犯了，他向局里要个车送老伴去医院看病，但是，司机班听说给他老伴看病，推辞说车子都派出去了。秦守仁一气之下直接把电话打到了局长室，并狠狠地告了司机班一状，结果在局长的干预下，司机班才派出了一辆缺氟的伏尔加轿车。三伏天把老伴热得够呛，还险些中了暑气，这件事着实把秦守仁的鼻子都气歪了。第二天，老金等几个退休的人来看他老伴的病，他老伴就向老金他们说了这件事情。老金在局内老干部会上，声泪俱下地谴责了这种摧残老干部的恶劣行为，而且联名写信，向省老干部局反映了这件事情，省老干部局对局里也提出了增设老干部用车的建议。从这件小事情上，秦局长很有些人走茶凉的伤感，自己还健在，这些人就这样对待自己，一旦自己不在了，恐怕对自己的家属子女更不会放在心上了。过去自己给孩子要房，徐局长就说过："老秦的住房从局里要是正当的，但是，他的子女都有单位，应该从单位解决，不能全都依靠我们局解决。"虽然老徐也退休了，但是，和老徐一个鼻孔出气的恐怕还大有人在。

最近，在省里参加会议，听省里一些领导讲：国家很快就要实行住房制度改革了，要实行货币化分房。虽然不知道货币化分房的具体内容，但顾名思义，肯定要花钱买房子，自己革命了一辈子，也没有攒下多少钱，一定要趁着自己健在，在房改前，把小女儿的住房赶快解决。老伴也听到了住房改革的消息，她告诉老秦：仔细盘算了一下家底，家里存的哪点钱，恐怕今后只够小四买几块烂砖破瓦的，买房是甭想了。老伴有些嗔怪地劝他，不要太死性了，现在谁不为自己的子女争这争那的？比起他们你对得起组织，但是对不起家人。老秦有些顾虑地说：我已经要了三套房子了，再要恐怕不合适。老伴说："人家说现在的老干部都是五子登科，房子、票子、车子、孩子、条子，我们虽然不能学他们，但你这样廉洁也没有人说你好。你为党工作这么多年，把脑袋掖在裤腰带上闹革命的时候，他们在哪里？我们多要两套房子，这也是组织上对我们的照顾，房子是国家的，分给谁都一样，你不要别人要，还不是一个样？"小四也眼泪汪汪地诉苦说：单位的经济效益不是特别好，盖的房子太少了，而且盖完了根本就不够分的，单位净是因为房子拿刀动杖和领导干架的。组织靠不住，只能靠爸爸想办法。

秦守仁送走了老金他们，把过去的事情像放电影一样，在脑海里细细地梳理了一遍，想好了应对之策后，在老伴的催促下吃了安眠药，按时上床休息了。

十　狐假虎威

  北方的冬天是个多雾霾的季节，雾气拥起的时候，宛如一片薄薄的轻烟，淡淡的雾气慢慢地扩散开来，逐渐弥漫了整个天空，填满了空旷的四野，晴朗的碧空瞬间变得混混沌沌，天地迷茫。阳光躲在云后，迷雾遮住了一切，远处的树木、楼房、景物都渐渐地被雾气包裹起来，若隐若现，朦朦胧胧，好似虚幻的景物。渐渐地，越来越浓的黑云和雾气仿佛遮盖在头顶，围裹在身上，挤压得人喘不过气来。

  刘旭的心情就像这雾天一样，有些沉闷压抑，他的面前摊放着各个处室的讨论记录，这些记录他仔仔细细地读了一遍，意见七零八碎，几乎涉及分房草案的每一条，但是，认真地捋一下这些意见，大致可以归纳为三个问题：第一就是局龄分的问题，几乎90%的处室都提出来了。第二是到局时限的问题，究竟是维护过去的三年可以分房还是一年就可以分房，提这个意见的处室大约各占一半。第三是对各种奖励分数的意见，认为设置得不合理，而且前后不衔接。这些意见与自己事先和魏公正设想的出入不大，只是没有预料到反响这么强烈而已。

  这些天连续加班，刘旭累得有些上火，嗓子发肿，吞咽口水都觉得费力，他特意泡了一杯菊花茶，头仰靠在椅子背上，双手相扣放在腹部，两眼无神地望着玻璃杯中金黄的菊花在沸水中上下漂浮，脑子里却在慢慢思索着如何起草给局党组的报告。

刘旭在来市场管理局之前，在省政府上班，后来下基层挂职锻炼，到北郊农场担任副场长。省里调他的老领导吴卫红到市场管理局任局长时，为了找一个可靠的人掌控财务大权，吴卫红特意把他从农场调了过来，担任了行政财务处的处长。虽然名义上行政财务和后勤工作由魏公正负责，但是局里的财务控制权在刘旭的手里，吴卫红在党组会上明确规定：因为自己工作太忙，所以，由刘旭代自己行使财务审批、报销等一切权利。其实吴卫红这么做的原因，主要考虑财务问题是个矛盾焦点，让刘旭在前面冲锋陷阵，也是给自己留一条退路，万一财务上出了什么问题，自己也好收拾残局。

刘旭对此心知肚明，他知道看似无限的权力，其实非常有限，自己不过是领导的挡箭牌，为谨慎从事，他大事情直接迈过魏公正向吴卫红汇报，而一些小事情则向魏公正汇报。虽然是一些小事情，但是，如果魏公正的意见和他的看法相左，他也会打着吴卫红的旗号给予否定。他面对局里其他一些领导的不满，常挂在嘴边的一句话就是"卫红同志说了"，许多人明知道他是扯着吴卫红的大旗压人，但是，也不好去找吴卫红核实这些事情，只能把不满压在心里而已。魏公正对刘旭这种大事不报告，小事经常闹的做法非常不满，曾经发牢骚说："我这个主管财务的副局长还不如一个处长说话管用，要花个钱还得找他去批，这像什么话？"这个话传到刘旭耳朵以后，在一次财务会议上，他借机对恭维他"财务一支笔"的人不咸不淡地公开回应说："我能有什么权力？不过是为领导和群众服务罢了，谁都觉得权力好，但是不当家不知道当家的难处。有人眼红气热，他哪里知道这后面的责任有多重。"

魏公正想改变这种当家做不了主的现状，但是，努力了几次也没有什么结果，特别是为检查分局争取经费一事竟然被刘旭不留情面地当众打了脸。事后，胡建设曾绘声绘色演绎过这段魏刘斗智的故事。

有一次，魏公正受吴卫红的委托，找检查分局的胡建设副局长谈话，问他们在执法工作中有什么具体困难需要局里帮助解决。胡建设是个基层上来的干部，圆圆的脸，蒜头鼻子肉泡眼，大嘴岔子扇风耳，好说好闹，见魏局长让自己提条件，急忙借机抱怨说："检查分局经常对口接待外省市的客人,请客吃饭、参观购票、买一些礼品是避免不了的,现在强调廉政,所以我们也要求干部不能干违反纪律的事儿,可是不能两头卡我们呀。局里老是嘴上说给我们创造条件吃偏饭,但我们就像拉磨的毛驴,眼前吊着一个大胡萝卜,光闻着香味跟着转弯儿,就是吃不到嘴里。而且检查分局和局里办公不在一个地点,工作性质与局里还是有一定区别的,花个毛八分的每次都要去行财处请示,太不方便了。"

胡建设觉意犹未尽,又掰着指头和魏公正算了一笔细账:我们检查分局每年都上缴财政罚没款好几千万,如果财政按照30%以下的比例返还给局里,每年也是一笔不小的收入,我们为局里挣了这么多钱,一分钱也花不着,也太不公平了,应该给我们检查分局一些财务权利。

魏公正一听胡建设和自己算变天账,板起脸就把胡建设训斥了一番:"怎么没有给你们吃偏饭?上次局党组全体成员出席请检查分局处以上干部吃饭,吴局长还把自己珍藏多年的茅台酒都拿出来请你们喝。你去问问?局里哪个处室有这个待遇?别刚有点成绩就翘尾巴。再说了在哪个处室干这是革命分工不同,你以为这个检查分局的副局长就你臭胡能干,别人都干不了啊。告诉你,换了别人没准干得更好呢。"

胡建设这个人平常大大咧咧爱说爱笑,有的时候口无遮拦,所以大家说他长了一张臭嘴,熟悉的人给他起了一个外号"臭胡",魏公正一生气,顺口叫出了他的外号。

胡建设咧嘴嘿嘿一笑,把脖子一缩:"得得得,都怨我今儿出门没看皇历,怎么挑了这么个日子上奏军国大事,算我没说,您也没听见行了吧。"

魏公正虽然训斥了胡建设,但回过头仔细一想,胡建设说的也有几分道理,毕竟财政局每年的罚没返还款还是解决了局里不少的困难,就拿这次买房来说,就多亏了这部分返还款,因此给检查分局一些财权是名正言顺的,而且吴局长一直特别重视执法工作,也正好打着吴卫红的旗号压一压刘旭,借这个机会从刘旭手里打开一个财务的突破口。

魏公正在劈头盖脸给了胡建设一顿大棒后，马上又丢给他一个大胡萝卜。他语气一转，用很诚恳的口气对胡建设说："当然了，你说的也有一定道理，你们情况确实有些特殊，局里也应该考虑你们的特殊性。回头我把刘旭找来，和他协商一下，给你们检查分局一点方便。"魏公正认为胡建设在场刘旭不好驳面子，他马上打电话把刘旭叫了过来，想当面锣对面鼓把这件事情敲定。

魏公正见了刘旭开门见山谈了自己的看法："近期，吴局长非常重视执法工作，特意让我和他们聊聊，看看他们有什么困难，能够解决的马上解决。刚才，建设说了，检查分局工作比较特殊，应该适当给予他们一些财务权利，我看这个要求可以满足他们，你看是不是给他们一定比例的财权？"

魏公正万万没有料到，刘旭竟然当着胡建设的面，当头给了他一棒："卫红同志说了，财务还是要严格掌控，财务一支笔的制度不能轻易改变。再说财政监督和审计越来越严格，如果出了问题，我们也不好向局党组和卫红同志交代。当然了，如果局党组有这个决定我也无条件执行。"刘旭搬出局党组和吴卫红一压魏公正，他顿时哑口无言，脸色尴尬之极。沉默了一会儿，自己给自己找了一个台阶："那就向卫红同志汇报以后再说吧。"这个结果让一旁的胡建设大跌眼镜，他满心欢喜以为由魏公正出面，一定不会有什么大问题，即使大钱给不了，但，给个1000块钱或者500块钱的权利，肯定问题不大，没想到一分钱也没有要到。

当然，刘旭也知道检查分局的特殊性，他只是不愿意让魏公正做人情，买这个好。这件事过后，他直接拉着胡建设去找吴卫红，讲了检查分局工作的特殊性和重要性，而且说：前几天魏局长也找他了，也希望给予检查分局一定的财务权利。吴卫红表态：既然魏局长也有这个意思，那就按照魏局长和你们的意见办吧。得到吴卫红的首肯后，刘旭给了检查分局1000元以下的财务审批权，乐得胡建设屁颠屁颠地走了。其实，这1000元不用向吴卫红汇报，刘旭自己也能做主，他这么做既是为了堵魏公正的嘴，也是收买人心，所以故意走了这么一个小过场。当然，他还有一个不可告人的目的，就是提醒胡建设，烧香别拜错了庙门。此事过后，财务的事情刘旭不主动汇报，魏公正绝不过问。

　　魏公正作为刘旭的主管领导，他在表面上不能太明显地慢待魏公正，一些请示、汇报等必要的程序还是必不可少的，这种微妙的关系只能意会不能言传。说心里话，刘旭有些地方很看不上魏公正，认为他说话有时候不太注意身份，口无遮拦乱放炮，与局长的身份不相配。就拿这次分房来说，取消局龄分，本来是一件很正常的事情，因为魏公正又要房，又当分房委员会的主任，而且他来局仅一年多的时间，大家都觉得魏公正纯粹是为了自己的利益，在幕后导演了这场戏，正常的事情也变得不正常了，给分房工作无形之中增加了很大的压力。

　　他和收费处的刘延安关系不错，前些天两个人一起喝酒时，刘延安曾提醒他：局龄分牵扯到全局人的利益，取消的事情万万不可操之过急，应该分步走，刘旭也有同感。后来，他向魏公正建议，给局党组汇报的时候，建议适当保留局龄分。魏公正坚决不同意，要他给局党组写报告时，中心思想还是要坚持原来的方案不能做大的调整。刘旭端起茶杯嗅了嗅淡淡的花香，慢慢地抿了一口，滚烫的茶水咽下去有些不舒服，他在脑海中反复盘算，自己究竟应该按照哪种意见起草报告？

十一　提心吊胆参会

学圆耷拉着脑袋走进会议室参加局第二次分房委员会全体会议，他的心情忐忑不安，唯恐在会上遭到魏公正的严厉批评，这种担心源于前些日子打球时有口无心的几句话。

一天午饭后，他和单位的几个同事在乒乓球室里打球，孟学圆所向披靡，一连打败了局里好几个高手，心里好不得意。司机班的王启明问他："学圆，你们什么时候开第二次分房会呀？"孟学圆老老实实回答说："不知道。"王启明因为去学校接他来单位，是他到局里认识的第一个司机，另外，王启明和学圆一样也爱打乒乓球，而且旗鼓相当，两人从球友很快成为朋友。

王启明见孟学圆连抽三大板得了一分，连忙高声喊了一声："好球！"紧接着又叮嘱孟学圆，"下次再开分房会，你得为咱们哥们儿说句话，我们大家还指望着你哪。"孟学圆得意忘形之际，不假思索脱口而出："我说话管什么用？一个小小的委员。再说了，开会不过是个形式，我看好些内容都是内定好了的，大家提了好多意见，说了也没有用。"王启明一听孟学圆这番话，激起了心里的怨气："都是刘旭这孙子拍领导的马屁，他们就是自己怎么合适怎么来。"旁观的球友们也有人随声附和。孟学圆看都是平时比较不错的哥们儿，也没有往心里去，说过的话就像抽出去的球，也就忘到脑后了。

第二天下午，孟学圆到行财处找张建华领取办公用品，进门见刘旭也在里面，看见孟学圆进门，刘旭面无表情地对孟学圆说："你领完东西到我办公室来一下，我和你说点事情。"孟学圆连忙答应了一声，见刘旭出了门，忙低声问张建华："你们头儿找我有什么事情？"张建华神秘一笑，摇摇头说："不知道，估计可能是分房的事情吧。"

"分房的事情找我做什么？"见孟学圆狐疑的目光，张建华微微一笑说："是福不是祸，是祸躲不过，你去了不就知道了？"

孟学圆带着满腹疑问轻轻敲了敲刘旭的门，听见"请进"的声音好像不热情，他的心里更没底了。推开门他脚步轻缓地站到了刘旭面前："刘处长，您找我什么事儿？"刘旭轻轻咳嗽了两声，伸出食指点了点，示意让孟学圆坐在对面的椅子上。

孟学圆屁股还没坐稳，刘旭就不紧不慢地问了一句："学圆，最近听到局里对咱们的分房工作有什么反映啊？"孟学圆一听问这个事情，马上松了一大口气，忙回答说："也没有听见什么更多的反映，主要还是分房会议上的那些议论。"

"我听说你对分房工作有些意见？"

孟学圆一听此话，脑袋嗡的一下，急忙分辩："没有，没有，我在分房会上没提什么意见，在处里也没提什么意见，只是把分房会议的主要情况在处务会上介绍了一下。"

刘旭眼镜后面的目光冷冷的、毫无表情，紧紧盯着孟学圆的双眼。这眼神让孟学圆感觉浑身有些发凉。只听刘旭缓慢低沉一字一句地吐出了一句让孟学圆心惊肉跳的话："你在打球时是否说了我们的分房会议都是走形式和过场，许多内容都是内定的？你说这些话有什么根据吗？"孟学圆浑身的血忽的一下全冲上了大脑，思维瞬间成了空白。

"我没有说，不是，我不是那个意思，他们误解了。"孟学圆有些语无伦次，苍白无力地为自己辩解。

刘旭看见孟学圆的窘态，脸上露出一丝得意的奸笑，内心很有一种痛打落水狗的快感，他不容对方喘息，马上又给了更加致命的一击："我还听说你把第一次全体分房会议的情况，包括一些不该讲的情况和处室的同志也都讲了。"孟学圆听了刘旭这后续的话,本已发热的脑袋瞬间成了一片空白,虽然屋子里阴凉阴凉的,但是手心和头上流出了涔涔热汗。张皇失措之下,忙把辛处长抬了出来:"是辛处长让我汇报工作,我只好按照要求汇报了会议情况。"

刘旭对孟学圆这种王顾左右而言他的做法报以轻蔑的一笑:"我说的是你对潘全力、老梅、楚大姐他们也讲了,还定了攻守同盟,不要说出去,你忘了会议结束时魏局长提的保密要求了?"

孟学圆万万没有想到,自己那天散会后在办公室和潘全力他们的谈话这么快就被刘旭知道了,更加意想不到的是昨天中午说的话,仅一天就传到了刘旭的耳朵里,多亏自己当时没有和他们一起骂刘旭,否则更加狼狈不堪了。他强迫自己冷静一下,为自己辩解说:"我和潘全力他们没有讲别的,只是把会议的讨论要点说了说,其他的一概没说。昨天打球的时候,我说的话也不是这个意思,他们误会了,我其实……"

刘旭摆了摆手,打断了孟学圆的话:"行了,你不用解释了,没有说更好。你是局里的分房委员,又是一个新同志,对局内的情况不够了解,什么人都什么样你可能也不清楚。我说这些话是提醒你,千万不要轻易相信别人的话,要有自己的是非判断标准,有利于团结的话多说,不利于团结的话少讲,千万别让人当枪使了。"孟学圆急忙表态说:"刘处长您放心,我一定记住您的话,遵守分房委员会的纪律要求,不会乱说话的。"

刘旭见孟学圆已经被自己修理得服服帖帖,心里的气也随之消散了许多,冷冰冰的口气有了一丝暖意:"过几天还要开分房委员会全体会议,魏局长在会上还要进一步强调纪律,我希望你、也相信你一定能够认真履行职责,按照局党组对分房工作的要求,协助组织圆满完成这次分房任务。"

孟学圆信誓旦旦地做了保证。"好!我相信你!"刘旭的话音刚一落地,学圆就如同听到了特赦令一般,赶快起身而去。他神情沮丧地坐在办公室的椅子上,绞尽脑汁想这些话是谁传出去的。他猜想和潘全力、老梅、楚大姐他们三个人讲的话,一定是潘全力讲出去的,今后一定要小心提防他。但是,打球的时候说的那些话,究竟是谁说的？他把几个球友从头到尾理了一遍，想疼了脑袋也没有想出结果。

接到参加分房委员会的通知后，辛处长和处里的同事要他在会议上一定要大胆地为本处室的同志去争，特别是楚京明叮嘱他一定要把秦局长让他们南郊住户搬回来的事提出来。但是，回想起上次会议上，魏公正对提意见的肖天虎鼻子不是鼻子、脸不是脸的训斥，他心里确实有些发怵。再加上前几天刘旭找他谈话时说魏公正在会上还要强调纪律，他估计自己在会议上肯定会受到魏公正的批评，一想到众目睽睽之下，让局长当众批评，那是多么难堪的一个场面呀！

学圆进了会议室，感觉大家的目光好像都在讥笑他，他找了一个偏僻的角落坐下，一边低着头看地下花瓷砖的图案，一边竖起耳朵听魏局长讲话。不好！魏局长开始强调纪律了，我的心脏怎么突然跳得这么快？

"同志们，下面我再强调一下纪律。应该说前一阶段很多同志还是严格遵守了分房工作的纪律，但是，也有个别委员把我说的话当成了耳边风，根本就没有听进去，违反分房委员会的工作纪律，把不应该对外讲的一些话讲出去了，还有的人在外面乱说乱讲一些很不负责任的话，造成了很不好的影响。是谁？"听到这里，学圆的两个耳朵像猎犬一样支棱起来，唉，马上就要点我名了，要是地上有条缝让我钻进去就好了。

魏公正话头一转，提高了声调说："是谁，他自己心里也清楚，我这次就不公开点名了，给他留点儿面子。但我希望这些同志能够认识到自己的错误，今后一定要严格遵守纪律，不能再出现这样的事情，如果再违反，我就要严肃纪律了，但我不希望出现这样的结果。我还是希望我们在座的每个人都要加强自律，别给我们的委员脸上抹黑。"孟学圆听了魏公正恩威兼施的一番话，跳到嗓子眼心才放了下来，长长出了一口气。

魏公正的开场锣鼓敲完了，刘旭紧接着提要求："同志们，经过大家前一阶段的努力，分房方案按照大家的意见进行了修改，而且发到各个处室进行了讨论，根据大家的意见，我们对草案进行了修改。今天的会议，就是对草案的修改稿再次进行研究讨论。在会议上大家可以畅所欲言。有一句说一句，有两句说两句，想起什么随时可以发言。"

各位委员都根据本处室讨论的情况，提出了对分房草案的修改意见。孟学圆根据本处室讨论情况提出了修改意见后，正犹豫是否把楚京明的意见提交给会议讨论，不料肖天虎突然站出来放了一炮："收费处的楚京明同志提出了一个新情况，她向我反映说：他们住在南郊宿舍的十几户同志，当初搬过去的时候局领导是许过愿的，说那里离单位太远，上下班很不方便，又没有班车，让他们先克服一下困难，今后局里再分配住房的时候，让他们全部搬回来。楚京明要求这次分房应该兑现过去局党组的承诺，并在分房办法中把这条明确写进去。"

"过去局党组定的，我怎么不知道。有局党组会的会议纪要吗？"魏公正掉过头问刘旭。刘旭摇摇头："我来的时间短，不太清楚这件事。"

"我知道，是有这么一回事儿。但我记得不是局党组定的，好像是当时的秦局长表的态。"贾大生突然站出来给肖天虎作证，许多来局比较早的分房委员，也纷纷插话。

"我也听局里一些老同志讲过，当初好像是有这么一个话茬。"

"我听我们处长说，当时分配南郊住房的时候，大家都认为那里离单位太远，又没有班车，所以大家都不愿意去，当时秦局长好像许愿了，让他们先去，以后局里再分配住房的时候再让他们回来。"

"我怎么没有听说这件事？我听说他们住房比城里的房子还宽敞哪。"

"瞎说，那边现在还有好几户合居哪。"

刘旭对着嘈杂的会场皱了一下眉，挥了挥手中的分房草案冲着大家说："这个问题学圆曾经向我反映过，我们今天不议，大家先集中精力把手里的草案讨论完，其他的先放一放，如果每次都增加新内容，就没有休止符了，分房办法也就出不了台了。"

魏公正接过刘旭的话茬对着会场大声喊了一句："别吵吵了，听我说！这件事今天不议，等散会后了解了解情况再说。再说了，个人的意见能不能代表组织，要由局党组来定。"

见肖天虎还要张口说话，魏公正一摆手："这些遗留的问题我说了今天不议，我的意见这次分房，咱们是新账不欠，老账不还，过去的问题我们不负责擦屁股。"

学圆万万没有料到本处室的问题竟然会从肖天虎的嘴里先蹦了出来，见魏公正表了态，他也很知趣地不再提此话题。

太阳从室内收走了最后一缕金光，魏公正用满意的口吻做会议总结："今天这个会议开得很好，大家畅所欲言提出了很好的修改意见，这说明我们的委员对工作是高度负责的。这次会议后，我们将把大家的修改意见提交局党组审定。局党组审查通过后，就是我们最终确定的分房方案了。"魏公正停顿了一下，用目光环顾了整个会场，又问大家："你们还有没有什么意见？没有就散会。"

出了会议室的大门，孟学圆有些纳闷，魏公正在上次分房会上声色俱厉警告说对违反纪律的人要严肃处理，而这次会议上并未如他所言清理门户，甚至连名字都没有点，雷声大、雨点小，只是提醒一下，轻易就放过去了，这葫芦里究竟卖的什么药？虽然事情过去了，他也暗暗告诫自己，今后再也不能和潘全力他们随意泄露什么秘密了。在公开的场合更不能信口开河乱说了，机关里的人当面都称兄道弟，嘻嘻哈哈，不知道谁笑里藏刀，背后给你下家伙。

回到处里，老梅和楚大姐下午外出办事，只有潘全力没有出门。见孟学圆进门，潘全力热情地打了一个招呼，问今天都讨论了什么，学圆说就是对新修改的方案进行讨论，也没有什么更多的新东西。

潘全力和孟学圆聊天，看他总是有一搭无一搭的不像往常那样高兴，而且脸上显出一些不快的神色，就追问孟学圆为什么事不开心。孟学圆本不想说，憋了半天，最后还是忍不住了，一五一十地把前几天刘旭批评他的那些话，特别是批评他在处室内部泄露消息、订立攻守同盟的话一股脑儿地发泄出来，并且含沙射影地责怪潘全力不该出卖自己。

潘全力从学圆的话中听出了对自己的不满和抱怨，他略略沉思了一下，用十分肯定的语气告诉学圆："这些话肯定不是我说出去的，实话告诉你吧，我在处里讨论时说刘旭的那些话，也传到他的耳朵里去了。前几天我见着他，他还用开玩笑的口吻说我背后说他的坏话哪。你好好想一想，我总不会自己告自己的状吧。"孟学圆觉得潘全力说的也有几分道理,那天开处务会的时候,潘全力在讨论时确实说了刘旭的坏话,如果刘旭真的找潘全力算账了,他是内鬼的可能性就不大了。心里的疑虑一消除,他对无端怀疑潘全力内心又萌发了一丝愧疚。他犹豫了一下,考虑是否把今天会议上疑惑不解的问题告诉他,潘全力从学圆的脸上看出了他欲言又止的神情。

"你有什么不清楚的事情告诉我,我可以帮助你分析分析。"看潘全力的态度这样诚恳,学圆就把今天魏公正在会议上态度比较好,而且没有点名批评自己的事情告诉了潘全力。看见孟学圆疑惑不解的表情,潘全力不屑一顾地笑了:"有些事情你还蒙在鼓里吧,你以为这些事情是你说出去的?告诉你吧,其他的委员比你说得多得多,局里第二天许多人就知道老魏和哮天犬吵架的事情了,是你说的吗?你那天有许多话都没有对我说,但是,我从其他渠道全知道了。你在他们里头是比较遵守纪律的,如果批评你,那其他人还不都得开除了?你不用担心,也不用愧疚,法不责众。刘旭也是软的欺负硬的怕,看你是新来的,所以只好拿你撒撒气,如果是我毫不客气地把他顶回去。"

孟学圆听了潘全力的话,如醍醐灌顶,清楚了魏公止雷声大、雨点小的原因。潘全力夸他是个比较遵守纪律的委员既解开了他心里的疙瘩,而且让他先前的愧疚和恐惧感顿时消失了不少,内心深处先前对潘全力的不满也基本消除了。于是他把自己前几天在打球时说的话传到刘旭耳朵里的事情也告诉了潘全力,并且把自己的怀疑对象按照顺序一一排列出来。

潘全力听完孟学圆的猜测,眼珠子在镜片后面骨碌碌转了几个圈,沉思了一会儿,面带微笑地告诉孟学圆:"这件事情不像你想的那么简单,你不要看这帮人嘴上哥们儿长、哥们儿短的,但是,往往就是这帮哥们儿害你。没有利害冲突的时候,都是一团和气,嘴上说得特别漂亮,一旦有了利益冲突,特别是你对他的利益有影响的时候,哥们儿就放到脑后了。我心里有数,也猜到是谁说的了。"

"您告诉我是谁说的,我以后好防着点他。"

"算了,我也是猜测,还没有证据,等我有了证据再告诉你!"

学圆见潘全力执意不说,只好在心里先留下一个悬念。

房门背后

十二　刘莹莹离婚

每天睁开眼睛,孟学圆顾不上洗漱就赶紧提着暖水瓶到地下室水房打开水,去得早,人比较少,省得排队。学圆在水房里常常遇见的几个熟面孔,除了几个住单位的人,还有贾大生。贾大生每天早到单位的原因很简单,因为每天他要早早送孩子去学校,学校离单位只有一站地,送完孩子没处去,索性就早点上班吧。所以,每天都是很早到单位打扫卫生,做好上班前准备工作。由于长年如一日,所以每年选先进工作者的时候,贾大生经常当选。

孟学圆拎着四个暖壶刚进锅炉房,就看见贾大生和打字员裴慧慧在低声议论什么。因打字室属于局里的机要部门,所以贾大生经常从慧慧这里打探一些内部消息,开水间无形之中成为他们几个早晨打开水的人进行信息交流的一个重要场所。看见孟学圆进门,贾大生冲他点了点头,又扭头继续和慧慧说话:"听说孩子给刘莹莹了?"

"是的,我昨天听刘莹莹的妈妈说,孩子现在她给带着。"

"简直太突然了。"贾大生带着惋惜的口气长叹了一声。

"我听刘莹莹的妈妈说,他们一直关系不好,也闹过离婚,最近闹得更厉害了。前些日子,徐刚还动手打了刘莹莹,所以刘莹莹这次坚持要求离婚。"

"水满了!"孟学圆见慧慧光顾聊天暖水瓶中的热水溢出了瓶

口，忙大声提醒。慧慧见热水四溅，手忙脚乱地去关龙头，结果拧错了方向，开水溅得更厉害，慧慧尖叫着跳着脚往后蹦，学圆一个箭步冲上前帮她拧住了龙头。慧慧向学圆道过谢，拎着暖壶走了。

孟学圆见开水间没有别人，忙问了一句："贾处，你们说刘莹莹怎么了？"贾大生两只手拎着四个暖水瓶，站在门口探头看看外面没人，回头对孟学圆说："刘莹莹离婚了，刚才我和慧慧说的就是这件事情。"

"他们为什么离婚呀？"

"咳，林子大了什么鸟都有，这年头什么事情都不新鲜，离婚也是赶时髦。"孟学圆对刘莹莹不太熟悉，没有追问下去，忽然想起分房会上肖天虎为楚京明等南郊住户争房子的事，他有些疑惑不解地向贾大生提了一个问题："您说分房会上我刚要提楚大姐的事，肖天虎就抢在我前面放了一炮，显得好像我不为本处室人说话似的。其实，楚大姐的事情我早就和刘旭说了，被他一口回绝了，说是异想天开。"贾大生把暖水瓶放在地下，回复孟学圆："楚京明的事不是异想天开，可能真有戏。"

"真的？为什么？"

贾大生对学圆的质疑有些不满："当然是真的，我什么时候说过假话？我告诉你，你不要对别人说。"

"您放心，我不会对任何人说的。"

贾大生简明扼要地把肖天虎为楚京明争房的原因告诉了学圆。

前些日子过春节的时候，楚京明把南郊的十几户人家全都请到她家，鸡鸭鱼肉、好烟好酒一通招待，酒酣耳热之际，楚京明把过去秦局长答应的等局里有房了就让他们搬回去的旧话重提，挑唆大家一起去找局领导反映，酒桌上大家纷纷响应，楚京明本来想趁热打铁让大家共同起草一个请愿书，后来响应的人不多，此事只好作罢。

"那这事和肖天虎有什么关系？"

"以前，肖天虎在南郊有套合居房，所以，他经常和南郊的住户一起聚会。另外，肖天虎口无遮拦有股二杆子劲，人送外号'哮天犬'，属于逮谁咬谁的主。上次，你找刘旭提楚京明的事，被刘旭闷了回来，楚京明后来曾对人抱怨说你太软，不敢顶撞领导，所以过春节的时候特意把肖天虎请过去吃喝，让他为南郊的住户说话，据说酒足饭饱之后楚京明还送了他好烟好酒。"

"可是肖天虎一个普通的分房委员说话能顶什么用？再说了，魏局长也根本不买他的账。"学圆对楚京明轻视自己、倚重肖天虎的做法嗤之以鼻。

"肖天虎当然起不了什么大作用，楚京明只是利用他来造造声势，我听司机班的人说，春节期间楚京明带着厚礼分别去给秦老、冯局、石局拜年，出手大方，估计是请局长们出面为她讲情。"

"楚京明在我们处里可不大方，上次她借了刘处10块钱，还钱的时候用食堂的饭票顶账，惹得刘处很不高兴。"学圆不留情面地揭了楚京明的底。

贾大生对此深有同感，"我也听说楚京明过日子挺细的，但是她老公在物资公司当老总，这些好烟好酒都是用公司的招待费购买的，不花她一分钱，掏自己的腰包她肯定舍不得。"

这时楼梯上突然响起脚步声，大生忙打住话头，叮嘱孟学圆别把这件事讲出去，孟学圆信誓旦旦做了保证。

学圆对贾大生的话半信半疑，没有完全当真。因为贾大生是个吹牛能刮起龙卷风的人，东边说话西边听，人送外号"假大空"。吹起牛来云山雾罩，前知500年，后知500年，古今中外政治、经济、军事、文化、科学技术等，无所不知，无所不晓，即使吹过了头，还要强词夺理，决不输嘴。

一次老干部聚会，大家提出：眼下国学热方兴未艾，应该去山东曲阜孔孟之乡参观考察。座中有人不怀好意地给贾大生设套："大生，你走南闯北的，孔庙一定去过吧。"

大生一本正经地回答："当然去过！我去的时候，庙里的住持，一个白胡子老头，穿着大红袈裟亲自出来接我。几十个小和尚站两边欢迎，场面非常隆重。"

老干部们哄堂大笑："孔庙里怎么会有和尚，大生你做梦梦见的吧？"

大生脸不红，嘴不软，脖子一梗，急赤白脸地狡辩："你们不懂，中国古代的宗教是儒、释、道三教合一，你中有我，我中有你。孔庙里有和尚不奇怪，有老道也正常。你们学学中国历史就明白了。"贾大生不但不认输，反而倒打老干部们一耙子。

贾大生吹牛的另一个特点就是他人脉非常广，上至党中央国务院、中至省委省政府、下至区县，各级领导没有他不认识、不熟悉的，当然人家认不认得他就是另外一码事了。

贾大生还特别贪杯，别人求他办事儿，只要奉承他几句好话，再请他喝上几杯好酒，酒劲一上来，承诺来得风快，不管什么事，他都会拍着胸脯满应满许，怕你不相信，他会当场拉出一大串与这件事有关联的重要人物的名字，而且和他们交情匪浅，让你感觉这件事简直就是举手投足的小菜一碟。不过，酒劲一下去，热情也就随之消失了，事情真的办起来总是在即将胜利的关键时刻，半路上杀出一个程咬金，把事情搅黄了。久而久之，大家都知道了他食言而肥的特点。

打水回来，辛处长说自己下午出去开会，让学圆打电话把刘延安叫回来主持下午的学习。学习开始先念材料，一展开讨论大家不自觉地又扯到分房的事情上了。潘全力有些神秘地宣布："你们听说了吗？可能要增加一点局龄分。"

大刘一撇嘴："又是从wc得到的消息吧？"潘全力说："不用管从哪里得到的消息，刘处你就等着瞧吧。我听说秦老已经找省领导反映情况了，过几天省领导一发话，你们想，局党组可以不考虑大家的意见，但能不考虑省领导的意见吗？"

"小潘，你说的是真是假呀。"老梅不放心地盯了一句。

"是真是假，咱们等着瞧，老梅，你要不信咱们可以打赌，谁输了谁请客。"

"真就真，假就假，就算你说得对，打什么赌呀？"老梅一听说请客，马上挂出了免战牌。

楚大姐忽然往前一倾身子，压低了嗓子说："你们听说了吗？刘莹莹离婚了！"

老梅摇摇头："我没听说，刘莹莹这孩子挺老实的，她爱人我也见过，老实巴交的。听说小两口关系一直不错，这是谁给人家造的谣？"

潘全力接过话头说："这可不是造谣，而是真事。"

孟学圆也插话说:"早晨打水的时候,我听见贾处和打字室的慧慧议论,说刘莹莹离婚了,而且孩子给了刘莹莹,现在刘莹莹的妈妈给她带着孩子。"

老梅听大家说得有鼻子有眼儿的,马上转换了语气,用探询的目光问孟学圆:"为什么呀?两口子不是过得挺好的吗?"

孟学圆摇摇头:"我也不知道,只是听贾处和慧慧在那里议论,什么原因我没问。"

大刘嘿嘿一笑:"这年头,离婚不算新鲜事,不离婚才算新鲜事。"

楚大姐长叹了一口气说:"唉,只是苦了孩子,这么小就没有了父爱。"

"可不,据专家讲,没有父爱的孩子成长发育都不健康。"老梅也补充了一句。

"不仅成长发育不健康,缺少家庭关爱的孩子还容易走上犯罪的道路,我前些日子去工读学校调研,校长说,学校里面的孩子70%~80%都是有问题的家庭。"大刘为孩子的前途担忧。

"唉,好好的日子不过离什么婚呀!"楚大姐深深为他们惋惜。

"我早晨听慧慧讲因为徐刚动手打了刘莹莹,所以刘莹莹就坚决要求离婚。"

楚大姐说:"哪有马勺不碰锅沿的?两口子打打闹闹是常事,如果动不动就离婚,那就甭过日子了。"

大刘坏笑着问楚大姐:"那你们家福刚欺负你,你就忍着?"

楚大姐急忙反驳:"大刘你别瞎说,我们家福刚可是一个老实人,从来不会欺负人。不像你老婆,动不动就罚你跪搓板儿。"

大刘的老婆是他大学的同班同学,大刘经常开玩笑说:他老婆管他非常严,犯了错就让他跪搓板,所以处里同事常用"跪搓板儿"来调侃他。大刘照旧嘿嘿一笑,丝毫不觉得难为情:"怕老婆、离婚现在都是时髦的事,我也得追追时髦。"

老梅摇摇头,轻叹一口气说:"唉!现在的年轻人一点社会责任心没有,什么时髦不好追,偏偏追离婚的时髦。"

潘全力听了他们的对话,诡秘地一笑道:"因为动手打架就离婚，是骗人的，我估计他们离婚肯定有什么别的原因。"

"你说什么原因？"

"你又听到什么消息了？"

看见大家投过来的急切目光，潘全力有些扬扬得意，他用手往上托了一下眼镜，端起茶杯喝了一口茶说："什么原因我也不清楚，但是我可以把我听到的他们离婚的故事讲给你们听听。"

"小潘你就别卖关子了，快点说吧。"楚大姐急得直催。

"就是，快点讲！"大家也纷纷催促潘全力。潘全力清清喉咙，开始讲述刘莹莹离婚的故事……

刘莹莹是局医药处的副处长，她的爱人徐刚是原省政府领导的孩子，这位领导离休前从省政府给他们要了一套三居室，户主落在了男方。婚后刘莹莹常常在单位炫耀自己的老公如何如何好，公公婆婆拿自己当亲闺女一样，虽不敢说举案齐眉，但俨然一个幸福美满的家庭。可是，前不久单位里突然传出了徐刚和刘莹莹矛盾激化的传言，据说消息的来源来自刘莹莹的妈妈。她妈妈说：徐刚对她的女儿现在不好了，外面又有了女人，而且被人撞见过，可徐刚铁嘴钢牙死不认账，导致两人关系越来越紧张，几次要分手，因为看在孩子的分上，所以一直耗到现在。

使两人关系最后破裂的直接导火索是前些天，刘莹莹告诉徐刚：今天出去到郊区开会，晚上不回家了。谁知道，单位第二天有一个紧急会议，必须刘莹莹参加，所以单位派车去接刘莹莹。吃完晚饭，司机王启明送刘莹莹回家。出乎意料，门被从里面反锁上了，刘莹莹叫开门，一眼就看见一个年轻的女人坐在家中衣冠不整，头发凌乱，看见刘莹莹进门显得特别不自然。徐刚也神色惊惶，举止失态，一看就是做贼心虚。

刘莹莹当时勃然大怒，质问徐刚这个女人是谁。

徐刚说是单位的一个同事，到家里来做客。

刘莹莹满脸怒气地责问：哪有夜里十点多钟到家里做客的？肯定你们没干什么好事。

徐刚也生气了，说刘莹莹不相信他，假意说出去开会不回家，而来个突然袭击，回家来检查他，手段太卑鄙了。结果两个人越吵越凶，迅速由文斗演变为武斗，火头上，徐刚把刘莹莹打了。刘莹莹不干，一跳三尺高，马上要求和徐刚离婚。徐刚当场拍板同意。结果第二天两个人就快刀斩乱麻，到民政局办理了离婚手续，孩子给刘莹莹，房子给徐刚。

潘全力讲完了刘莹莹离婚的故事，大家觉得意犹未尽，楚大姐追问："小潘你还没说那个女人究竟是不是第三者呀，他们离婚到底有什么目的，你也没有说清楚呀。"

老梅也说："离婚了为什么不要房子要儿子？带着儿子以后再结婚也困难呀。"

大刘仿佛意识到了什么，想说但是没有说。潘全力对楚大姐和老梅的迟钝有些不满，用提示的语气说："按道理讲，夫妻离婚财产应该是一人一半，何况刘莹莹还带个孩子。可是房子刘莹莹一间不要，全都给了徐刚，搞得自己房无一间、地无一垄的，成了贫下中农了，你们还不明白她的用心呀？"

楚大姐经潘全力一提示，忽然来了灵感，忙说："噢，我明白了，你是说刘莹莹想要房？"

老梅听了楚大姐的话，插了一句："想要房就能给呀，房子是她分配的？再说也不符合政策呀。"

孟学圆也有些大惑不解，用怀疑的口气问潘全力："潘老师，按照分房办法的规定，她离婚的时间已经超出了规定的期限，就是离了，也不符合分房办法，魏局长又总是讲要坚持原则，她不会不清楚吧。"

大刘鼻孔里哼了一声，自言自语说了一句："这年头儿，什么事情只有想不到的，没有做不到的。"

潘全力也借用了电影《地道战》的一句台词："各庄都有各庄的高招儿，她离婚究竟什么目的，想干什么现在还是谜。但是，以我对她的了解，这件事一定不简单，不信咱们就拭目以待，等着瞧结果吧。"

十三　党组会议

为了尽快确定分房方案，第二次分房委员会结束时间不长，局党组召开了会议，专题研究确定分房方案，会议由局党组书记、局长吴卫红主持，她是和魏公正一年多前一起调到局里来的。吴卫红人到中年，身材不胖不瘦，梳一头齐耳短发，额头宽宽，尖下颌，前额上有一块淡淡的疤痕，眉毛有些倒八字，眼睛不大，但是很有神，看人的时候常常发出一种像针芒一样的寒光，平常表情严肃，不苟言笑，坎坷的经历磨炼了她坚毅和果敢的性格。

1966年，无产阶级"文化大革命"的风暴席卷全国大地的时候，她的父亲被造反派关进了牛棚，母亲被下放到干校。她响应毛主席的号召，插队去了内蒙古大草原。在辽阔的草原上，她逐步学会了骑马、喝酒、抽烟，并常把国骂"三字经"挂在嘴边上，养成了一副桀骜不驯的性格。一次，附近的山林发生了大火，她举着树枝勇敢地冲在最前面，头发被火烧焦了，脸也被着火的树枝烫伤了，额头上至今还留有一块疤痕。由于表现突出，后来被选派为工农兵学员，上大学去深造。毕业后，她被分配到她爸爸的老部下任主任的省法制办工作，在不长的时间里，她从一个普通干部升为副处长、处长、省法制办副主任。后来，法制办主任担任了副省长，她也随之调到市场管理局担任了局长。

吴卫红刚到局里时，班子里共有四位副局长，按照排列顺序第一副局长是魏公正，主管办公室、行财、人事等部门；第二副局长冯有义，主管农、轻、重等处室；第三副局长当时是李强，主管收费处和事业单位，后来李强调到省文明办，她又向省委组织部门推荐提拔了石岩；第四副局长赵智勇，主管税收财务物价大检查工作，并兼任检查分局局长。

冯有义是物价委员会的老人了，他是从一个科员凭着苦干一步一步熬到副局长这个位子的。秦守仁退休后曾主持过全局工作，后来由于老徐从中作梗，自己接任局长的美梦落空了。落选后抵触情绪很大，工作热情一直不高。

石岩是班子里最年轻的干部，他的父亲是省人大的副主任，自己也是省城一所名牌大学的毕业生。进局时间不长，就被提升为副处长，吴卫红到了市场管理局以后，省里搞老中青三结合，他从副处长直接晋升为副局长。由于家庭背景的关系加之年轻气盛，所以说话比较大胆直接，不遮不掩。

赵智勇是从部队转业的大校军官，在部队时，他说一不二，而在地方总是研究研究，事事请示，所以感觉很不适应。而且，他对很多事情总是自以为是，自我感觉良好，好和人较个真，顶个牛，在班子和大家关系处得不太好。吴局长没来之前，不知道是谁，向省里打了一个小报告，说他开会的时候经常和地区、县市的下属打麻将，聚众赌博。后来，省纪委把这封信转到了局里，当时主持工作的冯有义和他谈了一次话，赵智勇从此发誓再不打牌。因为这件事，吴局长刚来的时候，对赵智勇还有一些先入为主的偏见，后来接触多了，见赵智勇很配合，才慢慢消除了对他的敌意。

党组会因为是专题讨论分房工作，所以，吴卫红提议让刘旭列席会议。会议开始，刘旭先把分房草案逐条逐项进行了解说，并且把前两次分房委员会全体会议的讨论情况做了介绍。他加重语气解释说，这次提交局党组讨论的方案基本吸收了各个处室的意见。魏公正等刘旭汇报完了，用比较满意的口气夸了夸刘旭，借机也夸奖了自己：

"这次分房工作，在局党组的领导下，从制订方案到前后几次修改，刘旭他们做了大量的工作，成绩是很大的。总的来看，全局上下对这次分房办法的制定是基本满意的，虽然也有个别人提了一些意见，如对待局龄分的问题上，但不是什么大不了的问题。另外，老干部提了一些意见，还把老秦拉出来，听大生说，老金他们还又哭又闹的。老金这号人他爸爸死了一滴眼泪都没有，至于为一个老秦哭天抹泪的？我看他就是想拿老秦来说事，自己想给儿子要房，这点花花肠子谁不知道呀。"

冯有义听老魏放完了炮，双手合拢抱紧手中的茶杯，下巴顶在杯子盖上，眼睛瞄着魏公正，慢条斯理地说了一件事："老干部的意见也不能不重视，我昨天去省里开会，省老干部局的霍局长特意对我说，有人向老干部局反映了情况，可能还要去省里告状。提醒我们在分房的时候，还是要多听听一些老同志的意见，对那些出生入死的老同志的利益，在不违反原则的情况下能够照顾的还是要照顾。"

"霍局长没有说具体的怎么照顾吧？"吴卫红急忙追问了一句。

"没有，基本上就是这几句原则的话。"

"他爱去哪里告就让他去哪里告，反正退休了，在家闲着也是闲着，听拉拉谷叫还不种地了！"魏公正对冯有义的话颇不以为然。

"我听说大家对办法意见还是很大的，特别是局龄分、奖励分、到局多长时间可以要房这些问题，意见比较集中。局里许多干部也找我反映，说一下子取消局龄分不合理。"石岩反驳魏公正的话，却面向刘旭提了出来。

"我还是那个意见，不能光围着市场管理局这个小圈子来考虑问题。我们都是党的干部，党的利益高于一切，组织上让我们去哪里就得去哪里。辛辛苦苦地为党工作了几十年，到头来，一个刚进局参加工作3~5年的小青年，一下子就增加了一二十分，等于我们干了20年，我就觉得不合理。"魏公正鼻孔喘着粗气，愤愤不平地表明了自己的态度。

"要说大家给市场管理局干了几年，增加一些分数也是应该的。因为毕竟是市场管理局分房，但是分值可以降低一些。"赵智勇也态度明朗地表明了立场。

见党组内部意见不统一，吴卫红想追根溯源，先搞清楚局龄分的来历，于是她掉过头来问冯有义："老冯，你们过去局龄分定为每年四分,根据是什么呀?"

"因为咱们这个局是'文化大革命'以后成立的,因为成立得比较晚,第一次分房的时候,房子比较少,而要房的人特别多,僧多粥少,彼此之间的分数差距也不大,当时的局领导就通过增加局龄分,提高分值的办法,人为地拉开了要房人之间的距离,保证一些先来的同志能分到住房。这虽然是当时特殊情况下的特殊办法,但是,也是拍脑袋主观人为确定的。"冯有义是托秦守仁的关系调入局里的,当年因为局龄分少,没有分到住房,所以对局龄分还是有些耿耿于怀。

"我同意老冯的看法,这就是当时拍脑袋拍出来的,特殊时期的政策只能适应特殊时期的情况,现在的情况发生了变化,我们也不能墨守成规,一成不变。"魏公正不失时机和冯有义一唱一和地呼应起来。

"可是一下子取消了,大家也有些接受不了。我看分数可以适当降低,也不能不考虑为我们局的工作奉献时间较长的这些同志的利益。"石岩也一步不让地阐明了自己的观点。

"我同意石岩的意见,我看不如进行修改,适当地保留一点,不要全部取消。"赵智勇旗帜鲜明地支持石岩。

看取消和保留的意见旗鼓相当,吴卫红先不急于表态,她掉过头来问刘旭:"前些时候的调查都是你搞的,分房的办法也是你起草的,你也说说你的意见。"

刘旭上次给党组起草报告时,犹豫再三,最后还是按照魏公正的口径起草上报的。今天见领导班子内部意见不统一,深知两边都不好得罪,而且主张保留的和主张取消的,都有各自的利益掺杂其中。但是,吴卫红点名让自己说话,模棱两可是过不了关的。刘旭沉思了一下,微笑着开了腔。

"我认为各位领导的看法都很好,给我的启发很大。按照各位领导的思路,我考虑了一下,局龄分应该取消,但是不要毕其功于一役,可以循序渐进,先降低分值,譬如每年0.5分,在市场管理局干了10年也不过5分,对新来同志的冲击也不是很大,也照顾了一部分在局干得时间长的同志。分值虽然低,但是有总比没有强,而且也体现了局党组尊重了广大干部职工的意见,今后视情况再决定是否取消。"

刘旭的意见，既没有明显偏袒哪一方，也支持拥护了双方的意见。大家听了，都觉得有一定的道理。见大家都沉默不语，吴卫红知道该自己一锤子拍板定音了："我看这个办法比较好，还是不要全部取消，但是也不要定得过高。"

这个争议最大、意见分歧较多的问题解决了，党组会的气氛一下子轻松了许多，接下来就是对名目繁多的各种奖励分数的设置进行研究。刘旭讲了外单位的奖励分数设置情况，针对人事处提出的本单位奖励分数的设置想法，他认为奖励分数的设置比较合理，横向比较竖向比较都不用做什么大的调整，再说众口难调，很难有一个大家全满意的方案。

这时候，魏公正提出应该增加一个新的奖励项目："咱们局今年的献血任务又来了，每年的义务献血报名都不踊跃，我们局去年的献血指标先后去了三批人才完成。我看今年要增加奖励分数，凡是献血的人员，一律增加5分，以鼓励大家积极踊跃参加献血。"

石岩听魏公正提出用加分奖励的办法鼓励献血，不禁抿嘴一乐，开魏公正的玩笑："这倒是一个高招，那老魏你手里的房子今年可别全分完了，得留两套，到明年献血的时候，再拿出来奖励献血人员。"

魏公正说："你小子就会出馊主意，我上哪儿留房子去？除非你的房不要了给我。"魏公正和石岩斗了一句嘴，又略带得意地炫耀："就是没有房子了，我也有办法，明年我准备把全局适龄献血的人大排队，按照顺序去献血，轮到谁是谁，谁也躲不掉。"大家都感到每年的献血确实是一件难事儿，用奖励的办法鼓励献血也是一个权宜之计。

"现在的年轻人对父母的孝敬程度比过去差远了，我看为了鼓励孝敬父母，凡是父母健在的，一律都应该增加赡养分数，我们还是要大力提倡和弘扬敬老爱老的中华民族传统美德。"这时候，冯有义针对修改意见中父母不在子女身边的不能增加赡养分数的问题，提出了自己的意见。

这条意见一提，大家都没有马上呼应，因为谁都知道他的父母远在北部山区，他已经连续几年没有回家看望父母了，前些时候，他的兄弟还把他告上了法庭，告他不给父母赡养费。今天，从他的嘴里说出这样的话，听起来很别扭。魏公正见会议冷了场，马上接了一句："我看可以，老赵的老母亲不是也从山东接到了省城吗，住在老赵这里也时间不短了，不管父母住在那里，儿女赡养的义务总是少不了的。"赵智勇对老母亲很孝顺，前些时候特意找朋友借了一辆车，花了两天的时间把老母亲从山东接到了省城赡养。他听魏公正把他和冯有义相提并论，不禁冷笑着鼻子里哼了一声。大家听魏公正这么说了，也没有再表示反对。其他的一些意见也按照魏公正和刘旭的意见相继讨论通过。

见奖励议题进行得比较顺利，魏公正踌躇了一下，又提出了一个新的奖励理由："这次的房源是行政财务处的黄永红同志费尽千辛万苦找到的，也托了不少关系，所以，刘旭同志提议：应该给黄永红同志奖励一套住房。"

"那她就可以分到两套住房了，享受局长待遇了，这不太合适吧？其他干部会不会有意见？"石岩提出了疑问。

"我看可以，找房源也要托关系，如果没有黄永红同志的辛苦努力，我们大家也不可能这样快就分到住房，而且价格也不贵，所以，适当的奖励我看是可以的。"魏公正还是坚持自己的意见。

冯有义也认为一个人一下子分两套房太多了，许多干部连一套房也分不上，能不能换成奖励分数？赵智勇没有发表意见，他从心里不认同这种奖励办法，而且认为这肯定又是魏公正和刘旭搞的猫腻，但他和黄永红老公的私交很好，所以，他想先看一看再说。

吴局长一看又卡了壳，只好重祭法宝，掉头问刘旭："这个奖励办法当初是怎么定的？"刘旭翻开了笔记本，声音清晰地念了出来："去年10月18日，我们开处务会，当时动员大家找房源，后来有的同志提出，应该给找到房子的同志一定的奖励，以调动大家的积极性。我们后来向魏局长做了汇报，提出给找到房子的同志奖励一套两居室。魏局长同意后，我们就向全体同志宣布了这条奖励措施。"说到这里，刘旭抬起头把目光投向魏公正，求得他的声援。

魏公正看出了刘旭目光中的意思，忙插了一句："当时又便宜又好的房子很不好找，为了找到好房源，我是同意了他们的意见。"

吴卫红皱着眉头批评刘旭："以后这种事情要先向我汇报，让我知道后再办。"

刘旭忙检讨："我们工作没有做到位，今后一定注意。"

魏公正脸上有些挂不住了，讪讪地说了一句："我以为刘旭向你请示过了。"

吴卫红摇摇头："他没有跟我说，我是今天才知道。"

其实魏公正心里很清楚，这种事情如果事先没有向吴卫红请示，刘旭是绝对不敢做的，今天，吴卫红矢口否认，并批评刘旭擅作主张，搞得自己也感觉脸面无光。

刘旭向吴卫红做完检讨，又继续往下讲事情的经过："这条政策向大家宣布后，局里的许多同志先后向我们推荐了房源，我们比较了众多的房源，认为黄永红同志推荐的这处房源从价格、地理位置、房屋结构等方面看是比较不错的。另外，黄永红同志的爱人是省建委的，为此事她爱人出了不少力，开发商也看在她爱人的面子上，对我局购房给予了一定的优惠，和奖励一套房子相比，我们局也是不吃亏的。"

刘旭陈述完上述理由，会议室里出现了暂时的沉默。吴卫红用眼睛扫了扫几位副局长，用探询的口气问大家："怎么样？大家再说说意见。"赵智勇突然插了一句："我看既然许了愿，就还吧，以后再找房子可能还要找省建委，别把关系搞僵。"

魏公正一看赵智勇也支持奖励，忙趁热打铁，又补充了一句："这样吧，我提个建议，这次奖励完房子，就算她住房到位了。可以让她和局里签订个协议，以后不能再和局里要房子了，大家看怎么样？"

见赵智勇和魏公正支持奖励，吴卫红也谈了自己的看法："我看老魏和老赵的意见可行，要她和局里签订一个不再和局里要房子协议，今后再分房，也不再分她房子了，你们看怎么样？"吴局长一边说话，一边用眼神扫了会场人员一圈，最后把眼光停留在坐在自己左边的冯有义脸上。冯有义的眼神和吴卫红对视了一下，点点头："好！我同意这么办。"吴卫红见冯有义表了态，又扭过头问坐在自己右边的石岩："你觉得这么办怎么样？"石岩见大家都点了头，特别是一把手已经表态同意，就坡下驴，说了一个"行"。

办公室主任刘克礼突然敲门进来，请吴卫红去接一个省政府领导的电话，魏公正、冯有义、石岩等几个烟民趁机去室外过烟瘾。

时间不长，吴卫红风风火火回到了会议室，让党组于秘书赶紧把外面的人叫回来继续开会。等大家落了座，吴卫红通报了省政府领导的电话内容："刚才，省领导来电，要求我们妥善解决好离休老干部的住房问题，省领导还说，秦老即便是倚老卖老，这么大岁数就让他卖卖吧。"电话里省领导还暗示她，这些老干部虽然离休了，但门生故旧还是有许多人在领导岗位上，他们的能量绝不能低估，成你的事不足，但坏你的事绰绰有余，为了今后的发展，还是要妥善解决好老干部的问题。当然，这些话她埋在心里没有讲。

大家一听是省领导发话了，都高度重视。石岩分析说："我觉得省委领导关心的主要是那些离休的厅级以上领导，一般的离退休人员他们不可能也没有精力去管，所以，我们只要把离休的厅级以上领导的住房问题解决好了，其他的离退休人员也闹不出什么事儿。"

赵智勇接过石岩的话茬："我看也就是老秦他们告的状，其他人也没有能力告到省领导那里。"

魏公正说："老秦的住房问题既然省领导发话了，看来不解决是不行的了，但是，在分房委员会上恐怕意见少不了，还要费力气做好说服解释工作。"

冯有义双手捧着茶杯一字一顿地说："这个问题好解决，老干部的分房我们不经过分房委员会，由党组直接决定不就行了？"

"那么多老干部不经过分房委员会讨论，都由局党组决定，面太大了，那全局干部的意见肯定特别大，再说也不能让分房委员会成为摆设呀。"魏公正提出了反对意见。

冯有义见魏公正反对，又修改了自己的意见："不然就把老秦他们几个人的住房放到局党组研究，其他人的住房由分房委员会定。"

大家一听，觉得这个办法可行。最后确定：老干部的房子分成两部分解决，离休老干部和退休的厅局级干部住房不经过分房委员会，由局党组直接研究确定；其他老干部的房子由分房委员会讨论决定。另外，为了有据可依，在分房办法中再增加一条，在规定的住房标准上，特殊情况的可以再增加一套住房。这一点大家心照不宣，心里都明白受惠者是谁，所以都同意这样办。

老干部的问题解决了，大家都松了一口气。魏公正想起每次会议上肖天虎总是出点新花样，和自己顶牛，心里就感到腻歪，他想不如成立一个人员更少的分房委员会常委会，把肖天虎等人踢出去，减少一些工作的麻烦。于是，他向局党组提出了一个新建议："我看目前咱们局的工作任务这么重，分房委员小20个，一吵吵就是半天，影响工作效率，不如成立个常委会，重大问题全体委员会讨论，一般问题常委会讨论就行了。有的委员尽提些不着边的意见。就像肖天虎，上次会议上提出了让南郊的十几户全搬回来的主意。我听说楚京明春节的时候请南郊的住户吃饭，回到单位又请客又送礼，肖天虎这小子酒桌上不但又吃又喝的，还大包大揽，满应满许，好像分房他就能做主了。"

"真他妈不像话，你们分房委员会不是有纪律吗？刘旭你们查一查，如果属实就不让他干了。省得一粒老鼠屎坏了一锅粥。"吴局长一生气，不留神把口头语带了出来。

"我知道楚京明他们住南郊的住户每年春节都在一起聚餐，大家是AA制，吃饭的时候免不了议论了一下分房的事情。肖天虎在那里有间合居房，所以也参加了聚餐。"冯有义看见吴卫红动气了，赶快出面解释，因为肖天虎是他分管处室的干部，他不愿意肖天虎出丑，让别人笑话。

听了冯有义的解释，吴局长嘱咐魏公正说："要强调纪律，我听说第一次分房会的内容，第二天全局都知道了。人多嘴杂，你说的成立常委会的做法我看可行。你们研究一下，尽快成立。"魏公正回答说，下来马上和刘旭他们商量，尽快成立，名单再报局党组。吴卫红说："不用报局党组了，你们定就行了。"

石岩冷不丁问魏公正："老魏你说肖天虎要求南郊的十几户搬回来是什么情况？"

魏公正把第二次分房会议上肖天虎提的具体意见和自己当时的态度又向党组成员叙述了一遍。

冯有义听到魏公正说"不为以前擦屁股"的话，想到楚京明春节后去家里给自己拜年时所托付的事儿,他不紧不慢地表明了自己的看法:"我觉得话不能这么说,当时,我记得秦局长确实是说过这样的话,虽然不是局党组讨论确定的,但是他是党组书记,又是局长,所以还是要慎重考虑这件事。"

吴卫红见又扯出了南郊宿舍的事情,不禁皱了皱眉头,问冯有义这是怎么回事。冯有义说:当时,为了增加房源,加上价格便宜,局里委托南郊区的市场管理局为局里买了一个楼门的宿舍楼,共有15套房子,其中送给了南郊区市场管理局3套,其余的12套决定分给局里的干部职工。恰巧当时省委大院东侧的房子也盖完了,当时局里的人都惦记省委大院旁边的房子,谁也不想要南郊的房子。秦局长为了减轻分省委大院房子的压力,就动员一些新来的同志,先去南郊宿舍,等以后局里有房子了,再让他们搬回来。冯有义最后总结说:"从这个角度上讲,这些同志当初还是做了很大贡献的。"

魏公正顶了冯有义一句:"有房子住还叫作贡献?那没房子住的作贡献不是更大?他们全回来了,一下子占了我十几套房子,那南郊空出的房子分还是不分?如果分到南郊去的同志再要求搬回来,循环往复,南郊的房子不成了转运站了?我的意见还是不擦屁股。"

冯有义也不甘示弱:"前面的领导班子也是市场管理局的领导班子,后面的给前面的擦屁股,也是正常的。"

"谁爱擦谁擦,反正我是不想擦。"

"这不是你想擦不想擦的问题,而是应该不应该擦。应该擦不想擦也得擦,不应该擦想擦也不擦。"

吴卫红一看冯有义和魏公正较上了劲,忙出来打圆场:"谈分房的事,怎么跟擦屁股没完没了了?我看这样吧,刘旭你们再去找秦老核实一下情况,等核实完了,我们再议,今天就不讨论这个问题了。"

冯有义和魏公正见吴卫红发了话,也就偃旗息鼓停止了争论。

见会议的议题全部讨论完毕,吴卫红让党组秘书于书文尽快把讨论的意见形成一个纪要,报各位局党组成员审核后,尽快发布实施。

十四　分房方案出台

党组会议结束后,魏公正让刘旭快点把分房方案整理出来报给他,刘旭理解魏公正怕夜长梦多的顾虑,他加班加点,连夜整理出了分房办法,然后附上文件批办单,端端正正写上了"呈报卫红同志、公正同志审定!"的字样,第二天一早亲自送到了魏公正的手中。

魏公正在自己的名字上画个圈,签上"拟同意,报请卫红同志审定"的意见,绕过办公室,直接让刘旭送给了吴卫红。吴卫红马上签批"同意",退给了魏公正。

魏公正叮嘱刘旭抓紧打印,并让刘旭提出一个常委会的人选。刘旭不敢怠慢,下午召集李金华副主任和张建华两人,三个人开了一个碰头会,初步拟定了常委会的人选。第二天刘旭又马不停蹄,及时报给魏公正,魏公正没有提出反对意见,照例画了一个圈,吩咐刘旭下周召开分房委员会的全体会议,公布实施分房方案。

经过刘旭紧锣密鼓的一通忙乎,党组会议后,仅过了一个星期,第三次分房委员会全体会议如期召开了。会议开始,首先由魏公正传达了局党组会议精神,然后刘旭宣读了经党组批准实施的正式分房办法。

办法主要有四章 21 条。第一章是总则共有 3 条。其中心内容规定了分房的原则是要优先解决住房困难户。第一条首先规定了 9 种人为住房困难户：

一、双方均是非农业户口，因无房而租住农民房的。

二、婚后无房而无法同居的。

三、住在办公室、仓库、工棚等不能作为住房使用的简易房屋的。

四、三代不同性别的人同居一室的。

五、父母与7周岁以上独生子女同居一室的。

六、父母与14周岁以下子女同居一室的。

七、14周岁以上异性子女同居一室的。

八、人均住房面积不足4平方米的住房拥挤户。

九、男32周岁以上、女30周岁以上未婚无房的大龄青年。

第二条规定了分配住房的限制标准。局长住四间房，处长三居房，处长以下住两居房，但是，特殊情况的可以多照顾一间。

第三条是分数的计算。继续保持局龄分，不过从过去的每年4分减少到0.5分，来局五年以上的同志再多增加1分，十年以上的同志增加2分。

其他分数标准是：工龄分每年2分。

七岁以上子女每年一分，计算到18周岁（多子女的只计算一名）。

局长8分，副局长7分，处长6分，副处长5分，科长4分，副科长3分。

研究生以上学历5分，大学本科4分，大专生3分，中专生2分。

复员转业军人加5分。

独生子女奖励5分。

晚婚晚育奖励5分。

献血奖励5分。

荣获国家级荣誉称号的奖励5分。

荣获省市级荣誉称号的奖励3分。

以上奖励分数在分房中只能使用一次，不能重复计算。

第二章共有10条。中心内容是规定了具体的分房内容、办法、具体计分方法。

第三章是分房的一些原则要求。

第一条规定要房人的条件为:连续工作三年以上,到局一年以上的干部职工。

第二条,分到新房者必须把旧房缴回局里参加统一分配,不许私自转让。如果私自转让或者拒绝缴回,取消新房的分配资格。

第三条,本次分房尽量不造成新的两户合居一套房间的情况。

第四条,上次分房已分配到新房且不属于住房困难户的,这次,原则上不参加分房。

第五条,离休老干部和退休的局级领导,其住房分配由局党组统一研究解决。

刘旭把分房办法念完以后,肖天虎又开了第一炮:"这个办法没有吸收大家的意见,好些没有……"

"先听我的!别瞎戗戗。"肖天虎的话没说完,就被魏公正噎了回去。

"这个办法是党组集体讨论通过的,是你听党组的,还是党组听你的?"

训完肖天虎,魏公正面向大众慷慨陈词:"同志们!不管你们谁还有意见,但是组织原则是不能违背的,个人服从组织,下级服从上级,既然党组已经做出了最终决定,大家不要议论了,都要按照这个口径去做工作,有不同意见也要服从。"

魏公正为了尽快清除分房委员中的反对派,减少阻力,马上提出了组建常委会的意见。

"同志们!由于我局的工作任务比较重,牵涉的委员也比较多,影响了一些处室的工作,有些处室领导提出了意见。为了提高办事效率,尽可能地减少对工作的影响,经过局党组会议研究,决定在分房委员中,再选出七个常委,具体工作由常委会进行研究讨论。当然了,组建常委会,不是剥夺我们委员的权利,最终决定还是要由全体分房委员会讨论通过后,再报局党组审议。常委就不用选举了,由局党组在分房委员中指定。下面由刘旭同志宣读常委会人选。"

刘旭首先声明,常委会的人选是兼顾各处室的利益,报请领导批准后确定的。当选的七个常委:主任是副局长魏公正,副主任是行财处长刘旭，行财处作为具体负责分房工作的部门入选一人，其他四个常委分别由业务处室、综合处室（含老干部）、检查分局、事业单位的委员中产生，孟学圆作为业务处室的代表被选进了常委，行财处的代表是张建华，检查分局的代表是张瑞英，综合处室的代表是贾大生，事业单位的代表是尹学军。

孟学圆估计自己肯定进不了常委会人选，一听刘旭念名单，急忙低下了头，落选常委虽然不是什么丢人的事，但总有无颜见江东父老的羞愧感。突然之间听见刘旭念自己的名字，不禁一愣，以为自己听错了，惊诧之余，他嗫嚅了一句："我不行。"刚想大声说出来，抬头一看落选委员的沮丧表情，内心忽然又涌出一种优越感，急忙把想说的话咽回了肚子里。

刘旭宣布完常委名单，魏公正说："分房方案已经确定，下一步工作就是要分组对要房人员的情况进行家访调查，请大家提前做好准备。现在第一阶段的会结束了，下面继续开常委会，其他同志可以先去忙工作，请常委们留下继续开会。"

落选的委员垂头丧气地出了门，宽敞的会议室里只剩下了七个常委。刘旭示意大家坐得集中一些，往魏局长身边靠一靠。魏公正轻轻咳了几声："同志们，我们都是常委了，今后的分房工作主要就要靠我们大家了，人少了，工作一定很辛苦，在座的大都是党员，小孟也是团支部书记，我们要发挥党团员勇于奉献的精神，兢兢业业做好分房工作，只要全局的大多数同志对这次分房感到满意，我们的目的就基本达到了。我们争取让大家十一的时候在新房里过节。"魏公正做完动员，示意刘旭部署下一步工作。

刘旭习惯性地用手扶了扶眼镜腿，谦虚地说："局党组让我来担任常委会的副主任，是对我的信任，我自己的能力有限，所以，还要依靠在座的各位支持。我们要一切按照局党组的要求，努力做好分房工作，不辱使命，希望大家共同努力！"说罢开幕词，刘旭就下一步如何开展入户调查，调查的内容和要求详细地讲解了一遍，并问大家还有没有不明白的地方。见大家都表态清楚了，刘旭很高兴："既然大家都清楚了，那么我们下一步就安排分组，我们一共分成四个组，张建华主要协助我做一些全面的工作，其余的四个常委每人带一个组，到申请要房的人家进行调查核实。调查采取循环交叉的办法进行。孟学圆带领业务处室组负责调查综合处室人员，综合处室组负责调查检查分局人员，检查分局组负责调查事业单位人员，事业单位组负责调查业务处室人员。这样调查有一个好处，避免人家说本处室照顾本处室人员。"

刘旭分配完任务见大家摩拳擦掌跃跃欲试的表情，脸上露出了满意的笑容："我已经和司机班的佟队长说了，让他在不影响工作的前提下，一定保证调查用车，你们回去赶快拉个时间表，按照先困难户，后改善户的顺序开始调查，具体时间和司机班衔接一下。希望大家抓紧时间，争取一个星期结束调查工作。"

会议一结束，学圆立即把自己负责调查的人分了分类，按照轻重缓急拉了一个调查进度表，又征求了几个业务处室分房委员的意见，根据他们的工作安排，确定了每天随自己调查的人员名单。调查开始前，学圆唯一担心的就是肖天虎这个刺儿头在调查过程中给自己出难题。

十五　住房困难户

家访的第一天，应该是轻工处的肖天虎、生产资料处的王乐强和孟学圆一起去调查。学圆主动找到他们两人，问他们明天先安排去谁家，路线怎么走方便。

王乐强对省城的地理情况比较熟悉，他提出了一个家访的线路，学圆和天虎都没有什么意见。学圆简单地把三个人的工作分了分工，他怕肖天虎没有当上常委有什么想法，非常谦虚地请他们多帮助自己："王老师、肖老师，我到局的时间不长，经验不足，情况也不是很熟悉，调查工作还请两位老师多多关照。"

肖天虎粗声大气地说："学圆你放心，我们不会为难你的，我知道老魏看我不顺眼，嫌我爱提意见，整出个常委会来排挤我，我不怕，该说还说，气死他。"

学圆说："听魏局长讲有些处室有意见，嫌委员们老开会，耽误了工作。"

肖天虎鼻子里哼了一声："什么提高效率，还不是自己搞猫腻儿怕大家提意见？还美其名曰尊重处室意见，乐强你听见哪个处室对委员开会提意见了？其实就是老魏心里有鬼，想搞一言堂。"

乐强不愿意过多评论局党组会的决定，他是一个性格很随和的人，见肖天虎关上门骂皇帝，急忙劝解说："别说了，已经定了说了也没用。再说还是让你负责调查，说明没有剥夺你委员的权利呀。"

肖天虎冷笑一声，一撇嘴说："我还真不领他的情，他这是又想当婊子又想立牌坊，做给人看的，谁不明白呀？"

学圆恪守静坐常思己过，闲谈莫论人非的格言，他不想继续听肖天虎在这里指天骂地，急忙起身，说自己先去老干部处沟通一下，明天在局里统一集合出发。

学圆想找贾大生了解一下要房的老干部情况，推开门一眼看见明天家访的对象老黄端坐在屋里。

"老黄您好！明天上午我们先去您家里调查。正好您在这儿，太好了，省得我们打电话了。"

老黄乐呵呵地说："热烈欢迎!我明天要黄土铺路、清水泼街欢迎你们。"

贾大生不以为然地撇撇嘴："老黄你也忒抠了，洒点黄土泼点水，那不成和泥了？还不如好好地请学圆他们撮一顿。"

"贾处长你可别小看这黄土铺路、清水泼街，这搁过去，可是迎接皇帝出驾的礼节。"

"那是什么年代，现在是什么年代？那时候有柏油马路吗？"

"那倒是，不过我们家住的地方现在只有黄土和清水。"

"老黄，你们家现在住哪里呀？"孟学圆顺口问了一句。

老黄神秘地一笑："我住在一个人人都不想去，但是人人都必须去的地方。你猜是哪里？"

"你们家住在农村？"

"农村现在条件好多了，住房比城里还舒服，如果真的在农村有五间大瓦房，我真的高兴死了，没猜对。"

"那就是在……"孟学圆把到嘴边的"厕所旁边"几个字生生咽了回去。

看见孟学圆欲言又止的表情，老黄抬手往西一指："我家住在西郊火葬场旁边。"

"老黄，您说话可真逗。"

"唉，我这一辈子已经活了60多岁了，什么没有经过，什么没有见过？老了老了，分一套房子就好好安享晚年吧。"老黄乐呵呵地说完，可是脸上随即又掠过一丝焦虑和不安的神情，孟学圆看在眼中想问却又不便问，老黄看了一眼孟学圆的表情，也是想说什么却没有说。

第二天早晨，魏公正刚要进局长的小餐厅吃饭，一眼看见了正在吃饭的孟学圆，魏公正一屁股坐在了他的旁边，学圆感到有些局促，魏公正倒是很随和地问学圆，今天去哪家调查，去的人都有谁？

"魏局长，今天是我和乐强、天虎去调查，计划调查四户，先去困难户老黄家，然后再去王启明、张勤和高阳家。"

魏公正皱了一下眉头，用略带提醒的口气告诉孟学圆："对于他们这些困难户，不能光听他们叫唤，你们要仔细地一户一户地认真核查，一定要查个水落石出。"孟学圆用肯定的口气做出了保证。

吃完早饭，孟学圆他们坐着司机小满开的一辆桑塔纳轿车，汇入城市早高峰的滚滚洪流。

"小满，这几天全是你陪我们？"乐强和小满关系不错，希望他陪完整个行程。

"不好说，这几天局里用车紧张，无法固定。"

"我们局里的车也不少了，怎么还是那么紧张？"

"乐强你不知道，现在局里的车是不少，可是局长一个人一辆就占了五辆，再把班车和机要交换车除去，能够跑的车也没几辆了。"

"不是说除了正局级，副局级是两个人用一辆车吗？"

"那是规定，省纪委的文件刚下来时，还实行了两天，可是不到一个星期就不行了，这个局长说有事情，那个局长也说有事情，根本不能共用一个车，只好又分开用，现在还是一个人一辆车。"

"其实你们盯专车的司机也不错了，平常和节假日还可以用用私车，跟着领导出去，也能跟着沾沾光，最起码领导吃肉你们也能喝口汤。"肖天虎不无嫉妒地接了王乐强一句。

"你小子可别胡说，我可没有盯局长，他们可以用公车办私事，我们可不行，每天都必须把车开回单位，不让把车开回家，对我们是严格管理，对自己的司机就是工作需要。"

"算了，你们两个也别争竞了，现在哪个单位都是这种现状。这公车改革说说容易，实行起来太难了，让既得利益者革自己的命很难下得去狠手。"乐强见双方打起了嘴炮，忙插话进行劝解。

30多公里的路，走走停停，走了一个多小时，才到了老黄家。老黄的家住在西郊一片红砖平顶的平房区，这是铁路系统在这里施工的时候，为了照顾随队的家属而修建的职工宿舍，汽车在坑坑洼洼的土路上颠簸，左拐右绕，好不容易转到了院子门口。打开车门，孟学圆抬眼打量了一眼四周的环境：这片平房往北不远是铁路路基，再往北是一片起伏的丘陵，东边一公里左右是西郊火葬场，望着高高的烟筒，想象人生最后不过就是一缕轻烟，学圆的心中油然而生人生如梦的感叹。西边是山上的洪水冲刷形成的一条雨水沟，附近居民的生活污水和粪便倾倒在沟里，在沟底结成了一片一片的黑冰，沟两边的斜坡上扔着几只死家禽，布满了一堆堆的生活垃圾，乍暖还寒的早春时节，从沟里散发出阵阵的臭气，沟沿上稀稀拉拉的野草枯萎干黄，垂头哈腰，在寒风的蹂躏下无力抗争，只有随风摇摆着瘦弱的身躯。一条耷拉着耳朵的黄狗，看见他们下车，冲过来狂吠了几声，肖天虎拿起几块石头砸了过去，黄狗跑到远处，不服气地回头又吠了几声。老黄大概是听见了狗叫，从院门口冒出来迎接他们。

几个人边走边打量老黄家的环境，这是一排坐北朝南的平房，靠着前排房子的后墙，家家户户都自己盖了一间小厨房，厨房和房门中间仅剩下一条一米左右的狭窄过道。到了老黄家门口，老黄侧身拉开门，一股混浊的热气混着烟草的味道扑进了大家的鼻子，进了门，学圆见老黄的两间房一明一暗，屋地中间生着一个蜂窝煤的炉子，上面坐着一个铁皮大水壶，壶里的开水呲呲冒着水蒸气，靠北墙的后窗户下面摆放着一张双人床，床脚处放了一个大衣柜，紧挨着大衣柜放了一个长沙发，里屋是老黄的女儿和女婿、外孙住的房间，老黄和老伴住在外间，沙发上乱七八糟放了许多东西和玩具。老黄一边让大家坐，一边把沙发上的东西收拾起来，给大家腾地方。孟学圆他们在沙发上挤坐在一起，老黄赶快端起炉子上的水壶，泡了一壶茉莉花茶，茶叶的香气在室内弥漫。老黄搬了一把折叠椅子，给他们放茶杯用，自己坐在床上。

乐强见只有老黄一个人在家，好奇地问老黄老伴怎么不在家。老黄脸上现出一丝苦笑说:"我们两口子分居了。"在座的几个人不由得大吃一惊。乐强不解地问:"老夫老妻同甘共苦这么多年了,还有什么疙瘩解不开呀。"

老黄边起身给大家斟茶边解释说:"我儿媳妇前几天生孩子,老伴过去侍候月子,现在我们两口子一个给儿子看孩子,一个给闺女看孩子,一年难得见几次面,这不成两地分居了?"

"咳,老黄你说话大喘气,吓我们一大跳。"肖天虎抱怨老黄说话卖关子。

"老黄,你不要忙乎了,把您的户口本和房本拿出来,让我们看一看,看完我们就走了。"乐强阻止了老黄找香烟、拿瓜子、削水果的殷勤举动。老黄把挡在大衣柜前的东西搬开,从柜子中取出了户口本和房本,孟学圆把户口上的人数和房契的内容抄到笔记本上,在老黄的一再劝让下,每人又喝了一杯茶,忙起身告辞。老黄说:"不再坐一会儿了?吃了饭再走吧。"

"不了,我们还有好几户要去,要抓紧时间,我们有时间再来吧。"

"那我就不留你们了,有时间再到我家来做客。"

"老黄,您以前坐什么车上班?这路上要走几个小时?"孟学圆想起刚才来的路上堵车的状况,不禁问了一句。

"坐公共汽车,要是不堵车,路上也要两个多小时,要是堵车那就是小孩子唱歌——没谱了,三个小时也是它,四个小时也是它,尤其是冬天,早晨顶着星星出去,晚上披着月亮回来。"

孟学圆听了老黄的话,脑海中马上联想出老黄在眼前的这条土路上寒暑奔波的瘦弱身影,他伸手拦住老黄不让他再送了,可是老黄不顾大家的一再阻拦,坚持把大家送到车上,直到看见汽车的影子从视野中消失,才转身回家。

下一户调查对象是因病而提前退休的张勤。

出了张勤的家门几个人的心情都特别压抑,张勤口齿不清、涎水不断、面容憔悴、手脚并用、满地爬来爬去的悲惨景象在学圆的脑海里总是挥之不去,一个天天打羽毛球的运动健儿怎么就突然返祖,成了爬行动物?

"王老师，老张刚刚50岁出头，什么原因变成了这个样子？"

"唉，都是房子惹的祸。老张有两个孩子，大孩子在老家，小儿子带在身边。后来，小儿子要结婚，没有房子，老张听说咱们单位要分房，托了很多关系调了进来，他满心欢喜，以为高枕无忧了。刚进局那会儿，每天中午能吃两大碗米饭或者好几个大馒头，而且早晨中午还要打上个把小时的羽毛球，局里人都说，老张能吃、爱运动，身体真好，比有些小伙子身体还壮。不承想调入手续办晚了，分房的时候按照调入时间比规定时间差了几个月，再加上房子的位置好，头头脑脑们全争，老张一个新来的人肯定没戏，他本来血压就高，急火攻心，一下子就撂倒了，再也没有站起来。"

"那他这次分房没有问题了，分数不低，肯定可以分上了。"

"成残疾了，整天都在地上爬，分上也没啥乐趣了。"天虎对学圆的话有些不以为然。

"分上总比没有分上强，最起码残疾得有价值，否则残疾了都没有分上房，更没有价值。"小满认为。

乐强总结说："有什么也不如有个健康的好身体，钱财都是身外之物，生不带来，死不带去，我是宁肯健健康康地生活，也不愿意天天受罪，人不人、鬼不鬼地活着。"大家点头称是，因为张勤这个活榜样说服力太强了。

见时间已经快晌午了，王乐强对孟学圆说："咱们先回去吃饭，下午再继续跑吧。"孟学圆连声说好，并说按照王乐强的意见办。

王乐强说："不要听我的，你是组长，我们都听你的。"

学圆真诚地说："我刚来，情况不熟悉，有事情大家商量办。"在车上大家商量下午几点出发，孟学圆的意见是一点钟一上班就走，天虎说不用那么着急，中午还有点事情，两点走也不晚，小满也说开车累了中午休息一会儿再走。孟学圆一看乐强也没有表态支持自己，只好定下午两点钟出发。

吃过午饭看时间还早，学圆百无聊赖之际，突然想起今天还有中国队世界杯小组赛的一场比赛，不知道新闻媒体怎么预测今天的比赛结果，连忙起身去了图书馆。图书馆里坐着两三个人，管理员正趴在桌子上打瞌睡，孟学圆没敢惊动她，自行到报夹前打开报纸查看相关

十五 住房困难户

报道。孟学圆津津有味正看得着迷，门一开，魏局长走了进来。管理员急忙迎上前去："魏局长，您请坐，你看什么书？"魏公正让管理员给拿几本金庸的小说，在管理员进去取书的间隙，魏公正斜眼瞥见了坐在角落里看报纸的孟学圆，便走过来问学圆："今天上午去了几家？情况怎么样？"孟学圆忙把上午调查的情况简单向魏公正汇报了一遍。

"还有不少家没有去呀，你们要抓紧时间，争取尽快调查完，别拖了全局工作的后腿。"

"是，我们一定抓紧时间赶快调查完。"孟学圆抬头看了一眼墙上的电子挂钟，快一点三十分了，急忙站起身往外走。

"把报纸放回原处！"管理员正好过来给魏公正送书，见学圆把报纸摊在桌上就走，面无表情用冷冰冰的口吻命令学圆。孟学圆脸上有些不自然，讪讪地把报纸放回了架子，走到门口听见管理员用柔和的口气对魏公正说："您不用管了，就放在这儿，我来收拾就行了。"学圆心里对管理员看人下菜碟的做法有些鄙夷，撞上门匆匆下楼去找肖天虎。

站在肖天虎办公室的门口，就能听见天虎的大嗓门在屋子里咋呼："你们两个人快点钻，别磨蹭了。"

"应该是谁先出去谁钻。"旁边有人与天虎争辩。

"不行，只要是够分了，就都得钻，再不钻就按进去了。"

接着听见屋子里桌子、椅子乱响，中间夹着天虎"肥猪拱门"的调侃声，在咣当咣当桌椅的碰撞声中，有人气愤地说："哮天犬你小子别得意，一会儿叫你小子钻个够。"

孟学圆推门进去，看见椅子推到了一边，天虎正在按着一个胖子的屁股使劲儿往桌子底下推，看见学圆进来，天虎忙说："该上班了，咱们散了吧。"

胖子有些不满："你小子想跑，不行，也得照顾你钻一趟。"

"到点了，再说学圆找我，我们该出去调查了，不服气咱们明天再说。"天虎挣脱开胖子的拉扯和学圆走了出来。

出了门，天虎说："还没有到两点，再等一会儿。"孟学圆把刚才魏局长要抓紧时间的话转告了天虎。

天虎说:"甭搭理他,不在乎这个把小时,再说了,小满现在也不在。"

"小满干什么去了?"

天虎把下巴颏儿一抬,往东边点了点:"去那边了。"看见孟学圆迷惑不解的表情,"证券营业部看盘去了。"天虎又补充了一句。

孟学圆马上反应过来了,在单位的东边有个证券营业部,单位领导说过机关干部不许炒股票,所以孟学圆虽然从门口来来往往多次,为了避免瓜田李下之嫌,从来没有进去过。听说小满去了证券营业部,他有些不解地问了一句:"咱们单位那天开大会,魏局长不是说不让单位的人去炒股票吗?"

"小满又不是干部,是个工人,单位不管。再说就是干部炒股票,单位也不能怎么着你,咱们单位炒股票的人多了,处理谁了?只要没有证据,单位也没有办法。"

孟学圆问小满什么时候回来,不会误事吧。

天虎说:"既然定好了两点,小满肯定会回来的,他这个人还是比较守时的,不会耽误出车。咱们先去叫王乐强,他说了走之前让我叫醒他。"

见天虎领着自己往地下室走,孟学圆不解地问:"王乐强不是在楼上吗?咱们去地下室干吗?"

"办公室人来人往的,睡觉让人看见了影响不好,王乐强老是跑到司机班去睡觉,那里领导很少去,也没有人管。"

学圆刚一踏进司机班的门,就听见了屋子里稀里哗啦的麻将声,探头一望,见两个司机和评估中心的阴主任还有成本队的李伟正围坐在一张折叠桌前,每人面前放着几张零钱,边看电视边打麻将。看见有人进来,几个人头也不抬、招呼不打,继续"东风、二万、九条"吆喝着打自己的牌,孟学圆站在门口没再往里面走,天虎径直走到里面一间紧闭的房间前,在门上用力敲了几下:"乐强,到点了,该起了。"里面只听王乐强应了一声推门而出。

孟学圆把魏公正的要求简单地叙述了一遍,恰巧小满这时候进门,大家催着小满赶快上了车。

孟学圆问王乐强先去哪里,王乐强说先去高阳家,最后再去王启明家，这样比较顺。到了高阳家，小满说太累了，不上楼了。天虎一把拖起他："最后一哆嗦了，走吧。"

高阳因为下午有会，让他的母亲在家里等候。几个人一进门，学圆突然感觉又回到了学校的集体宿舍。这是一套两室一厅的老楼房，高阳的哥哥、嫂嫂和侄女住一间，父亲、母亲住一间，他住客厅。

客厅靠墙处排放着一张单人床，还有一个三人沙发，房间位于整栋楼房的东北角上，除了早晨太阳恩赐一缕朝霞，整个白天屋子里都见不到阳光，虽然天还没有暗，可屋子里已经黑压压一片，一进门高阳母亲先打开电灯。昏暗的灯光下，屋子里满满的、到处堆放着东西，再站上几个人感觉空间更狭小了，简直连下脚的地方都没有。

小满说："你们几个忙吧，我回车上等你们。"掉头快步而去。高阳的母亲搬出了几个折叠小凳，让孟学圆和王乐强他们坐下，又张罗给他们沏茶倒水，天虎站起来伸手拦住了高阳的母亲。王乐强也劝阻说："我们已经喝过了，您千万不要张罗了，我们登记完就走，您赶快把房契和户口本拿出来让我们看一看就行了。"

孟学圆一边登记，一边听高阳的母亲满腹心酸地向他们倾诉苦水：因为房子小，没有地方住，所以，一般都不敢让亲戚来。上次，从老家来了两个亲戚，父母让高阳去朋友家住，把床腾出来让给亲戚睡，高阳老大不高兴，建议让亲戚住在附近的宾馆，不肯让他们住家里，嫌不方便。高阳的父母则认为大老远的来了亲戚，而且，很长时间没有见面了，住在旅馆里太不近人情了，所以，坚决主张让他们住在家里，为此，高阳和父母吵了一架。亲戚们住在家里，高阳和他的哥哥嫂子整天也没有好脸色给他们看，亲戚住了两天，觉得很别扭，买了两张硬座票，伤心地回去了。

高阳最近处了一个对象，因为不到晚婚的年龄，所以一直没有领取结婚证，再说就是领取了结婚证，也没有房子结婚。我们两口子都是工人，工厂也不景气，所以全家一直挤在一起。这次好不容易赶上局里分房，希望大家给帮帮忙，我们也没有过高的要求，哪怕给高阳分间平房，也能让家里宽松宽松。

高阳的母亲诉完苦水，眼圈发红，声音哽咽，发出了一声长长的、无奈的叹息。孟学圆他们听了心里也很难受，婉言谢绝了高阳母亲吃饭的邀请，急忙驱车去王启明家。

王启明在住房登记表上填写的情况是婚后无房，他们夫妻二人目前暂时借住在姨妈的房子里。王启明因为已经提前和姨妈打过招呼，学圆一进门，他姨妈就利索地把事先准备好的户口本和房契等拿出来让他们抄写，并念叨说自己老了，身边缺人照顾，最近想把住外地的闺女一家人的户口迁回省城，回来没地住，希望你们赶快给王启明分房，别老占着我的房子。

学圆一边劝老人放宽心，一边抄写资料："噫，为什么房契上王启明姨妈的名字是一年前才登记的？"学圆张嘴想问个清楚，但一想到进单位的第一天就是王启明去学校接自己，平日里关系不错也是球友，就打消了这个念头。

从王启明家出来，这个疑问在学圆的心头总是挥之不去，犹豫再三，他还是告诉了乐强和天虎。

"管他一年两年，咱们只要如实记录就可以交差了。"天虎对此有些不以为然。

"那你说怎么办？"乐强问学圆的想法。

"我建议我们再去一趟房管局，查查房管局留存的档案。"学圆想把心头的疑问彻底解开。

"有必要这么认真吗？差不多就得了。"肖天虎晚上有个饭局，着急回去，对学圆的建议表示反对。

"你是组长，你认为有必要我们就去房管局看看。"乐强支持学圆的想法。

学圆得到乐强的支持，更加坚定了去房管局查档案的决心，天虎无奈也只好随着一起去了房管局。

学圆他们从房管局查完档案出来，一个更大的疑问不约而同地涌上几个人的心头。

十六　不速之客

　　跑了一天，孟学圆急忙往单位赶，他答应了替辛处长值夜班，不能回去晚了，他匆匆赶到食堂，孟学圆怕一会儿电梯停了，自己还要爬上八楼，忙对食堂炊事员说，自己要赶快去值班，所以要把饭菜端上去吃。

　　食堂的人也巴不得早点回家，连忙给了孟学圆一个托盘，高兴地多给了他一勺子菜。学圆上楼时告诉开电梯的姑娘，先不要关电梯，自己还要下去打开水。他把饭菜端到值班室，顾不上吃饭，先下楼把值班室的暖瓶全都灌满热水，再从里面锁死楼道的大门，这才塌下心来边看电视边吃饭。

　　单位值班室设在八楼，由全局55岁以下的男同志每天轮流值班，局领导在家里代班，孟学圆来了以后，由于他每天住在单位，所以许多人晚上都说自己有事情，委托孟学圆代他们值班，有些人是真的有事情，有些人是懒得值班，孟学圆因为晚上也基本没有什么地方可去，所以就担了长期值班的任务。

　　局里曾经有人和他开玩笑，说他一个月的值班费快顶上工资了，其实，还真冤枉了他，虽说值班人员每天晚上发10元的值班费，但是，会计是按照值班表上的名单每月和工资一起发放值班费，有少数自觉的人把值班费给了他，大多数人认为孟学圆代他们值班是天经地义的事情，发下值班费就不吭不哈了，孟学圆也不好意思去向他们索要，对一些人别有用心的玩笑，他也懒得分辩解释。随着时间的推移，大家从刚开始的不好意思逐渐习以为常了，过去是客气的请求，现在是吩咐一声就行了。

孟学圆耐着性子看完了新闻联播，用热水把碗筷烫洗干净，又给自己泡了一杯浓香四溢的热茶，身子一歪舒舒服服地靠在床头的被子上，踏踏实实观看中国足球队和西亚球队为争夺世界杯出线权的现场直播。这是一场关键的比赛，解说员介绍完双方出场的运动员后，比赛正式开始，孟学圆一个人又加油又呐喊，从床上蹦上跳下的，急得臭球、臭脚一个劲地骂，几乎把11个场上队员和教练都数落了一个够，就差自己上场踢球了。

当当当，当当当，突然，一阵敲门声夹着"学圆、学圆"的喊声从楼外的门缝中挤进了孟学圆的耳中。这么晚了，谁还到单位来？他头皮有些发麻，怀疑是否自己的幻觉，急忙用遥控器把电视的声音调小了一些，竖起耳朵仔细听，这次听清楚了，确实是门外面有人在喊学圆。

孟学圆走出值班室来到门口，门外漆黑一团的楼道，就像一个恐怖的怪兽，张着血盆大口，要把他一口吞噬进去。学圆声音胆怯、发颤，很不高兴地问了一句："谁呀？"

"学圆，是我，快开门。"

天这么晚了，他不肯冒冒失失把门打开，从门缝里又追问了一句："你是谁呀？"

"学圆，我是费斯亮，听不出来了？"

孟学圆这次听出来了，确实是农业处费斯亮的声音，他赶紧回值班室拿来钥匙，打开门锁，敞开了半扇门。只见小费左手拿着一个塑料手电筒，右手拎着一个尼龙兜子站在门外边，身边还站着一个气喘吁吁挺着大肚子的女人，孟学圆不禁一愣。小费看见孟学圆疑惑不解的目光，忙用手挽住了身边女人的胳膊："学圆，我给你介绍一下，这是我爱人，因为家里没有地方住了，所以搬到单位来住了。"

"为什么？家里出什么事情了？"孟学圆真有些丈二的和尚——摸不着头脑了。

小费叹了一口气："唉！一言难尽，我先进去让你嫂子休息，一会儿有空再和你细说。"

孟学圆忙哈下腰，把另一个半扇门脚上的插销打开，顺口问了一句："电梯没有了，嫂子就是这样爬上八楼的?"

"可不是，上一层就歇一歇，慢慢走，也不着急。"

"嫁给你真是倒了霉，没有钱，也没有房，半夜三更的还要流落街头，挺着大肚子爬楼梯。"小费的爱人用眼角的余光娇嗔地白了小费一眼。

"你们住哪里？我去给你们开门。"孟学圆拎着手里的一大串钥匙问了一句。

"不用了，我们就住在我的办公室里，我有钥匙，你先看电视吧，等有时间了我们再聊。"小费说完，用手搀扶着老婆走进了办公室。

孟学圆插上插销锁上门，真像是蒙上了一头雾水，不知道小费两口子是怎么回事。他回到电视机前，正好上半场比赛结束，结果还是零比零，他自我解嘲地说了一句："零比零，等于什么也没有耽误。"一看离下半场开始的时间还早，喝了一口茶，忽然想起小费办公室里的暖瓶肯定没有水了，他赶快从值班室里提起一暖瓶热水给小费送过去。

走到小费的办公室门口，听见屋里好像小费的爱人在抱怨什么。他轻轻敲敲门，小费开门出来，看见是孟学圆给他送水，连声道谢，把暖瓶接了过去，让他进来坐。孟学圆急于回去看下半场比赛，忙说值班室不能没人。比赛在快要结束的时候，凭着中国队前锋的一个反越位成功，终于打进了制胜的一球，孟学圆双手举过头顶，巴掌拍得山响，双脚合拢使劲往上蹿，嘴里嗷嗷地乱叫。正在这时候，小费推门走了进来："结果怎么样？"

"1∶0，中国队赢了，看着真着急，脚太臭。"

"中国队这水平和世界水平差得太远，即使蒙出去了，也要让人家给踢回来，还不够丢人现眼的。"小费贬完中国队，又说，"今天有人给我讲了一个笑话，有人问上帝，中国足球什么时候能出线。上帝说就这一届。此人大怒，问上帝为什么和自己开玩笑。上帝说，是你先拿我开玩笑的。"学圆开始没觉得好笑，细细一品，感觉真的很幽默。

小费接着又说："学圆你把大门的钥匙给我，我明天送你嫂子走得早，就别麻烦你给我开门了。"孟学圆把楼道的钥匙给了小费，忽然想到了刚才那个疑惑不解的问题。

"你为什么要搬到局里来住，还让嫂子摸着黑挺着大肚子爬八楼？"小费长叹了一口气，开始为孟学圆解惑答疑。

小费的家里有哥儿俩，小费是哥哥，下面还有个弟弟，他们家有两套房子，而且在一栋楼里。小费的父亲在工商局当局长，房子是小费的父亲单位分配的，小费的父母特别疼爱小儿子，打算让小费的弟弟留在身边和他们一起过，让小费出来另找房子。前几年小费的父亲特意召开家庭会议，把这个决定告诉了小费，小费当时也表示同意。但是，因为小费的弟弟当时还在北京上大学，所以，房子一直空着。后来小费要结婚，可是没有房子，为解燃眉之急，于是他就向父母暂借他弟弟的房子结婚。可小费的父母怕他是刘备借荆州——有借无还，一直不同意借他。无奈之下，小费给父母写了保证书，保证在弟弟需要的时候，无条件地搬出来，这样小费的父母亲才把留给他弟弟的房子暂时借给小费两口子住。可是，上个月，小费的弟弟从北京打回来一个电话，说是马上就要毕业了，而且在上学期间交了一个女朋友，准备在今年五一期间回家结婚。当时，小费的父母就一个劲儿地催小费找房子搬出去，但是，找房子也不是轻而易举的事情，而且小费的老婆又要生孩子了，所以，小费恳求父母宽限几天，并托朋友找房子，小费的父母亲说房子腾出来了还要装修，只能给一个月的时间，到时候一定要搬出去。今天一个月的期限已经到了，可是朋友的房子还要等几天，没有办法，小费把自己的困难向冯局长汇报了，并提出暂时在单位住几天，等朋友的房腾出来了就搬出去，冯局长同意了，所以，小费两口子只好先搬到单位来住。

"可是，住办公室多不方便呀，而且嫂子又有身孕，和你爸爸妈妈说一说，缓几天不行吗？"孟学圆不无担忧地提醒小费。

"没有关系，我们只是暂时住几天，我有个朋友在国外留学，答应了把房子借给我住，估计再有几天就收拾好了。而且长期住办公室冯局长也不会同意，我只是周转一下。"

听完小费讲的故事，孟学圆的心里感到不是那么合情合理，但是，他对小费的情况又不是特别了解，所以，也说不出什么。小费也仿佛看出了孟学圆眼睛中疑惑的成分，对孟学圆解释说："我老婆和我妈妈脾气不是特别对付，有些婆媳不和。我本来想求求我父母，可是，我爱人不愿意，她说宁肯流落街头，也不去求人。我怕她生气，对胎儿有影响，就随她的心愿，搬出来了。其实，我也知道家丑不可外扬，这些话本不该对你说，但是，你是分房委员，所以，把这些事情对你说说也不为过，你就不要对其他人说了。"孟学圆知道纸包不住火，这件事很快就会在局内传开，但还是点点头答应了他。

小费伸了一个懒腰，打着哈欠随口问了一句："今天你们调查得怎么样？"听到这句问话，孟学圆突然联想到今天早晨魏公正让自己查个水落石出的叮嘱，他不知道魏公正所指对象是谁，是否让小费帮助自己破解一下谜团。

看见孟学圆欲言又止的样子，小费又用关切地的语气问道："有什么不清楚的事吗？"孟学圆踌躇了一下，把早晨魏公正说的话告诉了小费，并问小费魏公正话中的含义。听完孟学圆的话，小费下垂的眼皮突然睁开了，困乏的双眼中也放出了一丝光彩，他站起身对孟学圆说："你先等我一下，我去拿茶杯，回来告诉你。"说完匆匆起身推门而去。

孟学圆抓紧时间把《值班记录》打开，把各个栏目逐一填写完整，最后工整书写上"平安无事"四个字，签上自己的名字。做完例行公事，小费也端着茶杯进门，看见孟学圆填写的值班记录非常完整，不禁用赞许的口气夸了一句："真不错，填写得挺完整，现在净是不写值班记录的，我看也没有人管。"

孟学圆很无奈地解释说："不管别人写不写，反正我写，前些日子省政府打电话查各单位值班情况，结果我们单位的值班电话老是没有人接，省政府值班室追查这件事。那天正好是我替别人值班，我一直在值班室里确实没有听见电话响，后来仔细一检查，才发现是电话线的插头被拔下来了，不知道是谁干的，可能是夜里睡觉时怕电话吵，把电话线拔出来了，早晨起来就忘记插上了。后来办公室问了我好几次，我说肯定不是我干的。多亏那天小田和小曹他们都在值班室看电视，能够证明我在岗，否则学雷锋做好事，险些被全局通报批评。办公室又问了一遍我前面的值班人员，大家谁都不承认，最后也不了了之。你看这些栏目都是出了事情以后增加的。"孟学圆指着"通信设备是否完好、线路是否畅通、钥匙是否移交"等栏目给小费介绍。

"其实你填写得再完整也没有用，只有你一个人填，大家都不填，最后还是分不清责任。"

"也不是都不填，刚开始的时候，局长亲自查看值班记录，大家都填，后来时间一长，局长也不看了，好些人又不填了，你看一个月的值班表才十几天有记录，还大部分是我记录的。"孟学圆把值班记录逐页翻给小费看。小费接过来扫了一眼，顺手扔在了桌子上，"机关的一个弊病，开始的时候大家都能认真，后来就逐渐流于形式，只要不出事情就没有人追究。一旦出了事儿，马上就重视了，规章制度也全搬出来了，又发文件又检查，轰轰烈烈的。其实平常认真一点，好些事情完全可以避免。"小费发完议论，在床上摞好的被子上一靠，喝了一口茶，扬扬自得地炫耀说："你知道魏局长提醒你注意的人是谁吗？不用猜，肯定是老黄。"

孟学圆想到了今天去老黄家的情况，有些疑惑不解地说："费老师，我们今天去老黄家了，老黄这么大岁数了，离单位这么远，前几年上班真的不容易。再说了，他住的也不是什么好房子，而且比较拥挤，应该是困难户呀。"

"老黄退休前和我是一个处的，他的情况说来话长，要说老黄也挺不幸的，一生太坎坷了，我简单给你说说。"

老黄是"文化大革命"前的大学毕业生，毕业后，风华正茂，浑身充满了激情和朝气，敢于讲真话，也爱说话。参加工作后积极要求进步，并且写了入党申请书，在1957年开门整风时，开始他没有提什么意见。后来，他的入党联系人、当时的团支部书记找他谈心，要他对党要襟怀坦白，认真投入到整风运动中去，有什么看法就说出来，以实际行动争取入党。老黄由于刚走入社会，所以对单位的一些事情还有些看不惯，认为存在一些官僚主义和形式主义的现象，凭着满腔热情提了一些意见，支部书记当时还热情表扬了他一番。谁知道就因为这些话，结果，划定右派的时候，把他也一勺烩了进去，戴上了一顶右派的帽子，发配到农村去劳动改造。等到平反以后，青春年华早已逝去，两鬓苍苍，年近半百，原单位也已撤并，组织部门就把他分到了铁路部门。

后来，他通过关系调入市场管理局，"文化大革命"前的大学生普遍能力比较强，来的时间不长，就当上了农业处的副处长，享了几年福，也过了几年开心的日子，而且儿子也特别争气，考上托福，去美国读博士了。谁知道天有不测风云，儿子在出国后因为失恋，神经受了刺激，没有办法只有辍学回家了。孩子是老黄的希望和未来，这件事情对他的打击不亚于被划为右派，他的身体和精神一下子就垮了许多，后来为了照顾儿子和给女儿看孩子，就以身体不好为由，提前退休回家了。

"那他为什么住在那么远的地方？单位没有分过他房子？"孟学圆不解地问了一句。

"他当时调入咱们局的时候，咱们单位的个别领导不愿意接收，但是，因为他托的人和咱们老局长比较熟悉，所以咱们单位还是把他调进来了。那个时候咱们单位房子比较紧，而且单位刚从计委争取了一些住房指标，有的领导怕他来了就争房子，所以，就让他写了一个自己有房，不要单位分房的保证书，然后才批准他调入。退休前正赶上单位分房，为了照顾他，就分了一套一居室给他，而且还让他填了一张住房已经到位的登记表，表明以后就不再给他分房了。可是我听说这次他又申请要房了，魏局长肯定是说他房子已经到位了，而且已经签字画押不要房了，但自食其言还要房。这些老干部也真是，自己有房子就行了，还非得把自己儿子、孙子的房子也要出来，真有些贪得无厌。"老黄拥挤不堪的住房在孟学圆脑海中已经留下深深的烙印，他没有随声附和小费，而是不解地问了一句："那他为什么不住城里的房子，而是要跑到那么远的郊区去住？"

"城里的房子现在给他有病的儿子住，为的是离医院近一些，他的女儿女婿也在铁路部门工作，他的女婿还是郊区一个车站的领导，老黄肯定是想把房子留给女儿，自己再到城里要一套房子，这样一来他自己和孩子的住房就都解决了，不用猜也能知道他的如意算盘。"

"可是，我认为他的住房还是挺不方便的，一家人四分五裂的，他也照顾不了儿子。"孟学圆为老黄打抱不平。

小费不屑一顾地撇撇嘴："咱们局的老干部都是自己住旧房子，而把好房子给孩子住，然后再用旧房子换好房子，你知道工业处的老马吗？"孟学圆摇摇头，他到局时间不长，有许多人还不熟悉，甚至名字都不知道。

"你应该不认识，他去年就退休了，你来的时候他已经走了。"

孟学圆心里暗暗骂了一句："真是个傻瓜，去年退休的人，问我一个刚来的新人，我能知道吗？"

可能是从孟学圆脸上的神情读出了他内心的嘲讽，小费连忙又说："这次你是负责老干部的住房调查，所以我以为你知道这个人。"

孟学圆说："这次要房子的好像没有姓马的老干部。"

"他还要？上次分房子，他说他和老伴住的平房阴暗潮湿，老伴又有一身的病，哮喘得厉害，让领导照顾照顾他，还给领导写了一篇长达1000多字的要房申请书，处里的人都说，老马平常写个几百字的材料都费劲儿，没想到为了要房子，竟然把老马的文字水平提高到一个崭新的阶段，看来分房对提高干部写作水平还真有很大的促进作用。"

孟学圆很感兴趣地问了一句："他的申请书真的很有水平？"

"有个屁水平，错别字一堆，啰里啰唆，废话很多，有人嘲笑他，说他写的可以媲美李密的《陈情表》了，他自己没听出来别人的讽刺意味，还扬扬自得。其实他连媲美的媲字都不认识，念bi（必）美。"小费用鄙视的口气嘲笑老马。

听小费说起老马念错字，学圆忽然联想到辛处长把"臀部"念"殿部"的故事，他有些不解地问："机关里有好些人都念错别字，可是我看大家为什么听见了都装听不见？没有人提醒。"

"为什么？我给你讲一个故事吧。从前，有两个人讨论三国，甲说诸葛亮和孔明是一个人，乙说诸葛亮是诸葛亮，孔明是孔明，姓都不

十六 不速之客

III

一样，是两个人。甲乙争论得不可开交，后来两个人打赌，谁输了谁请客。他们两个人找到村子里的教书先生，请他当裁判。教书先生一口咬定，诸葛亮和孔明是两个人。乙高高兴兴地走了，甲勃然大怒，气愤地指责教书先生说假话。你猜教书先生怎么说？"

"教书先生是不是也不懂，或者和乙串通好了？"

"不是，教书先生说：'傻小子，你不过输了一个东道儿，却让他糊涂一辈子。'机关里的人有些人明明看见你闹笑话，可就是不告诉你，他希望你出丑，甚至还挑唆你，让你出丑，失去领导和群众的信任，他好从中渔利。对领导是有错也不能说，说出来他不高兴，感觉你比他能耐还大。"

学圆听完小费的笑话，悟出了那天辛处长念错字大家都无动于衷的原因。他暗暗提醒自己，又学了一招。忽然想起还不知道老马结局，他赶紧把话题转了回来。

"那老马后来分到房子了吗？"

"会哭的孩子有奶吃，你别说，后来领导看他说得可怜，而且天天泡在局长室里，哭天抹泪的，还真的分了他一套向阳的两居室，而且嘱咐他，分了房子不要再给孩子住了，和老伴一起搬进去安度晚年，享享清福。你猜怎么着？他嘴上答应得特别好，自己掏钱把房子装修完，就让小儿子搬进去了，自己和老伴还是住在以前阴暗潮湿的小平房里，其实，他以前在区里工作的时候，因为老伴的病，就分配过一套楼房，后来给了他的大儿子，这次的房子又给了小儿子，真是可怜天下父母心！"

孟学圆明白小费话中的含义，他分辩说："可是老黄说那间房是铁路的，离开了要交回去，再说，离城里50多里地，怎么住呀？"

"别听他瞎说，他过去是铁路的员工，铁路系统分的房子怎么会要回去？虽然离城里远点，可是他退休了，也不用上班了，远点其实也无所谓了，再说他已经写了房子到位的保证书，申明不再向局里要房子了。"

"可是我听说好些人都填写了到位的保证书，可是这次还是继续要。"

"其实，这分房子人为的因素很多，好些人都是不要白不要，为了个人的利益没有不争的。分房说得严重一点，就是职务侵占，谁有职有权占的房子就多，而且是合理合法地侵占。分房的时候，都是当权者制定规则，用规则维护当权者的个人利益。不在其位，不谋其利。咱们局如此，其他单位也如此。"

"那他们不怕干部们有意见？"

"没职没权的，有意见又能怎么着？再说了，你看他们没权的时候，对上面一堆意见，好像自己特公平、公正，其实，就是看见别人占便宜，自己眼红，一旦他们有了权，可能有过之而无不及。现在就是大权大捞，小权小捞，不捞白不捞。再说福利分房子的政策据说国家马上就要进行调整了，以后全是货币化购房，所以现在咱们局里有三四套房子的还继续要。谁都是不要白不要，这就是现在人的心态。"

学圆心里暗暗想：你说了半天别人，其实也是"老鸹落在猪身上——光看见别人黑没看见自己黑"。半夜三更带着老婆跑到单位不也是做戏给大家看吗？他不想继续听小费再唠叨下去了。

小费见学圆伸起双臂打了一个哈欠，赶快抬手看了看手表："都1点多了，你赶快休息吧，我也回去睡觉了，明天还要早起。"孟学圆确实有些眼皮打架了，顾不上刷牙、洗脸，身子往床上一歪就睡下了。

铃铃铃……一阵急促的电话铃声把孟学圆从睡梦中惊醒，他起床去接电话已经挂断了。隔着窗户往外看，太阳已露出欢快的笑脸，马路上，上学的、上班的、早锻炼的，人流交织，车水马龙，自行车的铃声、汽车的轰鸣声和气喇叭、电喇叭的尖叫声，与行人的喧嚣声交织在一起，嘈杂刺耳，构成了城市的清晨交响曲。

孟学圆赶紧起来，一开门看见大门的钥匙插在锁眼里，挂在门上，小费两口子不知道是什么时候走的，他怕像上次一样，又挨处长的批评，所以连早饭也没有去吃，顺着楼梯三步并作两步，匆匆赶到处里，推门一看辛处长正在擦地，孟学圆连忙上去从辛处长手中去抢拖布，辛处长直起腰，随手把拖布向孟学圆的手里一递，嘴里说道："没事，我擦吧。"孟学圆忙道："您骑车累了，歇会儿吧。"

辛处长坐在椅子上关切地问了一句："昨天晚上值班没有什么事

情吧？"

孟学圆忙说："平安无事，您放心吧。"

"昨天晚上熬夜了？几点睡的？"

"一点多才睡觉，所以起床晚了。"

"不是没有什么事情吗？干吗这么晚睡觉？"

"昨天晚上和小费聊天，聊得太晚了。"

"小费怎么跑到单位来了？他老婆大肚子了，不在家照顾老婆，到这里和你聊什么天？"

孟学圆这才意识到无意之中顺口把小费的事情说了出来，他想起小费先不要告诉别人的叮嘱，话到嘴边停顿了一下，可是看见辛处长眼睛中那种探索的目光，于是，孟学圆把对小费的承诺抛到了九霄云外，原原本本地把昨天晚上发生的事情告诉了辛处长。辛处长听完以后，头靠在椅子上，呵呵地笑了几声。

"这小子，把这点小聪明都用在这上头了，其实大家谁心里不跟明镜似的？你们看他们家的房契了吗？是谁的户主？"

"这个我就不知道了，因为他们家不是我去落实。"辛处长还要说什么，这时候大刘也提包走了进来，辛处长把要说的话咽了下去。孟学圆擦完地，又拦住了要去打水的老梅，从他的手里接过暖瓶，在老梅"学圆真不错，又勤快又能干！"的夸奖中，脚步飘飘地向水房走去。

打完水进门，正听见辛处长在和大刘说小费的名字，见学圆进门，大刘对他微微赞许地一笑，拿着杯子去泡茶了，孟学圆对处长说，如果今天没有什么事情，我们计划本周把所有申请要房的住户抓紧时间调查完。辛处长爽快地说："全局的工作我们处里大力支持，处里有什么事情我们包了，你赶快抓紧时间把房子的事情跑完。"

十七　扎堆离婚

　　九点钟，孟学圆他们几个人上了小满的车，车子驶出大门，马上汇入到茫茫的车海中。在路口等红灯的时候，小满忽然问了一句："天虎，你们听说了吗？"肖天虎被这句莫名其妙的话问愣了，他摸不清头脑地反问了一句："听说什么了？"

　　"怎么，你还不知道？"

　　"我知道什么？"

　　"你问得没头没脑，我也没听明白，你说的什么呀？"王乐强也略有不满地抱怨了小满一句。

　　"咳，我以为你们都知道了，检查分局牛力离婚的事儿你们不知道呀？"

　　"我倒是听了一耳朵，但不知道是不是真的。"肖天虎对此半信半疑。

　　"那还有假的，这种事情谁闲得没事编故事玩儿？"小满有些不满地回敬了一句。

　　"谁比得上你们司机班第二信息中心消息那么灵通？你就别卖关子了，赶快给我们发布一下最新的内部信息，说说牛力为什么离婚。"乐强有些迫不及待地催问小满。

　　司机们因为给领导和各个处室出车，所以从领导和各个处室的人员嘴中得到的消息很多，在一起闲得无聊，司机们就经常交流沟通这些消息，然后添枝加叶通过民间信息渠道散发出去，久而久之，司机班成了局里小道消息的集散地，因为局里有一个事业单位编制的信息中心，所以大家就戏称司机班为第二信息中心。虽然这称呼带有贬义，但是司机们不以为然，反而有些沾沾自喜的感觉，他们自称局里是官方信息渠道，而他们却是民间信息渠道，二者是相互弥补，相得益彰。小满见大家急于刨根问底的急迫心情，觉得自己的身份一下子高大起来，他摇头晃脑，津津乐道讲起了牛力的故事。

牛力今年已经30多岁了，身高一米八，浓眉大眼、长方脸盘，相貌英俊。不过脾气性格也如其名，有时候爱耍牛脾气、使牛性子、钻牛角尖。前几年，通过朋友介绍，认识了一个女朋友，大学刚毕业在民政部门工作。两个人交往时间不长，双方的印象都不错，但是脾气性格还不是十分了解，这时候正赶上市场管理局分房，为了要房子两个人就赶紧领取了结婚证，单位也分给了牛力一套两居室。两家老人说，既然领了结婚证，房子也分下来了，就把喜事办了吧。两个人欢天喜地入了洞房。可是婚后时间不长，双方谈恋爱时没有暴露的一些毛病，特别是在婚前掩护得比较好的一些生活中的小节，在婚后就原形毕露了。牛力说这个女人好吃懒做，不爱做家务活，也不尊重自己的家长，平时经常很晚回家，出去和一些男人跳舞、蹦迪。女方说牛力爱喝酒，经常喝得像个醉猫，而且特别小气，度量不大，自己和同学、朋友一起出去跳舞，牛力老是怀疑自己有不轨行为，整天絮絮叨叨地在耳边烦她。两个人为此经常吵架，相互威胁要离婚。两家老人都说，过日子哪有马勺不碰锅沿儿的，彼此之间互相体谅一点，时间长了就好了。

因为婚后生活不协调，牛力婚前贪杯的毛病，婚后变本加厉了。老婆说他，他还振振有词自鸣得意地给老婆念了一段世面上流行的顺口溜儿："革命的小酒天天醉，喝坏了党风喝坏了胃，喝得老婆背靠背，老婆告到了纪检委。书记说：该喝不喝也不对。"老婆骂他恬不知耻，从此也懒得再劝他。

有一次，牛力又出去喝闷酒，天气炎热，加上酒喝多了心里燥热，路过立交桥底下，贪图凉快，手里攥着BP机在桥下找个阴凉处睡着了。醒来一看，手里的BP机不见了，他忙问旁边一位纳凉的老大娘，他手里的BP机哪里去了。老大娘摇着蒲扇说："刚才你媳妇拿走了。"牛力很诧异，我的媳妇什么时候来的？我怎么不知道？老大娘解释说："刚才有一个女的，走到你身边，伸手从你手中拿走了BP机，嘴里还唠唠叨叨地埋怨你，整天就知道喝喝喝，醉在马路上也不嫌丢人现眼，BP机让人偷走了，你也不知道，等回家再跟你算账。我们都以为是你媳妇，所以也没在意。"牛力一听，知道是小偷把自己的BP机拿走了，心里窝了一肚子火。回到家老婆埋怨他，说今天下午有事儿找他，呼了他八百遍，也不见回音，到底在搞什么鬼。牛力本来就一肚子气，一听老婆埋怨他，更是火上加油，就和老婆吵了起来。两个人越吵越凶，老婆情急之下，骂了他一句，牛力在火头上，借着酒劲，顺手给了他老婆一个耳光。老婆挨了打，又哭又闹，死活要和他离婚。牛力觉得天天打打闹闹也没有什么意思，就同意了。他觉得自己要人有人，要房有房，再娶个老婆也不是什么难事。不想老婆提出要和他平分房产，牛力死活不同意。他说房子是市场管理局分的，你和我离婚就与市场管理局没有关系了，不能侵占市场管理局的房产。他老婆说房子是两个人一起分的，如果没有她，牛力也不可能分到房。两个人在街道办事处协调没有结果，拖了一段时间，后来他老婆一纸诉状告上了法院。现在正在等待法院判决。牛力听佟班长说我嫂子在法院工作，所以托我帮忙给他找找法院的法官。"

提到打官司，肖天虎大发感慨："现在的法官特别黑，吃完原告吃被告，没有关系不托人案子还真胜不了。牛力那小子我听说像个老娘儿们抠抠索索的，你给他找人也没有用。"

小满自然不会当众妄议自己的家人，他反驳说："别人怎么办案我不知道，但是我嫂子还是很正派的人。"

乐强有感而发："居家过日子，就得相互忍让、包容，不能针尖对麦芒，谁也不让谁。"

"现在都是独生子女，在家里受宠惯了，出来谁让谁呀？屁大点事就闹离婚。我嫂子说现在的离婚案成倍地增长！"

"乐强，听说在家里全是嫂子当家，你在家连大气儿也不敢出。"肖天虎当众揭乐强的家丑。

十七　扎堆离婚

"也不能那么说，我们家里是大事我说了算，小事她说了算。"

"那什么是大事，什么是小事？"

"小事嘛，"王乐强故作沉思状思考了一下，"例如家里的财政收支、子女教育、购买大件物品、内政外交等这些生活琐事是她管。"

"那除了这些，家里还有什么大事呀？"

"有呀，"王乐强一脸严肃，"从国际上说联合国秘书长的选举、海湾战争的评价；从国内说，像劳模的选举，我省人大代表的换届人选，在家里都是我说了算。"

车上的人一起哈哈大笑，孟学圆憋不住，噗的一声笑出了声，小满的车轮在不经意间向旁边跑偏了一下，只有王乐强还是摆出一副正正经经的样子，让大家更觉得滑稽。

肖天虎从牛力离婚突然联想到了刘莹莹："我听传言说刘莹莹离婚是为了要房子，如果是为了房子，现在离婚也晚了，因为已经过了局里规定的分房截止日期，而且魏大头又坚决反对，看来两口子真的是因为感情不和离婚了。"

"感情不和？我听说现在他们两口子还睡一个被窝呢，你们说他们是真离还是假离？"小满不同意天虎的说法。

"算了，我们别听评书掉眼泪——替古人担忧了，那是人家两口子的事情，我们还是忙自己的事情吧，究竟有无其他目的，等分完房就清楚了。前面是小宋的家了，小满你找个地方停车，咱们上去吧。"王乐强一看已经到了目的地，连忙打住了这个话题。

在楼下，小满的车子转来转去，也找不到停车之处，小满说："你们先进去吧，我找好停车的地方再进去。"

"那我们先进去了，你停好车再来找我们吧。"王乐强盼咐了一声，和学圆、天虎进了小宋家的院门。

小宋叫宋有志，在综合处工作，据说很快就要去信息中心当副主任了，他的家住在城北一个小四合院里，住两间西房，他和父母亲还有一个弟弟的户口都在这里，但是，他结婚后一直没有和父母住，而是住在岳父母的家里。调查时有人建议，应该去他实际居住的地方去调查，可是小宋不同意，说自己的户口一直在这里，岳父母的房子不是自己的，所以应该去自己的户口所在地进行调查。今天，小宋特意请了半天假在家里恭候调查组人员。

小宋和天虎过去是一个学校的校友，所以，一进门天虎就扯着嗓子喊了起来："猪猪，还不出来接驾，猫在圈里干什么勾当？"因为小宋长得比较黑，又是属猪的，所以他们处里的几个年轻人给他起了一个绰号"猪猪"。只听屋子里小宋呵呵笑着开门迎了出来："我还纳闷呢，怎么一大清早就有夜猫子叫，原来是二郎神的哮天犬到。"天虎伸出手在小宋的肩膀上狠狠拍了一下，以示亲热。小宋也伸手在天虎的屁股上轻轻拍了一下作为回报，笑嘻嘻地忙着往屋子里招呼王乐强、孟学圆他们。

大家按照程序看完户口本、房契，屋子里又转圈看了看就要走，小宋忙把大家拦住了，一定要请大家品尝一下他在茶叶公司工作时存下来的桂花乌龙，茶已经泡好了，不喝就糟蹋了。正好小满也推门进来，小宋说："小满你真有口福，茶刚泡好你就进门了，正好一起来品品。"

小满说："我爱喝花茶，不爱喝乌龙和绿茶。"

小宋说："这你就不懂了，喝花茶是最低的档次，中档是喝绿茶，高档就是喝乌龙了，你看中国的名茶里面有几个是花茶？"

天虎端起紫砂杯细细地品了一口，咂咂嘴对小宋说："还真是有点桂花的香味。"

小满一仰脖把一杯茶倒了进去，不以为然地说："我还是喜欢茉莉花的香味，这个香味太淡了。"

天虎撇撇嘴："你就是个土包子，根本上不了档次。"

小满也立即回敬了一句："我就是一个土包子怎么了？其实你也是不懂装懂，屎壳郎爬铁轨——假充大铆钉。"

王乐强一看他们说话有些顶牛，不紧不慢地接了一句："其实，喜欢喝什么茶都是萝卜青菜——各有所爱，我就爱喝绿茶，关键是每个人都有自己的口味。毛主席就爱吃红烧肉，不也是成为一个美谈吗？"

小宋也忙接着说："我刚去茶叶公司的时候，也是爱喝花茶，后来就逐步过渡到喝绿茶、喝乌龙。习惯都是培养出来的。"

十七　扎堆离婚

孟学圆说:"咱们品完茶就走吧,我们还有几户没有跑完。"王乐强说:"好,我们把茶杯里的茶喝完就走。"大家喝完茶,站起身往外走,走到门口的酒柜前,天虎一眼看见了酒柜里的五粮液。

天虎说:"猪猪,分了房,别忘了请我们喝酒。"

小宋说:"放心,到时候把你小子泡在酒缸里面,让你喝个够。"

小宋送大家出了门,问小满把车停在哪里了,小满说根本就没有停车的地方,转了一圈只好停在马路边上了,把检查市场时写有临时停车的标志挂在挡风玻璃上了,估计这么一会儿工夫应该没有事情。

到了车前,刚要开车门,小满突然发现在前面的风挡玻璃上贴了一个不干胶的纸条,脑袋嗡的一下,马上说:"不好,这屁大一会儿工夫,就给贴了违章了。"气呼呼地往下一撕,也没有撕干净,一边擦着玻璃,一边嘴里不干不净,把交通协管和交通队的人都挨着个儿臭骂了一通。

天虎说:"你别着急,我们处里有好几个人的本子好几年了都没有用过,回头扣分时把他们的本子拿来给你用一用。"

小宋也安慰小满:"没事儿,我认识一个交通队的哥们儿,一会儿我给他打个电话,让他帮个忙,帮你把单子铲了。你们先去忙吧,等我联系好了,再呼你。"

王乐强说:"就这么办吧,我们先走。"

大家上了车,小满说:"这些人你也不知道猫在哪里,停车的时候想让他们照看一下,怎么也看不见他们,一贴条子就不知道从哪里冒出来了。"

王乐强说:"不过咱们现在的交通秩序也确实比较乱,公民的守法意识不行。行人不让汽车,汽车不让行人,骑车的不走非机动车道,过马路根本不看灯。"小满的车前有几个行人在人行横道上大摇大摆闯红灯,按照绿灯行驶的车辆只好停下来。小满用手按了几下喇叭,催促几个人快走,嘴里发着狠:"这以后就应该修改交通法规,违法的轧死白轧,行人肯定就守规矩多了。"

"轧死人虽说不能白轧,但是法律应该鼓励守法,惩治违法,不能以强者弱者来划分责任,否则立法的目的和效果就相悖了。"肖天虎深有同感。

几个人正在对道路交通发表各自的看法，天虎和小满、王乐强的寻呼机突然同时响了起来，小满说："小宋办事的效率还挺高，这么快就给办好了。"顺手打了一把方向盘，把车停在路边的便道上，几个人不约而同地掏出了寻呼机，一看寻呼机的内容，都不约而同地叫了一声，眼光齐刷刷地集中到了肖天虎的脸上，肖天虎则忍不住破口大骂起来。

十八　分房常委会议

　　经过连续一周的奔波，调查工作基本结束，刘旭向魏公正建议：等调查结束了，是不是先召集一次常委会，把常委们的思想统一了，然后再开全体分房委员会，如果先开全体会，假设矛盾分歧太大，搞不好容易形成夹生饭，给以后的工作造成被动。魏公正爽快地答应了："可以！等家访结束了先开常委会，先让常委们统一思想认识，然后再开全体分房委员会走个程序过一下。具体日期和准备工作由你负责。"

　　第二次分房常委会在魏公正的主持下如期召开。会议刚开始，各个小组的负责人先自诉了一番辛苦，魏公正听大家道完辛苦，脸上露出满意的笑容，高高兴兴把大家表扬了一番："这几天，黄沙弥漫，天气恶劣，大家顶着风沙，不辞辛苦，对工作认真负责，比较圆满地完成了调查任务，特别是童凤荣同志身体不好，可是她还是带病坚持完成了组织交给她的任务。而且大家在工作中能够严格遵守纪律，从目前反映来看，绝大多数同志表现得都很不错，但是也有个别的人群众有所反映。在此，我代表局党组对大家前一阶段的辛勤工作表示感谢。并希望大家再接再厉，继续做好下一阶段的工作。"

　　听说童凤荣病了，大家七嘴八舌纷纷询问是什么病。魏公正说："现在正在医院进行全面检查，看来病比较重。我已经派医务室的权大夫去医院看她去了，现在正在等结果。"

说完了开场白，魏公正突然话题一转，冷不丁地问学圆："群众反映小宋房子的问题你们核实得怎么样了？"小宋的房子本来学圆他们已经核实完了，可是半路上有人用"甄相"的化名给学圆他们车里几个人的BP机上发了一条信息，内容是：小宋在茶叶公司期间曾分配过一套两居室，小宋结婚的时候还在新房里请了许多同学前去喝酒吃饭，肖天虎也去了，这些情况请分房委员会核实。惹得肖天虎在车上把"甄相"破口大骂了一路，也胡猜乱想了一路。

回到局里后，才知道局内所有分房委员的寻呼机上都收到了这一条信息，魏公正自然也收到了这条信息。据说他看了以后，勃然大怒，学圆一回来，他就打电话把他叫了过去，让他好好核实小宋的住房情况，还有肖天虎与小宋的关系。今天会议一开始，魏公正就迫不及待追问学圆核查的结果。

学圆简单把核实的情况向常委们汇报了一下：当时在车上我们也收到了这条信息，天虎当时很生气，说这个发信息的人纯粹是造谣污蔑，自己从来就没有去过小宋的家吃过饭，也从来没有听说过小宋分房的事情，如果不信，可以请组织去调查。后来我们马上返回去又找到了小宋，问他究竟在茶叶公司有无住房。小宋说希望单位去茶叶公司核实，自己绝对在茶叶公司没有住房，现在茶叶公司的住房是岳父母的房子，户主是岳父的名字。

听完学圆的汇报，会场出现了短暂的沉闷，看到大家都没有说话，魏公正用有些质疑的口吻问了一句："肖天虎这小子的话可靠不可靠？"

刘旭不紧不慢地接了一句："其实这件事情很简单，我看派人去一下茶叶公司，找他们管分房的负责人调查核实一下，问题就解决了，这倒不是什么大问题，关键是肖天虎是否去过小宋的家这件事有无必要去核实？而且也不好核实。"

"怎么没有必要核实？如果这件事是真的，说明肖天虎没有说实话，向组织隐瞒了实情，品质有问题，这样的人怎么配当分房委员？我建议给他撤了。"魏公正毫不客气地驳回了刘旭的意见。

刘旭一看魏公正搞得会场过于沉闷，为缓和气氛，就接着魏公正的话茬讲了一个笑话："其实，BP机也经常传递虚假信息，不可不信，也不可全信。我前些天到省长安公园去逛书市，快到中午了，我怕中午老婆等我吃饭，就给她发送了一条信息，说我在长安公园书市，不回去吃饭了。结果一会儿书市的大喇叭广播找人，让我马上到大门口有人找。我到了门口一看，我老婆急得满头大汗气喘吁吁地站在公园门口，一见面就急忙问你出什么事了，一下把我问蒙了。我说你怎么来了？我就是逛书市买几本书能出什么事？她说没出什么事，那你呼我说出事了。我说我什么时候告诉你我出事了？我老婆拿出了BP机，上面写着：我在长安公园出事。吓得我老婆连饭也没有吃，打了一辆出租车就跑了过来。所以说，这寻呼机上的信息也有不少是虚假信息，不能全信。"

刘旭讲的笑话与魏公正说的事情虽然有些牵强，但是，会场的气氛顿时有些活跃了。尹学军也说："前些时候我们处里的薛玉赶上星期日值班，可能是路上堵车，过了八点半还没有到岗，值夜班的人员走不了着急，也没有薛玉的BP机号，就给我发了一个信息，让我催一下薛玉快点到岗。我急忙给薛玉发了一条信息，催促她赶快去值班。这时候值班员又给我发了一条信息：鲜鱼已到值班室，请放心。知道的，是薛玉已到，不知道的一定会纳闷：鲜鱼怎么跑去值班了？"众人哈哈大笑，也纷纷说了许多寻呼机闹的笑话。

刘旭一看魏公正的脸色有所缓和，趁热打铁，马上提出了解决方案："我看还是先派人去茶叶公司核实小宋是否有住房，如果有，再追查天虎有没有隐瞒情况的事情，如果没有住房，其他的事情也就没有必要再追究了。"大家听了都点头称是，魏公正也没有再坚持自己的意见，搁下这个话题，开始就各个调查组查出的问题进行研究。

刘旭等大家讲完，归纳总结说："从总体情况来看，绝大部分同志填写的住房申请表都是属实的，但也不排除有个别人员填报的情况与事实出入较大。我看是不是把这些个别人的情况逐个理一理，我们先认定一下？"说完，他扭过脸面向魏公正，表示征求他的意见。魏公正面无表情地点点头："好吧，各组详细地汇报一下个别人员的情况，大家一起研究研究。"

贾大生说："我先讲吧，我们组核查的人员，基本上都没有什么问题，就是检查分局的王昊，他说属于婚后无房的困难户。他爱人叫付艳芳，在省财政厅工作。前些日子，王昊自己交来了一份财政厅的证明，上面盖有财政厅机关后勤服务中心的印章，证明财政厅没有给付艳芳分配过房子。但是，刘处长在财政厅开会的时候，亲耳听见财政局的人无意中说：小付这次分房占了一个大便宜，因为小付按照规定只能分两居室，可是有一套向北的背阴房谁也不愿意要，结果一套80多平方米的三居室按照两居室分给了小付两口子。这次，我们调查组去财政厅了解情况，财政厅后勤处的关处长亲自出面接待的，他说上次那个证明是一个新来的办事员不了解情况，所以，偏听了小付的一面之词，给出具了没有房子的证明。付艳芳确实在财政厅分到了一处三居室，而且财政厅还给出具了新的证明材料。两份证明材料自相矛盾，应该相信哪一份？"

刘旭"我的意见"刚出口，魏公正急忙打住了他的话头："我看还是让大家先说吧，等都说完了再研究。学圆你接着说。"

学圆上来直接切入主题："我们组负责核实的局行财处的王启明，他在登记表上填写的房子是他姨妈的，他们夫妻目前暂时借住。借房子的原因主要是他从部队复员后，回到省城，无处栖身，所以，由他妈妈出面，暂借姨妈的房子住。最近，因为姨妈的孩子要从外地迁回省城，所以，姨妈要收回房子，他们属于婚后无房的困难户。

"这次我们去了解情况，却出现了一个奇怪的现象，他们家里的房契上写的是他姨妈的名字，而房管局登记的房主却是王启明爱人的名字。据房管局的房管员讲：户主从王启明的姨妈名下过户到王启明爱人的名下已经有好几年了。"

"为什么两个名字不一样？"魏公正插话问。

"为什么两个名字不一样，我们也询问了王启明。他说：主要是为了解决供暖费用的报销问题，因为他爱人单位可以报销供暖费用，所以前几年就把户主的名字从姨妈的名下过户到他爱人的名下。因为姨妈的孩子最近要回省城，所以一年前又把房契的名字变回到姨妈名下，本来应该到房管局同步变更，但是，当时忽略了这个环节，所以出现了不一致的现象。据我们侧面了解，他姨妈并没有孩子，而且我们怀疑他姨妈的房契是最近自己修改的。但是苦于没有证据，所以，我们提请分房委员会审定，应该承认房契还是承认房管局的证明？"王启明是学圆在局里认识的第一个人，而且平日关系不错，从个人的情感来说他不愿意承认这个现实，但是想到魏公正坚持原则的要求，他还是照实反映了情况。

另外，还有人事处的王洁，她爱人在武警部队时曾分过一套两居室住房，但王洁说：这套房子是军产，她爱人已经转业到地方了，部队天天催他们把房子缴回去，一旦缴回去，两口子就要睡马路了。但是，前几年单位出钱给她家安装了防盗铁门，按照规定，凡是安装了防盗门的住房，已经视为市场管理局分配住房了，而她现在又突然提出了部队要收回住房的问题。

紧随其后发言的是检查分局的张瑞英，他们组查出的问题户是成本队的李伟。他父亲是省供销社的党委书记，李伟现住在他父亲刚分配的一套三居室。李伟是家里的独生子，他结婚的时候父亲把这套三居室让给他住，而李伟的父母依然住在过去的一套两居室里，但这套三居室登记的户主是他父亲的名字。而且他父亲对检查组公开表态说：自己作为一名党员领导干部，不能多占房屋，两口人住一套房子就可以了，以后老两口要把目前居住的两居室交还给单位，交房后老两口还要住这套三居室，李伟已经有单位了，应该由单位解决住房问题，不能躺在父母身上当"啃老族"。所以，李伟说自己是婚后无房的困难户。

"两口子住着一套100多平方米的三居室，还是住房困难户，太滑稽了吧。我看这困难户我当得了。"魏公正气有些不打一处来。

"我们也认为不妥，可是如果李伟父亲的话属实，到时候，他爸爸真的把他们轰出来了，李伟又确实没有房子住，他还真成了困难户了。"

"他爸爸缴房了吗？等缴了房再认定他。不能听风就是雨，他说什么是什么。"

"那我们再去核实吧。"见魏公正不满意，张瑞英急忙表明态度。

"就是，你们核实清楚再说，继续接着说吧。"

第四个是事业单位组负责调查的生产资料处的郝明德。他是个复员兵，复员的时候部队在南郊干休所给他分配了一套两居室，但是这次去干休所核实情况，干休所一个负责后勤的干事说：郝明德的房子是借给他暂住的，当时就讲好了，一旦单位分房，郝明德就应该把房子退还给干休所。调查组的同志要看当时的协议，干事说，只是口头的协议，没有签订书面的协议。如果你们单位这次再不分配他住房，我们就要把他轰出去。

大家零零碎碎又提出了其他一些问题，主要是登记表和调查组的核查出现了一些误差，但没有什么颠覆性的大问题。

听完各个组的汇报，刘旭侧过头用征询的口吻问魏公正："魏局长，您看我们是不是先把这五个人的问题集中精力研究一下？"

"可以，先研究这五个人的问题，其他的小问题请各个调查组根据调查的情况，提出解决意见就可以了。"

对于如何看待财政厅先后给王昊出具的两份截然相反的证明，刘旭非常肯定地说："关处长出具的证明是真的，并且王昊的新房就摆在那里，财政厅的人都很清楚，前一个证明是小付托人开的。"

贾大生试探性地问："为了更有把握，是否我们再去财政厅核实一下，并在证明材料上让他们加盖财政厅的公章？"

魏公正一句话就把他噎了回去："你说是他自己拿来的证明材料可靠，还是通过组织手续调查来的证明材料可靠？这不是秃子头上的虱子——明摆着的事情吗？你们去找他谈一次话，就说我说的，如果弄虚作假欺骗组织，这种行为不但以后不给他分房，而且会影响今后他在市场管理局的方方面面。"见魏公正动了怒，贾大生答应散会后马上去找王昊谈。

对于王启明两个房契两个房主，大家一致认为应该承认房管局的房契。魏公正甚至肯定是王启明在房契上做了手脚。刘旭建议：为了稳妥起见，请学圆他们再到房管局进行一次深入的调查，尽量搞清楚事情的来龙去脉，先后时间顺序，能否取得房契做手脚的证据，然后按照实际情况再研究一次。魏公正对此未置可否，算是默许了。

在讨论李伟的情况时，委员们则产生了较大的分歧，以魏公正为代表的大多数认为：李伟的父亲就他一个独生子，不可能把房子再给别人，他父亲也不可能再把两居室的住房交出去，吃进口的肉怎么可能再吐出去？如果他父亲要交房，当初分配这套三居室时就应该把两居室交给单位，不交旧房不分新房，这是所有分房单位的一般规律。而且两口人住一套三居室，要说他们是无房户，简直太可笑了。魏公正说到此处，有些愤愤不平，他气呼呼地说："比他住房困难的不知道有多少？他要是困难户，那咱们局全是困难户了。依我看，这住房困难户怎么也轮不上他。"

可是贾大生坚持认为：李伟的房子是他父亲的，而且据他了解，李伟的父亲因为分新房没有交旧房，已经在单位引起了广大群众的不满，他父亲为了保住官位，交回住房也有可能。如果他父亲真把房子交回单位，李伟属于婚后无房的困难户。

为了寻找同盟军，贾大生巧妙地把张瑞英拉下了水："我觉得，我们还是应该相信瑞英他们的调查结果，毕竟他们掌握的是第一手材料，比我们了解情况。"

张瑞英听见贾大生夸自己，没搞清楚他话中的含义，忙点头表态："没错，我们了解的情况都是真实的，绝对可靠。"

魏公正鼻子里哼了一声，用有些不满的口吻质问贾大生："儿子住老子的房屋也算借住别人的房屋？这道理说得通吗？"

贾大生也毫不畏惧地迎着魏公正的目光："可是局长，您看咱们的分房办法里也没有说，借住父母的房子不属于借住别人的房屋呀。再说了，那故宫只能皇帝住，房子再多也没皇帝儿子的份。如果他爸爸真的把房子交了出去，他不是真的没有房子住成了困难户了吗？"

"这和故宫皇帝挂得上吗？别又扯得没边了。"

魏公正心里有些不快，他很清楚，因为贾大生的老婆在供销社工作，所以他才不遗余力地为李伟力争。他心里暗暗想，贾大生的勇气肯定是被李伟爸爸的茅台、五粮液浇灌出来的，好几次他都想脱口而出，提醒贾大生不能当人情委员。但转而一想，自己不让人说话，有压制民主的嫌疑。另外，作为一个局长不能跟一个下属一般见识，贾大生和肖天虎毕竟还是有区别，在常委们面前还是要表现得大度一些。魏公正强迫自己把要说的话使劲地咽了下去，憋得一个劲地喘粗气。

刘旭一看魏公正与贾大生各不相让，于是提出了一个折中方案：

"魏局长，您看这个问题是不是先放一放？我们今天先不做决定，等听听全体分房委员的意见再说？"

魏公正被贾大生顶得心里不痛快，正想借个机会下台阶，连忙说："好吧，就这么办。今天先不定他的困难户。"

贾大生一看魏公正不再坚持自己的意见，也算是给了自己一个面子，再说为了李伟的事情，也不能太得罪局长了，所以就坡下驴，面对刘旭征询的目光，他也点头表示同意。刘旭一看双方都同意妥协了，就说："这个问题暂时先放在这里，我们大家继续往下讨论其他人的问题吧。"

郝明德是复员后分配到市场管理局的，他一米六五的个子，又矮又胖，虽然只有30多岁，但是因为有些谢顶，所以，看上去比实际岁数大很多。在局里他是以节俭闻名的，全局的干部职工，一年四季很少看见他穿新衣服，冬天总是穿一件部队带回来的军用大棉袄，天最冷的时候，再加一件军大衣。春秋是洗得有些发白的旧军装，夏天是一件圆领背心，因为他爱出汗，所以腰里总是别着一条毛巾随时擦汗，隔着一丈远，都能闻到他身上的汗味。局里的同志开玩笑，进了市场管理局的大门，只要是找郝明德的，不用告诉他郝明德在那里，让他闻着汗味走就行了。大家都说：他把钱都穿在肋巴骨上了，花一分钱就跟抽自己的筋一样疼。

据他自己说：谈第一个女朋友的时候，在一个夏天的傍晚，他和女朋友在公园里面玩儿，女朋友说渴了，让他去买冰激凌，结果他买的小豆冰棍，并说冰棍解渴还降暑，冰激凌会越吃越渴，结果女朋友不高兴，说他是个吝啬鬼，他说这样的女人不会过日子，结果两个人不欢而散。

对朋友也吝啬。他刚结婚还在度蜜月，一天晚上几个要好的朋友带着礼物去给他贺喜，恰好他老婆不在家。聊了一会儿天，大家说太晚了要回家，他非要留大家吃打卤面。盛情难却，大家都满怀喜悦想尝尝他的烹调手艺。结果煮的是挂面，拌面条的卤是他们家吃剩下的剩菜烩在一起。正值盛夏，菜都有馊味了，几个朋友为了不扫他面子，勉强吃了一口，扔下饭碗就走了。

由于吝啬，先后谈了好几个女朋友都是无果而终。后来，他父亲的一个老战友把自己年过30的女儿介绍给他，刚开始接触，女方对他不是十分满意。但双方的父母都支持这门亲事，而且女方的父母反复做女儿的工作。当时，郝明德的军人身份还是让人羡慕的，女方在父母苦口婆心的劝说下，方和他继续交往，但心中对这门婚事一直不太满意。婚后，他父亲为了对儿媳妇有所补偿，特意在西郊干休所给他们要了一套两居室。

他不仅吝啬，脾气比较怪，属于爱钻牛角尖的人，如果犟脾气上来了，容易走极端，不管不顾的，天王老子也不怕。所以，局里与他交心的真朋友不多。贾大生也是一个复转军人，他非常肯定地说："部队不可能把人轰出来，只要你不搬走，你可以住到老。从部队找个熟人开个证明非常容易，何况光凭嘴说？再说了，我们单位这么多住部队房的，怎么都没有轰，就轰他一个人了？难道就他特殊了？"几个委员也认为贾大生说得有道理，一致不同意他为住房困难户。魏公正见大家异口同声，于是立场坚定、旗帜鲜明地表态：不承认干休所的口头证明。

王洁的住房，按照贾大生的说法，没有必要讨论。理由很简单，因为王洁的房子单位已经给她安装了防盗铁门，已经视同为市场管理局分配她住房了。

学圆不解地问："为什么安装了防盗铁门就视同分配住房了？"

贾大生告诉学圆，前些年，社会上流行安装防盗铁门，市场管理局许多干部职工也提出要求，要求单位统一安装防盗安全门，免除干部职工的后顾之忧。后来，经局党组研究决定，给市场管理局自己的产权房全部安装防盗安全门。

当时，有许多干部职工住的不是市场管理局的房产，看见别人安防盗安全门，眼红得不得了，也纷纷要求安装。局党组经过慎重考虑，答复说：市场管理局的资金只能给市场管理局的房产安装防盗门，不是市场管理局的房产不能安装。如果要安装，那就和局里签订一个协议，承认自己的房产属于市场管理局的，今后再分房的时候，凡是住房标准到位的，就不能再要房了。这个规定出台后，许多要求安装防盗铁门的干部职工都退缩了，但还是有十几户向单位申请安装了防盗铁门，王洁就是其中之一。后来，又扩展为凡是局里替缴冬季取暖费的房产也视为市场管理局分配的房产。

常委们听了，觉得这个规定也不尽合理，一个铁门换一处房产，太便宜了。魏公正一摆手："合理不合理，那都是过去的事情了，跟我们没有关系。既然过去有规定，那就按照过去的规定执行，我们不再出新政策。"委员们都认为魏公正说得有道理，既然已经有协议了，一切按照协议办。

最后刘旭提出了田小玲的问题，按照分房条件她应该是板上钉钉的困难户，但是关键是她和男朋友一直没有领结婚证，后来局里有了分房的消息田小玲急得火上房一般想去领证，但是不巧她男朋友去国外进修，一时半会儿回不来，等回来领了证也过了规定的期限了。田小玲不依不饶找了许多人，争辩说男朋友是为了国家的利益才耽误领证的，不能混同于那些为要房而领证的人。以前，学圆曾劝过田小玲抓紧时间去领证，田小玲未置可否。后来裴慧慧告诉学圆，田小玲的男朋友家在农村，比较穷，田小玲的心里一直比较纠结，再加上确实没有房子所以迟迟没有去领证。对田小玲能否确定为困难户，委员中有不同的意见。魏局长是个讲原则的人，他坚持认为不管什么原因，既然有了时间界限，田小玲就不能定为困难户，只能定为改善户。政策对所有人都应该一视同仁，不能有宽有严。委员们虽然觉得田小玲有些委屈，但是魏公正的理由冠冕堂皇，不好反驳，只好先将她排斥在困难户之外。

讨论完了上述几个问题，魏公正总结说：今天的会议很有效率，希望大家回去后，按照会议的要求抓紧落实，下次全体分房委员会就要确定困难户了，在开会前大家一定要把需要进一步核实的问题全部查清楚。争取下次开会的时候，能有具体的结果，不能总是议而不决。

房门背后

十九　暗度陈仓

　　过了春节，虽然天气一天比一天暖和了，但伴随着春天的脚步，乌烟瘴气的沙尘天气也开始频频光顾省城。刘莹莹站在窗前，窗外寒冷的西北风在天空发出呜呜的尖锐啸声，用尽全力把满天铅云织成的帷幕用力撕扯开一个口子，滚滚风沙和漫天黄土，从狂风撕开的缝隙中蜂拥而出，铺天盖地迎面而来，飞舞的沙尘遮住了阳光，盖住了蓝天。天色阴沉，大地混沌，空气中弥漫着呛人的尘土气息，往常金黄色的太阳，变成了灰白阴凉的一片镜子，走在路上风沙扑面，上下牙齿一合，马上发出咯吱咯吱的牙齿和沙粒的摩擦声，被风吹出的泪水和黄土瞬间在脸上和成了泥。

　　刘莹莹望着这恶劣的天气，心里暗暗诅咒。她有粉尘过敏的毛病，平常这种天气用八抬大轿抬她，她也不会出门。可是为了完成吴局长的嘱托，今天就是下刀子她也必须出门！

　　昨天，办公会刚散，刘莹莹在门口和吴局长走个对脸，吴局长单刀直入："小刘，听说你和河北医院的院长比较熟悉？"

　　"是的，吴局长，我和他们医院的李院长关系特别好，您有什么事情吗？"

　　"我妹妹的痔疮犯得挺厉害，想做个手术，她是河北医院的定点。我听说他们医院特别不好挂号，病床也非常紧张，我想让你帮我打听打听。"

"您放心吧,我明天就去找李院长问问。"

"不用那么麻烦,你打个电话问问就行了。"

"您放心吧,有了消息我马上告诉您。"

刘莹莹认为这是天上掉馅饼的好运气,所以,不要说刮黄土,就是下刀子也绝不畏惧。她戴上帽子,在脸上蒙了一块纱巾,出门拦了一辆出租车。上车后,刘莹莹见车子应该往东走,而司机却一打方向盘往北边驶去,急忙问司机想去哪里。出租车司机说走环城路,走环路红绿灯少不堵车。

刘莹莹说:"我知道你绕路想多挣俩钱,这个钟点走哪也不堵,走城里头吧。你绕路我不给钱,我还找人罚你。"

司机见绕路的企图被刘莹莹识破了,无奈掉头往城里开去,接着开始向刘莹莹诉苦:"大姐你也体谅体谅我,我们这一行也不容易。现在的汽油价格只涨不降,从2块多钱涨到了四五块,可是,公司的份子钱一分也不减,我们司机一年辛辛苦苦,挣的钱都让公司老板拿走了。如果是给国家我们也没有意见,但是国家也得不到,司机也得不到,都肥了个人了。每天一睁开眼睛,就欠公司100多块的账,再加上汽油钱、修车费,一天200块钱以里是给别人挣,以外的才是自己的。每天顶着星星出来,披着月亮回去,一天要跑十多个小时,而且节假日也不能歇。就这么跑,一天不歇,一个月也就挣个一两千,拼死拼活的能上三千全是辛苦钱。"

"那你不会干别的,为什么非要干这一行?"

"干这个自由一些,也没有人管,再说除了开车,我也不会干别的。"

"你们这么多司机不会和老板说,让他减份子钱?"

"减份子钱?不增加就是好事,我开了十几年出租了,刚开车的时候,我们几十个司机一说不开车了,一起交钥匙,老板得给我们作揖,哥几个求求你们了。现在一辆车要交4万的押金,而且你再说交钥匙,后面几十个人等着抢钥匙哪。"

"现在会开车的人太多了,再说你认为不好,有些人还认为这个行业不错哪。"

"可不是，有些农村进城的年轻人，离开了土地，一个月挣上两三千块，觉得比农村强百倍，干得太玩命。现在好些车都是两班倒，歇人不歇车，那还有好些人开不上车。"

"你们肯定不如农村的人能吃苦，所以，你们也有危机感。"

"你不知道农村来的人干得多玩命。有好些人嫌城里的房租太贵，为了省租房钱，有的就在车上放一件大衣，车上吃车上睡，闹得车上臭烘烘的。有一次，我和一个农村来的司机还打了一架。"

"你们一定是为了抢活儿打架。"

"那倒不是，有时候拉上活儿，不好找厕所，可能这小子也是为了省上厕所的钱，在车上放了一个大可乐瓶子，一边开车一边往里面撒尿，结果有情况一躲闪，一下子横到我的前面，他撒的尿也撒了出来，我一刹车，车轱辘轧在尿上，车一滑往逆行冲了过去，多亏对面没有车，否则我的小命就完了。我下车给了他一个嘴巴，这小子什么也没有说。"

听着一路上司机喋喋不休地抱怨，刘莹莹听了觉得自己的工作和他们比起来，有很大的优势了，一天坐在办公室里，风吹不着、雨淋不到，收入也不少，还经常有人请吃请喝，逢年过节送送礼，还能分到住房，一刹那有了很大的自豪感，对开出租车的司机有了很大的同情。

到了医院门口，是28元钱，她拿出30元钱交给司机，司机接过钱看了一眼，把钱团在掌心攥成一个拳头急忙往兜里装。刘莹莹刚想说不用找钱了，但她恍惚一瞥好像是40元。"等等，我给你的是40块吧？"司机把刚要装进兜里的拳头张了开来，一看果然是40元。

"不好意思，我也没有数。"司机退回了10元，刘莹莹要了车票，又让他找了2元零钱。因为这微不足道的小事，她刚才萌生的一点同情心又消失得无影无踪了。

刘莹莹提着一个大号的纸袋子径直走到了院长办公室门口，轻轻敲敲门，听见里面请进的声音，方推门而入。院长一看她进来忙从椅子上站起来："今天是哪阵风把您给吹来了？这鬼天气，有什么事情打个电话就行了，何必亲自跑一趟？"

"这种天气，如果没有重要的事情，我也不会亲自跑的，怕办不好，所以只好亲自跑一趟了。"

她坐稳后，喝了一口院长给她沏的西湖龙井，然后把今天来的目的原原本本告诉了院长，并且提出了两个要求：一是想住一间单人的高干病房，但是只能收普通病房的钱，因为单位只能报销普通病房费用；二是请医院的汪教授亲自主刀，因为谁都知道汪教授是院里一流的专家。

院长沉思了一下，说第一件事情只要有病房就好办，第二件事情要和汪教授商量一下，因为汪教授已经很久不做这种手术了，但是我和他说一说，估计问题也不是很大。刘莹莹用不容置疑的口气告诉院长："今天，我就是为这件事情来的，既然来了，就一定要把事情敲定，否则回去不好交代。因为我已经满应满许吴局长了，说没有问题，一定能办到的，所以请您一定要帮这个忙。"

院长忙说："你等一下，我马上把汪教授请过来商量商量。"说完，他先给汪教授打了一个电话，接着又给住院处打了一个电话，问有没有高干病房。放下电话，院长说："您真有福气，单人病房目前没有了，但是后天有一个病人出院，我已经让他们留下了。"

随着一阵轻轻的敲门声，头发斑白的汪教授推门走了进来，院长急忙起身给他们双方做了介绍，并简单地把刘莹莹来的目的说了一遍。他特意强调："刘处长一直对咱们医院非常关照，今天刘处长有事，我们能帮忙的一定尽力。"

院长所说的关照，是指去年有人举报院长有经济问题，所以，年底税收、财务、物价大检查的时候，检查组对医院进行了重点检查。当时医院里院长有一拨人，党委书记也有一拨人，两拨人都觊觎药房主任的位置，因为这是一个肥差，药品的差价特别大，许多药厂和批发公司为了把自己的药品打进医院，都削尖脑袋打通药品主任的路子，而且不惜血本给药房主任送钱、送礼物，最初的药房主任是院长选拔的，对院长言听计从，不怎么买党委书记的账。党委书记对此愤愤不平，他发动手下一些人相继写了许多匿名信，状告院长和药房主任，说他们吃回扣、进高价药品，损害了医院和广大患者的利益，想借此把院长整下去。

刘莹莹是这个检查组的组长，她带队来查的时候，院长托人向刘莹莹说情，请他们吃饭，并送了不少礼。刘莹莹在交往中觉得院长是个可交之人，以后，也有用得着的地方。所以，刘莹莹他们检查完了以后，对于一些可处理可不处理的就没有处理，一些必须处理的也在金额上打了折扣，本来监察局也已经介入，要给院长党内处分和行政撤职处理，最后，因为检查结果没有什么太大问题，也就不了了之。后来，只是给了药房主任一个行政处分，并且撤消了药房主任的职务，而院长却继续留任。反对派因为已经基本达到了目的，所以也就没有再继续闹下去。事情过后，院长对刘莹莹一直感激在心。汪教授和李院长平常关系不错，对这件事情非常清楚。

　　院长的话音一落，刘莹莹也满脸堆笑地恭维说："汪教授，谁都知道您是医院一流的专家，这次，我们局长的妹妹做手术，一是咱们的医院条件好，二是也久仰您的大名，所以，才来咱们医院住院的。我们也不会忘记医院和汪教授对我们的关照，以后有什么事情，只要我们能办的，一定尽力。"汪教授听了一口答应了。

　　刘莹莹一看两件事情都圆满解决了，满面笑容不住口地道谢。等汪教授走了出去，忙从桌子下面的纸袋子里拿出带来的两瓶茅台酒、两条中华烟塞给院长。院长忙推了回来，坚决不要。

　　刘莹莹说："我知道你不会收我的东西的，但是，这不是给您的，这件事情您还要托别人，就不能让您花钱了，您看需要送谁您就替我送人好了。"

　　院长说："既然这么说，那好吧，我就不客气了，医院的事情你放心，一定安排好，肯定让你们局长满意。"刘莹莹满怀着喜悦的心情走出了医院，出了门觉得好像天气都比来的时候晴朗了许多。

　　她打车回到单位，马上去局长室把办好的事情向吴局长做了汇报，并且讨好地说："您的工作太忙，请您放心，住院的时候我亲自出马去办，保证没问题。"

　　吴局长说了几句感谢她的话，刘莹莹连连说不用客气，并一再表示这是举手之劳的小事情，不足挂齿。吴局长问："用不用给医院送点礼？"

　　刘莹莹一摆手说："不用，都是我的朋友不用送礼的。再说了他们医院求咱们的事情多了，要送应该是他们给咱们送。"

"我知道，现在医院动手术都讲究送红包，你不要客气，有什么花销告诉我。不能让你又辛苦，又花钱。"

"你不用管了，这些事情我都安排好了，不让您花一分钱。需要花钱的时候，我一定找您。"刘莹莹还想和局长说些什么，这时候，党组于秘书推门走了进来，提醒局长开会的时间到了，刘莹莹只好急忙起身离开了局长办公室。

刘莹莹刚进门，处里的巩海燕就告诉她：刚才童大姐她们处里的李英处长找她，说童大姐的病很重，已经确诊是晚期的卵巢癌，需要马上动手术。河北医院是全国治疗卵巢癌的专科医院，床位特别紧，需要排队等候，想问问刘莹莹在医院里有没有熟人，帮助联系联系，尽快手术。刘莹莹一听，马上要通了李英的电话："李处长，你好，你刚才找我？"对方简单地把上述事情重复了一遍。

"李处长，你说童大姐这么好的一个人怎么会摊上这个倒霉的病，我听了心里好难受，她的孩子也小，怎么办呀！你放心，我马上给她联系，争取让她尽快住进去。"

刘莹莹放下电话，紧接着又给李院长挂了一个电话，询问了医院的病床情况。院长说，病床确实很紧张，现在有全国的上百个病人排队等着住院，可以往前排一排，但是也要等。如果现在进来，只能挤那间预留的单人病房了。刘莹莹一听，急忙说："不行，这间房一定不能动。那就请李院长多多关照，因为这个病已经到了晚期，能够早住院一天就多一分希望。"

给李院长打完电话，刘莹莹又给李英打了一个电话，说已经和院长联系过了，现在确实没有床位，一有床位马上安排住院，并请代她向童大姐问好，有时间一定去看她。

十九 暗度陈仓

二十　老抠请客

局工会为了庆祝三八国际妇女节，组织全局干部职工去看电影《甲方乙方》。电影没散场，老梅就早早出来，守候在电影院的门口，拦住处里的同志和贾大生、胡建设等人，邀请大家到家里坐一坐。大家都说不添麻烦了，坚持要走。老梅一手紧紧拉住辛处长的胳膊，一手横在大家面前，急得脸都红了："我家离这里不远，走路不超过十分钟，大家赏个脸，到寒舍坐坐，怎么也要赏给我老头子一个面子。"

辛处长看见老梅着急的样子，忙说："好吧，我们去坐一坐，喝口水再走。"辛处长一说话，大家不好意思再说走，于是，大伙儿跟在老梅的后面，绕了几个弯子，进了一个大杂院。

一进院门，一条臭水沟就横在了面前，这是院里住户挖的一条雨水沟，平常住户们的生活污水也往里面倒，黑黑的、散发着刺鼻臭味的污水在院子里流淌一圈儿，最后，从大门口流入街道上的污水井。家家户户盖满了大大小小的棚子，对面过来人都要侧着身子让一让才能过去。老梅家住两间北房，紧贴着院子的西墙，墙外面是公共厕所，贴着厕所的后墙，老梅盖了一个小房，里面放杂物和当厨房。正值晚饭时间，污水的腐臭味道和院子里飘散的饭菜香味混杂在一起，让人有些倒胃口。

进了老梅家，外间是客厅，里屋是卧室。外间的角落里放着一个冰箱，靠西墙摆着一台21英寸的彩电，彩电对面是一组老式沙发，皮子都有些发黑和破损了。老梅一进门就依次把客人向老伴做了介绍，老梅的老伴已经退休，看到大家进门，忙着搬凳子、放桌子，张罗让大家坐。看人全到齐了，忙问老梅："怎么没看见刘处长呀？"

"他今天去大检查办开会去了，没来看电影。"

屋子窄、人多，大家感觉有些憋气，老梅马上打开了电风扇往墙上吹，增加室内空气流通。"老梅，还不买个空调？这么大岁数了，好好享受享受。"潘全力给老梅出主意。

"嗨，这个院子的线路太老了，院子里有几家安了空调，一开就掉闸，一晚上什么也甭干，光合闸了。去年，半夜里掉了闸，外面下大雨，没有人去合闸，结果早晨起来好些人家冰箱里的东西都坏了，没有空调的人家还和有空调的人家吵了一架，让他们赔偿损失，结果谁也不承认开了，最后也是不了了之，所以，我也没有兴趣去买，等分了房再说吧。"

"那还不好办？早晨起来拿个温度计，去有空调的人家测测室温，看谁家的温度低，就是谁开的空调。"胡建设给老梅出主意。

"臭胡你就会出馊主意，人家谁让你去测量？就是测了，人家不承认你也一点办法没有。"贾大生嘲笑胡建设的主意根本行不通。

"我的主意馊，那你出个不馊的好主意。"

"那还不容易，看看谁家的空调下面有水痕，不就知道是谁家开空调了？"

"我还以为你有什么锦囊妙计呢，原来也是个馊主意。咱俩是半斤八两，谁也甭找钱。人家说地面的水是狗或者小孩撒的尿，你还爬地下闻去？"

"是水还是尿，我不是吹，我闭着一只眼都能看出来。不像你臭胡，非得爬地下围着嗅三圈才知道。"

老梅看见胡建设和贾大生斗嘴，忙出来打圆场，他把一盘花生往他们两个人中间推了过去："你们两人先吃点花生歇歇嘴。外面下雨地面冲得干干净净，再说了就是知道了，都是街坊邻居，又能怎么着？"

"是呀，我们住的那个楼房也经常掉闸，线路太老了。"潘全力也感叹地插了一句。

楚大姐说："主要是家里的电器太多了，过去在设计的时候，主要是照明线路，现在家里什么都用电，电视机、电冰箱、VCD、微波炉、电脑、电饭煲，还有空调。"

"楚大姐，你够富有的，家里都实现电器化了，就缺个电子姐夫了吧？"胡建设又和楚京明开起了玩笑。

"你就是狗嘴里吐不出象牙，什么话到了你嘴里也变味道。怪不得叫你臭胡，真是名实相副。"

胡建设咧开大嘴哈哈一笑，露出了被香烟熏黄的满嘴黄牙齿，得意地晃着脑袋说："臭豆腐臭不臭？闻着臭吃着香。臭榴莲臭不臭？那是水果之皇。我臭胡就属于外表上臭，本质上高贵的珍惜品种。"

楚大姐呸了一声："你就臭美吧。"

贾大生一本正经地说："臭胡还真不是吹，他确实有水平，成绩突出。"

楚京明一撇嘴："我可没有看出来。"

胡建设冲着楚京明得意地说："你看看人家大生的评价。"

贾大生表情严肃地说："我还没有讲完，你是大会小会都不发言，只有前列腺发炎，工作不突出、政绩不突出，只有腰椎间盘突出……"贾大生话没有说完，大家哈哈大笑，楚京明的笑声格外尖锐刺耳。

胡建设有些愠怒地抨击贾大生："怪不得叫你假大空，敢情嘴里一句实话没有。"

楚京明幸灾乐祸地说："我听着这话倒是挺实在的。"

老梅见胡建设脸上有些挂不住了，急忙岔开话题问学圆："我们新分的这个楼房的电可以吧？"

"据说可以，每户都是10安培的电表。在家里可以放电影了。"贾大生飞快地接了一句。

"快点分吧，分了新房就可以安空调了。" 大家从用电又扯到了分房。

这时候，老梅的老伴招呼老梅赶快放桌子，请大家入座。几个人推推让让，还是让辛处长坐了主位，大家才依次落座，老梅和老伴先把六个凉菜一道道端了上来：油炸花生米、糖拌西红柿、香酥鱼尾、香橙瓜条、松花蛋、香菜末拌豆腐，酒是两瓶老梅珍藏了多年的张弓大曲。开了瓶子一股浓郁的酒香扑进了鼻子，酒液倒出来都有些泛黄了。胡建设用鼻子嗅了嗅，对贾大生说："大生，没喝过珍藏10年以上的酒吧。"

贾大生不屑一顾地用手一指酒瓶子："这算什么，告诉你，我喝过存了几十年的茅台，瓶子都不是现在这样的，而是黑陶罐装的，不要说喝，你见都没见过吧。"

胡建设冲着潘全力等人一挤眼，撇撇嘴说："反正在座的除了你谁也没见过，谁也没喝过，你爱怎么吹就怎么吹。孔庙里你都能看见和尚、老道，别人谁能有这眼光？"

辛处长见大生还要和胡建设对垒下去，忙劝阻说："行了，你们俩别斗嘴了，人家老梅要给你们倒酒，端着瓶子等半天了。"胡建设忙把杯子往前一递说："得，谢谢！给您老请安了。"老梅端着酒瓶，依次给大家斟酒。

"老梅，用大杯子吧，省得一次一次地倒。"辛处长出了一个主意。

"就是，用大杯量，都倒满。"

大生等几个人纷纷称赞辛处长的建议。

"千万别给我倒，我可喝不了酒，我喝点饮料吧。"楚大姐用手捂住杯子向老梅告饶。学圆也学楚大姐用手捂住杯子，只让老梅倒了杯子的三分之一。

"有可乐，"老梅让老伴从冰箱里拿出了一瓶大可乐，给楚大姐倒上，"我来陪小楚喝可乐。"老梅的老伴给自己也倒了一杯可乐，和大家一起举起杯子来。

"欢迎大家来我们家做客，没有什么好吃的招待大家，都是家常便饭，希望吃饱喝好。"

老梅和老伴站起来给大家敬酒。辛处长等人纷纷站了起来："老梅，咱们第一杯站起来，以后，就不要站了，都是自己人，不用客气。"

"那好，咱们是站着敬，坐下喝。"大家碰了一下杯子，每人喝了一口。

"大家一定要吃好、喝好，我去炒热菜了。"老梅的老伴放下杯子，转身又进了厨房。

"来、来、来，吃菜，大家尝尝我炸的带鱼尾巴味道如何？"老梅举起筷子让着大家。

"老梅，这是鱼尾巴呀？又香、又脆，连骨头都炸酥了，怎么做的？"楚大姐吃了一口，赞不绝口。

"带鱼的尾巴一般没有肉，过去带鱼凭本供应，每家就过节的时候买几条，挺稀罕的东西扔了怪可惜的，后来，食堂的焦师傅告诉我，鱼尾巴千万不要扔，洗干净了，用剪子剪成细条，然后用六七成热的油，炸成金黄色。另外，用一个碗，里面放上酱油、醋、味精、料酒、白糖、葱、姜丝，把炸酥的鱼尾巴放进去，马上就捞出来，千万不要放时间长了，那样就不脆了。"老梅连说带比划，津津有味地给大家传授"香酥鱼尾"的做法。

老梅提起凭本供应，勾起了大家对往事的回忆，楚京明感慨地说："过去买什么都凭本供应，一个副食本过春节的时候才给半斤花生、三两瓜子，改革开放十几年，现在终于什么都不用票了。"

潘全力对此也深有同感："小时候我妈让我买副食本上的半斤花生油，结果我把油瓶摔了，全家半个月没吃炒菜，洒在地上的油还被附近的一个老太太用勺子一点一点捡走了。"

"所以小平同志在南巡讲话中提出要加快改革开放的步伐，我们价格改革也要跟上时代的脚步加快推进！"辛处长不失时机地与本职工作联系起来。

"十几年的改革解决了温饱问题，现在老百姓需要解决的是住房问题，辛处长您说下一步住房改革究竟怎么个改法？"老梅就大家最关心的问题想一探究竟。

"据我所知，今后不能光靠国家和单位投资建房了，而是由国家、单位、个人三者共同承担，像国外一样，房子可以像商品一样自由买卖，只要你有钱就可以随便买房了。"贾大生不失时机地抢过话题，彰显自己的消息灵通。

"现在社会上对住房改革也是议论纷纷，有说好的，有说不好的，莫衷一是。"楚京明道出了大众的心声。

"不管怎么改，只要能让老百姓过上好日子，安居乐业享受生活，最后大家肯定支持改革！"学圆对改革还是充满信心。

"老梅，大生说了今后有钱就可以随便买房了，赶紧攒钱等今后改革了买套好房子住。"胡建设给老梅提建议。

"咱们机关挣的半葫芦醋钱，能攒下什么钱？你嫂子的企业也不景气，这不刚到50就下岗了。而且她还有哮喘的病根，一到冬天，屋子里没有暖气，又潮湿，天天喘得上气不接下气。买房我不敢想，就盼着赶紧分到新房，我和老伴下半辈子就可以好好享受生活了。"

"老梅，听说你支援西藏可以优先分配，这次应该能分到好房子。"楚京明给老梅吃宽心丸。

"小楚，我当年支援西藏，徐局长找我谈话，不是优先而是说奖励一套住房。大生、小孟你们开会的时候应该把徐局长答应的事列入奖励范围。"

"老梅，下次开会的时候我和学圆帮你呼吁一下。"大生三杯酒下肚一口应承下来。

楚京明见老梅提起徐局长，马上联想到自己的事："刘处、小孟你们开会的时候别忘了秦局长答应的让我们南郊住户搬回来的事儿。"

"楚大姐，这件事我找刘旭谈过了，上次分房会上肖天虎也提出来了，但是被魏局长否了。"学圆不无遗憾地告诉楚京明。

这个坏消息楚京明早知道了，但是她相信在几个局长身上下的功夫不会白费，特别是去给秦局长拜年时，终于唤起了秦局长对诺言的回忆。她也按照分房方案计算过，自己的分数肯定排在南郊住户第一名，即便搬回来一户，也是罐里逮王八——十拿九稳。

"谢谢你们为我们的事操心，老梅我们两个一起敬刘处和小孟一杯。"楚京明举起可乐表达谢意。

"我提议，为在座各位要房的都能梦想成真，我们把第一杯干了。"大生举起酒杯带头先干。

在对未来的美好憧憬中，老梅的老伴陆陆续续把烧茄子、韭菜炒鸡蛋、红烧带鱼、尖椒土豆丝、炒鱿鱼卷、红烧肉、肉片烧蘑菇、海米烧冬瓜，八道热菜依次端了上来。

辛处长看老梅老伴拐着不利索的腿脚给大家上菜，和老梅碰了一下杯，劝他说："老梅，儿孙自有儿孙福，莫给儿孙做马牛，这次分了新房，不要再给孩子了。岁数大了，身体也不如从前了，别老是委屈自己，住在这阴暗潮湿的平房了。"

"辛处长，您放心，这次我们肯定自己住，不仅我老伴有哮喘的毛病，我自己的腿也有风湿病，这里没有暖气，到冬天疼得更厉害，分了新房，我们肯定搬过去住了。"

"不要炒了，太多了，再做就浪费了，您快坐下来吃吧。"楚京明忙着招呼老梅的老伴落座。

"就是，我们一来，让您受累了，大婶您快喘口气赶紧吃饭吧。"学圆也忙着招呼。

"没事儿，不累，菜做得不好，大家多吃一点，我才高兴。"

"老嫂子，人家外国人都是说自己的菜炒得好，没有说做得不好的，你炒的菜这么香，简直超过我们家门口的'家常便饭'饭馆了。"胡建设笑眯眯地夸了一句。

"好吃，你们就多吃一点。我去给你们端饺子。"说着话的工夫，老梅的老伴端来了窄边、鼓肚的大馅饺子，大家一进嘴："哈，好香。"

"您这是什么馅的？真好吃。"潘全力边吃边夸。

"这是我们在青菜便宜的时候买的撮堆儿菜，然后洗净晾干了，做馅吃。好吃就再来几个。"老梅的老伴说着话给潘全力又夹了几个。潘全力忙摆摆手："我是真的不能再吃了，再吃就快走不动了。"

辛处长抬起手腕，看了一眼时间："老梅，时间不早了，今天给你们两口子添麻烦了，我们回去了，你们也早点休息吧。"

"再休息一会儿，吃点水果，喝点茶。"老梅老口子忙不迭地挽留大家。

"不了，我们酒足饭饱，回去了，你们忙乎了半天，也累了，早点休息吧。"大家纷纷起身和老梅两口子握手道别，老梅两口子一直把大家送到大门口，目送大家消失在茫茫的夜色中。

"学圆，我们一起去坐地铁吧。"潘全力招呼学圆一起走。走在路上，学圆不解地问了一句："潘老师，都说老梅很抠门，今天为什么要破费请大家吃饭？"

"那是因为老梅刚来的时候，组织上让他去支边，他向组织提出要求，要求给老伴安排工作，同时，要一套住房，这些，组织都满足他了。说好去三年，因为身体原因，去了一年多就回来了。这次分房，老梅想交出两间平房要两套楼房，理由是去西藏支边应该奖励一套住房，老梅请客就是想让辛处长他们给证明，过去去西藏局里曾经答应过他奖励一套住房。"

"这个还用证明吗？"

"你不知道，这次有人说老梅去支边的时候，组织上只说优先分配他住房，没有说奖励他一套住房，老梅想让辛处长他们做证明，当时说的是奖励，不是优先分配。"

"那到底是奖励还是优先分配？"

"这个事情我也不太清楚，反正老梅说是当时的徐局长答应的，现在徐局长退休了，我估计他想请辛处长、大生、胡建设他们这些老人儿出面给他作证，所以请客。"

"我一直纳闷老梅为什么请大家吃饭，原来是因为这个。不过老梅为什么也请我吃饭？我可给他证明不了什么。"

"老梅不好意思说为分房请客，所以打着请全处人吃饭的幌子把大家都拉上了，而且你和大生还是分房委员会的常委，到时候也能起作用的！可是，老梅就是老梅，你看他请客的菜，哪有什么好东西？连西瓜皮、鱼尾巴都上桌了，我吃得不顺口。"

"那我看你刚才还一直夸他们的菜好吃。"

"那是出于礼貌。再说老梅请客，也不容易，应该客气客气。"

"可是光凭辛处长他们几个人说话管用吗？"学圆有些担心。

"管用不管用总得争取，正所谓谋事在人，成事在天，看上天是否眷顾老梅吧。"

二十一　曹宝柱轶事

　　隐隐的春雷、绵绵的春雨传递着春天的脚步和信息，在人们对春天的美好企盼中，局里也炸响了一声春雷，在廉政建设方面发生了一件大事，因为牵涉到冯有义副局长，所以在全局引起了振动。事情的起因很简单：郊区的温泉养殖场新近养殖成功了一种罗氏沼虾，为了抢在五一节前供应市场，特请市场管理局去定价。冯有义副局长带着农业价格管理处的白耀处长两个人亲自去审核。养殖场为了给自己的罗氏沼虾定一个好价钱，特意高标准招待了冯有义和白耀。回来不久，就有一封匿名举报信送到了省纪委，举报冯有义和白耀到养殖场大吃大喝，不仅吃了罗氏沼虾，而且喝了国家严禁在招待时上桌的名酒——茅台。两个人一顿饭就吃了好几百元，相当于我们一个普通职工一个月的收入。信的结尾表示:我们养殖场的全体职工对这种腐败行为极为愤怒，要求省纪委严肃处理。

　　省纪委对此高度重视，专门把冯有义和白耀叫到省纪委调查此事，冯有义没有想到吃了几个臭鱼烂虾会招来这么大的祸事，当时省里正在贯彻中央的精神，大力整治领导干部的腐败行为，冯有义怕成为腐败的典型，被省里抓个出头的橡子，所以痛哭流涕，深刻检讨，并表示愿意接受组织的处理和退回全部吃喝款。省纪委考虑到冯有义是个老同志，检讨比较深刻，而且主动退赔了吃喝钱，所以从轻处理了此事，要求冯有义在退回全部吃喝款的同时，要在全局干部职工大会上做出深刻检查；白耀作为下属，不负主要责任，只是向省纪委上交了一份书面检查。

在全体干部职工大会上，大家看到冯有义似乎一下子老了许多，念检查的时候，虽然天气不热，但额头上汗水滚滚而下，他一边念检查，一边不住用毛巾擦拭。坐在下面的干部职工，有的幸灾乐祸，你冯有义天天出去吃喝，终于阴沟里翻船了，知道你早晚会有这一天。有的则抱有同情，别人比你腐败得多，什么事情都没有，你这点事情算什么，老头真可怜，不打勤，不打懒，专打不长眼的，怎么就让你撞枪口上了。不过，幸灾乐祸的也好，同情的也好，大家都有一个共同的疑问：为什么冯有义平常经常出去吃喝都没有事，而偏偏这次会出事？

事后，有一个小道消息在局内流传：说农业价格处的曹宝柱是这件事情的幕后黑手。原因是养殖场的定价属于曹宝柱的管理范畴，而白耀平常挺看不上曹宝柱的，所以在定价的时候没有叫曹宝柱去，曹宝柱怀恨在心，由于他平时经常去养殖场，养殖场上上下下和他都比较熟，肯定是他怂恿养殖场的职工举报的。据局内传言：有人遇见曹宝柱，和他开玩笑说："你真是有福气，没有赶上这倒霉事。"曹宝柱嘿嘿一笑："我没有那个口福，领导不待见我，不让我去，所以这好事也没我的份。"大有幸灾乐祸的心理。另外，有人听见曹宝柱蹲在厕所的挡板后面，咬牙切齿地发狠说："让你们吃独食，让你们不叫我去。活该！"

不久，从局"第二信息中心"又流出了一个传言，说曹宝柱喜欢上了一个城市的女人，要和在农村的老婆离婚。

曹宝柱家住在偏远的北部山区，他在村子里原本是个普通的农民，因为和大队书记的女儿搞对象，所以大队书记就把他推荐为工农兵学员上了大学，村子里许多人不服气，说他连话都说不利索，还能上大学。曹宝柱在公社当广播员期间，有一次念报纸，把"外交部长姬鹏飞到机场迎接柬埔寨国王西哈努克亲王、宾努首相，念成了外交部长姬鹏，飞到机场迎接柬埔寨国王西哈努克，亲王宾奴首相。"类似的笑话还创造了很多。

在防汛抗旱值班时，一次，县里来了通知，说今天晚上北部山区有中到大雨，局部地区有暴雨，要提早做好防汛抗洪的准备。曹宝柱在值班室接完电话后，马上打开公社的大喇叭，冲着几个村子里就喊开了："社员同志们请注意，社员同志们请注意，县里通知，今天省气象部门发布天气预报，北部山区将有中到大雨，局部地区有暴雨。但是不知道落到哪个大队、那个村，所以，各个大队的防汛抗旱人员都不要脱离岗位，随时随地做好防汛抗洪准备。"这个广播曹宝柱连续念了好几遍，结果成为了许多农户茶余饭后的笑料。当时，依照大队书记老婆的意见，应该让曹宝柱和女儿结了婚再到省里上大学，以免他出去身份变了，到时候学陈世美把自己的女儿抛弃了。可是，大队书记怕结婚后曹宝柱成了自己的女婿，村里人说自己"走后门"，反而影响不好，就没有同意。可是他也觉得老婆的担心有道理，所以他苦苦思索了几天，想出了一个连环计，第一步是让曹宝柱写了一个保证书：毕业后要自愿回到家乡，继续为家乡建设出力。第二步是让公社广播站把曹宝柱的保证书连续广播了几天，让全公社的人都知道，村子里保送曹宝柱这样有志于报效桑梓的优秀青年去上大学，是大队书记为了给村子里培养人才，而不是出于一己之私。同时，也是给曹宝柱施加压力，他如果自食其言，就会在家乡父老面前抬不起头。第三步是把曹宝柱的父母亲接来一起吃了一顿定亲饭，当着双方老人的面把他们两个人的婚事定了下来。

饭桌上大队书记的老婆委婉地说明了现在要上学的人特别多，因为是咱们自家的孩子，所以大队书记费了好大劲，才要来一个指标给了曹宝柱，以后曹宝柱上学去了，村子里有大队书记关照你们，你们就放心吧。曹宝柱的父母自然听出了这话外之音，一是不能忘恩负义，二是孩子走了，可是他们还留在村子里，还要面对众多的乡里乡亲。他的父母自然为孩子跳出农门而高兴，所以一个劲地叮嘱曹宝柱不要忘记书记一家人的大恩，今后一定要知恩图报。曹宝柱当时被巨大的幸福所笼罩，自然也没有过多地考虑，当时只是一个念头，就是尽快地跳出农村，去外面见见世面，所以他信誓旦旦地做了保证。

曹宝柱到了省城，才发现外面的世界太精彩了，比起长期居住的小山沟，简直是天壤之别，随着时间的推移，他对家乡和未婚妻的眷恋之情不知不觉地逐步淡化了，刚入学时，还经常回家看看，时间长了，就以学习太紧张和节约路费为理由，逐渐地回家少了。他学的专业是政治经济学，曹宝柱认为：人的思想是随着客观环境的改变而发生变化的，自己的行为符合马克思主义的辩证唯物论，所以是无可非议的。临近大学毕业时，曹宝柱把当初立志回到家乡的誓言忘记得一干二净，当他未来的岳父催他毕业后履行诺言，回去报效家乡并和自己的女儿结婚时，被他婉言拒绝了。他冠冕堂皇地对未来老岳父说：自己是个党员，应该时刻以党和国家的利益为重，您当书记的时候不是也经常教育我要一切听党的话吗？在毕业分配的问题上，我也不能向组织提更多的个人要求，不能因为个人的婚姻问题给组织添麻烦，我是党的一块砖，东西南北任党搬，组织上分配我去哪里工作我就去哪里工作。再者说了，我学的专业回到家乡也无用武之地，不如在一个合适的岗位上为党和国家发挥更大的作用，我在外面干出成绩了，家人也脸上有光。

未来岳父虽然知道曹宝柱唱的高调绝对不是他的真心话，但他也清楚自己的手再长也只能在家乡说了算，还无法伸到省城去，再者说曹宝柱给自己上的这堂党课也不好直接驳斥，往远处想如果女婿真的在外面混出个模样，自己和老伴、女儿沾女婿的光还可以在家乡父老面前风光风光。经过一番思考，他同意了曹宝柱不回家乡工作的意见，但是，前提是必须在毕业分配前先和自己的女儿结婚，然后再分配。曹宝柱刚开始以自己应该响应国家晚婚晚育号召来搪塞。但是老岳父在这一点上丝毫不退让，说晚婚晚育是提倡和号召，并不是法律规定，再说你已经超出了晚婚的岁数，现在结婚并不违反婚姻法和国家晚婚晚育的号召。另外，老岳父也出面动员曹宝柱的父母对曹宝柱施加压力。曹宝柱的父母一是想抱孙子，二是想给家里添个干活的劳动力，所以也坚持要求曹宝柱在毕业前结婚。在内外压力下，最后，曹宝柱接受了毕业前结婚的要求。但是，他提出婚后先不要孩子，要等自己以后干出点名堂来再要孩子。这一点老岳父妥协了，答应做好女儿的思想工作。新婚之夜，老婆在洞房里告诉他说自己刚刚完例假，是安全期，不用避孕套，而且自己也服用了避孕药，是双保险。曹宝柱一听心里就踏实了。古人说过：食色性也。曹宝柱一介凡夫俗子也无法抗拒性欲的诱惑，所以当他度完假期，带着留有遗憾的胜利喜悦高高兴兴返回学校时，哪知道他老婆已经怀上了孩子，并且暗暗为自己的瞒天过海计实施成功而窃喜（殊不知这也为今后的麻烦埋下了伏笔）。

　　曹宝柱回到学校不久就赶上毕业分配，因为当时食品公司经常到农村收购生猪，所以省食品公司的经理和他老岳父比较熟悉。为了对他实施远程监控，老岳父通过这个关系把曹宝柱调入省食品公司一个肉联厂当了物价员。后来，他认识了市场管理局经常去肉联厂检查猪肉价格的马处长，通过马处长又结识了冯局长，通过请客送礼，博得了冯局长的好感。马处长临退休前，向冯局长推荐说，我退休后，处里缺少一个对食品行业业务精通的干部，能否把曹宝柱调进来。冯局长对曹宝柱的印象不错，点头同意了，并向一把手汇报了这件事。时间不长曹宝柱就顺利调入了市场管理局。

　　调入时间不长马处长就退休了，白耀处长接替了处长职务。过去曹宝柱在食品公司的时候，拍马处长马屁多一些，对白处长的礼数不是特别周到，白处长上来，自然嫉恨他当初对自己的不敬。另外，马处长是从基层上来的干部，学问不高，最高学历是函授大专生，而白处长是名牌大学研究生毕业，两个人彼此之间是貌合神离。马处长喜欢曹宝柱这种学问不比自己高，老实巴交又听话，基层工作经验比较丰富，对自己没有任何威胁的部下。而白处长喜欢年轻有朝气，有知识、有学历、有新思维的部下，对曹宝柱常挂在嘴边的"贫下中农不信邪"的口头禅，认为是一种无知的表现，从内心里看不上曹宝柱。所以，许多重要的场合、会议，包括一些有实惠的活动，能不让他去就不叫他去，久而久之，曹宝柱自然感觉出了白处长对自己的冷漠，遥想马处当年，带着自己到处跑的风光岁月，看今朝被冷落的凄凉，强烈的反差使他对白处长有一肚子的怨气，但曹宝柱是个不善言辞的人，他只是把不满深深地埋藏在心底，只有在厕所的挡板后面，把白处长当成自己的排泄物，痛快淋漓地发泄一番，厕所成为他倾诉委屈、发泄情感的最佳场所。

　　由于他和白处长的矛盾，所以，冯局长和白处长中冷箭遭举报一事，大家自然而然地把他当成了幕后黑手，曹宝柱赌咒发誓自己不是教唆犯，但越抹越黑，到后来索性也不去解释了，"贫下中农不信邪"，让别人说去吧！

五一节前夕，曹宝柱接到同学聚会的邀请，他过去在肉联场当屠夫的时候，天天干的是"磨刀霍霍向猪羊"的差事，自我感觉身份低微，从不愿参加这种活动。现在身份变了，再者，也想散散郁结在胸中的闷气，于是，欣然接受了邀请。聚会的时候，邂逅了大学时候的心中偶像张艳，这是他学生时代心中暗恋的女皇。交谈中得知，张艳的爱人去年因病去世了，现在自己带着一个小女儿生活非常艰难。他在同情惋惜的同时，暗藏在心里的爱情火焰又有些死灰复燃，聚会后他主动留了张艳的电话。第二天他就打电话给张艳，进门叫大嫂子——没话搭话。张艳有意无意透露她家里没有煤气了，曹宝柱急忙赶过去帮助她换煤气罐，并且叮嘱她以后如果家里有什么力气活，就给他打电话，他一个人在省城闲着也是闲着。

张艳在过去是不会把满脑袋高粱花子的农村娃放在眼里的，可现在曹宝柱好歹也是个省政府机关的正式干部了，而自己现在是落架的凤凰，还带着一个小孩，自然今非昔比了。前两天，曹宝柱帮助她干完活，她盛情地请曹宝柱在楼下的饭馆吃饭，而且点了一瓶葡萄酒，曹宝柱颇有些受宠若惊，吃完饭脸红脖子粗地坚决要买单，张艳也就顺水推舟让曹宝柱掏了腰包。吃完饭，曹宝柱提出要送张艳回家，到了楼下，张艳不知道是酒喝多了，还是有意的，脚下一个趔趄身子一歪，曹宝柱忙不迭伸开双臂抱住了张艳。张艳半推半就，让曹宝柱搀扶着送上了楼。曹宝柱搂着自己心目中的女神，鼻子中嗅着张艳身上透出来的女人特有的馨香，有一种欲仙欲醉的感觉，大脑中一片迷蒙，踉踉跄跄地把张艳送到了楼上。进了门曹宝柱小心翼翼把张艳扶在床上躺好，又给她倒了一杯水，然后试探性地说自己要回去了，张艳想说什么最终没有说出来，只是说了句"谢谢"。曹宝柱在床前磨蹭了一会儿，最终满怀喜悦和遗憾而归。回到宿舍，大脑中就像放电影一样，把今天的整个细节都仔细回味了一番，越想越睡不着觉，在床上辗转反侧、运筹帷幄，第一步先把房子分到手，这次分房自己是困难户，肯定优先分房；第二步以老婆行为不端的罪名离婚；第三步和张艳举办一个盛大的婚礼，还有……遥望星空，曹宝柱完全陶醉于美妙的遐想中。

周末到了,窗外的喜鹊喳喳喳叫了好几声,曹宝柱认为是吉兆,于是壮胆给张艳发了一条信息,约她晚上去看电影。时间不长就收到了张艳肯定的回复。曹宝柱满心欢喜,上班心绪不宁,做什么事情也做不下去,总是觉得太阳落山太慢了,拿起笔来想写个材料,但是一个词语也想不上来,大脑中竟然一片空白,他无意识地摸了摸头发,忽然觉得头发好像有些乱了,于是索性搁笔不写了,和同事打了一个招呼,说出去呼吸一下新鲜空气马上回来。

出机关大门,他顺脚拐进单位后面的一个理发馆,不仅理发、吹风,而且还多花2块钱,给头发上喷了许多发胶。对着镜子一照,曹宝柱顿觉自己英俊、潇洒了许多,如果再穿一身得体的衣服,感觉与张艳还是很般配的。自信心的增强,让曹宝柱忽然觉得自己好像已经彻底脱离了那个偏僻的小山村,融入了这个让他向往已久的大都市,成了都市人。

回到办公室,同事们都夸他旧貌变了新颜。小路用玩笑的口吻问:"今天打扮得这么漂亮,是不是准备去和情人约会呀?"无心的一句话,触动了他的心事,脸腾地红了,慌忙回了一句:"哪有人看的上我呀?你们老是说我不修边幅,我修饰一下是为了响应你们的号召,树立处室的正面形象嘛。"小路一看他有些着急,又和他开起了玩笑:"宝柱这么精神,肯定能迷倒不少中老年妇女。你的情人多说明你有魅力呀,这也不是什么坏事。你没有听人家说,家里红旗不倒,外面彩旗飘飘,家里一个老婆,城里一个情人,你就可以尽享齐人之福了。"

曹宝柱本来就心虚,小路顺口迸出的话正好戳中了他的心事,他不禁有些恼羞成怒。

"小路,别给我造谣,我可是一个正经的人。"

"我给你们讲一个正经人的故事吧。"小路看见曹宝柱的窘态,颇有些痛打落水狗的快感。于是他绘声绘色地讲开了:一个村民的儿子要出国留学,临出国前,父亲语重心长地教育儿子。你出去后要洁身自好,不要乱来。你如果和外国女人乱搞,搞不好就会染上病,回来就会传染给你的老婆,你老婆就会传染给我,我就会传染给你妈,你妈就会传染给村支部书记，书记就会传染给全村的妇女。所以，我们家千万不能出这样的事，我们可是正经人家呀。小路说完了，大家一齐哄堂大笑。曹宝柱脸上有些挂不住了，脸涨得通红，憋了半天，骂小路是："狗嘴里吐不出象牙。"

　　老陈看曹宝柱脸红脖子粗的样子，怕出现僵局，忙出来打圆场："我看宝柱最大的一个优点，就是嘴里从来不说脏话，现在的年轻人这点很难得。"大家也纷纷附和老陈，听到顺耳的话曹宝柱心中的火气逐渐平息了下来，小路也很知趣地停止了演讲，借口上厕所起身而去。曹宝柱抬起手腕看看表，离下班还有30分钟，他忙着把桌子上的文件划拉到抽屉里，静等着下班的铃声了。突然，桌上的电话急促地响了起来，打破了下班前的寂静。

　　"小曹，传达室有人找。"老陈放下话筒冲曹宝柱喊了一声。曹宝柱心中一惊，快下班了这个时候谁来找我？他急急忙忙跑到了传达室，推开门一看，眉头不由得紧紧皱了起来。

二十二　祸起萧墙

春天来了，大地换上了春装，五颜六色的花朵在人们的不知不觉中悄悄地绽开了封闭的花蕾，伴着乍暖还寒的春风，漾出一阵淡淡的幽香。金黄色的小蜜蜂围着花蕊上下翩飞，嗡嗡地唱着欢快的歌声，昔日枯黄的草坪铺上了绿色的地毯，杨柳干瘪的枝头也泛出了嫩嫩的春色。春天在不知不觉之中，在人们的热情企盼之中，在人们的憧憬幻想之中，步履蹒跚然而又是飘忽而来，带给人们"忽如一夜春风来，千树万树梨花开"的惊诧喜悦之感。市场管理局的分房工作也如迟迟到来的春天一样，经过不断反复，不知不觉地有了很大的进展，眼下马上就要研究出第一榜了。第一榜是资格认定，凡是上了第一榜的，说明在这次分房中就具有了分配住房的资格。所以，全局上上下下都像期盼春天一样，望眼欲穿地等待第一榜赶快出炉。

按照魏公正的话讲："要高度重视，不能辜负全局干部职工的期望，不仅要保证第一榜能够顺利出台，而且要为下一步的工作奠定一个良好的基础。"为此，魏公正要张建华通知各个分房常委，没有特殊情况，一律不许请假，而且请假要经过魏公正亲自批准，会议上每个委员必须亮明自己的观点。

经过常委们一个下午反复争论和磋商，对大部分要房人的资格全都确定了，只有几个人的要房资格由于分歧太大，临近散会也没有达成一致意见，魏公正最后无奈宣布，将问题提交全体分房委员会讨论决定。

会上，学圆被魏公正等人喷出的烟雾熏得有些头昏脑涨，散了会他信步走到乒乓球室外，听见里面传来乒乒乓乓的击球声，不禁手有些发痒，他已经有些日子没打乒乓球了，而不打球的原因竟然是因为王启明的缘故。

前些日子在打球时，自己无意中信口开河说了几句话，后来传到刘旭的耳朵里，被刘旭批评了一顿，他当时冥思苦想了半天，也想不出是哪个内鬼告的密。后来，他求助于"WC情报员"潘全力，潘全力最终告诉他内鬼是王启明时，学圆惊得目瞪口呆。他猜疑过当时在场的每个人可能都是告密者，唯独没有怀疑过王启明，因为他自我感觉平常和王启明的关系不仅仅是球友，而且还是不错的好朋友，他怎么会把自己卖出去？

潘全力看见学圆因为惊愕而张大了的嘴巴，详细地告诉了他事情的原委：王启明在司机班里把你们打球时说的那些话又重复了一遍，包括他骂刘旭的那些话和你们闲聊的那些话，但是，他没有区分是谁说的，而是一股脑儿地全发泄了出来。司机班有的司机也没有听全，误认为全是你说的，经过添枝加叶，传到了刘旭的耳朵里。好在刘旭清楚司机班的信息是真假参半，而且也知道你学圆不是那种说粗话的人，所以，对此也是半信半疑，特别是对王启明这张嘴，那是司机班里最大的漏勺，这也是他没有深究的原因之一，如果换了别人，结果就不一样了。另外，潘全力还告诉他，第一次分房委员会散会后，学圆在处室里面说的话是楚大姐和局里几个女同志在澡堂里洗澡时无意泄露出去的。

学圆对潘全力搞情报的能力是深信不疑的，有一次他和潘全力无意中说起局内传言的三大情报系统，潘全力听了不但不以为忤，反而沾沾自喜，他吹嘘说，司机班的"第二信息中心"和"门缝包打听"和自己根本不在一个层次上，简直是天壤之别，他情报的准确率绝不亚于克格勃和美国中央情报局。虽然学圆觉得他的话有自吹自擂的嫌疑，但是，从他预言的每件事情事后的结果看，潘全力的情报可信度还是很高的。他没有想到自己最信任的朋友，最后却是出卖自己的

二十二　祸起萧墙

人，虽然不是直接的告密者，但也是罪魁祸首。

　　学圆属于那种典型的好面子、脾气好、胆子小的人，平常很少和人发生冲突。遇到矛盾经常回避，在读小学时，他被同学们称为"五分加绵羊"的典型。他的信条是：树立一个不牢固的朋友也比树立一个敌人强。因此，他没有去谴责王启明，但从心里也不想再和王启明有过深的交往，所以，这一段时间就很少来打球了。

　　也许是好久没有打球的缘故，他径直推门走进了球室，看见樊建国在观战田小玲、裴慧慧两个女孩子打球，看见学圆进门，都主动让学圆上场，学圆嫌他们水平低，摆摆手示意让她们继续打，并随口问樊建国："怎么就你们几个人？"

　　樊建国说："你也不看看几点了，都下班回家了。"学圆一看手表，可不是，都过了下班时间了。他问樊建国："你怎么没有回家？"樊建国说今晚值班。学圆说："你回去吧，今晚没事，我替你值班。"樊建国说："我晚上要加班写个材料，就不麻烦你了。"学圆刚想转身出去，小田问樊建国的一句话又把他的脚步拖了回来。

　　小田借裴慧慧走到墙角处捡球的空闲问樊建国："我今天下午经过你们办公室门口，听见你们屋子里男男女女的一大帮人在吵吵什么？"

　　樊建国咳了一声，用不满的口气抱怨说："还不是曹宝柱闹的，他老婆不知道听谁说的，说他在省城又找了一个女人，就带着她妈、她妹妹和七大姑子、八大姨一帮人找上门来了，这几天经常到我们处里闹事，搞得我们班儿都上不好，还说要请白处长替他们做主，要好好管管曹宝柱，不能让曹宝柱当陈世美。"

　　"让白处长为她们做什么主呀？"学圆有些好奇地问樊建国。

　　"据曹宝柱的老婆讲，曹宝柱出门上大学的时候，曾经和村子里签订了一份保证书，保证大学毕业了，要返回家乡为改变家乡面貌出力，当时这份保证书在公社的广播站念了好几天。现在曹宝柱乐不思蜀，经常不回家，所以，他老婆让白处长为她做这个主，强烈要求曹宝柱履行诺言，回去为家乡建设出力。"

　　"那白处长答应为她做这个主了？"

　　"白处长说一定向局领导反映她这个要求，让她先回去等消息，不要来办公室闹了。"

"我听说过去马处长特别喜欢曹宝柱，还要提拔他当副处长，怎么到了白处长这里就不得烟抽了？"学圆有些疑惑不解。

"具体什么情况我也不清楚，但是曹宝柱的能力确实也让人不敢恭维。有时候拍马屁都拍不到点上。"

"这话怎么讲？"学圆好奇地问了一句。

"有一次，冯局长批示让他去参加省里一个会，这个会也没有什么实质性内容，就是听会。他回来给冯局长写了一个会议纪要，尊敬的冯局长，按照您的重要指示精神（冯局长批示内容是：请白耀同志安排人员参会），我去参加了省里的一个会议，主要内容是什么什么，写了一大篇纸。白处长本来见他迈过自己直接给冯局长写东西就不满意，而且写了一堆废话，马上提醒他，党的十一届三中全会明确要求：领导干部个人的意见一律不能叫指示；党内一律互称同志，不要叫官衔；任何负责党员包括中央领导同志的个人意见，不要叫'指示'。批评他违反了公报精神，这么做是给领导添麻烦。他当时不服气，还和白处长顶撞了起来，说局内又不是他一个人这么说，大家都这么说。"

学圆觉得曹宝柱说的也是实情，前些日子他见潘全力写一个简报，里面也是写遵照某领导的指示精神如何如何，学圆记得领导只是画了一个圈，难道就成了指示了？他不解地问潘全力圈阅也是指示？潘全力嘲笑他迂腐，不懂官场规则，学圆回想起此事，觉得曹宝柱的所作所为不过是小巫见大巫而已。

"局里该分房了，曹宝柱一回去到手的房子就没有了，他老婆不觉得可惜？"学圆他们今天开常委会的时候，已经把曹宝柱定为困难户，他无意之中泄露了分房的内容，说完马上就后悔了，见几个人没什么反应，心才放下。

"咳"，樊建国说，"曹宝柱也说了，局里要分房了，等分完房再回去。他老婆死活不同意，说男人都没有了，要房子有什么用，分了房也落不到自己手里，也是便宜别人。再说了曹宝柱有了房子要找个狐狸精那不是更容易了？"

"曹宝柱傻乎乎的哪个女人会喜欢他？"学圆撇撇嘴有些不屑一

顾的神色。

"人不可貌相，海水不可斗量，俗话说蔫人出豹子，这种事儿可说不准。"小田毕竟年长几岁，所以不同意学圆的看法。

"谁知道他在省城里有没有女人，反正曹宝柱死活不承认，不过司机班有人看见他和一个女的亲亲热热地在一起喝酒吃饭，而且曹宝柱他老婆来的那天他又理发又吹风，还喷了发胶，小路和他开玩笑他还和小路急了。连他老婆一见他这么梳妆打扮也大吃一惊，说当年结婚的时候也没有这么讲究，打扮成这人模狗样的，肯定是外面有女人了。"

这时候，小田打累了，用球拍当扇子，边扇风边对樊建国说："曹宝柱既然想离婚，当初就别要孩子呀，两口子离婚，孩子不是没爹就是没娘，多可怜呀。"

樊建国又习惯性地咳了一声，对小田说："你快别提孩子了，要不是孩子还不离婚呐。"

"为什么呀？"学圆他们三个人几乎同时发问。

见学圆他们三个人疑惑不解的目光，樊建国解释说："咳，我开始也觉得奇怪，后来有一天白处长和处里的同志都帮助曹宝柱的老婆说话，批评曹宝柱不对，曹宝柱被逼急了，才红着脸说，当初他们结婚的时候，他老婆说是安全期，而且吃了避孕药，所以不可能怀孕，这个孩子不是他的，肯定他老婆在家作风不正派，怀了别人的孩子，所以他要离婚。"

小田接着问樊建国："那曹宝柱老婆怎么说？"

樊建国接着刚才的话茬继续说："曹宝柱老婆说，当时是她妈让她这么做的，目的是有了孩子可以拴住曹宝柱的心，所以她骗了曹宝柱。如果曹宝柱不相信这是他的孩子，她可以和曹宝柱一起去医院抽血化验。"

"那最后怎么着啊？"小田还真有打破砂锅问（璺）到底的韧劲儿。

"后来，她们一家子要去局长室闹，白处长左拦右挡，好说歹说，最后把冯局长请了过来。她们见到了冯局长，请冯局长一定为她们做主。冯局长说了，一定会考虑她们的要求，给她们一个满意的答复。要她们不要再来办公室闹，搞得办公室没法办公，影响了正常工作，你们既然找了组织，就要相信组织能把这件事情处理好，请你们回去耐心地等消息。如果再没完没了地闹，把事情闹大了收拾不了，搞得曹宝柱工作也没了，颜面也丢尽了，两口子反目成仇，真的把曹宝柱逼急了，对你们双方谁都没有好处。他老婆可能也害怕出现两败俱伤的结果，听了冯局长的话，她们才走了。"

小田不无遗憾地说："不管怎么着，也应该把房子分到手再说，这么闹下去如果真把已经到手的房子闹没了，曹宝柱就亏大了。"

二十三　高阳碰壁

　　俗话说：春天是播种的季节！学圆感觉有一颗爱情的种子已经朦朦胧胧地不知不觉地进入了心田，播下了收获的希望！自从上次和潘全力去五星酒店跳舞认识了杨丽，第一次就留下了难忘的印象。不久，又和潘全力一起去酒店审核账目，接待人员又是杨丽，两次近距离的接触，这个漂亮姑娘的倩影已经在他的脑海中留下了深深的印象，姣好的容颜、美妙的舞姿、温柔的话语、窈窕的身材、完美的服务，这些美好的回忆总是萦绕在学圆脑海里挥之不去，翻来覆去反复品味。

　　心里自从有了杨丽的身影，学圆常常在夜深人静的时节，伫立在窗前，将孤独的身影沉浸在溶溶的月光中，眺望天穹的一轮明月，在满天的繁星中寻找银河两侧的牛郎织女，一种难以名状的思念亲人、思念故乡的惆怅，以及对美好未来的幻想情不自禁地涌入脑海，学圆常常对着寂静的夜空追问自己，自己和杨丽难道真有一见钟情的缘分！潘全力曾私下问过他对杨丽的印象，学圆坦率地说，了解不是特别深，但是印象不错，挺喜欢这个女孩的。潘全力说，了解清楚她的情况后，给他们两个人牵个线，并且炫耀自己介绍对象的成功率几乎是百分之百。学圆虽然觉得潘全力的话有夸张的成分，但他还是真心希望能应验在自己身上。

今天，杨丽来局里送五星饭店的调价材料，学圆一见杨丽的笑脸，不知道为什么，心紧张地怦怦乱跳，自从上次去饭店查账之后，他一直没有再见杨丽的面，只是通了几次电话。潘全力让学圆陪杨丽聊天，自己去给处长送材料。两个年轻人面对面地扯一些闲话，学圆感觉杨丽看自己的目光仿佛有什么深意，而且在自己脉脉多情的注视下，杨丽的脸好像也有些发红，难道她也和我有同样的想法？杨丽这么漂亮，挣钱又多，能喜欢我这个小公务员吗？

正在胡思乱想之际，潘全力拿着材料走了回来："杨丽，处长说材料基本可以了，但是缺少一些横向、纵向同类饭店的数据比较，你回去和李经理说一下，请他再设法补充完善一下，然后尽快送来。"

杨丽站起身答应了，并且笑吟吟地邀请说："来的时候我们李经理说了，请潘处长和孟老师有空一定去指导工作。"

老梅听见杨丽叫"潘处长"，脸上掠过一丝疑问，潘全力脸一红："叫我潘老师就行了，你告诉李经理等忙过这阵子，我们抽空过去，也不留你吃饭了，学圆你去送送杨丽。"

学圆高高兴兴地起身，依依不舍地把杨丽送到了大门口，目送她的身影直至消失在视野中方转身上楼。

回到办公室潘全力告诉他，刚才你下楼的工夫高阳来找你，好像有什么急事。学圆估计肯定是房子的事情，索性中午吃完饭再去问他。

吃完中午饭，学圆轻车熟路到了高阳他们处，学圆自从打乒乓球少了，中午就时常找一些高手下象棋，高阳他们处的副处长郭建强下象棋不错，和学圆很快成为了棋友。学圆进了房间，看见高阳正在和郭建强摆棋。见学圆进门，高阳忙起身相让，学圆忙推辞说："你和郭处下吧，我看看就行了。"

郭建强说："他这个臭棋篓子什么时候下都行，你好不容易来一趟，咱们切磋一盘。"

高阳也谦虚地说："我的棋臭，不是处长的对手，还是您来吧，让我也学习学习。"

学圆一边摆棋子一边问高阳："我听说你上午找我去了，我正好送一个朋友下楼，有什么事吗？"

二十三　高阳碰壁

161

"也没有什么要紧的事儿，上次你们去我家，我因为开会没在家等你们，回家后我妈妈夸你，说你工作认真，说话有礼貌，也很有爱心，让我来谢谢你！另外，明天要开分房会了，麻烦你把我们家的困难在会上说一说，争取能让我进一榜。"

学圆有些遗憾地问高阳："你妈妈说你有了女朋友了，为什么不领结婚证？领了结婚证属于婚后无房，顺理成章成为困难户了，这次分房也就稳稳当当地房子到手了。"

高阳叹了一口气，无奈地说："为领结婚证的事，我跑了人事处好几趟，最后都找到魏局长了，我们还吵了一架，结果还是没有用。"

学圆奇怪地问："为什么？"

郭建强手里举着棋子啪地往棋盘上一拍："你让高阳跟你说，听了能把你气死，我都没有想到一个堂堂的大局长竟然是这等水平。"郭建强的话勾起了学圆的兴趣，他连忙追问是怎么回事儿。

高阳说："你们下你们的棋，我原原本本地把事情的经过告诉你。"

去年底，高阳风闻局里要分房的消息，就急忙去找人事处开证明，想和女朋友领结婚证。人事处的张燕梅很明确地告诉他，魏局长讲了，为了防止有的干部因为要房而结婚，因此凡是没有达到晚婚年龄的一律不给开证明，你离晚婚年龄还差一年，不能给你开证明。高阳说："明年分房的时候我就到晚婚的年龄了，我领了结婚证也先不办婚事，主要是想参加局里的分房。"张燕梅说："你明年到晚婚年龄明年再领呗。"

"我明年到岁数再领就赶不上分房了。再说了我的岁数已经符合婚姻法规定的结婚年龄了，你没有理由不开。"

"你跟我说了也没有用，我做不了主，你去给刁处长普普法，他同意了我就给你开。"高阳无奈又去找刁处长陈述理由。刁处长表情严肃地给他上了一堂政治课："晚婚晚育是我们国家的基本国策，你的岁数虽然符合婚姻法规定的结婚年龄，但是不符合晚婚的规定，光符合婚姻法不行，还要符合国家的政策才行。政策和策略是党的生命，你一个国家干部不能带头违反党的政策。"

高阳不服气地和他争辩："普法的时候不是说法律的效率最高吗？政策法规也应该服从于法律。"

"你也不能教条地理解，有的时候法律也要服从于党和国家的政策。这是在中国，一切要符合中国的国情。国外不搞计划生育，还能随便生孩子呢，中国行吗？"见高阳还要和自己争论下去，刁处长马上关闭了谈话的大门，"你不用再说了，你不到年龄是绝对不会给你开这个证明的，魏局长要求我们人事处要当遵守纪律的模范，是不是模范我不敢自夸，但是我在原则问题上是绝不会妥协的，你就死了这条心吧。"

高阳碰了一鼻子灰，只好扫兴而归。他想直接去找魏局长，又怕挨魏局长的训，事情就此搁下了。有一次，他外出开会，在车上和司机王启明聊天，王启明很奇怪地问他为什么还不领结婚证，领了证就可以要房子了。高阳懊丧地把去人事处碰壁的事情告诉了王启明。王启明听了愤愤地为高阳打抱不平，并且告诉他一条内幕消息：魏局长的儿子也不到晚婚岁数，前些日子刚领了结婚证，你去找魏局长，他的儿子能领，为什么你不能领？高阳听了王启明的挑唆，勇气倍增，他回去后马上去找魏公正，心里暗暗想，魏局长的儿子既然能领结婚证，自己肯定也没问题。谁知道刚一提开结婚证明的事，就被魏公正板着脸训斥了一顿："晚婚、晚育是党和国家的号召，作为一个国家机关工作人员更应该带头遵守。你还年轻，结婚着什么急？应该趁着年轻好好学习，努力工作，别一天到晚光想着自己鼻子底下那点事儿。"高阳不服气地顶撞魏公正："我听说您的儿子为了要房没到晚婚的年龄也领了结婚证，为什么您的儿子行，我就不行？"

魏公正见高阳公然当面揭自己的疮疤，恼羞成怒，用手狠狠地拍了一下桌子，咆哮如雷："毛主席说了，犯了错误要允许人家改正，改了就是好同志。我儿子提前领取结婚证是错误的，我已经认识到自己的错误了，我认识到错误，我就要改正，难道你不让我改正错误，还让我继续犯错误呀。"

高阳听了魏公正这近乎无赖的语言，也非常生气，毫不客气地回敬说："您要改正错误，应该从您的儿子那儿改，不能从我这里改呀。"

魏公正气呼呼说："认识到错误就要立即改正错误，不分对象和时间地点。"见高阳还要说下去，魏公正一摆手，"你什么也不要说了，你今天就是说出大天来，我也不会同意给你开这个证明，趁早打消这个念头。"高阳见魏公正态度这样坚决，没有再说什么，愤怒地转身离开了魏公正的办公室。

学圆听了高阳讲的故事，非常震惊，他没有想到一个堂堂的局长竟然会说出这样无赖的话，他有些疑惑地问高阳："这是真的？"高阳一脸的真诚："我骗你干什么？再说了这种事关系到我的切身利益，有必要和你开玩笑吗？"

听完这个近乎黑色幽默的故事，魏公正在学圆心目中公正无私、坚持原则、秉公办事的高大形象一下子垮塌了下来，学圆也对政策的严肃性产生了很大的怀疑，他过去虽然觉得老黄和高阳的住房确实很困难，但是有分房办法的制约，还是要按照分房办法执行，政策和规定是不能更改的。可他从这个事实中开始怀疑自己过去的认识是否正确。他开始思索，既然魏局长都可以对自己的儿子放宽政策限制，那自己为什么不能打破分房办法的禁锢，通过自己的努力为真正的住房困难户解决一些实际问题？不能政策到了有权有势的人手里，就成为了一纸空文，到了无权无势的普通人这里就必须遵守。一个大胆的设想在他的大脑中酝酿。

二十四　针锋相对

全局分房委员会经过充分的准备，在全局干部职工的期盼之中按时召开。由于经过了前期分房常委会的讨论研究，所以魏公正感觉这次会议一定会很顺利地制订出一榜方案，不会有什么太大的问题。

会议开始，魏公正的开场白照例是先鼓励打气："同志们，经过前一阶段大家的努力工作，工作取得了很大成效，为我们第一榜的出台奠定了良好的基础。特别是童凤荣同志，在身患绝症的情况下，圆满完成了自己的工作任务。孟学圆一个新同志，对工作认真负责，为了搞清楚王启明的住房问题，不辞辛苦，先后跑了三趟，终于搞清楚了事实真相。贾大生、张建华等同志，克服工作中的困难，保质保量地完成了调查任务。刘旭同志带领行财处的同志加班加点，编写印制出了我们手里的这些讨论材料。总之，局党组对我们的工作非常满意，要我代表局党组对分房委员会的全体同志表示感谢！"

全局上下都知道了童凤荣身患癌症的事情，前几天还在一起共同生活工作的战友，转眼之间就被病魔击倒，大家的心里都像塞了一块石头，感觉沉甸甸的。特别是和她同一个调查小组的同志，回想起前些时候大家挤在一个车子里，东奔西跑，欢声笑语的场景，几个人的心情更是沉痛。当魏公正的话音刚一落地，会议室里立即响起了热烈的掌声，这掌声既是对魏公正讲话的回应，更多的是对童凤荣同志的一种敬意。魏公正仿佛也感受到了大家此刻的心情，不但没有示意停止，而是也挥舞着熊掌般厚实的巴掌，和大家一起舞动。

掌声停止后，魏公正要刘旭先把常委会的讨论情况向全体委员介绍一下。刘旭说："大家手里都有一个讨论稿，这是根据分房常委会讨论的结果，制订的一个草案。我事先说明一下，这上面列出的困难户、改善户，都不是最后意见，这只是给大家提供一个靶子，大家不要受这个讨论稿的限制，有什么意见尽管提，希望把我们这次会议开成一个充分发挥民主的会议。"

看见有几个委员举手想发言，还有几个委员在下面交头接耳地议论，刘旭用手扶了扶眼镜框，轻咳了几声，举起手里的材料摇了摇，提高了嗓音："大家先不要议论，我还没有讲完，听我继续说。"

待会场安静下来，刘旭用右手把材料举过头，左手指点着材料对大家说："你们一定想问，为什么材料上有些人的名字前面画了一个星号，这是因为常委会在讨论的时候，这些人的申报材料与调查组的调查取证有一定的出入，所以，特意标注出来，请大家讨论确定这些人员是否可以入围第一榜。"

委员们明白了画星号的意思后，都按照讨论稿的内容，认真审核了一遍，哪些人是困难户，哪些人是改善户上面列得清清楚楚，有些委员认真统计了一下画星号的共有9个人。按照顺序排列，分别是王昊、王启明、李伟、刘莹莹、费斯亮、曹宝柱、郝明德、王洁、张爱爱等人。

对王昊的情况，张建华介绍说：已经按照局领导的要求，与他谈了，他承认他爱人小付在财政厅分到了房子，申请退出这次分房。委员们没有异议，一致同意除去他的名字。

王启明的问题，学圆介绍说：经过他们组先后三次调查，找到了房管局最初负责办理此事的专管员，据专管员讲，这套房子早在五年前就已经过户到了王启明爱人的名下，而且连房契也改成了王启明爱人的名字，现在突然又出现了王启明姨妈名字的房契，他也不知道是怎么回事。我们再次找王启明询问此事，他还是坚持说房子是姨妈的。我们调查小组的意见，房管局是政府对房屋进行管理的专业部门，而且又出具了证明，因此应该尊重房管局的意见，视同此房为王启明的住房，取消他这次的要房资格。委员们表示同意。

　　李伟的问题，第二次常委会会议讨论的时候就发生了较大的分歧，魏公正和贾大生争论不休，最后让调查小组再次取证调查，张瑞英把再次调查的情况向全体委员做了详细汇报。调查组这次找的是供销社办公室柯主任，据柯主任讲：为了感谢李爱国书记几十年来对供销社所做的贡献，在老书记即将退休前，特意分给老经理这套三居室让老经理安享晚年。张瑞英当众把柯主任给调查组出具的证明念了一遍："兹证明位于三环路面积为108平方米的三居室，是为了照顾即将退休的李爱国书记，经供销社党组研究后分配的。李爱国书记原居住的两居室住房，日后应退回我社。特此证明。"下面盖着省供销社的鲜红大印。

　　张瑞英他们又到房管局了解情况，现在这套房子的户主确实是李爱国的名字，而且现在的供暖费、物业管理费也是由李爱国单位缴纳。

　　张瑞英介绍完了情况，魏公正问："你们的意见是什么，也和委员们讲一讲。" 张瑞英苦笑了一声，无奈地说："单位的分房条件上，只是讲明了如果夫妻一方有房的，应视为自己的住房，住在父母房子里的，我们单位给安装了防盗铁门或者出了供暖费用的，也可以视为自己的住房，可是李伟的房子我们单位既没有出供暖费用，也没有安装防盗铁门，所以我们也不好判断他是属于无房还是有房。"

　　肖天虎突然举起BP机高声说："前几天，不知道是谁又呼了我的BP机，说李伟他爸爸现在住的那套两居室已经申请参加供销社的住房改革了，这个情况不知道你们调查的时候是否了解了？"立即有好几个委员都说也收到了这条信息。

　　"不仅你们收到了，吴局长和我也收到了。不知道是谁，成天价乱呼。我们不是设了举报箱吗？有什么意见可以当面提，不要老是瞎呼。"魏公正气呼呼地表达了对"甄相"的不满，然后又问张瑞英："瑞英，你们去单位了解的时候，问这个问题了吗？"

　　"我们问了，他们办公室的柯主任说，国家的房改政策目前还没有出台，所以，不可能有这种事情发生。他们单位只是进行一次调查摸底，为以后的房改收集资料，离真正的房改还差十万八千里。"

这时候检查分局的分房委员姜和平插话说:"我们前些时候去检查他们供销社的生产资料公司,听他们生产资料公司的人讲:省供销社把过去的一些库房都盖了房子,但分给职工的很少,大部分都让各级领导分走了。说李伟他爸爸一个人就占了两套房子,干部职工对他爸爸意见很大。"

魏公正马上借题发挥:"小姜讲了,李伟他爸爸确实占着两套房,不然下面职工不会有这么大的意见。我们要引以为戒,把我们单位的房子分好,不要叫我们局的干部职工在我们的背后戳我们的脊梁骨。"魏公正的这些话引导大家不能相信供销社的证明,而是要尊重事实。

贾大生当然明白魏公正话中的含意,他借小姜的话把大家的思路往另一个方面引:"我爱人在省供销社,他们单位职工由于对领导多占住房有意见,已经向省纪检委反映了。所以,省供销社明确要求李伟的爸爸分了三居室要把两居室退出来。我估计迫于群众的压力,退房是肯定的,他爸爸也不能为了一套房子丢掉自己头上的乌纱呀。"

委员们觉得两种意见似乎都有道理,大家议论了一会儿,都认为把李伟定为困难户,似乎有些滑稽,而且许多委员心里明白,他爸爸肯定不会退回那套两居室,真要把他定为困难户,恐怕难以服众。但不定他为困难户,他又一口咬定这是父母的房子,他们一家人马上要被父母踢到马路上来了,一家三口即将流离失所。

"既然他的情况分房办法不明确,我们就修改分房办法,把住父母房子的情况再补充进去。"肖天虎见大家没有什么好主意,就提了一条新建议。

"那不行,分房办法已经党组讨论通过,不能再动了。"魏公正断然否定了这个建议。

"任何规则都有漏洞,我们再修改也不可能把所有的问题都涵盖进去,出个问题就修改一次办法,也根本不现实。"刘旭也否定了肖天虎的建议。

"学圆,你是常委,又是新来的同志,俗话说:旁观者清,你说说你的意见。"学圆几次欲言又止的神态被刘旭看了出来,所以刘旭点名让学圆发言。

学圆见大家的目光突然集中到自己的身上，脸红了红，迟疑了一下，说出了自己的看法："我认为刘处长说得对，规则再完善，也不能涵盖所有的问题。既然有了分房办法，还是按照分房办法来决定比较好。办法中九种困难户的条件他全不符合，至于他说他父母要把他轰出来，我们分房办法上有截止日期，在这个日期前没有把他轰出来就不算。但是可以把他定为改善户，让他按照分数排队，排到什么房就是什么房。按照他的分数现在来看也分不到一手房，可能其他人也不会有大意见。另外，我们让他也签订协议，这次分房属于到位了，以后就不再分了。"

委员们见没完没了地议论这个话题，已经有些不耐烦了，听了学圆的意见，下面响起一片"可以、我同意、没意见"的赞同之声。魏公正微微颔首表示赞同。刘旭特意问贾大生："你看大家的意见如何？"贾大生见委员们大都同意，也不好再坚持己见，但嘴上不能服软："按照办法来，我也同意，只是要全部按照办法走，不能有的人按照办法走，有的人不按办法走。"

魏公正听了有些不悦，反问了一句："你认为谁没有按照办法走？"

贾大生含糊其辞："我没有指具体人，我是说希望所有的人全按照办法走。"

魏公正也不甘示弱地回应了一句："也要具体情况具体分析，我们接着往下捋吧。"

接下来讨论的是刘莹莹。刘莹莹申请要房的理由很简单：自己目前已经离婚，房子法院判给了徐刚，现在自己已经是无房户了，所以申请住房。但她的离婚是在分房办法明确规定的截止日期以后，所以一念她的名字会场上就引起一片哗然。刘莹莹她们处的分房委员是巩海燕，她见下面嘘声一片，赶忙挺身而出，用煽动性的语言讲述了刘莹莹离婚后的窘况：刘莹莹因为没有房子住，离婚了只好还和徐刚同住一起，但是徐刚老是催她搬走，而且经常恶语相侵，给她和孩子的身心都造成了极大的摧残。人在屋檐下，不敢不低头，她只有忍气吞声，遭受徐刚的精神蹂躏。从保护妇女儿童的角度出发，也应该网开一面，把她列入一榜名单。

委员们对巩海燕讲述的理由褒贬不一，争论了一会儿形成了三种意见。个别委员和刘莹莹的关系不错，而且觉得她孤儿寡母怪可怜的，强调办法是死的，而人是活的，应该把她列入一榜。大部分委员虽然也同情她的遭遇，但是认为分房办法既然明确规定了截止日期，就不能开这个头，照顾了她别人照顾不照顾？还有一些委员怀疑刘莹莹就是为了要房搞的假离婚，心里甚至怀疑刘莹莹不搬走，其实与徐刚还是有实无名的真夫妻。这些话虽然不好说出口，但是，在对待这件事的态度上是坚决反对。

魏公正见委员们争论不休，提高嗓门给这件事定了调："大家安静一下，这个问题不争了，既然有规定，我们就按规定走。她的情况让人同情，但同情归同情，不能乱了章法，违反了原则。否则分房办法不就成了摆设了？"委员们见魏公正定了调子，也就不再争论了。肖天虎拿着腔调套用魏公正的话说："那就接着往下捋呗。"下面泛起一片笑声。

贾斯亮的问题和刘莹莹的性质差不多，虽然被偏心眼的父母赶出了家门，但是也属于超过规定的截止日期了，前面有了刘莹莹的样板，大家没有多费口舌，也把他排斥在外了。

按照顺序再捋下去就到了曹宝柱。学圆听见旁边两个委员小声嘀咕："曹宝柱是板上钉钉的困难户还讨论什么？"

"我听说要给他调整工作，是不是因为这个原因？"还有一些委员对曹宝柱的绯闻兴趣十足，相互打探事态的最新进展，并兴致勃勃地对曹宝柱进行人肉搜索。突然，刘旭宣布了一个爆炸性的新闻："各位委员，今天开会前，刚接到局领导的通知，曹宝柱的住房问题暂不讨论了。因为时间比较紧，所以，这张表没有来得及调整。跳过去我们继续往下走吧。"

刘旭的一席话，让大家丈二的和尚——摸不着头脑了，肖天虎想探寻个究竟："为什么不讨论了？"

刘旭知道，这句话也是在座的每个人都想问的，他面对着全场投向自己的目光，一脸真诚地表现："我也不知道，局领导没有说。"

大家又把目光投向魏公正，希望魏公正给出一个圆满的答复。魏公正当然明白大家目光中的含义，他沉思了一下，含糊地说了一句：

"他的情况比较复杂，可能有些变化，今天不说他了。"魏公正的话没头没脑，大家胡乱揣摩着其中的含义，给出了种种答案。刘旭见大家还在胡乱猜测，轻轻敲了敲桌子，冲着大家喊了一句："大家安静一下，抓紧时间，我们讨论下一个。"

下一个是郝明德，他的事情没有什么新的变化，关键是如何认定的问题。争论的结果大多数人不认可，少数人同意他上榜，魏公正最后一锤定音：郝明德先不上一榜名单。

郝明德后面排列的是王洁，常委会讨论的意见是既然局里有规定，凡是安装防盗铁门和局里替缴供暖费用的房子，一律视同市场管理局的房产，这次分房仍然维持局里的原有规定，所以，王洁也不入一榜名单，委员们对此基本无异议。

见没有人出头替王洁说话，她所在处室的分房委员只好站出来，底气不足地提出了一条意见："王洁最近找我，说她可以把安装防盗门的钱退还给局里，希望参加这次分房。"

"想装就装，想退就退，自己怎么合适怎么来，哪有这么便宜的事情？不用理她，就说我说的，退了钱也不能分她房。"魏公正一听这个话，不由得火冒三丈，板起脸提高嗓门顶了回去。

刘旭接过魏公正的话茬："局里像她这种情况的还有许多，如果都要求退防盗门钱、退供暖费参加分房，那就乱了套了。魏局长刚才说了，就是退了钱也不能参加这次分房。这是一条原则，大家回去都传达一下。困难户我们讨论完了，下面我们讨论一下学圆他们组提出的照顾老黄和高阳的问题，请学圆先把照顾的理由讲一讲。"

在这次会议前，学圆事先征求了肖天虎和王乐强的意见，想把老黄和高阳也列入困难户。他们两个人也认同老黄和高阳的困难，但都劝他不要意气用事，因为毕竟没有依据，特别是老黄又签署了住房到位的协议，再把他列入困难户容易引起大家的反感，不如把他们的情况如实地向分房委员会反映，看能否把他们列为改善户。学圆听取了他们的意见，他字斟字酌地把如何描绘他们住房窘况的语言组织了一遍又一遍，想博得委员们的同情心。见刘旭让自己介绍情况，他按照自己精心准备的发言思路详细介绍了老黄和高阳家住房的窘况，语气中流露出了对老黄和高阳极大的同情，并代表他们组提出，老黄和高阳虽然不属于困难户，但是住房确实很困难，应该将他们两个人列入改善户上一榜。

学圆谈完意见后，见许多委员的脸上都流露出同情的态度，他刚想趁热打铁让肖天虎和乐强也帮忙说几句好话，刘旭突然跃马横刀，抢在前面表态："老黄的情况虽然有值得同情的地方，但是他的历史情况你们可能不了解。他在刚调入市场管理局的时候，就提出自己有住房，不需要市场管理局解决住房问题。上次分房，他就违背了承诺跟局里要房，后来局里没有和他计较并且照顾他，给他解决了一套一居室。按照他现在的条件，他已经有了两套房子，合计三间，已经达标了，所以，我的意见不能再照顾他了。"

学圆见刘旭一上来就否定了自己的意见，而且理由是老黄曾经和局里签订过不要房的协议，这句话让他马上联想到自己刚到市场管理局的时候，刁处长强迫自己签订协议的情况，自己属于国家分配的大学生，不应签这个协议，但是刁处长滥用权力，强迫他们签署了违反签字者本人真实意愿的协议书，每每想到此事，内心总有一股怒火上涌，刘旭的话在他的内心深处自然而然产生了一种抵触情绪，学圆一反常态地顶了刘旭一句："他住的房子其实比工棚强不了多少，我觉得虽然签了协议，但还是要从具体的情况出发，因为我们分房的目的就是要解决干部职工的住房困难，他的两个孩子也大了，以后都要结婚生子，住房就更困难了。"

刘旭见学圆公开反驳自己的意见，感到有些意外，因为在他印象里孟学圆是一个比较柔顺听话的干部，当时，选他当分房常委，最主要的原因就是听取了刘延安的建议，考虑学圆到局的时间不长，情况不熟，人际关系简单，而且容易控制，在常委会内部不会形成反对势力，没有想到在关键时候也敢参刺。

魏公正皱着眉头听完了学圆的话，以不满的口吻教训学圆："你们不能光感情用事，要按照政策办事。老黄的情况你们了解吗？他当时急于调入市场管理局，自己说的不用组织解决住房问题，进了局就自食其言，让组织解决他的住房问题，当初要是知道他从局里要房子，就不会调他进来了。大生，是不是这么回事儿？"

见魏公正刺向自己的目光，贾大生急忙点了几下头："当时，他要求调入我们局，我们和他谈了，不能解决他的住房问题，他说自己有房，不需要局里解决。所以，就让他先签了不需要解决住房的协议才办的手续。这件事全局上上下下全清楚。"魏公正听了大生的回答，带着满意的神情扭头对学圆说："至于他孩子的住房问题，他们都已经有单位了，应该由他们本人的单位去解决，我们只管自己的干部职工，孩子我们管不了。再说了，他有了儿子以后还有孙子，子子孙孙的我们管得过来吗？"

学圆知道像老黄这样已经退休的人，即便在位也没有多少人肯为他说话，凭自己的力量想说服魏公正和委员们难度肯定小不了，但是，学圆虽然性格比较懦弱、怕事，可也有一个特点，就是一旦他认上死理儿，犟脾气上来了，也什么都不怕，这两种相反的性格集中于他的身上。

他认为老黄的住房比工棚强不了多少，而且远在西山脚下，一家人住得四分五裂的，逢年过节都很难有个团聚的场所。虽然他调入的时候签了不用局里给他解决住房的协议，但明眼人都明白是局里强迫的，老黄是迫不得已说了违心的话。既然住房分配就是要解决干部职工的住房困难，那就应该给老黄这样的困难户解决。至于魏公正说的不管孩子的说法，学圆认为更是可笑，局里的领导哪个不给自己的孩子要房？甚至有人快把孙子的房都要出来了。你魏公正嘴上说得好听，自己不也是准备占五间房子吗？敢情可以照顾一间的政策就是给自己定的，老鸹落在猪身上——光看见别人黑，就看不见自己黑。学圆的这些想法在脑子里反复翻腾，头脑一热真想一吐为快，可他最终还是理智战胜了冲动，把嘴边的话生生咽了下去。他冷静了一下，用尽量平缓的口气与魏公正争辩："老黄说了，他可以把现在的两处房子都交给局里重新分配，给他一套三居室，让他们一家人有个团聚的地方，而且这样做也不违反局里的规定。"

"他想得倒挺美的，每次分房都住新房，哪有这么好的事儿？再说了，他那两间房子腾出来了，像你说的和工棚差不多，又那么远，谁去住呀？在他手里留着还能给市场管理局省出两间房哪。"魏公正笑话老黄的提议有些异想天开。

"魏局长，既然您都认为老黄的房子又远又不好，那您就照顾他一下，在这次分房的时候给他调换调换。"王乐强不失时机地在一旁敲起了锣边儿。

"不是我照顾不照顾他的事儿，我说了也不算，这件事要由分房委员会定，要按照分房办法走。你们大家都发表发表意见。"魏公正用眼睛扫寻了一圈在座的委员们。

刘旭坚决不妥协："我认为不管当时老黄出于什么动机，他都说了自己有住房，不需要局里解决。但是局里出于对他的关心照顾，还是给他解决了一间一居室，已经对他仁至义尽了。退一步讲，即使没有他签字的这件事，他的住房现在也已经达标了，也不能再考虑他了。"

众目睽睽之下，学圆也不肯服输："可是老黄的房子太差了，和工棚差不多，而且没有暖气、没有卫生间，不能算是正规的住房。而且离省城太远了，生活、购物、看病、照顾孩子等各个方面都不方便。刘处长您问一问要房的人，如果老黄的房子腾出来了，咱们局有哪个人愿意去那里居住？"

未等刘旭回答，魏公正就驳了学圆一句："又不是我们给他分到那么远的地方，既然嫌远当初为什么哭着喊着非要调到市场管理局来？有麻烦也是他自找的。"

学圆和魏公正、刘旭针锋相对的争执，旁听的委员们心里都明白，看魏公正和刘旭今天的态度，老黄要想上一榜是难于上青天了，一些委员马上纷纷表态，说魏局长讲得有道理，既然老黄的住房已经做了保证自己解决，而且已经到位了，就不应该再把他列入一榜，局里已经照顾一次了，不能老是照顾他。也有少数的委员认同学圆的意见，认为老黄虽然签订了不要房的协议，但是，这次分房也有签了协议的人要房，这种事情不是发生在老黄一个人身上，因此应该让他上一榜。

刘旭见大家又扯上了其他签协议的人，忙提高了嗓门，举起手中的分房办法向大家解释自己刚才说过的话："我刚才说的不仅仅是因为老黄签订了协议，就不让他上一榜了，这只是一个方面，主要的原因是他的住房已经到位了，按照我们这次分房的办法规定，到位的人员一律不再考虑了。"

学圆也用手指着分房办法的条款，和刘旭分辩："这上面不是说了吗，情况特殊的也可以适当照顾一间，我觉得老黄的情况就属于特殊情况，应该照顾一间。"

刘旭情急之下不假思索地冒了一句："特殊情况指的不是他这种情况。"

委员们听了刘旭的解释一片哗然，有种被愚弄的感觉，难道"特殊情况"是有特定的目标？大家满腹狐疑，纷纷质问"特殊情况"指的是哪种情况。

魏公正见委员们追问"特殊情况"，怕大家误会已经有了内定的目标，急忙插了一句："大家不要误会，特殊情况是一个原则的提法，并不针对任何人。"

刘旭也急忙解释："我是说老黄这种情况不属于特殊情况。什么是特殊情况，要根据分房中出现的具体情况来定。"

刘旭急于结束这个不愉快的话题，他目光冷漠、口气严肃地告诫学圆："我看老黄的问题大家有不同的意见，而且也扯了很长时间了，这个问题咱们今天先不做结论，一榜先放一放，等到二榜的时候再说，我们继续往下讨论高阳的问题。"学圆明白仅凭他们小组的意见，也很难说服大家，特别是在魏公正和刘旭强烈反对的情况下，而且学圆抱的也是"谋事在人，成事在天"的想法，不管结果是什么，只要自己尽心尽力，问心无愧就行了，因此，对刘旭的建议他只能心有不甘地点了点头。

因为老黄的事情撞了墙，学圆预感到高阳的事情搞不好也要碰壁而回。果不其然，他刚把照顾高阳的理由说完，魏公正就率先否定："高阳的住房确实很困难，可是他既不属于大龄男女，又没有结婚，不符合困难户的条件，同情归同情，但我们不能违背分房办法，原则问题不能马虎。我看能不能把他安排住集体宿舍，既解决了他的住房困难，也不违反我们的分房原则。"

高阳按照分房办法确实不属于困难户，如果说不能违反原则的话从别的人嘴里说出来，学圆或许能够接受，但是从魏公正的嘴里说出来，学圆感到非常滑稽。

因为昨天高阳讲的故事，学圆对魏公正的所作所为心里已经产生了不满，所以魏公正即使说的话有道理，也让他从感情上难以接受，话语中不可避免地带着抵触情绪："按照分房办法高阳确实不属于困难户，可是现实生活中，高阳却是实实在在的困难户。你们没有去他们家里看过，简直和集体宿舍没有什么区别，太拥挤了，太困难了。我们不能只考虑办法，也要考虑实际。"

刘旭似乎觉得今天让学圆顶撞得失去了面子，学圆说出的每一句话他都立即进行反驳："如果我们不按照分房办法去分房，一切都从具体情况出发，那具体的情况太多了，我们的分房工作还怎么进行下去？也不能太感情用事，一切还是要按照规矩办事，无规矩不成方圆。"

学圆辩解说："我不是凭感情办事，我是从分房的目的和宗旨出发来谈高阳的问题的。按照分房办法来操作，我不反对，但任何事物都有特殊性，我认为高阳的情况就属于特殊性，应该特殊情况特殊对待。"

委员们有的赞成，但反对的声音也不少，许多委员还是强调要严格遵守分房办法，如果在高阳这里开了口子，那其他的人怎么办？每个人都有自己的特殊情况，特殊情况全特殊对待了，恐怕也照顾不过来。高阳有困难，可以让他住集体宿舍也算解决了他的困难。

魏公正见许多委员支持自己的意见，马上提高了说话的调门，果断拍板："既然大家都同意按照分房办法走，高阳的问题就这么定了，别再扯来扯去浪费时间了，下面抓紧时间研究张爱爱的问题。"

二十五　进退维谷

"赛西施"张爱爱，是市场管理局家喻户晓的人物，称得上是局里的一朵花。人长得非常漂亮，一张圆圆的娃娃脸，皮肤白得像用牛奶泡过，弯弯的柳眉下，长着一对会说话的大眼睛，开口一笑牙齿又白又整齐，唯一的缺点就是个子矮了一些，身高只有155厘米。

张爱爱在调入市场管理局之前在省工艺美术厂工作，她爱人高明也在厂子里当技术员，在工厂里两人相安无事，但自从张爱爱调入机关后，眼界一下子放宽了，交际的圈子无形之中也扩大了许多，看到许多人在市场经济的大潮中发了财，她开始抱怨自己的老公没有本事，在这个改革开放的年代，人家的老公都是想方设法挣大钱，只有她的老公是安于现状，既不浪漫，也没有本事，她怀疑、抱怨自己嫁错了人。

结婚后她与高明的首次争吵源于住房。由于结婚后没有属于自己的住房，所以她和高明一直挤住在公婆家里。公婆家里住房也不富裕，一套三居室，公婆住一间，小姑子住一间，她和高明住一间。张爱爱一直觉得和公婆住在一起不方便，几次跟高明说要搬出去，可高明在工厂里也找不到房子，就让张爱爱先忍一忍，说妹妹结婚搬走了，条件就会改善的。可是，张爱爱一心一意向往真正属于自己的独立空间。刚刚调入的时候，正好赶上局里分房，由于不具备分房的资格，眼巴巴地看着别人喜迁新居，自己只有眼红羡慕的份。去年年初，不知道什么原因，她突然搬进了局里预留的一套合居房，和祝丽慧合住在一套三居室里。

这次分房，不知道张爱爱从哪里听到了风声，说魏公正这次就想要自己和祝丽慧合居的这套三居室，因为这套房子朝向好，面积大，和魏公正目前居住的房子距离很近，魏公正想让儿子搬过来，相互照顾方便，而且魏公正的老伴马上就要退休了，退休以后照顾儿子带孙子也方便。

按照分数祝丽慧这次分新房没有问题，问题是张爱爱的分数太低，如果排队可能是最次的房子或者根本就没有房。对此，张爱爱也很有自知之明，她心里清楚，如果仅凭分数排队，肯定分不到好房子，因此，她要攥住魏公正的软肋，争取一套好房子。最近，张爱爱放风出来：如果没有合适的房子，她宁肯继续合居也不搬家，最低条件给她一套一居室。填报住房申请表时，张爱爱自我认定为婚后无房的困难户，要求优先解决。

在张爱爱的住房问题上，刘旭曾经说过一句实话：这是一个进退两难的选择，如果承认她的房子是临时借住的，她就说自己属于婚后无房的困难户，困难户就必须优先解决她的住房，可她最近申请调出，而且局里也恨不能早点把她踢出门去，怎么可能再优先给她分配住房？但是如果不优先分配给她住房，那她就很有可能赖在里面不出来，她不搬出来，魏公正就无法搬进去。

在上次常委会讨论张爱爱的住房时，几个委员都说：如果让她搬出来，总不能让她流落街头，好歹也要给她找一处房子，否则，她赖着不搬，也影响其他同志的住房分配（其实就是怕影响魏公正）。可魏公正却和大家大唱反调："我的意见是既然当初是借的房子，而且借的时候也说好了，一旦局里需要，要无条件地搬出来。现在局里需要了，就应该无条件搬出来，没有什么讨价还价的余地。搬出来让她按照分数去排队，排得上就分，排不上就不分。"讲完意见，魏公正还意犹未尽，特别后悔地补充了一句："当时就不应该借给她房子，好心倒办了坏事了。"大家见魏公正这么坚决，也不知道他葫芦里到底卖的什么药，真应了那句老话——皇帝不急太监急。后来，按照魏公正的意见，责成当初同意借给她房子的李金华找她谈话，让她先搬出来按照分数排队分房。

李金华按照局里的意思刚和张爱爱说个开头，张爱爱马上一口回绝了，而且振振有词："我当时结婚后没有住房，向局里申请，因为来局时间短，没有资格，当时也没有上分房的名单。局里答复我，等分房结束后，如果有富余的房子，可以借给我一间，所以，后来采取了借房的方式，借房不属于正式分配住房，我既然没有分配过住房，就属于婚后没有房子的困难户，不能按照分数去排队，而是应该优先解决。"

李金华提醒她："李局长和我借房子的时候，说已经和你讲好了，一旦局里需要，你应当无条件地搬出来，所以才把房子借给你的，你现在怎么耍赖不还了？"

张爱爱矢口否认："我从来没有答应过，只要局里需要，我马上搬出来，李局长也没有和我说过。"她反问李金华，"我答应搬出来，难道让我流落街头？所以，我不可能答应这个条件。"

另外，张爱爱也明确告诉李金华，她算过了分数，如果自己这次不能列入困难户，就没有优先分配权，要是按照分数大排队，只能分到平房或者新的合居房，而自己的最低目标是要一套一居室，如果没有分配到自己满意的房子，自己绝对不搬出来，谁爱着急谁就急，反正我是不着急。李金华知道她的话中所指是什么，劝她还是要顾全大局，不要意气用事，有什么事情都可以商量，不要把话说死了。

"我顾全大局，可是谁顾全我？我总不能为了顾全大局，就把自己顾全到露宿街头吧。"李金华见话不投机，没有再多说什么，回来后向魏公正做了汇报。

在召开全体分房委员会会议前，按照魏公正的想法，根本就不把张爱爱列入讨论名单，理由很简单，她既然已经申请调走，就不属于我们单位的干部了，根本不用给她分房了。刘旭则含蓄地提出：既然要她搬出来，就肯定要给她一处住房，给她住房就涉及整体的房屋分配方案，不讨论她的问题，采取私下解决的办法，反而让委员们觉得里面有什么猫腻的事儿，不如拿到桌面上让大家都知道反而更好一些。魏公正听出来了刘旭话中的含义，含蓄地提醒因为牵涉到自己的住房，不要让大家觉得其中有什么不可告人的秘密。他权衡利弊，最后同意把张爱爱的问题提交全体会议讨论。

张爱爱属于事业单位人员，刘旭让张瑞英先把核查的情况介绍一下。张瑞英嘿嘿一笑说："张爱爱的房子根本用不着核查，她的住房情况是秃子头上的虱子——明摆着的。关键是如何认定，我们没有什么意见，看分房委员会怎么认定，我们听大家的。"

学圆不明白魏公正为什么卡张爱爱，背后有什么不可告人的目的他也不清楚，他看大家都没有说话，就先放了一炮："我认为我们还是应该尊重现实，既然现在她已经住进去了，如果无条件让她搬出来，她肯定不愿意，借房毕竟不是分房，所以，我同意把她定为婚后无房的困难户优先解决。"

"尊重什么现实？现实就是她借了局里的房子，按照要求应该无条件地退出来。她婚后无房？孩子都快生出来了，还能叫婚后无房无法同居？"

大家听了魏公正的话，哄地一笑，肖天虎不怀好意地接了一句话茬："生了孩子还不知道姓什么呢。"

学圆被魏公正劈头盖脸地训了一顿，顿时觉得脸上有些挂不住，他讪讪地回应了一句："她不是说借房的时候，没有说无条件退还这个前提吗？"

"谁说没有？你问问刘旭，当时她要求和局里借房的时候，是不是这么说的？"

刘旭很干脆地回答说："我问过李金华，当时确实和她口头说了，可是，没有写借条，所以，她现在不承认也没有证据证明。"

"这个人道德品质不好，说过的话自己抵赖，一点素质也没有。"魏公正气得一边说话一边直拍桌子。

学圆说："现在的问题是如果到时候她就是不搬出来，我们也没有什么好办法。"

"怎么没有办法，她不是申请调走吗？告诉人事处，扣住她档案。对方单位来外调时，告诉对方就说她这个人人品不好，让她调不出去，我就不信她不搬出来。"魏公正一听学圆没有办法的话，马上想出了一个好主意。

"吴局长不是希望她马上调走吗？不放她档案，那她就不走了赖在局里怎么办？"贾大生担心出现另外一种结局。

"不走也得走，真的和我们耗我们也有办法，限期停发她的工资，什么时候把房子腾出来了，什么时候给她档案让她走。"

"她如果不满意，和我们耗到底，就是赖着不搬怎么办？"

"实在不搬，我们还可以去法院告她，让法院来强制执行。"

"可是这种机关内部的事务不知道法院受理不受理？"

"我们可以去找找法院嘛，托托关系，我估计法院一定会受理的。我们一个省政府机关，去找政府的部门办事，有什么不受理的，这点面子还没有？"

大家见魏公正修理张爱爱的主意一个接着一个，颇感意外，会前许多委员都和学圆一个想法，认为魏公正为了自己能够尽快搬进去，一定会给张爱爱定为困难户尽快解决。不想魏公正却非要走激化矛盾的办法，强行逼迫张爱爱搬家，大家都百思不得其解。其实，魏公正也有他的苦衷。从他的内心来讲，他也愿意让张爱爱马上搬出去，但是他有公私两方面的考虑。从公的角度说，风闻吴局长要高升，他非常渴望能够填补局长的空缺，为了给群众和吴局长留下一个好印象，所以，想通过分房这件事给自己增加一些政治资本，力争给大家留下一个公正无私、坚持原则、不谋私利、一身正气的正面形象，在组织部门考察的时候提高自己的竞争力。从私的角度来讲，他与张爱爱之间有一段个人恩怨。那是在张爱爱到局后时间不长，有一次魏公正去杂志社，看见张爱爱扎个朝天椒的辫子像个洋娃娃，就随手揪了一下她的辫子，开玩笑地说像个羊犄角。张爱爱当时很不高兴，后来私下对人说魏局长好色，对自己动手动脚。这些话很快就通过"第二信息中心"在局内传播开来，魏公正知道后特别生气，他曾经对自己的司机骂张爱爱不是个正经女人，并诅咒说她这种坏女人早晚要出事。后来这些话又传回到张爱爱的耳朵里，张爱爱也非常气愤，说魏公正红口白牙诅咒人，这样的领导水平太低，没有什么前途。魏公正一直想找个机会修理修理她，这次分房正好成为一个绝佳的机会。

委员们见魏公正的态度很坚决，于是也纷纷出谋献策。贾大生首先表态："我看我们还是应该按照分房办法来，如果上次分房她没有入选名单，我看她现在住的房子就不能算分给她的房子，而且有证人证言，当初是局里为了照顾她才借给她的，咱们也不能因为照顾她，反而倒照顾出毛病了。所以，我同意魏局长的意见，应该把她定为改善户，让她重新排队分房。"

"不过，刘旭和学圆说得也有道理，她现在已经住进去了，要她搬到条件比较差的房子，她肯定不愿意。我看不如按照现在的实际情况处理。给她定为困难户，解决得好一些，让她把房子腾出来，别影响整个分房工作的进程。"张爱爱所在处室的分房委员为她说好话。

张瑞英也支持把她定为困难户："如果我们把她定为改善户，按照分数她肯定分不到一居室，最好的结果就是平房或者合居房，实际也没有改善。我看既然问题的实质就是让她腾房，不如给她分配一间好一点的房子让她赶快搬出来，别影响大家。"

"瑞英你说得不对，我们不是让她腾房，讨论她的问题，就应该围绕分房办法来给她定性，该是什么问题就是什么问题，应该分她什么房就分她什么房，如果都像她这样，说了话不算，还要挟组织，那我们还怎么约束别人？难道我们就制伏不了一个乳臭未干的黄毛丫头？"魏公正听了张瑞英等人发言，还是不同意把她定为困难户。委员们一看魏公正的意见斩钉截铁，反对的声音也逐渐削弱了。最后，同意把她定为改善户。

魏公正对张爱爱的事情最后总结了四点意见：一是找她谈话，让她做好准备，先把现在的房子在限定的时间内腾出来，然后按照分数排队分房，这件事情责成所在部门的分房委员去办。二是要求人事处暂停办理她的调出手续，什么时间办理，听候局党组的通知。三是如果在限定的时间内不搬出来，按照人员调出处理，停发工资、补贴。四是让刘旭去和法院联系一下，如果她赖着不搬就通过法院强制执行。另外，在她没有答应腾出房子之前，暂时不给她上一榜名单。魏公正把一切可能出现的问题都提前想到了，并提出了应付的各种最佳方案。

最后讨论的是楚京明等南郊十余住户提出来的要求兑现局领导承诺的问题。魏公正让贾大生介绍一下走访老干部的情况，贾大生轻咳了一声，提高了嗓音说："我们按照局党组的要求，拜访了秦老，秦老回忆说，当时确实讲了等今后有了房子再让他们搬回来的话，但是没有明确说搬回来多少户，什么时间搬，可以请局党组综合考虑一下，结合房源情况酌定。"贾大生讲完拜访秦老的经过，刘旭又向委员们讲了常委会讨论的意见：尊重过去局领导的承诺，可以视房源情况逐步回迁，具体到这次，只迁回分数最高的一户。因为二榜才能公布分数，所以，一榜还无法确定具体人员名单，只能原则通过。委员们对此并无异议，其实，说是无法确定具体人选，但大家心里都有数，知道肯定是楚京明，其余的住户摇旗呐喊助威，只是图个热闹罢了。

魏公正见一榜的方案基本按照自己的想法通过了，十分高兴，在会议结束前，他叮嘱刘旭："你们再辛苦一下，尽快把讨论的记录整理出来，报局党组批准后，抓紧时间公布。为了给二榜的出台提供方便，凡是有争议的人员和不确定的人员，一律不上一榜，因为上榜容易下榜难，可以采取添油的办法，逐步增加，留有余地。"

二十六　精心服侍

转眼到了吴局长的妹妹动手术的日子，刘莹莹吃过午饭，放弃了每天中午雷打不动的午睡习惯，匆匆向处长打了一个招呼，说有个亲戚要动手术，自己要去医院关照一下。请完假，刘莹莹到水龙头前面用凉水洗了洗脸，顿时觉得精神了许多，干涩发黏的上下眼皮也噌的一下子睁开了，她对着镜子仔细端详了一番，只见镜子里面一个30多岁的女人，鹅蛋形的脸，白白的皮肤，柳眉下面一双杏仁眼，明亮的双瞳能够映出人的影子，小巧玲珑的圆鼻子，有些性感的厚嘴唇，印堂隐隐有些发亮。看到镜子里完美的自我，刘莹莹满意地笑了，她相信凭着自己姣好的面容和聪明的头脑，没有做不到的事情，特别是前些日子一个易经大师给自己算了一卦，说自己最近事事如意。想到这里不由得信心更足了，她攥紧拳头给自己鼓了鼓劲，提着一些高档营养品打车赶到了医院，一进病房发现吴局长也在座，她忙笑着上前和吴局长打招呼。吴局长的妹妹叫吴海华，前些日子办理住院手续的时候，刘莹莹就里里外外忙乎了半天，两人已经很熟悉了，见刘莹莹又提着东西来看自己，急忙在病床上欠了欠身，用心疼的口吻说："你工作这么忙，就不要跑了。"

"没有关系，我今天下午请了假，工作都已经安排好了。我看这里还有没有什么事情。"

刘莹莹放下东西，对吴局长说自己再到院长那里去一趟。进了李院长的办公室，她先询问了今天的手术准备情况。李院长说一切都准备就绪，没有什么问题。刘莹莹告诉李院长，市场管理局的吴局长来了，请院长一会儿去病房拜会一下局长。李院长说一会儿忙完了马上过去。出了李院长的门，刘莹莹又悄悄地到了汪教授那里。进了门，她一边向汪教授表示感谢，一边把一个信封放到了汪教授办公桌上。汪教授把信封轻轻往外推了推，嘴里推辞道："你把这个拿走，院长已经和我打招呼了，都是朋友，我不能要。"

"就因为是朋友，您才百忙之中挤时间给我们做手术。这点钱您不要嫌少，只是表达对您救死扶伤、关照我们病人家属的一点心意和谢意。"汪教授说了一句不好意思，顺手放进了抽屉里。

回到病房，吴局长问："莹莹，用不用给主刀医生送红包啊？我不懂这些规矩。"

"这些事情还劳您费心？您放心，一切都办妥了。"吴局长问花了多少钱，并伸手去挎包里掏钱？刘莹莹忙按住吴局长的手："吴局长，我和海华姐特别投缘，就像亲姐妹一样，医院的院长是我的好朋友，根本用不着送红包。再说了，我给自己姐姐出点力是应该的，您和我就不要见外了。"

"那就给你添麻烦了。"

"您平常对我那么关照，我出点力还不是应该的？"刘莹莹转头又笑着对吴海华说，"海华姐，你不用担心，汪教授医术高超，你一定会很快康复的。"海华连声道谢，并面带歉意地表示给刘莹莹添了不少麻烦。

"海华姐，说这些就见外了，我们是姐妹，这些都是应该做的。"

这时候，李院长进了病房，一见刘莹莹的面，就先开了一个玩笑："感谢省领导来我们医院视察工作，请领导多多指教。"

"李院长，您不要开我的玩笑了，我能指教什么？要说领导视察一点不假，但不是我。"说完，她郑重向李院长介绍了吴局长。李院长忙上前和吴局长握手。吴局长坐在沙发上说："我妹妹的事给院长添了不少麻烦吧？"

二十六　精心服侍

李院长忙笑道:"添什么麻烦?这都是我们医院应该做的事。再说了,这些年市场管理局在各个方面也没少支持我们。"

闲聊之中,吴局长也是三句话不离本行,上来就问李院长当前群众反映"看病贵"的症结何在,医院的收费价格目前是否有利润。

李院长搔了一下头,详细地回答了吴局长的问题:"我认为目前看病贵的主要原因不是我们医院的问题。我们医院是个三甲医院,是省里几十个单位的合同医院,每年全国还有数百万的患者到我们医院就诊。医务人员少,医疗收费项目又低,医务人员的价值得不到体现。外面都以为我们挣了大钱,其实医生们抱怨说,现在手术刀还不如西瓜刀。"

吴局长不解地问:"那现在为什么不少患者都反映快看不起病了,看个感冒、伤风的动不动就要上百元?"

李院长解释说,他们前些日子按照省税收、财务、物价大检查办公室的要求,对医疗收费的情况进行了自查,医院认为"看病贵"的主要原因有三个:第一是新技术设备的引进和药品的更新换代。第二是公费医疗的改革与病人的"高消费"心理。第三是药品价格的持续上涨。其次,不可否认因为种种原因也存在一些乱收费、乱涨价的问题。

吴局长问院长,现在的医疗收费价格是否合理,需不需要调整。李院长以他们医院为例说:目前医院的收入中药品占70%左右,而收费不足30%,医院主要靠卖药赚钱。所以医院愿意多开药,开好药。今后,随着医疗体制的改革,卖药和医疗将逐步分离,调整医疗收费价格是必然的趋势。

吴局长还想和李院长进一步探讨,忽然包里的"大哥大"急促地响了起来,她一边接电话,嘴里一边嗯嗯地应了几声,放下电话对李院长说:"我有个会议,马上要走,我妹妹的事情就拜托你们了。"李院长忙道:"您放心吧,我们一定照顾好。"吴局长又走到床前,按住了想撑起身子送自己的妹妹,"我先走了,一会儿我给你姐夫打电话,让他过来先照顾你,我散了会再过来。"刘莹莹在一边忙插话说:"吴局长,别让您先生来了,我在这里就行了。再说您爱人来了,一个男同志也不如我在这儿方便。"

"你家里还有孩子，已经麻烦你不少了，你快回去吧。"

"没有关系，我一会儿给家里打个电话，我把孩子放在我妈妈家里，有人照顾她，您就放心吧。"吴局长一看有刘莹莹陪伴，而且刚才是省政府来电话要自己去开会，也怕去晚了受批评，上次开会有个局的领导去晚了，结果被主持会议的副省长罚站，臊得脸红冒冷汗。于是，和妹妹说了几句话，谢过刘莹莹，匆匆忙忙推门而去。

吴局长一走，接吴海华手术去的车子也进了门，刘莹莹帮忙推着车跟在几个护士后面把吴海华送到手术室门口，然后，到院长办公室给家里打了一个电话，说今天晚上有事回不去了，让她妈妈通知徐刚去接孩子。她和李院长聊了一会儿天，估计手术快要结束了，就匆忙赶到手术室门口的椅子上等候。就在刘莹莹昏昏欲睡的时候，手术室门口的红灯灭了，吴海华趴在车上被推了出来。刘莹莹顿觉睡意消失，马上抢到车旁，问吴海华感觉怎么样，还疼不疼。吴海华说现在没有感觉疼。刘莹莹转过身向汪教授道过谢，跟着护士回到了病房。护士们离去后，刘莹莹给吴海华又是洗脸、擦手，打水、喂饭，一通忙乎。吴海华有些不好意思，刘莹莹满脸真诚地说："没有关系，我们都是好姐妹，不用客气，吴局长在单位对我十分关照，我做点事情是应该的。"

天渐渐地暗淡下来，吴海华的刀口麻药消失感觉有些疼，刘莹莹喂了止疼药，坐在床边一边安慰她，一边和她拉起了家常。刘莹莹知道吴海华已经离婚了，但明知故问："为什么不见你老公的面？"

吴海华叹了一口气，告诉刘莹莹，她和老公是在插队的时候认识的，回城之后，两个人开始都在机关，后来在全民经商的大潮中，她的老公在自己的支持、鼓励下，下海经商，并利用她的关系搞了几个批件，倒腾了几笔紧俏物资，一下子就发了大财。她老公也当上了总经理。但是，当上总经理之后，就经常不回家了，后来有人告诉她，她老公和自己的小秘书乱来，她追问此事，他总是矢口否认。后来有一次，她老公和那个女秘书在一起鬼混被她抓了一个现行，一气之下他们离婚了。

刘莹莹听了，眼圈不由得红了，她拉开自己的领口，让吴海华看自己脖子上的两道淡淡的红痕。吴海华问怎么搞的。刘莹莹眼泪汪汪地控诉说：自己的老公也是和别人的女人乱搞，晚上11点多被自己堵在家里了，自己实在忍受不了这种没有感情的日子，所以，和老公离婚了，但是，因为没有住房，所以暂时还住在一起，但是房子判给了前夫徐刚，他总是冷言冷语地往外轰她。前几天，徐刚出去打麻将，正巧孩子奶奶来看孙女，女儿要找爸爸回来，刘莹莹说我不管他，你要找和你奶奶去吧。她奶奶就手里拿了一根小棒棒，开玩笑地和孙女说："走，我们去把你爸爸敲回来。"结果，徐刚以为这是刘莹莹挑唆的，让他丢尽了面子，所以，一进门就骂她，让她马上滚出去。她和徐刚吵了起来，徐刚就用手掐她的脖子。她说：你掐死我你也要偿命。他妈妈也骂他，他才放了手。这样的日子，不知道要忍受多久。

吴海华问："你为什么不搬出来住？"

"没有房子呀，有房子谁愿意和他一起住？对女儿影响也不好。"

"现在住房确实紧张，我们单位分房也快打破脑袋了。有权的先分房，有些会闹的职工天天到领导家里去闹，领导没办法也分了，那些老实的人最吃亏。"

"可不是，我们单位最近也在分房，因为我离婚比较晚，所以，我连分房资格都没有，我又不好意思就这点小事情去麻烦局长。"

"你该说就要说，你不说谁知道你的事情？你要是不好开口，我回头跟我姐姐说，让她照顾照顾你，一个女人离了婚，又带着个孩子，多不容易，单位就应该照顾。"

刘莹莹忙劝阻："算了吧，你姐姐这么忙，工作上的事情都忙不过来，我怎么好意思再给她添乱？"

"没有关系，你不用管了，这件事情我替你去说。"

刘莹莹有些不好意思："大姐，你是来看病的，本来就不应该再让你操心，结果还是让我的事情给你添乱，真是不好意思。"

"你不用客气，咱们也是同病相怜，也说明咱们姐俩有缘分。"

"大姐，真不知道怎么谢你了！咱们好姐妹，今后有需要我的地方，尽管说。俗话说，谋事在人，成事在天，能不能做到，不敢说，但是我一定尽心尽力去办。"

两个人又扯了一会儿闲话，刘莹莹让海华先睡，并说夜里需要的时候，一定叫醒自己。见吴海华昏昏沉沉地睡了，自己也和衣歪在沙发上，闭上眼睛认真筹划王炸之后自己手里的一手牌如何继续打出去。

二十七　借酒撒疯

　　五一国际劳动节临放假的前一天，为了欢度节日，单位全体干部职工在食堂会餐。一大早，机关后勤服务中心的全体人员就忙碌起来了，在党办主任王清廉共青团要发挥模范作用的要求下，学圆、巩海燕、樊建国带领几个团员骨干早饭后就来到食堂和行财处的人一起忙乎。他们按照李金华的要求，以处室为单位，把平常吃饭的小桌拼凑成一个个大餐桌，上面放上各处室的桌签，处室人员少的，就合坐一张餐桌。局领导和特邀监督员——这些特邀监督员是省政府为了加强廉政建设，从省人大政协和几个民主党派邀请来对市场管理局的党风廉政建设进行监督的——在最前面围坐一张桌子。每张桌子上摆着大瓶的可乐、雪碧等饮料，还有啤酒、白酒。靠墙的一溜桌子上放着酱牛肉、松花蛋、花生米拌西芹、洋葱拌黑木耳等四样凉菜，热菜有红烧带鱼、炸虾排、四喜丸子、炖排骨、香菇菜心、麻婆豆腐等六样热菜。最边上还有两个大保温桶，一个桶里面放的是酸辣汤，另一个桶里放的是小米粥。

　　全局干部职工每个人一个大托盘，排着队打完了菜，围坐在桌子旁。魏公正满面红光，站在前面用手敲了敲麦克风，先喂喂了两声，提醒大家安静下来。然后，请吴局长讲话。吴卫红面向大家提高了嗓音说："同志们，今年前几个月，我们市场管理局的工作，围绕省委、省政府的中心任务，奋力开拓，大胆改革，对理顺价格形成机制，推动社会主义市场经济的形成发挥了积极重要的促进作用，我们的工作得到了省委省政府领导的充分肯定。在此，我代表局党组，对全局干部职工的辛勤付出表示衷心的感谢！对一直以来支持帮助我们工作的全体特邀监督员，表示衷心的感谢！在五一国际劳动节即将来临的前夕，向你们的家人致以节日的问候！祝大家吃好喝好。"吴局长讲完了话，魏公正高高举起手中的高脚酒杯，向着全场人员大声地喊了一句："请大家一起干杯！"

全局的干部职工从桌子旁边纷纷站起身，手里举着白酒、啤酒和饮料，齐声呐喊："干杯！"清脆的撞杯声、"干杯！干杯！"的叫嚣声、桌椅板凳的碰撞声和嗷嗷的怪叫声，在食堂里回荡。

吴卫红端起杯子，先向在座的几位特邀监督员敬酒，然后又招呼党组一班人和她一起挨桌去给大家敬酒。所到之处，大家纷纷起立，吴卫红兴致勃勃地说着感谢和鼓励的话语。等他们回到座位上，各个处室的干部也纷纷端着酒杯给领导敬酒并且各个处室之间相互敬酒。

郝明德随着全处人员一起先去给局领导敬酒，他的酒量本来就不大，这次一榜又没有他的名字，几杯闷酒下肚，他借着酒劲，特意走到魏公正身边问为什么这次一榜没有他。魏公正本来酒量也不大，今天到各桌去敬酒，大家又回敬他，所以多少酒也有些上头。

见郝明德大庭广众之下责问自己，魏公正不禁有些愠怒。他半开玩笑半认真地回答说："你小子住着一套两居室还不知足，住房比我这个当局长的还宽敞，还要什么房？等下次分房再说吧。"

郝明德急赤白脸地和魏公正争辩："那房子要交还给干休所，不是我的。"

魏公正不屑一顾地咧咧嘴："你小子还和我玩这套把戏，我还不知道你的证明是托人开出来的？你去问问，咱们单位这些住部队房子的，有哪一个被部队轰出来了？就你特殊。"

郝明德情急之下，不计后果地顶了魏公正一句："毛主席说了，任何事物都有特殊性，你上党课的时候不是常给我们讲辩证法吗，怎么辩证法到我这里就失灵了？"

魏公正一听郝明德给他上党课，不禁大怒，嗓门一不注意就放开了闸,他脸色有些发红地训斥郝明德:"辩证法不是变戏法,想变什么就变什么,事实就是事实,你再怎么诡辩也不行。"

梁文彬处长见魏公正动怒了,几个局长也都把目光投了过来,生怕郝明德再说出什么出圈的话,给自己惹祸,忙拉着郝明德的胳膊往回走,嘴里劝他:"行了,敬完酒咱们回去吧,这些事情等上班的时候再说。"处里的其他同志也连拉带劝帮着梁文彬把他架了回来。

被郝明德一闹,魏公正刚才高昂的情绪一下子低落下来,借口喝多了想休息一会儿,离开酒桌走了。吴局长说还要批改几份急件,和桌上的其他人打了一个招呼也上楼了。几位特邀监督员因为岁数比较大早就离开了,其他几位局领导见监督员们都走了也陆续离去。

学圆用眼睛扫视了一圈。见餐厅的人大部分都走了,脑海中突然浮现出刚才跟着辛处长敬酒时好像没有看见曹宝柱,他拉了一下樊建国的衣服袖口,奇怪地问:"曹宝柱今天怎么没有参加会餐?"樊建国悄声告诉他,前些日子曹宝柱的老婆和七姑子八大姨一起来闹,搞得他们处鸡犬不宁,冯局长也头疼。后来白耀问他老婆想怎么办,他老婆拿出来曹宝柱上大学之前的一个保证书,希望他兑现诺言,返回山区老家工作。白耀一来不喜欢曹宝柱,二来这么闹下去也影响处室的工作和声誉,三来局里要分房了,曹宝柱是个困难户,把他调走了,也可以省一套房源;同时,还可以用曹宝柱换个年轻的大学生,所以,白耀一听曹宝柱老婆的要求,觉得是一举多得的好事,马上向冯局长汇报了,冯局长又及时向吴卫红做了汇报,吴局长拍板就这么办。并责成白耀去和曹宝柱老家的市场管理局联系,尽快把曹宝柱调走。据说县市场管理局最初不想要,怕惹麻烦上身,最后吴局长同意在经济上给县里一些补偿,曹宝柱的老岳父也托人从中说和,县局才勉强答应。最近,调动手续都办好了。你想他还有心情喝酒吃饭吗?樊建国的一番话让孟学圆恍然大悟,方明白了上次分房会为什么把曹宝柱从困难户名单中剔除。

贾大生见桌上的人走得差不多了,正想回去睡觉,检查分局的胡建设端着杯子来到了他的桌前,贾大生口齿不清地打招呼说:"老弟坐,我再给你满杯酒。"一边说一边抄起了酒瓶子。

胡建设过来是想灌贾大生的酒,他捂住杯子说:"我是过来敬你的，应该我给你倒。"

胡建设见自己倒酒老是往外酒，忙把自己能喝酒的两个部下宁静、张春燕招呼过来，用手一指酒杯："宁静、春燕你们两个美女负责把贾处长陪好。"两个人齐刷刷地应了一声。贾大生忙用手捂住杯子对胡建设说："等等，我不行了，去把猴子和大史叫过来，好好灌灌他们。"胡建设叫了一声好，忙吩咐宁静和春燕："你们两个去把侯局和大史叫过来，就说我和贾处请他们。"两个人起身把侯不凡和大史拉了过来。

大史原是办公室副主任，后来因为和办公室主任刘克礼闹不和，吴卫红调整处长岗位的时候就把他抽出来专门负责编写大事记和年鉴工作，因为编写年鉴没有主任的岗位油水大、实惠多，所以他对吴卫红也是一肚子意见。魏公正刚来的时候，为了体现自己的能力水平，特意给全体党员上了一次党课，为了体现自己的知识渊博，从国内侃到国外，当讲到俄国一个著名革命家时，想不起他的名字了，只知道他写了一部著名的作品《怎么办？》，大史因为中午喝了酒，所以就大胆插话提醒魏公正这个作者叫车尔尼雪夫。魏公正夸奖大史说："对，你小子不愧是学历史的。"话音未落，大史突然又蹦出一句："哎哟，不对！后面还有斯基。"惹得大家哄堂大笑，搞得魏公正也很尴尬，从此认定大史也是一个绣花枕头，在干部轮岗时坚决支持把他从办公室的岗位上调整下来。他和侯不凡、胡建设、贾大生等都是局里的老人，而且都有怀才不遇的同感，所以臭味相投，彼此走得很近。

大史咧着合不拢的大嘴哈哈哈傻笑着在张春燕旁边坐了下来，喷着满嘴酒气问："臭胡，叫我们过来喝酒，你是个人吗？"胡建设嘿嘿一笑："就你那点酒量，不喝正好，一喝就多，不用我出手，两个妹妹这一关你就过不去。"胡建设说完，给两个人使了一个眼色，让她们去敬大史酒。

春燕坐在大史的旁边，端起一杯啤酒敬大史，大史看了一眼春燕的杯子："不行，你的酒怎么有色儿？你换白酒我才喝。"

大生见大史和春燕较劲，他端起自己的酒杯冲着大史说："你一个大男人和一个小姑娘较什么劲？真没意思，我先敬你。"仰头把一杯酒干了。

大生喝完，胡建设又叫大史喝，大史说："猴子先喝，他喝了我就喝。"侯不凡端起杯子吱的一声把酒倒进了嘴里，大史见侯不凡紧闭着嘴，怕他没有咽下去，逼他说句话。侯不凡做了一个吞咽动作说："大史王八蛋。"

大史不急不恼笑着回应说："你嘴里又长痔疮了，说出来的话闻着都不是味儿。" 胡建设催促说："你别管什么味了，大家都喝完了，你还瘸子打围——坐着喊。"大史张着嘴哈哈笑着用手一指胡建设："你让我们喝，你怎么不喝？你喝了我就喝。"

胡建设见大史一杯酒磨蹭了半天也不喝，左牵右扯又把自己拉扯上了，不禁有些生气。他让春燕把自己的酒杯倒满，端起来问大史："我喝了你喝不喝？"

大史说："你先喝我就喝。"

胡建设说："不跟你废话了，我先喝了，你再不喝，捏着鼻子灌下去。"说完举杯把酒干了，然后杯口朝下让大史看一滴酒也没有剩下。

大史举起杯子对春燕说："喝酒要讲绅士风度，不能冷落了我们两位美女，来，和哥哥干一杯。"

春燕说："那我喝多少您喝多少？"大史给予了肯定的答复。春燕拿起一个杯子倒满白酒一口下肚，大史见状也一口喝了下去。宁静见大史酒杯干了，马上又端着杯子站起来敬大史。

大史问："我刚喝了，干吗又让我喝？"

宁静浅浅一笑："您不是说尊重女士吗，不能只喝春燕的，不喝我的，不然我要吃醋的。"

大史看见宁静站立身旁劝酒，突然想起一个传闻，他握着酒杯问宁静："我听说你要和你老公一起移民加拿大，什么时候走？"喝酒的众人听说宁静要移民，好奇心盛，七嘴八舌地问长问短。宁静说："八字还没有一撇哪，您别转移话题，先喝了我这杯酒吧。"大史说："好，等你到了加拿大想喝都喝不成了，这杯酒一定喝。"举杯又和宁静喝了一杯。

"史处，您真是好酒量，来，再给您满上。"春燕在胡建设的眼神示意下抄起瓶子给大史又倒上满满一杯。

"史处，我们把杯子里的酒又干了，您再来一杯。"春燕和宁静各举着一杯啤酒又站起来敬大史。

大史说："想让我喝酒也行，你们两个谁和我喝交杯酒我就喝。"在众人"交一个、交一个"的鼓噪呐喊下，春燕和大史胳膊缠绕在一起喝了交杯酒。这时候侯不凡也端起杯子要和大史喝。大史连连摆手："不行了，不行了，再喝就冒出来了。"

侯不凡骂他："你这小子，不要太重色轻友，我让你喝你不喝，女孩子一敬你就喝。"大史一听这话，有些不好意思，忙道："我先吃口菜，一会儿喝。"他夹了一个肉丸子放进嘴里，又喝了一口饮料，端起杯子和侯不凡干了一杯。

胡建设的酒量大不如他们几个，他怕众人再灌自己酒，喝多了当众出丑，就贴在春燕的嘴边说了几句话。春燕站起身拿着一个空酒瓶子匆匆离开。大史忙喊："春燕不许走，回来喝酒，你走了我就不喝了。"

"您先喝，我去给您拿酒去。"一会儿，春燕拿着一个满满的酒瓶子返回来并递给了胡建设。这时候，大史站起来给侯不凡倒酒，脚下一软，踉跄了几下，一屁股重重坐在了地上，把身边的椅子也撞翻了。胡建设和学圆忙上前把他扶了起来："大史，别喝了，再喝就多了。"

"谁说我喝多了？谁和我来玩老虎、棍子、虫子、鸡，看我醉没醉？"

"史处，怎么玩呀？"春燕随口问了一句。

"那还不简单？棍子打老虎、老虎吃鸡，鸡吃虫子，虫子吃棍子，咱们一碰筷子，要一起说出来。谁输了谁喝酒。"春燕说："我不会喝白酒，我输了喝啤酒，史处长您喝白酒。"大史同意了。

大史说了老虎，春燕说了虫子，大史没有听清，问说的什么。春燕说："我说的是棍子，史处您输了。"大史忙问大家她说的是棍子吗？大家都说是，大史只好喝了一杯。周围的人看他喝多了，于是纷纷和他比赛，既有耍赖的，也有骗他的，又连续灌了他几杯。

大史一看面前的瓶子里没有酒了，伸手把胡建设手里的酒瓶子抢过来紧紧搂在怀里:"这一瓶子是我的,你们谁也不要争,我一个人能再干一瓶。"

贾大生怕大史喝多了闹事,忙上前劝阻:"大史,差不多就别喝了,今天喝得可以了。喝多了,又像以前回家闹笑话。"围观的人忙问:"闹什么笑话?"贾大生故作惊讶状:"怎么,你们不知道?"众人一口同词都说不知道。

大史也不解地问:"我闹什么笑话了?假大空满嘴胡说八道。"

"我说出来你别抵赖。"

大史口齿不清含含糊糊地回答:"你说吧,我听着呐。"

贾大生于是绘声绘色讲了一个大史醉酒的故事:一次,请大史喝酒,大史喝多了,摇摇晃晃地去了厕所。大家看他久久不回来,到厕所一看,他从里面插上插销正坐在马桶上打呼噜。大家急忙搬个椅子来跳进去,打开门七手八脚忙把他扶出来并送回了家。进家门后他老婆怕他吐在床上,就让众人把他放在沙发上躺倒,他老婆前脚送走客人,后脚一进门就发现沙发上没有人了,仔细一找,滚到沙发下面去了,他老婆怎么拉他也拉不动,憋着一肚子火,给他倒了一杯茶。大史躺在地下喝了茶,迷迷糊糊、口齿不清地拉着老婆的手问:"小姐,哪儿的人呀?多大了?"老婆气坏了,顺手赏了他一个耳光。他用手捂住脸生气地问老婆:"都给了你小费了,怎么还打人?"

旁人放声大笑,并追问大史是不是真的。大史自己也笑得把刚进嘴的一口酒从鼻、口喷了出来,洒到了春燕刚上身的花裙子上。春燕有些厌恶地皱了一下眉,忙往旁边躲了躲。大史咧开大嘴,漏出了满口被香烟熏得又黄又黑的牙齿,用手指点着贾大生说:"你们听他胡说八道,我那次喝酒喝多了不假,但回家就睡觉了,他狗嘴里能吐出象牙!"

贾大生说:"是你老婆亲口告诉我的,怎么会有假?"胡建设说:"甭管他真假,咱们干了杯中酒,也到此为止吧。"大史说:"咱们再干一瓶,我还没有喝好哪。"他端起怀里的酒瓶给贾大生倒酒,手一哆嗦,把酒全倒在了杯子外边。

大家都劝他不要喝了。"不行,你们以为我醉了,我再喝一瓶也不会醉。"他举起酒瓶一仰头往嘴里倒了一大口,"这低度酒就是没有劲儿，跟白开水似的。"胡建设一见大史端着酒瓶子灌酒，心里咯噔一下，害怕他喝出来是白开水，说出来丢自己的面子，一看大史已经喝不出酒味了，才放下心来，忙道："大史不要喝了，等你分了新房我们去你家里喝个够。"一听分房两个字，大史把酒杯往桌子上一墩，脸色顿时就变了。

"别提分房，一说分房我就一肚子气。" 大史生气的原因是因为他来局比较早，如果按照以前的计分方法，靠局龄分的支撑，他这次本可以分到面积大、朝向好、楼层也不错的一套三居室，可是，计分办法一改，他的排名一下子掉到了魏公正等一些新来人员的后面，只能分到二流的房子了。上次分房，因为位置不好，大史就没有要，满怀希望等着这次要一套好房子，结果没有想到又重新修订了办法，还是没有要到理想的房子，所以，一说这个事情，大史的气就不打一处来。

"吴卫红那个娘儿们，和姓魏的合穿一条裤子还嫌肥，刘旭也是个马屁精，光知道溜须拍马。他去了几个局，就说别人都是这么做的？以前，我当分房委员的时候，我们在制定分房办法前，也跑了好些局，人家都有局龄分的，就到你大史这就没有了。还有，他们说我思想不解放，因循守旧，他们懂什么？业务上我也不是吹的，我猴子是咱们局的专家，谁敢和我叫板？不就是我不买那个骚娘儿们的账，所以利用民主测评把我整下来？我懂。"侯不凡见大史抱怨分房不合理，也借机发泄心中的不满。

大史听侯不凡提起民主测评的话，一下子勾起了上次提升处长时搞民主测评的事儿，心里的火更大了。上次民主测评处长人选，大史认为自己是个老人，业务丰富，应该能够从副处长升为正处长，为此他还在测评前，特意请处里的同志和自己认为平常关系不错的人在"全聚德"吃了一顿烤鸭。大家酒足饭饱满嘴流油之际都纷纷夸大史能干，并表示要投他一票。谁知道最终的测评结果，自己只得了一票。结果公布后，那些吃他喝他的人还假惺惺地告诉他，肯定投了他一票。大史心中有数，那一票是自己投自己的一票，但这件事也是哑巴吃黄连——有苦难言。此刻，他顺着侯不凡的话茬儿，一拍桌子说："你骂得好，什么民主测评，就是排除异己，你猴子为市场管理局卖命这么多年,最后落个兔死狗烹的下场,太缺德了。"

侯不凡又将矛头指向贾大生:"你也是太窝囊,官迷心窍,天天想着怎么往上爬。当个分房常委该说的也不敢说,让刘旭他们想怎么整就怎么整,连局龄分都整没了,那还是当年我当分房委员的时候定的规矩,这么多年没人说半个不字。要是现在我还当分房委员,门也没有。"

贾大生一听侯不凡的指责,不禁又气又恼,他用手一指边上看热闹的学圆:"你们问问学圆,我在会上说的还少吗?要不是我在会上死活坚持,和老魏他们叫板,这0.5的局龄分也不会有,我不是吹,换了你还不定怎么着哪。"

侯不凡不服气地说:"不用问学圆,人家比你敢说话,我要是分房委员,肯定比你强。"贾大生知道侯不凡现在是"死猪不怕开水烫",什么话都敢说,不禁用有些轻蔑的口气嘲笑说:"你现在是关上门骂皇帝,什么话都敢说,到了会上估计你也是徐庶进曹营——一言不发了。"

侯不凡不服气地顶撞说:"那是你贾大生,我要是分房委员,我就什么都说。凭什么取消曹宝柱分房资格?凭什么取消局龄分?凭什么局长要占三四套房?凭什么老黄和高阳不是困难户?……"胡建设见侯不凡酒后撒酒疯,急忙劝阻:"猴子你喝多了,这不是花果山,别瞎说了。" 旁观者有人劝侯不凡说:你的房子已经四间了,都享受局长待遇了,还有什么不知足?

侯不凡一歪脑袋:"那是他们挑剩下没人要甩给我的,我一点也不领他们的情。" 侯不凡为什么住上四间房还不领情?事情源于侯不凡在调进市场管理局之前,他老婆曾在企业分过一套一居室,侯不凡到局后赶上分房,按照规定处级应享受三居室,局里要求侯不凡把一居室腾出来分给他一套三居。侯不凡不干,说这套一居室不是局里的房产,而是他老婆单位的产权,他老婆单位不同意把自己的房产交给外单位,如果侯不凡分房了,应该把房子交回去。因此,侯不凡要求再给他一套两居室,也算到位了。谁知道房子分到最后,两居室因为朝向好、布局合理,不够分了,而一套背阴的三居室大家都不愿意要,分房委员会问侯不凡两居没有了,背阴的三居要不要?侯不凡应该享受二居现在给他调换成三居心里当然乐意,但是他嘴上不服输,总是说自己顾全大局,要了谁都不愿意住的背阴房,给局里解决了困难。所以,提起这件事好像他还一肚子委屈。

"谁说我猴哥瞎说?其实你们什么不明白?就是怕领导整你们,所以揣着明白装糊涂,我姓史的不怕。当着咱们这些哥们儿、姐们儿的面我也敢说,老魏就是又想当婊子,又想立牌坊,住上好房子,还得说自己是按照分数排上的。其实他那些花花肠子,谁不知道?"大史站出来为侯不凡打抱不平。

"就是,大史不怕,老子也不怕!看我落难了,赵智勇也跟着排挤我,天天把我晾鱼干。名义上我是个副局长,其实连个办公室主任都不如。哼,别以为我好欺负,老子成你们的事儿没那本事,坏你们的事儿绰绰有余,不信就等着瞧。"

胡建设看势头不妙,心里暗暗后悔不该让他们喝这么多酒,顺嘴胡呲。他急忙劝阻说:"老侯、大史,咱们都不喝了,上去喝茶。"

"你们以为我喝多了?我非常清醒!你们谁不服气,来,咱们再干。我喝白酒就像和白开水一样,你们谁行?假大空你行吗?"

贾大生一见大史下战书,站起来刚想应战,一口酒涌到了嗓子眼儿,他知道自己也不行了,但绝不能在这里丢人现眼,他用力往下闸住了涌上来的酒,对大史说:"我们都不行,你才是咱们局头一份,快歇会儿吧。"胡建设也急忙招呼周围看热闹的人帮忙掺一下大史和侯不凡。侯不凡甩开过来搀他的人,脚下踩着八卦步嘴里念叨着没有喝多,左歪右斜地往电梯口走去。

胡建设和贾大生一同扶着大史走出了餐厅,贾大生对胡建设说:"别让他上楼了,省得他上楼胡呲。干脆打个车把他送回家算了。"胡建设点点头,一同搀着大史往楼外走。刚走到传达室门口,大史一眼看见了里面的床:"我不走了,我要睡觉。"说完,头在前脚在后往传达室里俯冲进去。胡建设和贾大生拼命拉住他,才没有让他摔在地上。贾大生着急上厕所,于是,和传达室值班的关师傅打了一个招呼,请他多关照一下,关师傅看大史醉得快不省人事了,皱着眉头满心不情愿地说:"一会儿他要撒起酒风儿来,我可管不了。"

贾大生忙说:"没关系,有什么事您就叫我。"关师傅没有再说

二十七 借酒撒疯

什么，两个人把死沉死沉的大史搀到了床上，胡建设急忙找地方睡觉去了，贾大生则三步并两步冲进了厕所。

　　贾大生头趴在马桶上，把臊臭的屎尿味当成纯天然免费催吐剂，用手抠着嗓子眼吐了一个酣畅淋漓，顿时觉得舒服了很多。他还想把肚子里的残留酒气再往外呕一呕，忽然听见有人走进厕所并别上插销在挡板后面蹲了下来。

　　贾大生怕刚进来的人闻见酒味知道自己吐酒了有损自己在局内的英名，所以轻手轻脚起身准备离去。突然，隔壁传来了一阵低沉悲伤的吟诗声："剪不断，理还乱，是离愁，别有一番滋味在心头。"贾大生仔细一听，是曹宝柱的声音，他刚想打趣几句，猛然想起曹宝柱被取消分房资格的事，顿生怜悯恻隐之心，他暗暗思忖，为了多一套房源，局里毫不留情地把曹宝柱遣返回乡，下一步因为房子，会不会有第二个曹宝柱被无情地排挤出局？

二十八　同室操戈

魏公正晚上下班回到家，老伴见他满脸不高兴，关心地问他怎么了，哪里不舒服？老魏说没有什么不舒服的，是单位的事情。老伴嗔怪他："单位的事情到家里干吗还哭丧着脸？消消气，赶快洗手吃饭。"吃完饭，老伴沏了一杯他爱喝的茉莉花茶，劝他喝杯茶消消火，为单位的事情犯不上跟自己的身子过不去。

魏公正坐在沙发上，回想起白天郝明德的态度和下午有人告诉他，大史、侯不凡他们喝醉酒对自己的漫骂攻击，现在想起来，心里还堵得慌。他心里琢磨着要狠狠刹一刹这股歪风邪气，不能由着他们的性子想说什么就说什么，嘴上一点把门的没有，否则，局领导的威严何在，还怎么领导全局干部职工开展工作？

魏公正在运筹帷幄中感到一丝困意袭来，不由自主地打了几个哈欠，老伴心疼地说："困了就回屋睡去吧，别在这里熬着了。"老魏有个早睡早起的好习惯，他一看表已经十点多钟了，起身到了卫生间，想盥洗一下就睡觉了。突然，寂静的室内响起了急促刺耳的电话铃声，老伴不满地嘟囔说："这么晚了，谁还来电话？"

她抄起电话喂了一声后，回过头对着厕所喊了一嗓子："找你的，是个女的。"魏公正疑惑地问："这么晚了，又有什么事情？"他猜测一定是明天省政府有什么紧急的会议通知。他拿起话筒刚一出声,对方就连珠炮似的冲他嚷嚷起来:"不得了了,魏局长,我是祝丽慧,我们这里出了人命,动刀子了。"一听此言,魏公正的困意一下子消失了,他急忙说:"你别急,慢慢说怎么回事。"

通过祝丽慧语无伦次的叙述,魏公正才明白,原来是祝丽慧他们两口子与合居在一起的张爱爱两口子因为一点小事情吵了起来,后来,双方矛盾升级,爆发了武装冲突,祝丽慧的丈夫被张爱爱的丈夫用刀子扎伤了胳膊,已经报告了派出所,请魏公正代表组织出面处理此事。

魏公正听了事情的原委,不禁有些动气,因为这么一点小事也惊动局长,局长成什么了?他有些不悦地说:"既然已经报告派出所了,就听候派出所的处理结果吧,你去找刘旭,让他处理一下这个事情。"

祝丽慧因为丈夫被人扎伤了,心急火燎,而且打架的双方又都是市场管理局的干部,满心希望魏公正能出面伸张正义,不料想魏公正一脚把球踢到了刘旭脚下,而且没有表现出对弱者的丝毫同情和支持,她大失所望,言语中不禁表现出对魏公正的不满:"您是我们单位的领导,是局长,我们是你的下属,我们有事情,不找领导找谁,不向组织反映向谁反映?"

魏公正也语气生硬地答复说:"你找我,我不是告诉你找刘旭吗,这不就是给你解决问题吗!什么事情都让局长亲自出面,那局长忙得过来吗?"说完,魏公正一把挂上了电话。老伴过来劝他,好好说话,别生那么大的气,气大伤身。

魏公正被祝丽慧一闹,困意顿消,他坐在沙发上暗暗思忖,这些问题下一步也要整顿整顿,要分清职责范围,不能什么事情都找局长解决,全局100多号人,屁大点事也找局长,还不把局长累死?正当魏公正思索下一步的设想时,电话铃声又清脆地叫了起来,老伴在一边不满地嘴里念叨:"都什么钟点了,还让不让人睡觉?"魏公正不情愿地抄起电话,话筒中还是祝丽慧的声音:"魏局长,我找了刘旭了,他让我去派出所解决,他不管这件事,您说怎么办?"

魏公正一听祝丽慧的声音,心里就反感,不满的情绪生硬地甩给了祝丽慧:"你们打架让你们到派出所去解决有什么不对吗?"

祝丽慧听了魏公正这带有对自己谴责的话语，不由得又委屈又生气，自己的家人受到了伤害，叫天天不应，叫地地不灵，满心希望找到组织，谁知道组织也是麻木不仁，这年头怎么靠谁也靠不住？她再也克制不住自己，火气一下子蹿上来了："你们当领导的管不管群众死活了？怎么就知道踢皮球？"

魏公正比她的火气更大："你们打架还有理了？说话这么气粗。这是什么光荣的事情？组织上要管也是要好好地处理你们这种不遵纪守法的行为，不是去给你们擦屁股。"

祝丽慧听了魏公正的话，心里绝望之极，啪的一声挂上了电话。魏公正见祝丽慧挂断了电话，嘴里还愤愤不平地说："你们动刀子关我屁事，全都不是省油的灯。"冷静下来一想，自己不能跟他们一般见识，万一出什么事别说自己不作为。想到这里他马上起身给刘旭家里拨了一个电话。刘旭的老婆睡意蒙眬地告诉魏公正，刘旭已经去处理这件事情了，他说明天一早向您汇报处理结果，魏公正这才放心地上床睡觉。

第二天一上班，刘旭就敲响了魏公正办公室的门，看见刘旭略略发红的两只眼睛，不由得略带歉意地问候了一句："昨天一定搞得很晚吧？"

刘旭浅浅一笑说："没事儿，习惯了也没什么。"魏公正让刘旭坐在沙发上慢慢说，刘旭把祝丽慧和张爱爱矛盾的始末和昨天晚上的处理情况详细描述了一番。

祝丽慧和张爱爱合住在一套三居室里，这套三居室实际上应该算是两室两厅，朝南的三间一溜儿并排，东西两间卧室出来都要经过中央的过道房，东边的卧室有20平方米，西边的卧室有15平方米，中间的过道房有15米，过道房的门外是一个8米的小客厅，还有厨房和厕所。分房的时候，因为是合居，所以规定中间的过道房两家共用，门厅归住西边15平方米小卧室的用户使用，因为祝丽慧的分数高，所以她先挑走了20平方米的大房。后来，西边的小间没有分出去，一直由铁将军把着大门。因此，这套三居室实际是祝丽慧一家人住，她把冰箱和一些杂物放在了门厅，中间的过道房作为客厅，一家人等于住着两室一厅的房子，其乐融融。谁知好景不长，没有多久局里就把西

二十八　同室操戈

边15平方米的房子借给了张爱爱。张爱爱搬进来，见除了铁锁挡住了祝丽慧扩张的步伐，其他疆域已经没有自己下脚的地方了。张爱爱要求祝丽慧把过道房间腾一腾，把客厅的东西搬走，祝丽慧说没有地方放。在双方谈判没有取得任何实质性进展的情况下，张爱爱把问题反映到局里，局里派人找祝丽慧谈话，要求她遵守分房的协议，把门厅给腾出来，否则要影响她下次分房。权衡利益得失，祝丽慧怀着极不情愿的心情把门厅的杂物挪走了，但是冰箱没有动。祝丽慧的冰箱和张爱爱的冰箱放在了一起。

　　祝丽慧安逸甜蜜的幸福生活因为张爱爱的到来而被打破，心里对张爱爱的怨恨可想而知，她把一切不满都归结到张爱爱的身上，怎么看张爱爱怎么不顺眼，而且这些不满都通过具体的生活小事折射出来。

　　在张爱爱还没有搬进来之前，所有的费用是祝丽慧一个人出，张爱爱搬进来以后，祝丽慧提出水费、电费和煤气费用按照实际支出，每人负担一半。张爱爱说：我们两个人基本不做饭，而且有时候住，有时候不住，平均主义要不得，应该合理负担。祝丽慧以合理负担不具备可行性拒绝了，并且提出：要么均摊，要么再安装一套水表、电表和煤气表。张爱爱气不过，真的去问自来水公司、煤气公司和供电局，结果遭到这些部门的无情嘲弄和斥责后，方死了这条心。无奈之下，她只好接受了这些自认为是"屈辱的不平等条约"，可心里非常不舒服。虽然两个人表面上一切问题都协商解决了，但彼此之间心存芥蒂。

　　张爱爱刚刚搬进来的最初日子，双方彼此克制，还算相安无事，但是随着时间的推移，积压在内心的矛盾逐步发泄出来，双方真实的面目都原形毕露了。有一次，张爱爱的一个亲戚来她这里借宿，张爱爱把钥匙给了亲戚，也没有和祝丽慧打招呼。

　　祝丽慧回家后，见对面房子里有动静，以为进来贼了，和先生提着菜刀、擀面杖去敲张爱爱的房门，张爱爱的亲戚一开门看见眼前刀光闪闪，以为是来抢劫的，吓得一夜也没有睡好。祝丽慧第二天就去单位找领导，说张爱爱把房门的钥匙交给自己的亲戚，住房成了公共旅馆了，万一出点事谁负责。行财处找张爱爱了解情况。

张爱爱说：自己的亲戚到省城来看病，第二天要起大早去医院挂号，因为自己的住房离医院近，所以就让亲戚住在自己这里了。祝丽慧半夜三更提着刀去敲门，把自己的亲戚吓得够呛，病不但没有看好，反而加重了，还没有去找她算账，她倒恶人先告状了。行财处抹稀泥，既批评了祝丽慧也批评了张爱爱，最后也是不了了之。经过这次调解，双方之间的矛盾不但没有缓解，反而愈演愈烈，行财处成为了双方的上访接待站。

一会儿祝丽慧告状说，周末的时候张爱爱经常找一些人到家里来打麻将，有时候一打一个通宵，搅得自己睡不好觉，也影响祖国下一代的健康成长。

张爱爱就说，自己平常很少住，也很少开火做饭，还要分摊一半的费用，心里感觉交这些钱就像"庚子赔款"一样，属于被逼无奈，实在不合理。

祝丽慧说，张爱爱两口子有时候半夜三更吵架，影响自己一家人的休息。

张爱爱则说，祝丽慧的老公夜里起夜穿个三角裤头就出来，一点不注意文明。

祝丽慧说，张爱爱是夜游神，夜里看电视听音乐很晚，就像《半夜鸡叫》里面的周扒皮，干扰了自己的正常作息。

张爱爱抱怨说，祝丽慧手脚不勤快，厨房、厕所从来不收拾，里面快成蟑螂的大本营了。

总之，两个人为了一些生活中的琐碎事情，经常闹一些小摩擦，关系越来越僵。俗话说：清官难断家务事，行财处也懒得去管这些事，双方来反映这些问题，也是三言两语赶快把她们打发走完事。

婚后时间不长，因为李强带着张爱爱去北戴河旅游，路上出了车祸，张爱爱的脚伤了，打了石膏在家里休息。后来，张爱爱的老公高明搞清了事情的原委后，和张爱爱大吵大闹了一场。那天，祝丽慧嫌他们吵架的分贝高，吵醒了她的孩子，还特意过来敲门警告他们。从那以后，高明觉得祝丽慧两口子看他的目光都是鄙夷的目光，说话也是阴阳怪气的，觉得对门的两口子好像在嘲讽自己戴上了绿帽子，这股气发泄不出来，在心里越积越盛，总想找个时间和场合痛痛快快一泻为快，这个时机在高明痛苦的挣扎和等待中终于到来了。

五一劳动节单位会餐，没有叫张爱爱参加，她感觉很不舒服，再加上这些日子以来，单位逼迫她搬家，扣押自己的人事档案，还要去法院起诉她。家里人也知道了她和高明的婚姻出现了裂痕，所以，这一段不让她回娘家，让她和高明在一起缓和缓和紧张关系，就连过节，双方家长也没有叫他们两人回去。内外交困，使她感觉到心情很压抑、很郁闷。晚上高明回家，在心情不好的状态下，她又开始抱怨高明。高明强忍着内心的怒火没有发作，忍气吞声去做饭。

高明去冰箱拿东西，正好祝丽慧也开冰箱取东西，高明由于气愤的缘故，猛地一拉冰箱门，结果撞上了祝丽慧，祝丽慧有些不满，让他轻一点开门。高明说："这地方本来就是我们家的地方，你们家的冰箱应该放到屋子里去。"祝丽慧说："谁说这是你们家的地方？公用的地方大家都有份。"两个人话不投机吵了起来，声音越来越大。高明心中积压多日的怨气终于找到了突破口，所有的不满都在这一刻淋漓尽致地倾倒了出来。

一看老婆受人欺负，祝丽慧的老公先跳出来助阵，张爱爱怕她老公寡不敌众，也急忙披挂上阵，四个人把历史的积怨全部抖搂出来，互相指责，吵得脸红脖子粗，说话的声调越来越高，这时候祝丽慧气愤之余忘记了打人不打脸，骂人不揭短的古训，顺嘴揭开高明最忌讳的伤疤："连自己的老婆都管不住，你也算是个男人！跟我们耍英雄算什么本事？"高明心里好像被刀扎了一样，气急败坏之下顺手给了祝丽慧一个耳光。祝丽慧尖叫了一声，展开九阴白骨爪神功，双手冲着高明又抓又挠，她老公见高明先动了手，也秉承人不犯我我不犯人、人若犯我我必犯人的原则，一套民间"王八拳"劈头盖脸向高明招呼过去。高明在祝丽慧夫妇的连手进攻下，脸上被抓了几条血道子，身上挨了几拳。张爱爱见高明吃了亏，连声斥责着对方，并把高明拉回屋子暂且收兵。

高明吃了亏，心里越想越窝火，回到屋子里，见桌子上放着一把水果刀，顺手抄起来，冲出屋一个突刺向着祝丽慧的老公扎了过去。祝丽慧老公急忙伸手一挡，刀子正扎在胳膊上，鲜血顺着胳膊往下流。一见到血，双方都愣了一下，祝丽慧尖叫了一声："流血了，杀人了，快报警！"她说完拉着老公回到屋子里，拨打110报警。接警的警察让他们找当地派出所解决。祝丽慧给派出所打完电话，又给单位打了一个电话。值班人员把魏公正家里的电话告诉了她。祝丽慧又急忙给魏公正家里打电话。魏公正把球踢给刘旭。刘旭接完电话，让他们先去派出所解决，自己也去派出所和他们碰面。祝丽慧打了一圈电话，没有一个人表示出同情和关怀，不禁气愤填膺，所以一个电话又打回魏公正家，谴责完魏公正，恰好派出所的管片民警敲门进来，把他们叫到了派出所。到了派出所，民警让祝丽慧陪老公先去医院看病，回来再做谈话笔录。祝丽慧两口子去医院挂了一个急诊，医生给他们打了一针破伤风针，给伤口缝了针，出具了伤情证明，包扎完就让他们回来了。返回派出所，祝丽慧看见刘旭也在这里，正在向民警了解情况。祝丽慧看见单位的领导到场，仿佛看见亲人一般，哭哭啼啼地向刘旭诉说委屈，并向民警提出：要张爱爱赔偿经济损失，对高明持刀行凶的行为依法严惩。刘旭表示：自己只是受领导委托，前来了解情况，协助派出所做一些工作，具体怎么处理，要听派出所的。管片民警见单位已经介入，就让他们几个人先回去，听候处理。

等他们几个人出了门，刘旭问管片民警此事准备如何处理。民警开门见山告诉刘旭："既然他们报警了，所以按规矩这个事情必须处理。但是，这也不是什么大事情，而且既然单位出面了，我的意见能否请单位给他们协调解决？如果实在协调解决不了，再作为案件处理。"

接下来，管片民警又说，现在这种合居一套房子的情况对户籍管理很不利，而且也容易酿成邻里矛盾，影响安定团结，希望单位有条件的话，还是设法解决合居问题。

刘旭说，这些合居的情况是以前遗留的，而且是迫不得已的办法，这次局里分房就要逐步解决这些问题。

刘旭估计协调解决，张爱爱伤人的一方问题不大，但是，祝丽慧这边恐怕不好办，如果她死活不同意调解怎么办？管片民警给他出了一个好主意：你回去先吓唬双方，告诉他们打架斗殴违反了治安管理处罚条例，按照规定，双方都要处理，只不过处理的轻重不同，拘留的天数多少而已。虽然高明持刀伤人，但是刚才高明说，他的头部也被对方打了几拳，现在还头疼眩晕、恶心，所以说双方都有伤害对方的行为。当然，用刀子伤人，造成了人身伤害，高明的责任要大一些，可以让高明掏钱赔偿医药费和营养费，事情也就过去了。

刘旭答应回去做工作，并且随时和派出所保持联系。

刘旭简单扼要地把昨天晚上的情况向魏公正做了汇报，并且说，如果魏局长没有什么意见，他就准备按照和派出所商量的意见去调解祝丽慧和张爱爱的纠纷。

魏公正沉思了一下，对刘旭说："我看对他们打架的事情不能姑息，一定要严肃地批评他们，打架斗殴双方都是不对的，一个巴掌拍不响，如果有一方能够忍让大度一些，也不会发生这样的事情。目前，我们局合居的也不是他们一户，为什么别人都能和平相处，就他们老是闹矛盾？要他们从主观方面找原因。具体处理我也同意按照派出所的意见去办。"魏公正顿了顿，又说，"另外，你让人修改一下值班办法，规定一下处理问题的程序。要充分发挥各个职能处室负责人的作用，谁的孩子谁抱走，谁的问题谁解决。处长解决不了的问题，由处长找局长，逐级上报，不要动不动就越级上报找局长，我们单位有什么事情都找省委书记找省长行吗？"

刘旭面有难色："值班室归办公室管，我们不好说这个话。"

"那你把协调工作做好，我让刘克礼办这件事。"

"好！有什么结果我再向您汇报。"

二十九　红杏出墙

省文明办副主任李强刚一上班，传达室就来了电话，说是有一个叫张爱爱的女同志要见他，李强让传达室请她进来。

李强一见张爱爱的面，非常惊诧，忙问张爱爱花容月貌怎么憔悴成这个样子了。张爱爱一听，眼圈马上红了，李强急忙递给她一条新毛巾让她擦擦眼泪，并示意她在办公室里不要哭，有什么事情坐下来慢慢说。张爱爱把前几天与祝丽慧打架、局里因为住房问题逼自己搬家、不搬家就扣住自己档案、因为扣住档案，所以接收单位无法接收等问题，一五一十地告诉了李强。李强听完了，没有马上表态，而是问张爱爱想让自己帮忙做什么。张爱爱说，就是想找个人说一说心里痛快，而且让李强帮助自己出出主意，想想办法。

李强看见坐在面前梨花带雨的张爱爱，心里突然泛起一股同情、怜悯、心酸的感受，过去相处时那一幕幕美好的时光不由自主地映入了脑海。

李强是武汉大学中文系毕业的，平常喜欢舞文弄墨，经常在局里的刊物上发表一些诗歌、散文和小杂文。一天，他去编辑部送稿件取稿费，一进门看见一个非常漂亮的姑娘坐在那里，李强不禁多看了几眼。编辑部的吴主编一边让座，一边给双方介绍说，这是新近调入的张爱爱，这是市场管理局的才子局长李强，总是给咱们编辑部赐稿，以后还请局长多多关照张爱爱。李强连连说不客气,并玩笑地说,自己投稿的目的就是为了骗吴主编几个稿费花。临别的时候,吴主编说局长工作这么忙,今后不要再劳局长大驾来回来去跑了,只要打个电话我们派人去取就行了。

没过几天,刊登李强文章的刊物出版了,编辑部派张爱爱把刊物送给李强,张爱爱当面夸奖李强局长的文章写得好,今后要好好帮助帮助她。李强谦虚了一番,也就随口答应下来了。

随着时间的推移,接触逐渐增多,两个人之间的感情就起了微妙的变化,张爱爱借口送稿费、送刊物经常往李强办公室跑,李强也总找一些借口往编辑部走动。张爱爱结婚的时候李强不但出席了她的婚礼而且送了一份厚礼。后来,张爱爱求李强给她找房子,李强亲自找到了行财处副处长李金华,把那套闲置的合居房借给了张爱爱。此事过后,两个人的感情急剧升温,但是中间还是有一层朦胧的窗纱把两个人的感情世界隔成了窗内窗外两个世界。一次,张爱爱去李强那里,李强说自己作了一首诗,想发表在刊物的"文艺副刊"上,问张爱爱写得怎么样。张爱爱接过来轻轻读了出来:

明知道是一个悲伤的结局
但还是忍不住要爱下去
问我为什么如此执着
因为爱情的滋味太过甜蜜

明知道是一个心痛的结局
但我爱你还是一心一意
我不在乎将来的伤痛
今天的幸福更让我分外珍惜

明知道是一个渺茫的结局
对你的爱还是矢志不渝
当初的选择从不后悔
因为我相信真情会感天动地

张爱爱抑扬顿挫读完李强的诗，她的心就像蓝天上的白云，剧烈抖动，疾驰而飞。她看见李强盯住自己的火辣辣的眼神，仿佛彼此之间的一切隔阂一下子就被这首诗中所表达出的情意所融化。

局里逐渐有传言：李强副局长和张爱爱有暧昧关系。开始，这件桃色新闻还是以小道消息的方式流传，后来，越传越广，搞得满城风雨，最后竟传到了张爱爱的老公高明的耳朵里。

事情的起因完全是一次偶然的因素造成的，一个周末张爱爱对高明讲，单位要派自己出差勘查副食基地，星期五走，星期日晚上就回来。高明非常恼火，当着张爱爱的面把局领导臭骂了一顿，说哪有大周末让干部出差的。张爱爱说，没有办法，单位领导既然已经定了，自己只好执行，端人家的饭碗就得听人家的。其实她是和李强开车到北戴河旅游度假。返回的路上，李强的车追了前车的尾，李强倒是没有什么大碍，可是张爱爱没有系安全带，把一张俏脸划伤了，而且右脚踝骨骨折。李强赶紧给自己的一个和交通管理局有关系的哥们儿打电话，他哥们儿开着车风驰电掣般赶到后，先把处理交通事故的交警拉到一边了几句悄悄话，又用李强的"大哥大"给交通队的领导打了一个电话。他让李强等候处理结果，自己先把张爱爱送进了医院。等处理完事故，李强赶到医院见张爱爱的脚已经打上石膏，脸上也包扎好了。李强叮嘱朋友把自己的车送到修理厂，开着朋友的车把张爱爱送回了家。

张爱爱一进家门，高明见老婆受了伤，马上就急眼了，当着李强的面埋怨单位，大周末让自己老婆出差，结果出差成了出差（岔）了。李强连忙道歉，并说张爱爱为单位的事情出了车祸，属于工伤，让张爱爱在家好好休息，过两天再派人来看张爱爱。过了几天，高明见张爱爱负了工伤单位的人也不上门来慰问，心里非常气愤，要去找单位算账，结果被张爱爱死活给拦了下来，说你去单位闹，以后自己还在不在这个单位干了？再说也不是什么大毛病，养几天就可以上班了。

有一天，局办公室主任刘克礼到工艺美术品厂为局领导选购出国礼品，与高明不期而遇，高明跑前跑后，热情地帮助刘克礼选购商品，讨价还价。刘克礼感激之余随意问了一句："这几天在单位怎没有看见张爱爱？"提起这事儿，高明的气不打一处来，冲着刘克礼抱怨起来："你说你们单位的领导也真是的，非得让张爱爱大周末的去北戴河跑什么副食基地的事儿，结果出了车祸，伤了人，你们单位领导也没有人搭理，要不是张爱爱拦着我，我早就去找你们单位领导了。"刘克礼非常惊讶，脱口而出："我们单位在北戴河没有副食基地呀！"

高明看见刘克礼满脸困惑不解的神情，不禁起了疑心，他用疑惑的口气问刘克礼："是你们单位的李强副局长把张爱爱送回家的时候说的，难道李局长骗了我？"刘克礼一听是李强说的，心里后悔得不得了，真恨不得狠狠地抽自己两个嘴巴，让自己多嘴。他马上改口说："既然是李局长说的，那就是真的，李局长主管这项工作，应该不会有假，我对这些事情也不清楚，有可能是我们单位新开辟的副食基地。"买完礼品，他婉言谢绝了高明的挽留，推说单位还有事情，匆匆告别而去。

刘克礼前后矛盾的话和他游离不定的眼神让高明起了疑心，他把张爱爱出车祸前前后后的事情理了理，不禁满腹狐疑，心里产生了一连串的疑问。无意中听张爱爱说过，市场管理局主管后勤的是魏公正，而不是李强，张爱爱在编辑部工作，也不管后勤的事情，为什么单位让张爱爱和李强这两个毫不相干的人去干这件事情？出差办事为什么不在正常工作日去办，非要拣个休息日去，难道对方星期天就不休息？如果张爱爱真的是因为工作出了车祸，为什么单位的领导不来看望？为什么张爱爱死活拦着不让自己去单位找领导？为什么张爱爱一个新同志到市场管理局时间不长就要到了房子，许多资格比她老的人却要不上？（这是拿到房子后，张爱爱和他吹嘘的。还埋怨他一个男子汉一点本领没有，什么事情还要靠老婆。）还有最近张爱爱和自己做爱的次数越来越少，而且质量也明显下降了，一点不像刚结婚时那样激情迸发，简直就是应付差使。他还问过张爱爱这是怎么了，是不是身体不舒服？张爱爱却回答说：蜜月、蜜月，只能甜蜜一个月，否则为什么叫蜜月，不叫蜜年？现在看来就是托词；还有……高明越想心中的疑问就越多，一连串的问题过去没有想过，这次心里有了疑问，自然而然地把他们联系在一起，发现其中的疑点越来越多，线索越来越清晰。他从早到晚坐在办公室里胡思乱想，甚至大脑中不自觉地浮现出张爱爱在北戴河和李强恩爱缠绵、疯狂做爱的镜头，他什么心思也没有了，连给单位画的设计图都让他画上了一连串的问号和写了许多莫名其妙的字，直到科长拿着这张送到他那里的图纸问高明今天怎么了，出了什么事，高明才从愤怒中清醒过来。

下班前，他冷静了许多，在办公室给刘旭打了一个电话，说是张爱爱让打的，想在远郊给市场管理局找一个副食基地，问刘旭要不要。刘旭说太远了，不方便。高明说："听说你们要在北戴河建设基地，这总比北戴河近多了。"刘旭惊讶地说，根本就没有在北戴河建设基地的计划，问他听谁说的。刘旭还问高明，听说张爱爱骨折了，怎么搞的？高明含糊应了一句，撂下电话就骑车往家赶，路上没看红灯就闯了过去，险些被汽车撞着，司机骂他"找死"，他回骂了司机一句，匆匆赶回家门。

进了家门，他板着脸怒气勃发，劈头就问张爱爱到底上北戴河干什么去了。张爱爱一看高明的脸色，心里也有些发虚，开始她还是卤煮寒鸭子——肉烂嘴不烂，一口咬定单位让她去北戴河寻找副食基地去了。高明冷笑了几声，用有些得意又有些悲愤的口气告诉张爱爱："我已经到你们单位去过了，问过了你们单位领导，根本就没有派你出差，也没有在北戴河建设副食基地。你的伤也根本不属于工伤。"张爱爱一听高明去了单位，立即哑口无言，最后，承认是和李强一起到北戴河去玩了，因为李强是给单位寻找副食基地，而自己没有去过北戴河，所以借机会去了一趟。高明问她为什么不说实话。张爱爱说怕高明不同意，所以，说了谎话。高明追问她和李强都干了些什么。张爱爱说，他们两个人是分开住的，什么事情也没有，并且让高明不要把人想得太龌龊了。高明当然不信，和张爱爱大吵了一场。合居的祝丽慧过来敲门提醒他们：不要吵了，都几点了，孩子已经睡了，你们这么吵把我们家孩子都吵醒了。两个人背对背几乎都是一夜未眠。

自从这次撕破脸后，张爱爱和高明的感情急剧下降，高明对李强也一直耿耿于怀，认为李强是造成夫妻感情失和的罪魁祸首。为解开心中的谜团，在一个漆黑的夜晚，他用张爱爱的名义把李强约到了滨河公园的一个角落，问李强到底和自己的老婆去北戴河干什么去了。

李强还是说去找副食基地，并且说他们两个人是分开睡的，张爱爱的老公当然不相信这些，但是，他又没有什么证据在手，只好严厉警告李强今后不许再勾引他老婆，并且要李强远离张爱爱。

李强反复强调他和爱爱是同志的友谊，没有男女私情，并劝导高明：在当前市场经济下，思想不能太守旧，现在这个年代早已经不是过去男女授受不亲的时代了，男女之间有正常的朋友交往是社交的需要，朋友是永远的财富和资源。正在这个时候，一个朋友给李强打来电话，李强接完电话，说自己还有事情，就想开溜。高明怒不可遏，上去就是一拳，把李强的眼镜都打碎了，接着又一把抢过他手里的"大哥大"手机，顺手扔到了河里。李强大概是心虚，没有还手，自己跳到河水里摸了半天，冻得浑身哆嗦也没有找到手机。第二天上班，单位的人问他：眼睛怎么肿了？他说是马蜂蛰的。后来，这件事情局里还是知道了，魏公正曾经私下里说："不管谁遇见张爱爱这种坏女人，要不出事才怪呐。"吴局长特意找李强谈话，善意提醒他：你还年轻，还很有前途，要有政治眼光，不要被这些桃色绯闻毁了自己的政治生命。

自此以后，李强与张爱爱的关系有些疏远，之后不久发生的车震事件在张爱爱的心中留下了厚厚的阴影，导致两个人的关系急剧降温。

一天晚上十一点多钟，正赶上"严打"期间警察夜查，派出所的巡逻车巡逻到市场管理局附近，警察看见前面不远处有一辆桑塔纳轿车很可疑，深更半夜停放在马路边，而且也没有开灯，车辆不停地抖动，车里朦朦胧胧好像还有一男一女搂抱在一起。警察上前去查他们的身份证，结果他们两个人都没有带身份证。警察看他们的岁数差距较大，怀疑是嫖娼，就把他们带回派出所分开进行审查。在派出所里，那个男人解释说自己是市场管理局的副局长，和这个女孩子是同事，因为一起去看节目，看完节目天色太晚了，怕路上不安全，所以开车把她送回来，他们之间绝对没有任何不轨之情。

那个女的说她叫裴慧慧，是市场管理局的干部，与局领导一起去看节目，散场后领导送她回集体宿舍，在门口刚要下车就被警察看见并带到派出所来了。警察说，看见你们在车里亲嘴了，你们这是乱搞男女关系,败坏社会风气。接着警察又吓唬她,现在是"严打"期间,你的问题说大就大,说小就小,关键是态度。要老老实实交代问题,如果不老实就要严肃处理。裴慧慧从来没有经过这个阵势,被吓坏了,顺着警察的问话有问必答。李强开始一口咬定就是工作关系,没有任何其他事情。后来,警察拿裴慧慧的口供与他对质,他只好承认是搂抱了裴慧慧,但是没有做其他的事。因为没有证件,派出所往省政府值班室打电话,问市场管理局有没有叫李强的副局长,省政府值班室回答说有这个人。又给市场管理局打电话对他们两个人的身份进行核实。这时候,正好管片民警小汪夜查回来了,一进门看见地上蹲着的人很眼熟,仔细一看:"呦,这不是市场管理局的李局长吗?怎么了?出什么事情了?"

  李强一看是熟人,紧张的心情马上放松了,仿佛遇到了救星,急忙把刚才的事情说了一遍。小汪马上去找审案的民警说:"这是市场管理局的李局长,我经常去,都认识,没什么问题,让他们回去吧。"小汪一说,负责审查的民警还做好做歹,说他也做不了主,让小汪去跟值班的领导讲一讲,他才能放人。小汪又去找值班的领导,说自己可以为他们担保,这才把他们两个人放了出来。

  这件事情过后,小汪自认为救了李强一难,拿这件事情当资本,让李强帮助他从市场管理局借一间房子住,李强说不是本单位职工不好办,而且现在魏公正管这些事情了,自己不管这摊事儿,让他直接找李金华去说。小汪大失所望,觉得李强忘恩负义,太不够朋友了。一次,他去市场管理局找李金华,正遇见刘旭,就和他谈起了借房子的事情,并说这是李强让自己来找的。刘旭特别纳闷,怎么李强让小汪找自己借房子?小汪就把那天晚上发生的事情原原本本地告诉了刘旭,并说自己如何甘冒风险为他们做担保,如何到领导那里说好话,最后才把他们放了出来。如果不是自己卖力气,搞不好就折进去了。经过小汪一番绘声绘色的描述,这件事情不胫而走,搞得满城风雨,上上下下都知道了这件市场管理局的丑闻。省政府也知道了这件事,据说政府秘书长在一次会议上还拿这个事情当典型,说有个别政府部门负责人乱搞男女关系,结果让警察抓到了,丢人现眼,让大家要引以为戒。

房门背后

在这种情况下,李强感到在局里实在抬不起头来,出门看见大家小声交头接耳地说话,感觉都是在背后议论自己和裴慧慧。无奈之下,自己急忙调出了市场管理局。张爱爱听说了这件事情,也对李强大为不满。女人对男人在大是大非方面可能不会计较,唯独在感情方面和一些细微之处,特别敏感和容易吃醋。她对李强追求自己的同时又去和裴慧慧相好非常生气,逐渐疏远了李强,李强调走后两个人的联系更少了。但是,最近发生这么多的事情,张爱爱一直想找一个知心的人说说话,为自己出出主意。虽然也曾生过李强的气,但是每当回忆起那段美好的时光和真挚的感情内心还是难以割舍、不能忘怀。她也常常恨自己没出息,发誓不再搭理李强,但是一见李强的面,听到他那带磁性的声音,什么怨恨都消失得无影无踪,这次主动上门就是想让李强为她出谋划策。

李强沉思了一会儿,耐心地开导张爱爱说:"你不要着急,老魏怎么不了你。你住房的问题属于单位内部的事情,法院不会受理的,另外,我在法院也有熟人,我帮你打个招呼,应该没什么事。至于逼你搬家,你就坚持不搬,老魏不是想住进去吗?你就和他耗下去,最终他们为了让老魏住进去,也得给你解决住房,不满意你就不搬。"李强说完这几句话,看见张爱爱紧皱的眉头有些舒展,又继续安慰她:"单位不放你档案的事情比较麻烦,因为没有档案许多单位无法接收。不过你也别太着急,我也帮你找一找接收单位,现在有许多单位不要档案,只是你不能在政府部门干了。其实这个年代在机关也没有什么意思,一个月挣不了半葫芦醋钱,熬白了头发混上一官半职,不如出来干,踏踏实实地挣点钱,市场经济有钱什么都有了。"

张爱爱听了李强的话,心情舒畅了一些,但是她担心凭自己一己之力和能力水平找不到好工作:"可是我没有什么特长,也不知道自己能干什么,到哪儿挣大钱去?"李强安慰她:"你别急,我帮你找一份临时工作,你先凑合干着,等以后有了好工作再换。"张爱爱一听李强能给自己找到工作,刚来时的压抑感顿时消失了不少,脸上也露出了笑容。她叮嘱李强,千万不要把答应自己的事情忘到脑后,在得到李强肯定的答复后,张爱爱满意地告辞而去。

三十　郝明德自戕

刘旭刚进办公室，就接到魏公正的电话，让他过去商量一下出二榜的事情。一进门，魏公正就开门见山地告诉他，已经把二次全体分房委员会的讨论情况向吴局长汇报了，吴局长说要尽快研究二榜方案，加快工作的进度。刘旭说："其他都好办，就是那几个特殊情况的人怎么办？"魏公正说："我的意见还是暂时不吐这个口，能顶就顶，顶一阵子也许就过去了，实在顶不住，也等到最后再说。我估计他们也要不出什么新花样。"刘旭点点头，表示赞许。

这时候，有人轻轻敲了敲魏公正的房门。魏公正喊了一声"进来"，推门而入的是郝明德。魏公正一皱眉头说："我们在开会，你先回去，一会儿再来。"郝明德好像没有听见魏公正的话一样，两腿略有些晃动但很坚定地走到了魏公正的办公桌前立定。他双手放在衣服兜里，目光直视，声音有些颤抖地问魏公正："魏局长，我还想向您汇报一下我的情况，您没有证据，不能说我的证明是假的。"魏公正不耐烦地板起脸打起了官腔："你的事情我说了不算，我也要尊重全体委员会的意见。党的组织原则是少数服从多数，我虽然是局长，但是也不能搞一言堂，你的事情还要由全体委员决定。"

郝明德说："我听说二榜还没有我的名单？"魏公正说："你听谁造的谣？二榜现在还没有研究，怎么就说没有你？"郝明德见魏公正否定了自己刚说的话，立即又追问了一句："我听说您的意思是二榜还没有我，我想知道这是不是真的？"

魏公正见郝明德无休止地缠问自己，脸上的恼意现了出来："你又不是我肚子里的蛔虫，我的想法你怎么知道？这些都是谁告诉你的？我再说一遍，二榜现在还没有研究，有你没你我说了不算，要听全体委员的。清楚了吧？"

郝明德不知道是别住了哪根筋，围绕一个问题，死死缠住不放："我不管委员们什么想法，我就想知道您是什么意见？"

魏公正终于有些憋不住了，对郝明德嚷了起来："我什么意见？我的意见不是有人告诉你了吗？你还来问我干什么？去去去，你别在我这儿胡搅蛮缠了，回去该干吗干吗去。"

闻听此言，郝明德血往上涌，脸色通红，他用右手陡然从衣服兜里掏出了一把水果刀，高高举起，向前跨了一步。魏公正见眼前雪白的刀子马上要落到自己身上，吓得脸色如土，声音发颤："你……你……你要干什么？"

郝明德二话不说，右手往下一挥，刀光在空中划出了一道弧线，刀锋落处，只见一股殷红的鲜血从郝明德的肚子上冒了出来，染红了他持刀的右手，染红了衣服，滴滴答答滚落到地上。郝明德忍着痛喘着粗气对魏公正说："你不给我房子，我也不想活了。"

刘旭见郝明德掏出刀子时，手足无措地愣住了，待见到郝明德自戕方醒悟过来，他急忙起身从后面抱住他，一边往外拖他，一边说："走走走，快去医务室。"郝明德挣扎了两下，把刀子扔在地上，弯着腰用手捂住肚子顺从地跟刘旭走了出去。

魏公正惊魂未定，见郝明德出了房门，才觉得身上全是冷汗，裤裆里有些发凉、发湿，望着地下沾血的刀子和洒落在地面上的血迹，他的大脑中从开始时的恐惧逐渐过渡到愤怒，这不是公然对自己的挑衅吗？想用死来威胁我，达到自己的目的，我老魏不是被吓大的，也决不能让你郝明德的威胁得逞，如果都来威胁局领导，那今后还怎么进行管理？但是，想到刚才的一幕，也不禁有些后怕，万一这刀扎在自己的身上，自己这一百多斤就交代了，自己的前途、生命、家庭、晚年生活等都毁在这一刀之下，未免也太不值得了。正在思来想去，刘旭推门进来了。

"怎么样了？"魏公正迫不及待地问了一句。

"没有什么大事，我让司机班派了一辆车，让权大夫和张建华陪着去医院了。"刘旭宽慰魏公正。

魏公正沉吟了一下，瘦驴拉硬屎，语气严肃地对刘旭说："不能让这股歪风邪气在市场管理局蔓延，你跟我一起去向吴局长汇报今天的情况，一定要严肃处理这种用不正当手段威胁领导的行为。"

刘旭有些疑惑不解："郝明德怎么知道了您的想法？他的那些话是根据什么说的？搞不好背后有人挑拨。"魏公正一想也是，自己在小范围内说的话怎么就跑到郝明德的耳朵里去了，是谁给他通风报信？他想了想对刘旭说："这些问题要让他说清楚，说不清楚不给他分房。"刘旭还想说什么，魏公正一摆手："有什么话到吴局长那里再说，我们先过去吧。"

郝明德自戕的消息像风一样迅速席卷了全局的每一个角落，在感叹、痛惜、理解、谴责等各种议论交织的背后，大家不约而同地想到一个问题，究竟是什么原因把郝明德逼上了绝路？是谁向郝明德透露了消息？

郝明德自戕的原因因一个戏剧性的偶发事件揭开了谜底。一天，人事处的刁处长尿急，一改平时小步慢走的习惯，疾步快行猛地一拉房门，阴暗的楼道中突然看见门口立着幽灵似的一个黑影，吓得丢了三魂去了六魄，一泡尿全撒裤裆里了。门口的黑影看见刁处长出来也急忙往楼下奔去，刁处长从背影看出来黑影是办公室的包雪英，他气不打一处来，气哼哼地找到办公室主任刘克礼，让他好好管教管教包雪英，这次是吓出了尿，下次如果吓出了心脏病，出了人命怎么办？

刘克礼一边给刁处长道歉，一边解释包雪英有病，请他多多担待，一定狠狠批评她。其实，刘克礼心里清楚，肯定是因为房子的事，包雪英趴门缝探情报的老毛病又犯了。

包雪英原在县里工作，当年省市场管理局想从这个县市场管理局调入一名业务骨干，可县里不肯放人，并表示如果非要这个业务骨干不可，必须搭配上包雪英。市场管理局当时的领导不知道出于什么考虑，答应了这个要求。包雪英调入的时候已经50多岁了，而且长期有病，平常少言寡语，属于俗话说的三脚踢不出一个屁的人。由于每个处室都不喜欢要她，最后，只好放到办公室负责分发报纸、传递信件、整理资料等工作。

她做这项工作不久，大家就发现她有一个怪毛病，去送报纸、信件到了领导门口先不敲门，而是先趴在门缝上听一听，然后才敲门，出了领导的门先不走，也要在领导的门口站一会儿。

开始，大家都以为她是怕打扰领导所以才先听听动静再敲门，出门后怕领导还有事情叫她所以不急于离开。后来，时间长了，特别是她偶尔和别人说某某领导说什么话了，而且这些话后来又得到了应验，大家才恍然大悟，知道她是从门缝里刺探搜集情报。知道她这个毛病后，司机班赐给她一个"门缝包打听"的荣誉称号。刘克礼曾经多次找她谈话，要她注意这个问题，每次谈完她稍微收敛一些，不久，就故态复萌。

刘克礼送走刁处长，立即找来包雪英，质问她为什么老毛病总是不改，给办公室丢人现眼，再这样下去，准备辞退她。包雪英吞吞吐吐说出了自己的苦衷。

包雪英一家三口人和婆婆合住在一起，她婆婆有一套小三居，婆婆住一间，她和老公住一间，还有留给小姑子的一间。小姑子在外地工作，根本不回家，这间房现在是包雪英的孩子住。但是婆婆说，姑娘回娘家了，总不能连个窝也没有。这次要房，她提出来房子是婆婆的，自己三口人合住在婆婆家，应该属于困难户。

为了摸清楚魏公正是否同意自己入围困难户，她趴门缝更加小心但频率明显增加。有一天，魏公正在办公室里和刘旭提起她："包雪英住在婆婆家，以后她婆婆不在了，这房子就属于他们一家三口了。有三居室住，不要说困难户，依我看是否具备分房资格都要掂量掂量。"包雪英从门缝中听见这一噩耗，险些当场背过气去。她虽然在工作中效率不高，但是在这个问题上，让那些平常看不上她工作水平的人也不得不刮目相看。她迅速找公证部门出了一份公证书，证明这套房子婆婆最终是要留给从外地返回省城后居无定所的小姑子。她拿着这份公证书，找到魏公正理论，声明自己是借住婆婆的房子，属于货真价实的困难户。魏公正对公证书嗤之以鼻："你婆婆的房子你老公和他妹妹都有权利继承，全分给他妹妹不合理，违反国家法律的公证书我们不承认。"最后，按照改善户的标准给她上了一榜。

刘克礼从包雪英的叙述中突然联想到郝明德自戕之事，他诈唬包雪英："郝明德在医院里说是你告诉他魏局长不让他上二榜的，有没有这回事？"包雪英先是点点头，然后又否认说："郝明德由于着急知道自己能否上二榜，所以他主动上门找我，我只是把魏局长不认可他证明的事告诉他了，但是我没说他不能上二榜，不知道他从哪儿得到的消息。"

刘克礼搞清楚了郝明德自戕的来龙去脉，警告包雪英不许再去趴领导的门缝，否则后果自负，然后把这件事向主管领导魏公正做了汇报。魏公正当时气急败坏地提出要狠狠处理包雪英，后来在刘克礼家丑不可外扬的劝说下，方才作罢。但是"门缝包打听"挑唆郝明德自戕的事还是迅速外扬到全局每一个人。

郝明德事件的余波也引发了对即将出台的二榜名单的猜想，大家纷纷揣测，郝明德自戕事件究竟会以何种结局收场，会不会对分房工作产生影响。大家拭目以待分房常委会议的结果。

按照惯例全体会议之前，先召开常委会研究讨论，学圆事先从多个渠道听说魏公正要严肃处理郝明德，连潘全力都说老魏要从重从严处理，已经让人事处草拟处理意见了。学圆揣测郝明德的一腔热血都无济于事，恐怕为老黄和高阳争房的事也不会有结果。但是，他在会前还是精心打了一遍腹稿，说些什么？怎么讲？如果发生了争执还坚持不坚持自己的意见？学圆认为魏公正对老黄的事情绝对不会妥协的。估计这次会议肯定还是避免不了一场唇枪舌剑的争吵，为此，学圆事前做好了充分的思想准备。

会议的结局，让学圆大跌眼镜，完全出乎他的意料，因为每次常委会总是无休无止地扯皮，翻来覆去地争吵，最后是议而不决的结果。但是这次会议一反常态，魏公正不像前几次会议那样慷慨激昂，一意孤行，固执己见，而是采取了很低调的态度，对大家提出的意见不再表示反对。

说实话学圆对老黄的事情本来已经不抱什么希望了，就在开会前，潘全力还提醒他，对老黄的事情尽了力就行了，不要太死争了，现在局里就有传言，说老黄送了你礼，所以你才卖力气给他去争。"

学圆反驳说："不管别人怎么说，但是我自己问心无愧，绝对没有收老黄的任何礼物，连老黄的一口饭也没有吃过，只不过作为一个分房委员尽一下自己的责任罢了，而且老黄确实住房比较困难，比其他上榜的困难户强不了多少。"

潘全力劝他说："住房比老黄还困难的大有人在，只不过你不知道看不见罢了，比起他们老黄算不错了。而且大家知道你作为分房委员已经尽心尽力了，即使老黄分不上房，也没有人会责备你的，不要为了一个已经退休的老黄得罪了领导，影响了你的前程。就是你为老黄争到了房子，老黄又能够给你什么好处？"

学圆从心里不赞同潘全力的看法，说实话，分房工作刚开始的时候，他还是比较胆怯的，甚至选他当常委当初他还不想干。但是，经过这一段工作的磨炼，特别是分房过程中形形色色人物的表演，他认为在公平的口号下，其实，分房首先体现的是权力和利益的分配，结合自身的遭遇，他的内心世界油然而生一种神圣的使命感。他认为自己有义务、有责任为普通干部的住房去呐喊、奔走，如果不这样做，自己的良心不安，他甚至为过去过多地考虑自己而感到羞愧。自己虽然是一个小人物，但不能因为自己的渺小而放弃自己的使命。因此，他下定决心，一定要坚持自己的立场，尽可能地为住房困难的人出自己的力，尽自己的心。自己的能力是有限的，古人讲：谋事在人，成事在天，自己一定要去谋，尽人事听天命是他给自己定的工作标准。因此，他已经抱定了一定要把自己的心里话说出来、绝对不留遗憾的想法，甚至他已经做好了挨魏公正批评和魏公正争辩的准备，只要问心无愧，就不怕别人的是是非非。

让学圆始料不及的是自己预想好的各种方案都没有出现，在讨论到老黄和高阳的问题时，魏公正首先同意老黄和高阳上二榜，至于分几间房当时没有定。

讨论其他人的问题，除了张爱爱和郝明德外，魏公正也是一路绿灯，这大大出乎学圆的预料，他感觉今天魏公正就像换了一个人，说话和表态从过去一个坚持原则毫不退缩的人变成了一个心怀慈善处处为人着想的好领导。而且最让学圆感到不可理解的是，上次分房会议上，魏公正口口声声要坚持原则，对刘莹莹违反政策要房，持坚决反对的态度，但是，当会议快要结束的时候，刘旭提出，刘莹莹和费斯亮在住房上确实存在具体的困难，虽然已经过了要房的期限，但是，分房的目的还是要解决职工的住房困难，建议让刘莹莹和费斯亮上二榜，魏公正绝口不再提坚持原则的事情，而是话里话外充满了对刘莹莹孤儿寡母的怜悯，对费斯亮一家人流离失所的同情，支持刘旭给刘莹莹和费斯亮列入二榜的建议。刘莹莹在单位本就人缘不错，小费也经常利用手中职权帮大家买一些紧俏农产品，再加上分房的两位主要领导都同意给他们分房，另外还有一个原因就是其他委员提出的意见也全部落实了，所以，各项议题常委们都没有提出反对的意见。对郝明德的问题，也没有提出来什么实质性的处理意见，而且也没有说不让他上二榜，与下面流传的要严肃处理，不给他分房的传言相距甚远，最终的结果是个皆大欢喜的局面。

出了会议室，学圆和贾大生走在一起，见周围没有其他人，就悄声问贾大生："贾处，魏局长今天这是怎么了？让我都有点不认识了，像换了一个人似的。"

贾大生简洁明了："吓的!"

学圆大惑不解地问："什么吓的?"

贾大生把右手举起来，比画着往自己的肚子上一扎，学圆恍然大悟，知道他说的是郝明德自戕的事情，他想了一想，心里还是有些疑惑："可是刚才会议上魏公正并没有肯定给郝明德分房呀。只是说要先对他处理然后再考虑他的上二榜问题。"贾大生说："你想呀，他先前声称要严肃处理郝明德，现在能一下子打自己的嘴巴，马上给郝明德分房吗？肯定要有个缓冲的过程，但最后肯定是不了了之，给郝明德上二榜。"学圆将信将疑，他暗忖事情反转的背后一定发生了什么。

三十一　潘全力做媒

　　早晨一上班辛处长就把潘全力和学圆叫了过去，让他们尽快去一趟五星饭店，饭店的材料已经审核完，基本认可了，让他们两个人再细细审核一下饭店的毛利率，另外，再把客房的价格、成本仔细审查一下，赶紧报个材料上局长办公会研究。潘全力不敢怠慢，回去马上给五星饭店李克俭经理打了一个电话，说下午和学圆过去再审核一下毛利率和成本，请他们准备好相关材料。

　　学圆对辛处长的态度变化如此之大有些不解，上次和潘全力去五星酒店审核成本，回来挨了处长一顿批评，说他们两个人审核得不认真、不细致，为此，潘全力向处长做了检讨，并当着处长面给李克俭打电话，对企业虚报成本的行为进行了声色俱厉的批评，要求他们认真审核成本，把成本核实准确了再报。后来，杨丽来局里送重新调整过的成本材料，比潘全力和学圆审核过的成本略有降低。当时，看完酒店新报的成本，辛处长得意地把材料摔在桌上对潘全力说："你看我说得怎么样？他们的成本肯定有水分，我虽然没有去，但是凭经验我就知道不实。这不一挤就把水分挤出来了？"潘全力一伸大拇指："姜还是老的辣，比起您我们差的不是一星半点。"辛处长把材料递给潘全力："现在国家要稳定物价，涨价的事让他们提前做好准备工作，你们找一些外省市的资料，我们横向比较一下，何时调整等等再说。"后来，杨丽给学圆来电话问调价的事情有什么进展，潘全力说不着急，辛处长怕先调价成为全国的出头鸟，要等一等看一看再说。

下午，去五星酒店的路上学圆疑惑不解地问潘全力："潘老师，上次杨丽问调价的事，处长不是说要等一等吗？为什么又突然急如星火地催上咱们了？"

潘全力翘起嘴角神秘地一笑："肯定有原因，具体是什么，我隐隐约约听见一些风声，但是没有凿实，现在还不能告诉你。"

见学圆还想追问，潘全力忙岔开了话题："学圆，你觉得杨丽这个姑娘怎么样？"

提起杨丽正好搔着学圆的痒处，他无心再继续打探辛处长的事儿，腼腆地回答说："挺好的，人聪明，热情大方，长得也漂亮！"

"我给你们两个搭个鹊桥，你愿意吗？"

学圆自从第一次跟潘全力到酒店认识了杨丽，脑海中深深烙下了杨丽的倩影，跳舞时杨丽的一颦一笑总是萦绕在心、割舍不去，随着工作中的不断接触，杨丽在自己心目中的影像越发清晰，听见潘全力说要给自己牵红线当介绍人，心里自然乐不可支，但是又怕是剃头挑子——一头热，万一杨丽不同意，到时候碰个钉子撞个包，不但脸面下不来，而且今后再碰面也难免尴尬。他沉吟了一下，吞吞吐吐地说出了自己的担心。潘全力微微一笑："你不用想那么多，一切有我。你就说你愿意不愿意吧。"

学圆红了脸点点头，喜悦无比地说了声："愿意！"

离酒店大门不足百米之处，学圆远远就看见了杨丽身着工装短裙、亭亭玉立在酒店门口。潘全力到门口一只腿下了车，笑着对杨丽说："大热天的在屋里等着就行了，没必要出来等。"杨丽嫣然一笑说："潘处长贵客临门，本来我们李经理说让我上门去接，但是潘处长说要遵守廉政纪律，我们就不好为难您了。"过去潘全力外出公干总是喜欢让企业派车接送，后来，冯有义吃虾被"瞎"了，局里为此下发了通知，要求进一步加强廉政建设，再次强调了廉政纪律，重申了几个不准，其中就有不许让企业车接车送的条款，潘全力自然不敢顶风而上，所以杨丽提出派车到单位去接，被潘全力以遵守廉政纪律为名一口回绝了。

杨丽冲着满头大汗的学圆微笑着点了点头："孟老师，大热天让你们跑一趟真不好意思，赶快进来凉快凉快吧。"见了杨丽的笑脸，学圆一路上的暑热顿时消失了不少，进了酒店大门，大堂中一股凉风扑面而来，满头的汗水急速消逝，浑身上下顿觉清爽舒适了许多。

学圆跟在潘全力的后面，在杨丽的引领下推开了贵宾室的橡木门，李经理和财务经理一见他们进门，急速从沙发上弹射起来，笑容可掬地上前握手寒暄。财务经理是个中年妇女，握住学圆的手，客气地问学圆："台谱怎么称呼？"学圆知道这是问自己的名字，但猛地这么一问不由得一愣。财务经理以为学圆听不懂，连忙改口问学圆的名字，学圆回答后，为自己的反应迟钝而略有些不快。等潘全力和学圆落座后，潘全力简明扼要地说明了今天来的目的，并希望酒店方面积极配合，争取尽快确定最终的调价方案。

李克俭表态一定全力配合，需要什么酒店无保留地提供。说到这里，李克俭抬手一指杨丽："为了加强酒店的价格管理，我们酒店已经把杨丽确定为我们的专职物价人员，以后就由她负责我们酒店的价格管理和定调价工作，小杨刚刚从事这项工作，很多地方不懂不会，还请潘处长和孟老师多多指导帮助她。"

杨丽从沙发上站起身，一脸诚恳地对潘全力说："潘处长，我对物价是一窍不通，等于赶着鸭子上架，请您以后多多关照。"

潘全力狡黠地一笑，用手一指学圆，一语双关地说："老师在这里，学圆是专家，你们以后多多联系，相互支持帮助。"

学圆听懂了潘全力的话外音，面对杨丽渴求的目光不由得有些手足无措，略显不安。

因为调价方案已经多次测算，所以，双方没有什么大的分歧，只是在一些枝节问题上讨价还价了一番，最终达成了一致的意见。眼见大功告成，潘全力提出去卫生间让杨丽指个路，杨丽起身陪潘全力出了门。

从酒店回来的路上，潘全力高兴地告诉学圆，刚才在酒店里，借着让杨丽指点卫生间位置的机会，把杨丽单独约了出去，先把学圆夸了一溜够，紧接着又把杨丽夸了一通，说他们两个是郎才女貌，珠联璧合，最后征求了杨丽的意见，愿意不愿意和学圆交朋友。杨丽说自己文化水平低，怕配不上学圆这个才子。潘全力说你正好可以借这个机会向学圆多学习呀，美满夫妻之间都是互补的。潘全力说，杨丽后来红着脸答应了和你交往，你得抓住机会，多献殷勤，多展示你的才华，多顺着她，争取早点把她哄到手。

在辛处长的催促下，五星酒店的调价方案很快被局办公会议审议通过，潘全力第一时间通知了李克俭，然后，他又让学圆给杨丽打个电话，告诉她这一喜讯。

"潘老师您都给李经理打过了，不用我再打了吧？"学圆认为给杨丽打电话有些多此一举。

"我打电话是公事，你打电话是私交，我给你们牵上红线了，你们得多联系多交往，调价方案通过了，这也是你对杨丽工作的支持和帮助呀。她刚当上物价员就办成了这件大事，肯定会得到领导和同事们的赏识，对她今后发展也有好处，你正好可以借机发展你们的关系呀！"潘全力循循善诱给学圆讲明了给杨丽打电话的重要意义和作用。

这层窗户纸自从被潘全力捅破后，学圆一直想约杨丽出来好好聊聊，但是一直没有找到合适的机会，今天被潘老师一点拨，顿有醍醐灌顶的感觉，是呀，何不趁着这个机会约她出来，一诉衷情？

学圆急忙抄起电话给杨丽报了喜讯。在杨丽一连串的道谢话语之后，学圆又问她今天晚上有无时间，想请她看电影。杨丽没有迟疑，愉快地接受了邀请。两个人约好了见面的时间地点后，学圆开始对晚上的约会进行了认真的筹划，不料快下班了，辛处长把他叫过去，让他今天辛苦一下，抓紧时间把具体的调整方案拉出来，明天作为附件一并印发。学圆计算了一下时间，估计要比约定的时间晚一点出门，他生怕让杨丽等着急了，特意给杨丽的BP机发了一条信息，告诉了她原因，并且向她道歉。

学圆心急火燎地把具体调价方案拉出来，急忙坐车赶往电影院，一下车老远就看见杨丽挎着包包在门口四处张望，学圆快步走了过去，开口刚一说话，杨丽就微笑着把学圆道歉的话堵了回来；"你不用说了，我知道你是在为我们单位调价的事忙乎，感谢你还来不及呐。"学圆因为第一次约会就迟到颇有些内疚，一看杨丽这么理解宽容，紧张的心不由得放松下来，他也笑着回了一句："感谢理解支持！我先去买票吧。"杨丽一把拉住了要往售票处去的学圆，从上衣浅浅的口袋里掏出两张票："已经买好了，我们进去吧，快开演了。"学圆有些不好意思："我请你看电影，怎么好意思让你破费？"杨丽抿嘴一笑："你为我们单位调价帮了大忙，也支持了我工作，刚才我们李经理还特意表扬了我，还说要给我发奖金，今天我请你看电影，就算我对你的答谢吧。"学圆为杨丽的话所感动，内心深深为结交这么一位通情达理、知恩图报的好姑娘而窃喜。在座位上落座后没有来得及细聊，剧场内的灯光就熄灭了。学圆见电影开演了，自然无法再和杨丽进行语言的交流，他试探着伸出手轻轻握住了杨丽的手，想试试杨丽的反应。杨丽的手微微颤抖了一下，也轻轻反握住学圆的手，学圆见杨丽对自己的肢体动作有了反应，激动得心儿乱跳，另一只手也凑过在杨丽柔软细腻的手背上温柔地抚摩起来，心里不由自主地涌现出许多让自己脸红的想法……

电影结束了，两个人随着人流出了剧场，发现门口簇拥着许多人，上前一看才发现天空淅淅沥沥下起了小雨，学圆有些发愁，自己淋湿了不要紧，可是杨丽的衣服包包淋湿了怎么办？杨丽似乎看出了学圆的忧虑，拉开书包的拉链，取出了一把折叠伞，轻轻地撑开，对着学圆说："我送你到车站我再回去。"

学圆急忙说："你不用送我，我陪你到车站我再走。"

杨丽娇嗔地说："把你淋感冒了怎么办？听我的先送你去车站。"

学圆不好再辜负杨丽的情谊和关怀，他用一只手臂搂住杨丽的香肩，另一只手撑起小小的遮阳伞，把伞面的大部分遮在杨丽头上，两个人紧紧依偎在一起，向公交车站缓缓而行。

学圆非常感谢善解人意的天公下了这场及时雨，让自己能够和心爱的人有了相依相偎的机会和理由，他对着杨丽的耳朵轻轻把潘老师对杨丽的美誉告诉了她。杨丽很是开心，也告诉了学圆潘处长对他的赞扬，当学圆听见杨丽说潘全力介绍自己当上了分房委员，而且很快就要分配住房时，心里不由得咯噔一下，自己是分房委员不假但是没有住房分配权呀，这个潘老师也太能吹了，他本想把真相告诉杨丽，但话到嘴边还是咽了回去，他不想马上扫杨丽的兴，更不想破坏这个美好的雨夜氛围。杨丽用很羡慕的口吻对学圆说："你们机关真好，你刚到机关不到一年，就可以分房了，我们单位几十年的老职工都分不上房。有了房就可以安居乐业了。上周回家我妈妈问我有没有男朋友，我告诉我妈妈说别人介绍了一个，是个机关干部，而且马上要分房了，我妈妈还说有空想见见你呢。"

"我们单位分房是按照先来后到的顺序分房，而且有具体标准，我们单位虽然分房比企业容易，但是，也不见得刚到机关就有房，还要看房源情况。像我这样刚到机关的人不一定能分上房。"学圆支支吾吾，还是没有告诉杨丽自己这次不符合分房条件。

"你不是分房委员吗？潘处长说你还是常委，肯定能给自己说话了。"

学圆暗暗埋怨潘老师不该隐瞒了自己不够分房资格的事实，但是当着杨丽的面他不想戳穿潘全力的谎言，最主要的是他不想打破杨丽在这寂静的雨夜对未来的美好憧憬。这个时候刚好到了学圆乘车的公交站台。杨丽催促学圆上车，学圆说："我先送你回去吧，你一个女孩子，天黑了，还下雨，我不放心。"杨丽也没有反对，两个人转过身来，又向另一个公交站台缓步行去。为了不再提房子的话题，他把嘴贴在杨丽的耳边轻轻地说："这么美好的夜晚，我给你背诵一首诗吧。"得到杨丽的首肯后，学圆抑扬顿挫地朗诵起了戴望舒的《雨巷》：

> 撑着油纸伞，独自
> 彷徨在悠长，悠长
> 又寂寥的雨巷，
> 我希望逢着
> 一个丁香一样的
> 结着愁怨的姑娘。
> 她是有
> 丁香一样的颜色，
> 丁香一样的芬芳，

房门背后

丁香一样的忧愁，

在雨中哀怨，

哀怨又彷徨……

刚刚背诵到这里，两个人忽然看见路边一个六十多岁的老大娘提着一个大包裹，在雨中东张西望，裹足不前，看见学圆和杨丽过来，欲言又止。学圆主动过去询问有什么事儿。老大娘说要去儿子家，但是不知道如何乘车，天黑又下雨，更不知道东西南北了。学圆从伞下抢出一步上前和蔼地对大娘说："您别着急，我送您上车。"然后又歉意地对杨丽说："前面就是车站了，你赶紧回去吧，我把大娘送上车再回单位。你到家一定给我打个电话，好让我放心。"杨丽把伞伸到大娘的头上，对学圆说："没有关系，我陪你一起送大娘到车站。"学圆感激地送给杨丽一个歉意的微笑，又回过头来问清楚了大娘儿子的地址、方位，和杨丽一起为大娘规划了一条最方便的线路，杨丽撑着伞，学圆提着大娘的包裹，一起把她送到了最近的公交车站。公交车刚一进站，学圆站在雨中把大娘扶上车，又抢上一步从车外递给售票员一块钱，告诉售票员大娘下车的站名，让售票员到站的时候一定提前提醒大娘下车。车子开走后，学圆搂着浑身上下淋得湿透的杨丽，感到十分内疚："真不好意思，让你都淋湿了，又耽误了你回家，都怪我。"杨丽抿嘴一笑："和你一起学雷锋是我愿意的，没有怪你。"杨丽又笑嘻嘻地和学圆开了一个玩笑："没有遇见丁香一样的姑娘，倒是遇见了一位农村老大娘，郁闷了吧。"学圆轻轻吻了一下杨丽湿漉漉的头发："我不但遇见了，而且还是一位秀外慧中，人美心灵更美的好姑娘！"两个人通过意外的一件小事，觉得彼此的心贴得更近，相互之间的感情更加深了一层。

学圆看看手表见时间已经不早了，急忙说："我们不要再相互送了，淋雨时间长了容易感冒，而且明天还要上班，我送你到车站，你赶紧回家，我也早点回单位。"杨丽嗯了一声，相互依偎到了车站，见车子进了站，杨丽在迈进车门的一刹那，把手里的折叠伞递给了学圆，挥挥手和他道别。

三十二　峰回路转

由于近来围绕分房局里出现了许多故事，大家都怀着强烈的好奇心揣测故事的结局。另外，出了二榜就可以按照分数排顺序，知道自己能够挑什么样的房子了，所以第二次分房委员会备受全局干部职工的关注。为配合分房工作，在会议前夕，王清廉特意把学圆叫了过去，让他赶紧组织骨干出一期板报，针对分房工作中出现的一些不和谐的声音，重点宣传一些共产党员享受在后、吃苦在前的先进事迹，弘扬一下"六尺巷""孔融让梨""刎颈之交"的传统美德故事。

学圆明白王清廉的心思，他有些担心地问："王主任，我们写没有问题，但是您看会不会引起要房人的反感？"

"吃苦在前，享受在后，是《党章》对党员的基本要求，我们号召广大党员在分房中发挥模范带头作用，弘扬正能量，有什么可担心的？"

王清廉给学圆布置完任务，神色凝重地又念叨了一句："不能光靠宣传，还要靠实际行动来引领。马克思说过：一个实际行动胜过一打纲领。"

孟学圆疑惑不解地问："王主任，我们用什么实际行动来引领呀？"

王清廉摆摆手，"没有你们的事，你抓紧时间把板报的内容编写出来，让我看看尽快刊登。"

学圆回来马上找到巩海燕和樊建国，把王清廉布置的任务简单分了一下工，并叮嘱下午一定要交稿。学圆赶在下班前把稿件交给了王清廉。他接过稿件认真审核了一遍，提起笔来加了一句："共产党员应以实际行动履行入党时对党发出的誓言！"吩咐学圆晚上加个班把稿件尽快发出去。

全体分房委员会议在大家的企盼中如期召开，根据常委会的经验，学圆估计全体会议也不会有什么大的波澜。果不出所料，各项议题基本无争议地通过了，只是在研究刘莹莹的问题时，学圆感觉魏公正和刘旭好像演了一出双簧。魏公正先让刘旭把刘莹莹的要房申请读一下。大意是：刘莹莹离婚后，孩子给刘莹莹，因为房子是刘莹莹前夫徐刚父亲的名字，所以，房子给了徐刚。目前，刘莹莹没有房子，只能带着孩子和徐刚暂住在一起。徐刚总是催她尽快搬出去，不要妨碍他再婚。另外，离婚后双方已形同陌路，在一起感觉特别别扭，生活起居也非常不方便。更重要的一点是对孩子的成长十分不利，所以，恳请局里照顾她的实际困难。

刘旭读完她的住房申请，又补充说：她的离婚证我们也看了，离婚协议也看了，离婚日期确实在我们规定的截止日期之后，按说是不能参加分房了，但是，她确实存在实际困难，而且一个人带着个孩子，挺不容易的，大家看能否照顾一下？

刘旭话音刚落，魏公正就接过了话茬："我最初的意见是不能违反规定，如果开了口子，那其他的人怎么办？如果都照顾，我们照顾不过来，这一点大家都清楚。可是，刘莹莹的具体困难又摆在那里，我反思了一下，分房的目的就是要解决干部职工的住房困难，太教条了也不符合实事求是的精神，我们还是要考虑干部、职工的具体情况，在这一点上，大生、学圆他们也是这个主张。当然了，我们主要是解决她的住房困难，而不是解决她的住房待遇，所以，我的意见这次就不再考虑分配她三居室，而是分配她两居室。大家看怎么样？我的意见只是我个人的看法，不代表组织。大家有什么意见都可以提，我们一起来讨论讨论。"委员们觉得他的话有些此地无银三百两。其实，魏公正弯子转得这么快，诚非他的本意，而是吴局长给他和刘旭施压的结果。

那是在郝明德和包雪英事件后,吴卫红特意把他和刘旭找去,开门见山提出了刘莹莹的问题,请他们想办法解决一下。魏公正当时就说:"刘莹莹的情况按道理应该照顾,可是,按照规定已经过了登记日期,估计大家有些意见。而且我已经在全体会议上明确表态,不能给刘莹莹分房,这个弯子不好转。"魏公正不愿在全体分房委员面前损毁自己的形象,所以先表示反对。

"所以,需要你们给大家做做工作,职工的困难我们还是要考虑的。也不能太教条了。总不能让她露宿街头吧,这也不是党的实事求是的作风。"吴卫红毫不迟疑地表明了自己的态度。

"能不能不由分房委员会讨论,而是由党组直接分配?"刘旭见吴卫红的态度十分坚决,又怕大家有意见,故提出了一个折中建议。

"不行,党组只考虑离休和局级领导的住房,不能再考虑个别干部的住房问题,把他放到党组来考虑,大家的意见会更大,还是放到分房委员会讨论比较好一些。"吴卫红把球又踢给了刘旭。

魏公正有些担心地说:"问题是需要照顾的不仅仅是刘莹莹一个人,如果照顾了她,那其他人也要照顾怎么办?"

"我看可以适当放宽条件,能够照顾的尽量照顾,毕竟是福利分房,要体现出福利性的特点,体现出对干部职工的关心照顾,这也不光是我一个人的意见,其他局领导也有同感。"吴卫红提醒魏公正不要固执己见。

见魏公正还在犹豫,吴卫红脸上露出了不悦的神色,她突然提出了郝明德的问题:"上次郝明德的事情,给我们单位造成了很坏的影响,连市领导都知道了,如果真的出了人命,恐怕更不好收拾。要充分考虑大家的一些具体要求,毕竟关系到干部职工的切身利益,我的意见可照顾可不照顾的尽量照顾,可分可不分的尽量分,要让大家享受到党和政府的温暖。"

提到郝明德的问题,魏公正一听吴卫红的口吻与上次自己汇报时的口吻有些变化,他又试探地问吴卫红:"对郝明德,我的意见还是要严肃处理,视其态度决定下一步怎么办。"

吴卫红表示了不同的立场:"我同意处理,但具体怎么处理,一定要注意不要再激起更大的矛盾，房子可以给他，但是要责成他做出深刻的检查，并表明对自己所犯错误的认识。"

刘旭揣摩出了吴卫红的想法，他急忙表态："好的，按照您的意见我们在全体分房委员会上做做工作，解决刘莹莹的住房困难。"

魏公正见刘旭表态支持吴卫红，两个人一个鼻孔出气，也就不再坚持自己的意见，但是心里总是觉得不舒服，这个事情解决得不能太顺当，否则自己的面子权威何在？他脑筋一转想出个主意："就是给刘莹莹上榜，也不能分三居，只能给她分两居，这样大家的意见可能小一些，另外，也体现了我们是给她解决住房困难，而不是让她享受处长的待遇。还有，最好先不上二榜，三榜直接公布，可以减少一些矛盾。"

吴卫红见魏公正不再坚持自己的意见，而且他说得也有一定的道理，点点头表示同意，她让魏公正、刘旭把届时可能出现的意见考虑得充分一些，别到时候措手不及。两个人绞尽脑汁琢磨了一番，制定了具体的实施步骤：第一步是先放到常委会进行讨论，这样人比较少，好统一意见。第二步是常委会通过后再提交全体分房委员讨论，魏公正要刘旭先对大家进行引导，尽量削弱反对的声音，并提前做好几个常委的工作，自己再出面帮腔。最后如果实在达不成一致意见，再将两种意见上交党组，由党组决定。为了减少反对的声音，对一些议而不决的老问题，可以按照吴卫红体现福利性的要求，一律放宽。

委员们并不清楚魏公正一百八十度大转弯的根底，大家不明白他葫芦里卖的什么药，出现了暂时的冷场。

刘旭为了打破冷场，马上为魏公正摇旗呐喊："大家有什么意见都可以说，我先发表一点我的看法，我认为魏局长的意见有道理，这次分房主要是解决干部的住房困难，现在干部有困难了，我们不能熟视无睹，我同意给她分房，但不上二榜，不和大家一起排队，房子由分房委员会指定，大家看这样可以吗？"他说完了，用眼睛瞟了一眼学圆。学圆一听两个领导都赞成，而且事先刘旭也找过自己，要他表态支持，说话中不经意地暗示他，老黄的住房问题也可以解决，你对老黄也有个交代了。学圆初闻此言，心里有些不舒服，他认为解决老黄的问题与解决刘莹莹的问题不是一码事，不能成为一笔交易，但反思了一下，毕竟也给足了自己面子，何乐而不为？见刘旭抛过来的眼神，他爽快地表态："我赞成魏局长和刘处长的意见，应该给她分房。"其余的几位分房常委也相继表示同意，肖天虎等几个委员早已经被刘莹莹私下收买，马上也扯着脖子喊同意，虽然不乏几声反对的声音，但毕竟没有形成声势。吴局长交代的事情顺利过关，刘旭不禁暗暗松了一口气。

由于放松了标准，接下来讨论的几个问题，也进展得非常顺利，费斯亮和刘莹莹属于同一类问题，肯定不能两个政策，所以也顺利过关，过去所遗留的一些问题，基本都按照从宽的标准上二榜了，就连张爱爱的问题也出现了松动的痕迹。刘旭透露出的信息暗示即使不分配他一居室，也准备分配他一套独立的平房。委员们都感觉到了这次会议有放口子的嫌疑，因此，纷纷把一些已经否定的问题又重新提了出来，如防盗门、供暖费等。

肖天虎想浑水摸鱼，突然提出了一个异想天开的新问题："我们处里的郭小雅已经怀孕了，而且郭小雅已经照了B超，肯定是独生子女，可以拿医院的片子做证明，能否给她加上独生子女的5分？现在房子还没有分下来，等到房子分到手，孩子也出生了。这也属于特殊情况，能否特殊照顾？"

大家乍一听觉得似乎有理，细一琢磨，觉得太可笑了，还没有发生的事情就拿出来加分，那不可预测的事情就太多了。委员们一起反对他的提议，魏公正打趣他："那要是现在没有孩子的抱养个孩子，是不是也得加分？"肖天虎看反对的意见太多，马上偃旗息鼓："既然大家都不同意，就算我没说。"

张瑞英提出：法院已经判决牛力离婚，房子判他和前妻一人一间，牛力现申请要房。魏公正问她牛力以什么理由要房。张瑞英回答说："因为他属于已婚人员，按照规定应该享受两居，现在他只有一居室。"

魏公正说："以前局里分过他两居室，房子已经到位了，他拿离婚闹着玩，把房子闹丢了，回过头来还跟局里要，成什么了？再说了，他们是真离婚还是为了要房子假离婚，你们核实了吗？"

"他们的离婚证我看了，是真的。牛力本身也不想把房子给出去，法院判决不得不给。另外，牛力说他已经找到女朋友了，马上就要结婚了，不属于大龄单身。还有，牛力要房还能给局里交回一间房，总体上房源没有减少，这种情况我认为局里也可以作为特例情况考虑。"张瑞英竭力为牛力争取。

这件事要是搁在平常，魏公正早就噌噌噌一通炮火把张瑞英给堵回去了，可是在今天这个场合，特别是有了刘莹莹这个标杆，而且张瑞英话里话外也把照顾刘莹莹的事情扯了进来，魏公正感到有些棘手，他心里生闷气，又不好发泄，皱了皱眉毛，把球踢给了委员们："大家都发表一下意见，看看牛力这种情况是否属于照顾对象。"

对牛力是否照顾，委员们分成了赞成和反对的意见。赞成照顾的认为：既然是照顾，一只羊是放，一群羊也是轰，索性也一并照顾了。再说了房子是法院判的，也不是牛力自己给的。反对的一方认为：牛力说结婚目前不是还没有领结婚证吗？再说了即便领了结婚证也超过规定日期了，照顾牛力了，那田小玲是否也可以定为困难户了（田小玲处室的分房委员提出来的）。

刘旭见越扯越远，把以前已经定性的事情又翻了出来，唯恐破坏已经达成的各项共识，他低声对魏公正耳语几句，见魏公正没有反对，于是，屈起中指轻轻敲了敲桌子："我看大家畅所欲言讨论得也很充分了，两种意见都有自己的道理，再争论下去也没有什么意义，不如今天先暂时不定，下来请负责核查检查分局的贾处长对牛力的情况再核实一下，根据情况下次会议再议。"

肖天虎突然提出一个新建议："不行把两种意见都上报给局党组，请党组决定。"

魏公正没有等肖天虎话音落地就断然予以否决："不行，我们不能把矛盾上交给局党组，那还要我们分房委员会干什么？必须有成熟的意见了才能上党组会研究。"

争论的双方认为刘旭的建议很有道理，都纷纷表示赞同，张瑞英见大家都同意刘旭的意见，也不好再固执己见，轻声嘀咕了一句："再怎么核也是这个情况。"

散会的时候，委员们都感觉今天的会议是一个胜利的大会、团结的大会，也是一个皆大欢喜的大会。学圆出了门自言自语感慨万千：

"早知道今日如此结局，何必当初争来争去？"

"你错了，没有争来争去的过程，就没有今天这样的结局，过程和结果是密不可分的。"走在后面的贾大生意味深长地说出了富有哲理的一句话。

三十三　确定二榜

　　分房委员会结束时间不长，党组及时召开会议对二榜方案进行确认。吴局长走进党组会议室坐在了主持人的位置上，点点头和大家打个招呼，看了一眼于秘书递过来的会议议程，眉头皱了一下，感叹了一句："现在咱们的会议太多了，根本就没有多少时间去基层调研，以后应该尽量精简一些会议，另外再压缩一些会议的时间，可有可无的会议尽量少开或者不开。现在是上班开会，回家办公，我好些文件都是拿回家批，一熬就是半夜，估计你们也差不多。"

　　冯有义副局长也深有同感："我们也没有办法，现在上面的会议太多，而且很多会都要求局领导参加，你不去领导还不高兴。上次刚上来的王副省长让我去参加他主持召开的会议，结果我那天早晨正好感冒发烧，局里的其他局领导也都有会，我就叫办公室的刘克礼替我去开会，因为他比较了解全局的情况。结果王副省长大发脾气，责问为什么局领导不来开会。为了发泄不满，让刘克礼站在那里参会。所以，现在轻易不敢让人替会，咱们几个局长应付各种各样的会议都忙不过来。"

　　魏公正也抱怨说："咱们自己这个局党组会也是因为凑不齐人，推了三次才召开的，其实咱们自己的会议并不是特别多，主要是上面的会议太多，现在局长都快成了会议局长了。"

冯有义用幽默的口气插了一句:"现在西方出现了克隆技术,咱们应该克隆几个局长,专门参加那些只是听一听的会议,咱们就可以抽出点时间认真研究工作了。"石岩知道冯有义怕老婆,于是故作担忧地提醒冯有义:"不过也有问题,老冯你回了家,老婆都不知道哪个是自己的真老公,哪个是替身了,一气之下,都得给赶出门。"

"这你就外行了,这克隆出来的人也是我,严格意义上说,不是替身,应该说是一个再生的我。"冯有义给石岩上科普课。石岩开口还想说什么,吴局长忙说:"这精简会议的事情咱们以后专门开会研究一次,今天就不扯了,时间也不早了,赶快抓紧时间研究议题吧。"大家忙止住了说笑,按照议程诸项进行审议。按照程序审议完干部调整、罚没款返还、财务支付等问题后,最后是研究出二榜的问题。魏公正先是简单地把前几天分房委员会讨论二榜名单的情况说了说,正要提出需要请党组会议研究的几个问题,吴局长突然打住魏公正的发言,吩咐于秘书说:"讨论分房的事情,把刘旭叫来,让他也听听。"于秘书赶紧通知行财处让刘旭过来参会,行财处回复说刘旭去派出所领牛力去了,在座的领导大吃一惊,急忙追问出了什么事,于秘书出门查问清楚缘由后,回来递给吴卫红一张写满字的纸,并简要向党组会汇报了牛力进派出所的原因。

法院判决牛力和老婆离婚后,房子一人一间,两个人住在一起都觉得比较别扭,后来牛力前妻用自己的一间房和一对老夫妻调换了住房,牛力也把自己的一间房租出去,自己回父母家住。临近国庆节,为了保证节日安全,全省开展安全大检查。牛力最近出租的住户,夜里经常召集一些人打麻将,还找一些不三不四的女人住宿,对门住的老两口向居委会举报,恰巧安全大检查期间派出所到居委会开展调查摸底,居委会就把这个情况反映了。结果派出所就把牛力找去询问情况,并说牛力没有按照规定办理出租手续,要按规定进行处罚,并通知所在单位,让单位去派出所领人。

于秘书的话音刚一落地,魏公正气得一拍桌子:"这牛力平常看着不多言、不多语,胆子怎么这么大?我们局是多年的治安先进单位,要是因为这件事摘了牌子,轻易饶不了他。"

赵智勇开始听说检查局分局的干部进了派出所,心里有些紧张,害怕惹出什么大事给自己添乱，听到最后只是出租房屋的事，一颗悬着的心才放下，他抱着息事宁人的目的对吴卫红说："我们回去找牛力好好谈谈，严肃批评，让他做出深刻检查。"吴卫红点点头表示同意，然后，她把刚才于秘书递给她的纸举了起来，神色激动声音微微有些颤抖："同志们！我手里拿的是党办王清廉同志写给党组的一份退出分房的申请，我看了非常感动，于秘书你给大家念念。"

于秘书接过申请，声音清脆地大声念了出来："党组吴书记：为使全局广大干部群众能够安居乐业，更好地为党的事业奉献力量，在局党组的不懈努力下，终于再次为局机关的干部职工购买了新的住房，这充分体现了党组织对广大干部职工的无比关爱，也是局党组为人民服务宗旨意识的体现。对组织给予的温暖，我局绝大多数干部职工是理解支持的，但是也出现了一些不和谐的声音，给分房工作造成了不良影响，表现出对国家即将实施的住房制度改革心存疑虑。我作为一名入党30年的老党员，理应在分房工作中发挥共产党员的先锋模范作用，吃苦在前，享受在后，牢记入党时对党旗发出的誓言，以实际行动支持党和国家的住房制度改革。为此，我要以卫红同志和石岩同志为榜样，申请退出此次分房。在组织的关怀下，我现在已经分到了两居室住房，比起那些没有住房或者住房困难的干部职工，住房面积已经绰绰有余，我向组织保证，今后也绝不再向组织申请住房。"

于秘书抑扬顿挫地念完了申请书，吴卫红眼睛湿润动情地表白："王清廉同志这种见好处就让、见困难就上的高风亮节，充分体现了一个共产党员纯洁的党性，值得我们全局党员干部好好学习！同时，这也充分说明了我们局的广大党员干部是识大体顾大局的，办公室要把王清廉同志的申请书转发全局干部职工，并发通报表扬！我相信有像王清廉这样的广大党员干部的支持，我们一定能够顺利完成分房工作。"她稍微停顿了一下，稳了稳情绪，"前些日子石岩同志找我，非常诚恳地向我表示不参加这次分房，不与局里的干部群众争抢利益，在此，也向石岩同志表示感谢！"

石岩摆了摆手说："不要感谢我，主要是您这个班长带的好头。要说感谢首先应该感谢吴局长发挥了模范带头作用！"吴卫红见其他党组成员缄口不语，怕相互表扬下去让大家尴尬，忙扭头对魏公正说:"好了,这个事不扯了,下面我们还是言归正传继续讨论分房的事情吧。"

魏公正翻开笔记本,先通报了经过大家讨论业已形成决议的内容,然后,把讨论中尚无定论的一些难点问题也依次提了出来。吴卫红问:"张爱爱的事情你们跑得怎么样了?"

魏公正一副很无奈的表情:"关于张爱爱的问题,虽然我让人事处已经停发了她的工资,档案也扣住没有放,前些日子,她申请调入的单位来提档,我们没有给,调动的事情泡了汤,但是,她仍然不搬,而且放出话来,如果住房分配不合适坚持不搬。"

吴卫红不解地问:"你不是派人去法院申请强制执行了吗?"

魏公正苦笑了一声:"刘旭他们到法院去了,法院的同志讲,这种事情属于单位内部的事情,不属于法院受理的范畴,要我们自己设法解决。另外,法院还提醒我们,尽量不要激化矛盾,酿出什么后果。"

吴卫红不甘心地问:"那还有什么其他办法吗?"魏公正摇摇头表示也没有什么更好的办法了。

会场上出现了短暂的沉默,见大家都提不出什么好主意,吴卫红只好说:"那这件事情先放一放,看发展再说吧。接着说其他人的情况吧。"

魏公正接着又提出了老黄和高阳是否上二榜的问题。他说大家基本同意老黄上二榜,但是分什么房子还有分歧,有的主张让他退出一居室给他分配一套两居室,如果不退就给他分配一居室;有的主张房子不要退了,直接给他分配一套两居室就算了。而高阳大家比较一致的意见是把他排到最后,赶上什么房子是什么房子,没有优先选择权。

吴卫红问魏公正是什么意见。魏公正说出的话明显带着情绪:"让老黄上二榜已经是对他的特殊照顾了,这次要不是因为照顾他,他也上不了二榜。我的意见是让他退出一居室给他分配一套二居室,因为一居室比较少,退出来还可以增加一户房源。"大家都同意照此办理。

下面提出的就是郝明德究竟上不上二榜的问题。分房会议上,大多数委员都认为既然有证据，而且无法证明是假的，还是应该同意他上二榜。魏公正虽然在会议讨论时没有提出反对意见，但在党组会议上，还是提出了自己的想法："对这件事，我还想说两句，虽然可以让他上二榜，但是这种做法非常不可取，以自杀的方式恐吓、威胁领导达到自己的目的，造成的影响是非常恶劣的。前些日子刘旭去财政厅开会，许多单位的处长还以为是我们迫害他了，其实是他自己想不开，走极端。我的意见，要让他写出深刻检查，主动承认错误，表明自己的行为是不当行为，否则不能让他上二榜。"几位局领导都异口同声，认为郝明德的做法确实欠妥，败坏了市场管理局的声誉，应该责令他写出深刻检查，否则今后如果都效仿他的做法，那岂不乱了套了？

魏公正见大家都赞同自己的看法，趁热打铁又提出了腹中酝酿多时的一个想法："从郝明德这件事，我看在市场管理局要进行一次作风的整顿。现在市场管理局存在许多不正之风。"接着他列举了祝丽慧与张爱爱打架、大史和侯不凡酒后谩骂领导、司机班上班打麻将、中午喝酒、牛力进派出所等许多事情。最后，魏公正总结说："总之，这些不正之风如果不好好抓一抓，任其发展下去，势必影响我们局的形象，影响我们的队伍素质，也影响我们的工作。"

赵智勇听完魏公正慷慨激昂的陈词，拍手拥护，他喷着唾沫星子气呼呼地说："侯不凡调到检查分局以后，什么正事儿也不干，成天纠集几个人躲在屋子里打麻将，中午喝酒。还造我的谣，说是我晒他的鱼干，不给他安排工作。像他这样，我能用他吗？他在检查分局起了很坏的作用，我同意老魏的意见，要好好整顿整顿，否则一粒老鼠屎坏了一锅粥，影响工作和人心。"

魏公正的话搔着了吴卫红的痒处，这些问题她也早有耳闻，见大家异口同声提出整顿，马上拍板做出了决定："你们提出来的问题我也早有考虑，前几天有人告诉我，班车司机夜里打麻将，白天开班车竟然睡着了，这他妈还了得，万一出了车祸那将造成什么后果？我觉得现在我们局的问题用四个字概括，就是'软、懒、松、散'，管理太软，思想太懒，纪律太松，作风太散。应该针对这几个方面的问题，进行一次全面的整顿。"

吴卫红掉过头对魏公正说："司机班你要亲自去抓，告诉刘旭他们，不能当老好人，怕得罪人。该批评的批评，该停车的停车，该辞退的辞退。司机班小道消息满天飞，被称为'第二信息中心'，传出来的消息有多少是有利于团结、有利于工作的？特别是王启明，我听说不仅造假房契，而且背后净胡说八道，挑事生事，这样的人还当副队长，能带好队伍吗？"

吴卫红讲到这里，魏公正急忙插话："我听刘克礼说，这次郝明德自杀是听了什么'门缝包打听'包雪英的挑动，这个包雪英经常趴在领导的门缝里偷听领导的讲话，回去乱说。有一次把人事处的刁五一吓得尿了裤子，办公室的人对我讲，包雪英有心理方面的疾病。我对刘克礼说了，有病就让她看病去，别整天没事在楼道里像个幽灵似的晃荡，什么正事儿也不干。"

吴卫红口气坚定，不容置疑："对一些表现不好的，人事处要按照政策拿出一个方案，能提前退的让他们提前退，能病退的让他们病退，如果不退就要服从组织分配，重新安排他们的工作，老赵说得好，不能让一粒老鼠屎坏了一锅粥。"

几位局长见吴卫红坚持整顿的决心很大，都纷纷表态坚持支持吴卫红开展整顿的做法。吴卫红见局党组成员团结一致拥护自己，马上拍板，尽快召开全体处长会，告知局党组决定，从整顿纪律入手，力争在短期内扭转全局"软、懒、松、散"的现象，使市场管理局呈现一个崭新的面貌。

三十四　牛力"服毒"

党组会一散，魏公正就给行财处打电话，让刘旭从派出所回来和李金华一起去见他。

刘旭和李金华一进门，魏公正就先把党组会开展作风整顿的决定告诉了他们，特别是吴局长要刘旭亲自抓司机班作风整顿的要求加码加量做了传达。刘旭表示一定认真贯彻局党组要求，回去马上进行研究，提出整顿意见上报魏局长审定后实施。

魏公正满意地点了点头，问刘旭去派出所领人的情况，刘旭把事情的前后始末简单叙述了一遍，李金华是具体负责全局安全保卫工作的，对牛力给单位、给自己添乱的做法非常恼怒："前些时候，住他对门的老两口就给咱们单位打过电话，说他出租的住户扰民。当时我就找他谈了，提醒他注意点，宁可少挣点，千万别出事，这小子当时答应得好好的，结果根本就没听，还是给单位捅了娄子。"

魏公正气呼呼地说："他有房子出租，说明他不缺房子住，这次分房就不给他分了。省得他房子多了难受，拿去惹是生非，影响咱们单位评先创优。"

刘旭前些日子买桑塔纳轿车的时候，牛力帮了大忙，他见魏公正动了气，急忙劝解说："我看问题不是特别大，回头让李金华再去派出所做做工作，我们再找牛力谈谈，借这件事敲打敲打他，让他今后注意一些，别再给局里惹事儿。只要没有出什么大的治安问题，不会对咱们先进单位的牌子有什么影响。违反规定出租房屋，大不了罚点款也就过去了。这种事情就是民不举官不究，其实出租房屋的多了，要真想管也管不过来。"

刘旭见魏公正的脸色有些缓和，又转移话题说："牛力对门那两个老人也不是省油的灯，我听牛力说他们虽然住着市场管理局的房，还总是横挑鼻子竖挑眼的，今天嫌暖气不热，明天嫌自来水的水质硬，后天又说物业公司的服务不好，可是一说让他们交钱，就推三阻四，赖着不交。"

魏公正不解地问："让他们交什么钱不交？"

刘旭解释说：过去这套房是市场管理局分给牛力的，按照规定供暖费用和物业管理费用都是市场管理局出，后来牛力离婚了，其中的一间房划给了牛力的前妻，牛力的前妻又把这间房与现在的这两个老人调换了。我们曾经多次找他们协商，让他们自己交供暖费用和物业管理费用，他们一分钱也不交，现在还是市场管理局替他们出。

魏公正虎着脸问："他们白住我们的房子凭什么我们给他们交？不管他们，就让他们自己交。"

李金华解释说："现在我们的供暖费用和物业管理费用都是单位统一交纳，现在牛力的房还是我们单位的，不可能一套房子分为两套交。另外，这套房子的产权是我们市场管理局的，按照规定也应该是产权单位交。"

刘旭补充说："我们一和他们谈费用的事，他们就狡辩说，国家规定是产权单位交，如果把产权过户给他们，他们就自己交。"

魏公正气得直拍桌子："我的房子凭什么过户给他？想过户也行，让他掏钱买，想吃白食没门。"

刘旭说："就是想卖给他们也不行，私人没有产权，卖给他们单位，他们单位是个企业，说没有钱买不起。"

李金华插话说："我听说这老两口和牛力的前妻虽然调换了住房，但是过户手续没有变更，现在他们每年回单位领取煤火费，这边让我们给他交纳供暖费用，两边便宜都沾。"

魏公正问刘旭："我们单位的房子类似这样的情况多不多？"

刘旭说："现在我们的房子主要分三种情况：一种是我们自己管理的。例如我们省委党校里面的住房，就是由我们和党校、计委等几个部门成立一个物业管理公司，大家共同管理。还有一种情况就是委托管理，每年交纳一定的费用，委托房管部门进行管理。还有就是把产权移交出去，这主要是以前的一些老房子，我们单位的一些老同志带过来的，我们把这些房子的产权基本上都返回了他们的原单位。"

魏公正说："像牛力他们这样，我们的房子外单位的人住，由我们掏钱的情况多不多？"

李金华回答说："有，但不是很多，主要是调出我们单位的一些干部职工，到了新的单位，房子带走了，新单位有的愿意接收房子的产权，有的不愿意接收。"

魏公正说："我们也不能老是当这个冤大头啊，有没有什么办法，谁的孩子谁抱走，别都让我们负担？"

刘旭摇摇头，叹了一口气："这主要是政策的问题，我们也没有什么好办法。遇见自觉的好说一些，遇见不自觉的，像这老两口一样，一点办法也没有。"

魏公正见一时半会儿也扯不清楚这些问题，就转了口气对刘旭说："这些问题你们抽空研究研究，看有什么好办法。另外，抓紧落实党组会要求，对司机班的整顿尽快拿出意见。"

按照魏公正的要求，第二天下午，刘旭召集李金华和张建华研究司机班的整顿意见，一落座，刘旭先问李金华昨天去派出所谈得如何。李金华把嘴一撇，嘿嘿冷笑了一声："这小子也够黑的，一间房一个月租几百块，去派出所受受教育也好。"

刘旭追问道："没有发现其他什么问题吧？"

李金华摇摇头说："倒没有什么大问题，我看派出所也没有什么确凿的证据证明承租人有违法行为，只是吓唬吓唬他，罚点款了事。"

"牛力自己对错误有认识吗？"

"吭吭哧哧，也没有个痛快话，后来，我吓唬了他一下，我说领导说了，你既然有房子出租，说明你不缺房子，这次就不分你房子了。你以后要是再出租房子给单位惹事，就把你住的房子收回来。吓唬吓唬他，也让他以后少给咱们惹麻烦。"

刘旭说："那咱们就按照魏局长的要求，先研究研究整顿司机班的措施吧。"

李金华拿出一张纸："我和司机班的佟班长拉了一个六条禁令，主要是针对目前存在的问题提出来的。

"第一条不许上班时间打麻将。

"第二条下班后不许招外单位人员来单位打麻将。

"第三条未经领导批准下班不许把公车开回家。

"第四条不许在中午饮酒和酒精类饮料。

"第五条遵守保密纪律，不该说的不说，不该问的不问，不该看的不看。

"第六条服从领导安排，出车不许挑肥拣瘦。

"有违反上述规定之一的，视情节轻重，分别给予批评教育、责令在司机班内部检查、停车等处理。情节特别严重并造成严重后果的予以开除。另外，对王启明撤销副队长职务，责令其……"

砰的一声，房门被人从外面撞开了，吓了他们三个人一大跳，抬头一看，牛力脸色红红的，嘴里还喷着一股酒气，脚步有些踉踉跄跄，一进门就冲着李金华说："你要是这次取消我的分房资格，我也向老郝学，我也不活了。"说完，他从兜里取出一个敌敌畏瓶子，在眼前摇晃了一下。张建华本能地跳起来，上去夺他手里的瓶子。瓶子在张建华的抢夺下摇晃了一下，洒出一些药液在地上，但仍然被牛力牢牢地攥在手里。见张建华还要去夺，李金华也要站起来帮忙，刘旭大声地断喝了一句："你们都不要抢，让他喝。"这一声喊把三个人都震慑住了，张建华放开了手，李金华立在沙发旁，牛力手举着瓶子尴尬地站在那里。

刘旭声色俱厉地对牛力说："我一直以为你是个明白人，怎么竟干出这种傻事？你喝了敌敌畏，连命都没有了，还要房子有什么用？到时候人财两空，你图什么？"

见牛力的脸色有些缓和，刘旭又语重心长地对牛力进行劝说："你在咱们单位一直是个口碑不错的同志，这次虽然在出租房屋的问题上出了一点事儿，但也不是什么大问题，谁没有出错的时候？只要改了就行了。这次你能不能上二榜,局里还正在研究,如果你这么胡闹对你这次分房、对你今后的发展有什么好处?"

牛力被刘旭义正词严的话语说得低头不语,他嚅嗫:"那李处长说这次要取消我的分房资格。"

李金华眼睛斜看着牛力,气呼呼地说:"别给我造谣,我什么时候说要取消你的分房资格了?我那是吓唬吓唬你,让你老实一点,别老是给咱们局里惹事。再说了,我说取消你的分房资格就取消了,局长就听我的?也不动脑子想一想。"

刘旭听了李金华的话皱了一下眉头,然后对牛力说:"你先回去吧,别再喝酒了。回去喝点茶好好休息休息,把出租房子的事情处理好,今天这件事我们不对别人说,你也别再闹事了。"牛力嗯了一声推门而去。

见牛力出了门,刘旭马上对张建华说:"你也赶快去洗洗手,千万别中毒。"张建华答应了一声,撒腿而去。李金华问刘旭:"用不用派人跟着去看看?万一这小子回去再想不开,真的出点事也不好。"

刘旭想了想拿起电话拨通了牛力他们处长的电话,还没通话,张建华就快步冲了进来,对刘旭说:"处长,牛力拿咱们开涮,他喝的是止咳糖浆,根本不是敌敌畏。"刘旭和李金华一起惊讶地哦了一声。话筒中传出了牛力他们处长急促的喂喂声。刘旭歉意地说了一句:"对不起,我一会儿再打给你。"急忙挂了电话。

李金华问张建华:"怎么回事?"张建华把两只手往前一伸,笑着说:"我刚才着急,没有细看,到了卫生间,一看手上黏糊糊的,用鼻子一闻根本没有敌敌畏的味儿,倒有一股止咳糖浆味儿,鞋底儿也黏糊糊的,粘在地上了,我就知道不是敌敌畏了。"

这一说也提醒了刘旭和李金华,刚才牛力进来打开瓶子根本就没有闻到敌敌畏的刺鼻味道,刘旭和李金华到了刚才牛力站的地方,见地上还有几滴褐黑色的斑点,刘旭用鞋一踩,马上黏糊糊地把鞋底儿粘住了,这才知道牛力是和他们几个开了一个大玩笑。

李金华坐回到沙发上冲着刘旭一撇嘴,冷笑着说:"我早就知道他是吓唬咱们的,这个人就是喝药给他瓶,上吊给他绳,他也没有勇气去死，人就是这么一个窝囊废。"

刘旭听了心里颇不以为然，心里暗想：你也是事后诸葛亮，刚才你怎么不说，张皇失措的？到这个时候夸嘴。但他嘴上没有说出来，神色淡淡地说："行了，这件事也别再追究了，反映到局领导那里，也是给领导添乱，好在也没有出什么事儿，今后提醒牛力少喝酒就是了。"

李金华对此不满意，他斜着眼睛看着刘旭，责问道："他这么耍咱们，咱们就黑不提白不提地过去了，是不是太便宜他了？"

刘旭问："那你还想怎么办？"

"最少也要他写个检查，承认错误。魏局长不是说要打击歪风邪气吗？我觉得这就是歪风邪气，也要打击。不然以后这小子指不定还会生出什么事呢。"

刘旭见李金华和自己作对，心里不禁很生气，他用有些不满的口吻教训李金华说："有些事情要较真，有些事情能过去就过去了，不能什么事情都一个模子。本来就没有什么大事，你反映上去了，还给领导添堵，显得我们这些当处长的遇事只会推，一点办法也没有。我们在下面把问题解决了，让领导省省心不是更好吗？"

见李金华还要分辩，刘旭不耐烦地一摆手，用不容置疑的口气说："好了，这件事情就按我说的办，到此为止了。先集中精力把整顿司机班的措施拿出来上报魏局长审核。"

三十五　缺一套房源

俗话说：一场秋雨一场寒，十场秋雨一层棉。秋天的雨水已经有些凉意了，可刘旭顾不上这些，他挽着裤腿站在没过小腿肚的泥水中，用力抬起深陷在水坑里的前车轱辘。一阵冷风卷着雨丝抽打在身上，他不由自主地打了一个寒战。

这是一辆崭新的桑塔纳轿车，前些日子刘旭以扩大监督检查覆盖面、稳定市场价格为由，从省财政厅控办申请了三辆购车指标，然后刘旭以购买新一批经济适用房必须保密，不能用司机班的车以免司机泄密为借口，划拨一辆由行财处专用，实际上控制在刘旭自己的手中，公私兼顾。昨晚把车开回来，停放在楼下马路边，不料夜里下了一场雨，而马路前几天市政部门施工，回填土没有夯实，被雨水一泡，路面塌陷，恰好把桑塔纳的前车轮子陷进去。刘旭早晨下楼想送孩子上学和爱人上班，一看新车掉进沟里，好不心疼。自己站在水里和爱人抬了半天，结果车越陷越深。无奈他让爱人打出租车先送孩子上学，自己留下来想办法。想起今天还要和魏公正一起商量三榜的方案，心里更加着急。他先给李金华打了一个电话，要他转告魏公正，自己的车陷泥坑里了，可能要晚一点到单位。无奈之际，突然想起了"有困难找警察"这句名言，他马上给110打电话，诉说了自己的困难，请民警同志帮助自己。

接电话的民警非常热情，马上给他出主意，让他打122交通报警电话。刘旭又打了122交通报警电话，问能不能派个拖车来，帮助自己把车拖出来。接电话的警察用不耐烦的口气告诉他，现在交通民警疏导交通忙得脚丫子都朝天了，哪还有时间帮助他来拖车，让他去找道路救援公司。刘旭通过114查号台查到了救援公司的电话号码。电话打过去，对方说不是会员拖一次车要200元，而且拖的过程中如果车辆出现了磕碰破损，救援公司不负担任何责任。刘旭一咬牙，200元就200元，你们快点过来就行了。救援公司回答：对不起，现在没有车，还要等一等。刘旭问等到什么时候。救援公司说现在还不能肯定，让他把电话留下，等有了车马上通知他。刘旭气得啪挂上了电话。这时候110的反馈电话打过来了，问他问题处理得怎么样了。刘旭心里涌起一股暖流，没有想到他们这么负责。他马上把刚才打的一圈电话内容诉说了一遍，急切等待110再给自己提供帮助。110委婉地告诉他：给他打电话是请他认可，这件事情110已经处理完毕，他已经得到了处理结果。刘旭非常不满："你们说处理完毕了，可是问题还没有解决呀。"

"虽然没有解决，可是我们已经给你提供了帮助，请你认可这件事情我们已经做了处理。"

刘旭气得说了一句"好"，就把电话挂断了。路边几个出来遛早的老人，一边看热闹，一边七嘴八舌地议论："这马路也真是的，今天你挖，明天我挖，一点规划也没有。"

"可不是，前些日子挖下水道，刚填上没有几天，又挖煤气管道，这煤气管道挖完了，又挖电缆沟，就不能大家一起挖。"

"真应该给马路安个拉链，谁用谁拉开，省得天天挖来挖去的。"

"这施工的也不负责任，猫盖屎——糊弄。"

一句话提醒了刘旭，他抬头往四周打量，看见对面马路边停着一辆破旧的面包车，里面歪七扭八坐着几个民工。他走过去，对一个穿着整洁像工头模样的人说："我的车掉进沟里了，你们干的活儿……"刘旭刚说个开头，那个人马上用话堵住了刘旭的嘴："那个沟不是我们挖的，跟我们没关系。我们是今天刚来的，现在正等着雨停了派活儿。"刘旭本想兴师问罪，一开口就被堵了回来，失望之际突然灵机一动，他看那个答话的人像个小头目，就和他商量："我不是来找你们算账的，我是想给你们100块钱，你们哥几个买包烟抽，买点酒喝，帮忙把我的车抬出来，怎么样？"一听说给钱，几个民工的眼睛里立即放出光来，那个工头模样的人对着大伙喊了一嗓子："怎么样？哥几个卖卖力气。"几个民工呐喊一声争先恐后跳下车，分别站在车的前后，喊着号子，一起用力，把车抬出了水坑。刘旭给了他们钱，连说了几句谢谢。他心中感慨万千，折腾了一早晨，打了一圈电话，结果用100元钱几分钟就解决了。早知道如此，何必费这些周折？他坐在车上一打火，车子还能开，急忙驱车往单位赶。

进了办公室他急忙给魏公正打了一个电话，说自己已经到了单位。魏公正让他赶快过来。刘旭进了魏公正的办公室，见李金华、张建华已经在那里了。魏公正待他坐下后对张建华说："你继续说吧，把前面的情况再向你们领导简单地汇报汇报。"张建华把二榜公布后，根据上榜人员填写的要房情况登记，把房源和要房人的情况简单统计了一下，大致的供求情况如下：

二榜上榜人员和拟上榜人员51人，如果再加上两套集体宿舍，现在申请住房的数量总计是57套。房源合计56套，总体房源还缺少1套。

魏公正听完一皱眉头，疑惑不解地问张建华："51个人上榜，再加上集体宿舍也不过53套，56套房源明明还富余3套，怎么倒缺少一套？"

"原因很简单，因为有4个人想要两处房，所以53加4就是57套。"

"想要两套房子的4个人都是谁？"

张建华苦笑了一下："两个是局长，还有一个处长和一个普通干部。"

"局长先不说了，那两个人是谁？"

"一个是收费处的辛处长，一个是老梅。"

"他们两个人为什么要两套？"

"辛处长按照规定应该把现在住的两间平房交出来，换成三居。可他填写的申请表要两套两居，不要三居，理由是孩子大了，马上要结婚了，孩子结婚了马上又要有孩子了，住在一起很快就要成困难户了，不如一次解决问题。"

"那他孩子再有了孩子，是不是还要再给他孙子一套？乱弹琴。老梅又裹什么乱？"魏公正感到辛处长的要房理由根本不能成立，当着刘旭他们三个人的面，把自己的不满毫不掩饰地表达出来。

"老梅的理由是他这次交出两间平房换一套两居，他去西藏支边还应该再奖励他一套两居，所以要两套两居。"

说到奖励住房，魏公正扭脸问刘旭："去西藏支边要奖励一套住房有什么明确的政策依据？"

刘旭摇摇头："去支边的同志，政策上明确分房的时候要优先考虑，但是从来没有多奖励一套的说法。"

"咱们单位有这方面的具体规定吗？"

刘旭继续摇头："我来得晚，不清楚局里过去有没有这方面的规定，反正我来了以后没有出台过这方面的政策。"

"什么政策不政策，还不是领导一句话的事儿。"李金华嘴一撇不满地插了一句。

魏公正没有搭理李金华，扭过脸来又问张建华："两个局长是什么情况？"

张建华翻了一下笔记本，回答魏局长的问话："冯局长他这次想交出一套一居室，要两套两居室。"

"他现在住房有多少？要两套房的理由是什么？"

"冯局长现在有一套两居、一套一居。冯局长说按照规定局长应该享受四间，他去西藏支过边，现在的两居室是当时奖励他的，不应该计算在内，所以要两套正好符合局长分四间的规定。"在座的人心里都跟明镜似的，冯局长有一儿一女，这么要等于两个孩子的房全有了。

张建华因为群众对冯有义多要房非常不满，都让他有机会反映反映，今天正好借机说出来，看看魏公正的态度，见魏局长没有反应，只好继续往下汇报："赵局长现在住的是省城中心区的二居室，他不想搬，按照规定局长应该享受四间的待遇，可是按照这次的分房办法，还可以照顾一间，所以他申请要一套两居、一套一居。"

魏公正转头问刘旭："你们有什么意见？"

刘旭沉吟了一下，有些迟缓地回答说："我们也在一起研究过，局长的房子是党组定，我们不用发表意见。其他人的房子如果给辛处长分三居，老梅分两居，那就不存在什么问题。关键是如果承认了冯局长支援西藏建设可以多分一套房，那老梅给不给？不给他肯定不干。"

魏公正见房子的缺口不是很大，而且焦点集中在几个人身上，他认为只要和他们谈一谈，问题很好解决。想到此处，严肃的表情有些放松，下巴往起一抬提醒张建华："行了，基本情况我都知道了。你们回去再好好研究研究，计算不准的地方该调整的要调整，尽快研究出三榜的方案报给我。刘旭你再留一下，我们再商量点事情。"

等李金华他们出了门，魏公正问刘旭："让你去和郝明德谈话，结果怎么样？"

刘旭说："按照您的要求，我前两天约他谈了一次话，首先指出了他利用自杀的极端手段威胁领导是非常错误的，不仅给自身造成了伤害，而且给单位造成了极坏的影响，损公不利己。再说了，你命都没有了，要房还有什么用？开始他还强词夺理，不承认自己的错误，后来，经过我反复做工作，并警告他如果还是坚持这种态度，对他分房和今后的发展都是不利的。他最终承认了错误，并且表示，等身体痊愈了要写出深刻的书面检查。"魏公正点点头，满意地嗯了一声，心里顿时轻松了许多。

其实，刘旭找郝明德谈话并不顺利，郝明德坚称自己是被逼无奈才出此下策的，如果局里能够尊重事实，他也不会拿自己的生命开玩笑。另外，局里的分房办法也是苦乐不均，实际上是按照权力的大小、等级的高低分配住房。如果局里这次不分配自己住房，自己还要去上级单位上访，直至解决问题为止。刘旭见郝明德的抵触情绪很强，就话里话外地暗示他，找你谈话让你认识错误，并不是要取消你的分房资格，而是让你从中吸取教训，防止以后再犯同样的错误。即便分你房了这件事也必须有个了断，不能不明不白地没有了下文。郝明德听出了刘旭话中的弦外音，既然自己的住房问题能够解决，也就顺水推舟，给了刘旭一个台阶下，承认自己的做法不对，给单位和领导造成了不良影响，等身体痊愈了，给领导写份检查。但他也同时暗示，要看见自己的名字上榜了，才能交书面检查。刘旭见目的达到，可以回去交差了，就省略过程把结果向魏公正做了汇报。

他撇开这个话题，没头没脑地问刘旭："和财政厅沟通得怎么样了？"

刘旭知道问的是什么，也简明地回答："我和财政厅二处已经沟通过几次了，和预算处也联系过了，我们把现在账上的几千万罚没款划拨过去，他们以增加预算的方式抓紧时间返还。"

魏公正满意地点点头，又问刘旭："房子找得怎么样？"

"也没有问题，我已经向吴局长汇报了，通过吴局长找了省建委，他们答应卖我们一批经济适用房，价格很优惠。"

"返还的钱大约能买几套房？"

刘旭在心里估算了一下，回答说："大约1000平方米不到20套。"

一听又能买1000多平方米的房子，魏公正心中窃喜："等这批房子一到手，那我们单位的职工住房就解决得差不多了。"

刘旭心里也在打这批房子的主意，见魏公正的情绪不错，马上把藏在心里的一个设想提了出来："魏局长，最近在与财政厅沟通的时候，听说国家财政体制也要进行改革，要实行收支两条线，以后罚没款返还可能要取消了。我一个朋友说省政府机关的三产与有关部门成立了一个投资公司，问我们是否投资也当个股东。我计算过了，一年大约有20%以上的收入，我们投入几百万，每年可以旱涝保收地有百八十万的收入，这样一来，即使财政厅的返还款没有了，我们也可以挣点零用钱花花，省得到时候揭不开锅。"魏公正用多少有些惋惜的口气说："事儿倒是好事儿，就是我们哪有这笔闲钱？而且万一赔了怎么办？"刘旭说："钱我去想办法，至于说赔了怎么办，这个您不用担心，他们有金融机构做担保单位，亏了也不怕。"魏公正说："你再了解了解情况，然后向吴局长汇报以后再说。"刘旭见魏公正对此事并不热心，知道时机还不成熟，不急于一时，他相信魏公正最终一定会在自己规划好的方案上签字同意。

三十六　心劳计绌

这些日子以来，魏公正脑子里一直在盘算如何加快分房步伐，落实吴卫红在党组会上提出的让大家在新房子里过年的要求，他让刘旭择机多找几个人开个小会研究一下，把出三榜存在的问题先拉出来，然后再提交常委会讨论。

刘旭把李金华、张建华、学圆、贾大生等人召集到一起，召开了小范围工作会议。他先把魏公正的要求对大家讲了，然后和大家一起把房源情况与拟上三榜名单的人逐个又筛了一遍，几个人边议边记录，最终理出了下列几个问题：

第一个是房源缺一套怎么解决。

第二是牛力的问题，上次会议上已责成张建华带人再去核实情况，离婚情况属实，但是没有再婚的证明。

第三个问题是张爱爱的问题，她到现在也不松口搬出来，如果她坚决不肯搬出来，到时候魏公正搬不进去，也不好向领导交代。

第四个问题是假设真的按照现在的要房标准去分配住房，空出来的三居室怎么处理？是作为两居室分配还是分配合居住户？

大家拉完了问题，刘旭提出四个问题一个一个地研究，要拿出一个解决的办法，给常委会提供参考。

刘旭讲完话，几个人都低下头各自沉思，室内一片沉寂。学圆知道他们在沉思什么，第一个问题其实不用研究，只要局领导和辛处长、老梅都按照规定要房，这个问题就迎刃而解了。可是，在场的人谁也不会率先说出这句话，因为大家心里都明白，局长的房子由党组定，说了也是白说，而且说了不但不解决任何问题，一旦消息传到领导的耳朵里，搞不好局长再给自己小鞋穿，实在是得不偿失。所以几个人都在算计谁是软柿子，好好地捏一下。

刘旭见会议冷了场，就直接点了李金华的将："金华，你有什么高见？"

李金华皱眉苦笑了一下，无奈地说："我能有什么好办法，这不是秃子头上的虱子——明摆着的事情吗？谁的心里都明白，要解决这些问题很容易，关键是谁来说这些话，咱们说了也白说。"

李金华的几句牢骚话说得没头没脑，但刘旭和在座的人都明白他话中的含义，也明白他的矛头指向的是局长。关于局长的房子分配问题，刘旭前些天曾私下向吴卫红汇报过，吴卫红告诉他，过些日子省委组织部门可能要找领导班子成员谈话，了解吴卫红的政绩，领导班子成员毕竟和一般干部有区别，只要不违反分房的原则，能够照顾就尽量照顾。刘旭明白了吴卫红绝对不会在这个时候、这个问题上得罪班子的成员，所以也就不再提这个问题了。魏公正本身也是既得利益者，他保持沉默也是顺理成章的事情。刘旭想既然不能拿局长开刀，能不能打打辛处长和老梅的主意？他试探性地问李金华："你觉得辛处长和老梅要两处房子的理由能不能站住脚？"

李金华恨恨地说："站什么脚？辛处长这次交两间平房换四间楼房，分明想享受局长的待遇。老梅去西藏已经给了他两间平房了，我听说他在计委也分过房，现在硬说还应该多奖励一套，便宜都让他占了。"

刘旭提出一个假设："我们能不能动员辛处长要三居，老梅交平房给他一套两居室？这样一来问题就都解决了。"

李金华说："辛处长估计咱们说不管用，说了也白说，要是局领导说话可能行。"

刘旭对李金华这种不开动脑筋想办法，只是一味抱怨强调困难的做法非常不满，他毫不客气地批评李金华："我们也不能统统把矛盾上交给局领导，有些问题需要我们去开动脑筋想办法，否则还要我们分房委员会干什么？"

李金华当着众人的面毫不留情顶撞刘旭："我是没有这个道行。他们讲起道理来都一套一套的，就是一点，马列主义对人不对己，光会耍嘴皮子。"

刘旭说："我们研究出一个意见，作为方案，让常委们去研究。总之我们不能没有方案，你们几个也说说。"

贾大生等见刘旭和李金华争辩，几个人都觉得不便插嘴，所以在一边静静地旁听一直没有说话，现在见刘旭甩过头来让他们发表意见，学圆提出了一个想法："除了他们几个人，其他人还有没有商榷的余地？"学圆暗指局长能否少要一些，但话到嘴边"局长"两个字还是没有说出口。

李金华接过学圆的话茬儿："刘莹莹如果不照顾就好了，还可以节省出一套两居室，现在底下好些人议论说刘莹莹就是因为给领导拍马屁分到的房子。而且许多人讲，听刘莹莹的孩子说，她爸爸妈妈还住在一起，根本就没有分开。"

刘旭怀疑李金华捕风捉影："你是听谁说的？"

李金华一撇嘴："反正不是我说的，下面传得沸沸扬扬的，你不信可以去问问大家。"刘旭用探询的眼光扫了张建华他们几个人一眼。贾大生心领神会："我也听说了，他们还说是司机班的小满讲的，因为小满的孩子和刘莹莹的孩子同在一个幼儿园，是小满的女儿听刘莹莹的女儿说的。"

李金华用得意的口气炫耀说："我说得没错吧。要想人不知，除非己莫为。这点小儿科的伎俩还能瞒过我的火眼金睛？"

刘旭不太满意李金华这种自以为是的口吻，再说这件事是吴卫红批准的，他不能在背后非议吴局长的决定，所以他对李金华的话表现得很冷淡，用有些责备的口吻说："你说的这些有什么用处？我们尊重的是法律和事实，事实是他们已经领取了离婚证。再说已经决定给她分房了，我们也不能来回拉抽屉。"

李金华长叹了一口气："唉，要是都学学王清廉就好了。"

张建华又仔细捋了一遍要房人员名单，提出一个新建议："能不能让金大鹏退出两居，给他一套三居，这样可以多一套房源，也解决了三居室富余的问题。"

刘旭摇摇头，"秦老专门打电话找局领导为金大鹏说情，局领导已经答应了秦老，这件事情不再考虑了。"

贾大生突然说："我倒有一个好主意，昨天刁处长和我说，宁静找人事处正在办理出国手续，刁处长还建议说人都走了，还分什么房子。我看咱们把她的房子扣下来，这一来就省出了一套两居室，反正她也不是咱们单位的职工了，没必要肥水落入外人田。"

刘旭很感兴趣地嗯了一声，反问他："消息可靠吗？"

学圆插话说："前几天咱们单位去郊游，我听见检查分局的人也在议论这件事，满桌的人都给她敬酒道喜。"

刘旭穷追不舍："你们知道她什么时候走？"

学圆摇摇头说："具体日期我不清楚，听说好像年底前就差不多了。"

刘旭问在座的几个人："你们认为贾处的这个主意怎么样？咱们把宁静的房子扣下不分行不行？"

学圆心有不满，他想：为什么总是到领导这里不合理的事情也成为合理的，到了一般干部这里合理的事情也成为不合理的了？当然，这些话他没有直接说出口，而是换了一个提法："可是，她已经上了二榜了，刚才刘处长说了，上了二榜就别来回拉抽屉了，没有正当理由不好把她拿下来。"

李金华反驳学圆的说法："规则是死的，人是活的，只要想拿下她，找个理由还不容易？"

学圆回应说："我们总不能莫须有吧。"

李金华不懂学圆的话什么意思，既不好意思问，也无法接下茬，只好不懂装懂地说："莫须有，哼！"再没有说话。

刘旭见学圆用刚才自己说的话来堵自己的嘴，一时也不好再说什么，但是，他心里很赞同贾大生的提法，扣下宁静的房子承担的风险最小，而且一个该走的人了，局里也不会有人替她说话了，他准备去找魏公正汇报一下，现在暂时不议论这件事。这个念头在刘旭的脑海中一闪而过，他不动声色对大家说："这件事我们先放一放，再往下说牛力的问题吧。"

张建华把再次核实的情况做了汇报，也找牛力本人谈了，目前确实没有领结婚证，是否确定他为改善户需要研究。对牛力众人意见比较一致，不上三榜了，因为他属于单身，有一间房就到位了，结婚以后再说。

说到张爱爱的问题，大家都感到黔驴技穷了，该用的招数全用了，还是一点成效没有。找法院起诉，法院根本不受理；不给她发工资，让她饥寒交迫之下不得不就范，她置之不理；扣住她档案不放，搅黄了她工作调动的事情，结果事与愿违，她更加仇恨市场管理局，直言不讳地说："不管你们有千变万化，我自有我的一定之规！"

贾大生说："我听说李强和法院的领导关系很熟，一直为张爱爱说话。而且据说工作也是李强给找的，她后台这么硬，我们也是白费力气。"几个人冥思苦想了半天，也没有想出一个更好的办法。因为她的房子牵涉到魏公正的房子，为预防万一，所以在研究二榜分房方案的时候，已经暗中给张爱爱预留了一套不错的平房，但是不到最后的关头，魏公正还是盼望能够拿出一个办法，能够逼张爱爱乖乖就范，一个堂堂省委机关的大局长，就这么输给一个黄毛丫头，实在是心有不甘。刘旭见大家说来说去也拿不出什么高招，只好无奈地说："这个问题不讨论了，先耗下去静观其变吧，实在不行就把预留的房间给她吧。"

关于三居室是否作为两居室分配，有人赞同，理由是前面有先例；有人反对，认为有失公允。看见他们各自阐述意见，学圆急忙说出了自己的想法："我提个建议，如果最后三居室实在没有人要，也不要当作两居分，咱们认为是照顾了，可搬进去的人并不说你好，检查局侯局长两居换成了大三居，可五一节会餐的时候，我亲耳听见他牢骚满腹地说，房子没有人要了才分给了我，我一点也不领情。与其这样，两套三居室不如分别作为单身职工的男女宿舍。我们局今后肯定还要招大学生，不能来了再让他们住办公室，现在打点富余，为今后再进新人提前做好准备。"在座的人觉得学圆是在打自己的小算盘，但确实合情合理，都纷纷表示赞同。

刘旭见这些问题都有了结果，感到可以交差了，他吩咐张建华和学圆下去赶快把今天讨论的情况综合起来，明天早晨整理出一份文字材料，他好抓紧时间向领导汇报。

魏公正手里捧着材料，一边翻看一边听刘旭汇报讨论的细节，同时，脑子里也在反复地琢磨，设想着各种方案。他对局领导多要房子，内心是喜忧参半，不管怎么说，我魏公正和你们比较，相对而言还是比较严于律己，下面群众骂你们是"狮子大张口"，我老魏就没遭这骂名。可是我为了图个虚名，到时候官也没捞上，房子也比他们要得少，万一真的改为货币分房了，挣这仨瓜俩枣的钱买不起房子怎么办？鸡飞蛋打，到底值不值，真他娘的难办。张爱爱这个臭丫头的事情，看来我当初想得太乐观了，不知道她还有这么深的道儿，确实是低估她了。辛有成和老梅的事儿让底下的人先去谈，实在不行我再出面，不信我堂堂一个大局长说话没人听。

他抬起头，眼神直盯住刘旭："我看是不是和老辛、老梅他们先谈谈，毕竟局长和处长还是要有所区别，再说他们这么要，如果其他的处长也这么要，那给谁不给谁？"

刘旭赞同地点点头，若有所思地说："可是谁去和他们谈比较合适？辛处长那可是市场管理局的老处长了，资历比较深，一般的人恐怕说了也白说。"

魏公正沉思了一下，果断地说："你先代表我找他们谈，看看他们的态度再说。"

刘旭说："好吧，听学圆说老梅陪辛处长去北京出差了，等他们回来再谈，学圆建议和老梅谈话时请辛处长也参加，效果可能会好一些。"

"好，就按照你说的办，学圆的主意不错，让他继续努力，为咱们分房多出一些好主意。"

三十六　心劳计绌

三十七　老梅的烦恼

辛处长带着老梅，接受企业的邀请到北京参加一个全国旅游工作会议，顺便考察了一圈北京的名胜古迹。听说处长回来了，处里的几个人全都跑过来争先恐后嘘寒问暖，关切地询问辛处长去逛了北京哪些风景名胜，吃得怎么样，住得如何，等等。辛处长一边回答大家的问题，一边把带回来的一些北京果脯、糖果等特产，摊在桌子上，请大家品尝。

潘全力满脸媚笑地向辛处长表白："您可回来了，您不在的这些日子里我们就像没头的苍蝇一样，简直失去方向感了。"学圆听了，头皮有些发麻，暗忖辛处长应如何作答。辛处长哈哈一笑："你说得有些言过其实，但是我爱听，一来说明我们处室同志之间关系融洽，彼此关心。二来其实每个人都爱听好话，明知道是假话，但是，听着舒服。谁都不爱听批评，闻过则喜，嘴上说说行，其实心里未必这么想。"

楚大姐抢在潘全力的前面辩白说："小潘说的是实话，我们都有同样的感觉，学圆你说是不是？"看见楚大姐和辛处长的目光扫描过来，学圆违心地点了点头："是呀！"

辛处长脸上荡漾着满意的笑容，挨个儿询问了每个人手里的工作进展情况，大家都把自己手里正在开展的工作向处长做了汇报。学圆汇报完工作后，为了体现自己的工作量，又把分房工作的情况简单说了说。辛处长很感兴趣地问："分房的事情进展如何？最后什么时候能够出三榜呀？"学圆见老梅刚好进来，他不想引起老梅的不快，只好支支吾吾地说："快了，还有几个小问题没有解决，解决完了就可以出三榜了！"辛处长也没有再追问，顺手抄起了桌上因为出差而积压的文件。大家看见处长把眼光移动到了文件上面，都知趣地起身而退。

回到办公室，老梅从书包里面掏出了几个造型别致的塑料梳子分发给大家，嘴里还一个劲地念叨："没有什么好东西给你们，我看这些梳子挺别致的，就给你们一人带了一把。"

楚大姐接过梳子，打开往头上梳了几下，拉长了声儿赞叹说："哎呀，这梳子真漂亮，又好使，老梅这得花多少钱呀？谢谢你了，出门还惦记着我们，我回去送给我闺女，她肯定喜欢。"学圆看见梳子的包装不像商场出售的，但是出于礼貌也随口道了声谢谢。

老梅尴尬地一笑说："也没花几个钱，不管好坏，多少是个心意。"潘全力接过梳子，嘴角挂着一丝冷笑，想说什么但是没有说。这时候桌子上的电话叫了起来，楚大姐拿起电话喂了一声，听对方讲完话，掉头对老梅说："辛处长让你过去一下。"

老梅出了门，潘全力冲着楚大姐说："你没有看出来呀，这梳子根本就不是买的，是住宿的宾馆免费提供的，我上次出差，许多星级宾馆里提供的全是这样的梳子。你问他花了多少钱，他肯定说不出来。"

楚大姐不满意潘全力的态度，一边把梳子往抽屉里面收，一边为老梅抱打不平："我也知道这不是买的，但是，千里捎鹅毛，礼轻情义重，关键是人家出门想着你就不容易了。"

潘全力还想再说什么，老梅推门回来了，几个人一起刹住了嘴巴。

老梅进来仿佛没有感受到屋里的气氛，两眼直直地盯住学圆，劈头就问："学圆，你们分屋委员会对我的住房申请是不是提出了什么意见？"

学圆回答也不是，不回答也不是，吞吞吐吐地把自己往外择："有的委员提了一些意见，不知道最后领导是怎么定的，怎么了？"

老梅一脸疑云，有些困惑地说："刚才处长找我，让我下午不要出去，说领导要找我谈话，我估摸是房子的事，所以来问问你，有什么消息告诉我一声，我好提前做个准备。"

"据我所知，可能是您要两套房子的事情，找您再核实一下情况。"

听学圆说是这个事儿，老梅长长出了一口气，脸上马上多云转晴："那不怕，要两套房是因为去支援西藏奖励的，当初领导讲好的，这个一说就清楚了。"

下午，楚大姐、潘全力、学圆几个人嘴里嚼着北京果脯，又扯到了北京的烤鸭、涮羊肉、长城、故宫等话题，各自回忆去北京出差的经历，楚大姐甚至翻箱倒柜地去找自己在"文化大革命"中红卫兵大串联时在天安门前的留影。门砰的一声被撞开了，大家抬头一看，全愣住了，刚才出门时还满脸笑容的老梅，此刻铁青着脸，满脸愤怒，喘着粗气站在门口。

楚大姐惊讶地问："老梅，你这是怎么了?谁招你惹你了，生这么大气。"

老梅两手颤抖，嘴唇气得直哆嗦："还讲理不讲理了？刘旭愣说我要两套房不合理，去西藏工作没有多分一套房子的政策，这人一走茶就凉，老局长说过的话到他这里就全不认账了。"

楚大姐急忙劝慰他："老梅你别急，气坏了身子不值。你不是说去西藏奖励一套房子是局长说的吗？哪个局长说的？你去找他，让他给你证明一下不就行了？"

"当初我刚来咱们局的时候，徐局长动员我去支援西藏，亲口对我许的愿，还能有假？我记得徐局长还和辛处长念叨过这件事，辛处长也可以证明，我去找辛处长。"

潘全力嘴角泛起一丝冷笑："老梅，徐局长许的愿，你就找徐局长，又不是辛处长许的愿，辛处长怎么给你证明?再说了，咱们局支援西藏的又不是你一个人，要奖励大家都奖，还能执行两个政策？"

潘全力的话在暗示老梅，局里面还有支援西藏的人，要老梅和他们去攀比。一句话提醒了老梅，他反问潘全力："咱们局还有谁去过西藏？你提醒我一下。"

"我也不太清楚,我只是让您关注一下。"潘全力虽然知道,但是,当着楚大姐的面他不会说的。

老梅又掉头问学圆:"要房的人里面有支援西藏要两套的吗?"

学圆摇了摇头:"没有听说,只有黄永红因为她找的房子,奖励了她一套。"

"怎么没有,冯局长不也是支援西藏回来的吗?你当分房委员的还不知道?你还是分房委员会的常委,该说话的时候也得为咱们处的同志说句公道话呀。"楚大姐以为学圆装傻充愣,当着老梅的面指责学圆不作为。

老梅受楚大姐的挑拨,掉过头面对学圆口气中略带不满:"学圆,你们讨论冯局长的房子时,他去西藏有没有奖励住房?"

学圆苦笑了一声:"梅老师,人家局长的住房直接由局党组讨论研究,根本不经过分房委员会,奖励不奖励我们也不知道。"

"不管局党组研究也好,你们分房委员研究也好,但政策应该是一样的,要奖励都奖励,不奖都不奖,这点应该没有区别。老梅你应该去找刘旭,问问他冯局长有没有奖励住房?"楚大姐怀着打抱不平的语气为老梅出谋划策。

老梅一拍大腿,有一种茅塞顿开的感觉:"对呀,我去找刘旭,问问他冯局长去西藏,奖励住房兑现不兑现。"他一改往日的慢动作,腾地站起身摔门而去。

老梅出了门,潘全力鼻子里哼了一声:"去也白去,刘旭一句话就把他噎回来。"

楚大姐不解地问:"怎么一句话就噎回来?"

"你想呀,刘旭肯定说局党组研究的事情他一个处长根本就不清楚,这事儿你得问局领导去,球一脚就踢出去了。"

楚大姐听潘全力这么一说,害怕老梅真的找局领导去闹,到时候一说是自己出的主意,局长肯定对自己不满,想到此,不禁有些后悔,她埋怨潘全力说:"都是你给老梅出的主意,让他去和冯局长攀比,搞不好老梅真的去找局领导理论。"

潘全力一听楚大姐将责任转嫁到自己的头上,马上予以还击:"楚大姐,这个屎盆子你可别往我脑袋上扣,我可没有提冯局长,是你告诉老梅的冯局长也去过西藏,学圆可以作证。"

"反正这事儿是你挑起来的,其实你早知道冯局长去过西藏,就是故意不说。不像我傻乎乎的,心直口快,有什么说什么。潘全力你可够坏的,净坑我。"

潘全力见楚大姐急赤白脸的样子,抱怨自己坑她,心里很不舒服,毫不客气地驳斥了楚大姐"坑人"的说法:"楚大姐,你说话可得凭证据,我净坑你,我坑你什么了?你告诉我。"

楚大姐也毫不示弱:"今天这事儿就是你坑我。"

学圆见两个越吵越凶,心里暗暗好笑,老梅还没有去找局领导,而且去不去也不一定,现在就以假设做依据,吵得不亦乐乎,实在没有必要,他急忙站出来当和事佬:"楚大姐、潘老师,我看谁说的也没有什么关系,反正冯局长去西藏是事实,再说了,老梅还没有回来,等老梅回来看看他和刘旭谈的结果是什么。我估计老梅也不会马上去找局长理论的。"

楚大姐掉过头来刚想向学圆说什么,辛处长一推门走了进来:"你们几个吵吵什么哪?"

"没什么儿,我们在议论老梅去西藏奖励住房的事情,老梅说刘旭不承认有这条政策,我们正在给他想办法。"潘全力抢在楚大姐前面向处长解释。

"老梅哪儿去了?"辛处长眼睛扫了一圈寻找老梅的身影。

"他去找刘旭了。"

"处长,老梅说当年他去西藏支边,徐局长亲口答应的奖励他一套住房,而且您也知道这件事,还想请您给他当证人呢。"楚大姐不失时机地求证这件事。

"当时老梅想进咱们局,是我给介绍的,老徐征求我意见,说让他来了以后先去西藏支边,我问老梅愿意不愿意,老梅说只要能进来他可以去。具体到房子,当时是老徐和老梅直接谈的,我没有在场,但我听老梅和我念叨过,不过没有文字留下,只是口头说的。"

"口头说的也不能不算数呀,领导说的话在我们眼里就是圣旨一样,我们可是当真的,处长您该说话的时候得给我们说话,老梅可全指望您哪。"

辛处长听了楚京明的话觉得有些刺耳，她明着是抬举领导，实际上暗含着抱怨他没有给老梅尽力的意思。辛处长嘿嘿冷笑了一声，面无表情地说："我证明也没有用，老徐的话我也没有亲耳听见，我也是听老梅告诉我的。再说了这些事情都是分房委员会来管的，政策也是他们定，我也无权干涉。今天他们找老梅谈话，让我也参加，我谢绝了，分房的事情和业务工作是两档子事儿，分房有分房的纪律，我不能瞎掺和。学圆你是分房委员，我说得对不对？"

学圆一听辛处长的话，心里咯噔一下，让处长参加谈话是他出的主意，处长这么问自己是不是听到了什么消息？他讪讪一笑说："您说得对！其实照顾不照顾分房委员会说了也不算数，最终还是局党组讨论决定。"

辛处长面露得意之色，一抬下巴颏儿冲着楚京明说："你听见了吧？分房委员会说话都不算数，我说话更算不了数了。"

楚京明听出了处长的话外音对自己有所不满，她急忙解释说："处长我没有别的意思，就是希望您多给我们说点好话，您在局里德高望重，连局长都给您面子，听说您在全国咱们系统里的影响都非常大，说话肯定比我们有分量。"

楚京明的高帽子给辛处长的脸上增添了一丝笑容，他一边转身往门外走一边说："这你放心，该说话的时候我一定为你们说话。"

屋子里一片寂静，潘全力嘴角儿挂着一丝冷笑，似乎在嘲讽楚京明自讨没趣；学圆还在品味刚才辛处长的态度，疑神疑鬼地揣测处长是否听到了什么；楚大姐的脸上布满阴云，垂头丧气心神不安。

窗外卷起一阵旋风，吹得窗玻璃嗡嗡作响，天空堆聚起浓浓的黑云，刚才还阳光明媚的办公室，忽然变得阴暗暗的。楚京明抬头望了一眼窗外，叹了一口气对学圆说："学圆，天要下雨了，我家里晾在外面的衣服没有收，麻烦你和处长说一声，我先走一会儿。"

学圆机械地应了一声"好"，等她出了门学圆才醒过闷儿来，和处长门对门为什么她自己不去请假，非要让我替她请假，这不成了我批她假了吗？他踌躇了一下，不知道怎么和处长说。潘全力仿佛洞穿了他的心思，微微一笑："我去和处长说，你甭管了。"

潘全力出了门，桌上的电话急促地叫了起来，学圆无精打采地喂

三十七　老梅的烦恼

了一声，话筒里传来一个熟悉甜美的声音："怎么了，不愿意接我电话？"学圆一听是杨丽的声音，精神马上为之一振，满脸笑容声音和蔼地连忙说："哪里，哪里，我天天盼望听到你的声音，如大旱之望云霓呀！"

"行了，行了，你不用和我讲这些文词了，说了我也不懂。我这个周日休息，你有没有时间？陪我去逛一逛，我们好好地乐一天。"

学圆脑子里盘算了一下，这个周日答应了替别人值班的，他迟疑的工夫，话筒里传来了杨丽不满的声音："怎么又没有时间？你又有什么事情比我们的约会还重要？"

学圆吞吞吐吐地说："这个周日我答应替别人值班，不好推辞，我下星期日陪你逛一天行不行？"

话筒中杨丽的声音充满哀怨之气："我下星期日不休息，要加班。嘴上说想我，全是谎话。你没有时间陪我就算了，我自己去。"话音刚落电话啪的一声就挂上了。

学圆有些手足无措，他特别想陪杨丽，可是答应了别人怎么好反悔？而且周日是公休日，大家都休息，想找个人替都不容易，急得他抓耳挠腮不知如何是好。

这一切被刚进来的潘全力看在眼里，好奇地追问他："楚大姐请假的事儿，我和处长讲了，处长已经同意了。看你一脸愁云，有什么事情不开心？"

学圆犹豫了一下，想到潘全力是他和杨丽的介绍人，这件事没有必要隐瞒他，就把刚才杨丽来电话的事情原原本本地告诉了他。

潘全力笑了："这点小事儿算什么，你找下周日或者下下周日值班的人换一换不就行了？都是周日只不过时间早晚而已。我老婆快生了，我得照顾她，不然星期日我替你值班。你赶紧换个班，再给杨丽打个电话，宁失江山，不失约会。"

学圆一听潘全力的点拨，心胸豁然开朗，他暗暗埋怨自己，遇见情况有时候怎么自己的思维就禁锢在一个小框框里，翻来覆去只是在里面打转转，就不会跳出来思考？他一边向潘全力连声道谢，一边去查看值班表，抄起电话先与下周日的值班员调了班，又赶紧给杨丽打过去，和她约定了会面的时间、地点。听见电话里杨丽朗朗的笑声，学圆顿时觉得开心了许多。

潘全力看见学圆的笑脸，打趣他说："你们两个真是郎才女貌，天生的一对，我这个红娘当对了，就盼着早日喝你们的喜酒了。"

一听潘全力提喝喜酒的事儿，学圆的脸顿时晴转多云："唉，八字还没有一撇呢，谁知道以后是什么结果。杨丽那天对我说，现在的姑娘找对象的标准是有车有房、父母双亡，或者是有钱有势的男人，像我这样，没有房、没有车、没有钱没有势的小小公务员，人家还看不上眼哪。"

潘全力左右晃晃脑袋，宽慰他说："那也不一定，男人恋爱的时候是理智的，女人恋爱的时候是愚蠢的。女孩子靠哄，要让她开心，只要她觉得你对她好，真心喜欢上你了，什么事儿都好办。"

学圆似懂非懂地点了点头，他对于自己和杨丽的感情是很认真地投入的，但是，他对于自己的经济基础也是一清二楚的，他的信条就是尽人力而听天命吧。

一阵旋风从窗外掠过，蚕豆大的雨点敲打着玻璃，发出砰砰的声响，黑黑的乌云仿佛要压垮吞噬掉这座城市。学圆呆呆地望着窗外的阴霾，瞻念前途，一种不可名状的伤感忽然涌入心头。

三十八　徐局长过世

周一刚上班，潘全力脸上挂着诡秘的笑容，像探索什么秘密一样询问学圆："周日玩得不错吧，什么时候去见见未来的丈母娘？"学圆脸一红，羞答答地回答说："我白天陪她逛逛街，晚上又看了一场电影，散场后把她送回饭店我就回来了。"

"进展顺利吧？你就要这样，对她好一些，让她对你产生强烈的依赖性，这方面我还是有一些经验的。"

学圆正想再向潘全力讨教一些讨好女孩子的方法，砰的一声，老梅满脸阴云，垂头丧气地推门而入。看见老梅的表情，潘全力忙打招呼："老梅，周六下班你也没回来，也没时间问你，那天你和刘旭谈得怎么样？"

老梅长长出了一口气："唉，别提了，那天我找刘旭，刘旭说从来就不知道徐局长答应奖励住房的事情，我当时一气之下就去徐局长他们家了，想让老局长给我出个证明。谁知道，到了老徐家，才知道老徐因为犯了心脏病住院了。在医院看见老徐气都喘不过来，更甭提说话了，老徐的老伴哭哭啼啼说医院已经下了病危通知书，催我让单位赶紧送支票去，说再不送支票要停药了，你说证明没要成，我倒成了通讯员了。"其实，让老梅痛心的还有那一兜白白送给老徐的进口水果，本想让老徐看在水果的面上给自己出个证明，结果是肉包子打狗——有去无回。这些话憋在心里，真是有苦难言。

学圆有些不解地问："医院为什么要停药？救死扶伤是医院的天职呀！没有钱也应该给人看病啊。"

老梅鼻孔中哼了一声："救死扶伤？现在的医院一切都向钱看，没钱死在医院都没人管，你没看前些天报纸上的消息，一个农民没有钱动手术，就死在医院里了，家属还要打官司上告呢。"

学圆困惑地问老梅："那咱们单位也不是没有钱，给医院押一张支票不就完了？"

潘全力给学圆解释说："现在医疗改革，有些药是公费的，有些是自费的，我听说上次老徐住院，他老伴和子女一直让医院使用进口的好药，好些都是自费的，现在还欠着单位好些钱没还清，这次肯定又是自费药用得多，钱花得快，所以得三天两头送支票。"

学圆用同情的口吻问老梅："老徐病倒了，那您的证明怎么办？"

老梅很无奈地叹口气："还能怎么办？就指望着咱们辛处长给我撑腰了。"

学圆安慰老梅说："您也别太着急，有空找处长聊聊，请他给您出份证明，会上大家一看有文字证明，也许就通过了。"

老梅点点头："等处长开会回来我就去找他。你们开会的时候你也多多为我美言几句，让委员们都清楚这件事儿，我这里先谢谢你了。"

"您放心，有了处长的证明，我一定据理力争。楚大姐他们南郊住户搬回来的事就是有了秦局长的证明分房委员会才通过的。"

学圆的话使老梅看到了希望，他信心满满、望眼欲穿地盼着辛处长早点回来。

下午，陪辛处长外出开会的楚大姐刚进门，老梅马上问她辛处长是否已经回来，得到肯定的答复后老梅夺门而出，楚大姐不解地问："小孟，老梅急匆匆的干吗去？"

学圆把老徐生病住院及老梅把希望全部寄托在辛处长身上的事情叙述了一遍，楚大姐不无担心地问："那徐局长的病什么时候好？能不能赶在你们开会前给老梅出证明？"

学圆刚要作答，门被一脸丧气的老梅推开了。楚大姐一见老梅，就像踏枝的喜鹊一样喳喳叫了起来："老梅，怎么样?辛处长答应给你出证明了，大功……"楚京明突然看见了老梅扭成苦瓜似的脸，马上把"告成"两个字使劲咽回去，换成："你怎么了?哪不舒服了?"

痛苦的叹息声使屋子里面的人都预感到老梅的事情办得不顺利。学圆小心翼翼地问："老梅，您的证明处长给您出了吗?"

老梅没有正面回答学圆的问话，只是在那里喃喃地自言自语："唉，你说老徐早不住院，晚不住院，偏偏这个时候住院，我现在没有别的盼头儿，就盼着老徐早点出院。"

听了老梅没头没脑的话，屋里的人全听明白了，老梅的事情肯定不顺利，楚大姐不解地问："处长没有给你出证明?不可能吧?"

"怎么不可能?我本来以为很简单的事情，谁知道，他说老徐的话没有亲耳听见，出证明不合适，不能欺骗组织，不知道他心里是怎么想的。"

学圆听见老梅简称处长为"他"这是到局里第一次，由此可见老梅对辛处长内心的不满已经到了言语不恭的程度。

楚京明好言安慰说："老梅别着急，等老徐出了院，你和他好好说说，让他给你美言几句，肯定有分量。"

看老梅和楚京明把希望全部寄托在一个病入膏肓的老徐身上，潘全力善意地劝他："老梅，老徐一个退休老头，作用是十分有限的，而且我看老徐什么时候出院都说不准，你孤注一掷把希望全部寄托在他的身上，恐怕搞不好到时候竹篮打水一场空。我劝你还是再想想别的办法，多几条腿走路。"

老梅听了这几句逆耳的话，一反常态发了脾气："小潘，你能不能说点好听的，别老给我说这些泄气的话？我现在就是老徐这一棵树上吊死，没别的选择了。"

潘全力见老梅动了真气，苦笑了一下不再言语。

就在老梅盼星星盼月亮等候老徐出院的时候，突然传来一个噩耗，老徐因突发心梗，抢救无效，不幸病逝于医院。大家都惊诧老徐走得太突然了，只有潘全力好像不以为然，从潘全力的表现联想到他前几天说老徐出不了医院的预言，老梅伤心之余指责他不该诅咒老徐。潘全力分辩说："我绝对没有诅咒老徐的意思，我之所以说老徐出不了医院是因为他是被气病的，这口气咽不下去肯定出不了医院。"

楚京明忙问是谁给老徐气受。潘全力叹了一口气："别人谁能把他气成这样？是他的儿女们把他气的！"

楚京明惊叹一声："啊，为什么呀？"

潘全力面对大家探询的目光，简明扼要讲述了老徐被气死的经过。老徐的住房因为拆迁的缘故，得到了一大笔钱，老徐的现老伴是续弦的，当初嫁给老徐的时候，带过来一个闺女，老徐和前妻生了一个儿子。这次卖房一下子得了这么多钱，老伴的想法把钱存在银行里吃利息，租房子住，下半辈子吃穿用都不用发愁了，死后再把钱分给儿女们。而徐局长的儿子则怂恿他不要听后妈的话，还是把钱分了，儿子家里有房子，住在他们家一样颐养天年。徐局长思考再三，觉得自己这么大岁数了，要这么多钱也没有什么用，老了也没有什么花钱的地方了，再加上隔辈亲，对自己的孙子也特别溺爱，所以就把三分之一的钱给了女儿，三分之二的钱给了儿子，设想以后主要住在儿子家里养老。不想，儿媳妇说，让他们赡养应该把钱都给他们，不应该给女儿那么多，既然给了女儿三分之一，就应该在女儿家住四个月。女儿也说徐局长有偏有向，虽说不是亲生的，但是让我们养老就应该一人一半，既然偏向儿子，就让儿子养老好了。老徐万万没有想到，自己的儿女拿了钱马上就变了脸，再加上老伴絮絮叨叨地抱怨，内外交困，连病带气，一口气上不来，就呜呼哀哉了。

在一片沉重的叹息声中，楚京明问潘全力："那徐局长的老伴现在怎么样了？"

潘全力叹了一口气无奈地说："儿子连亲生父亲都不养更甭说养后妈了，好在老徐拆迁补偿款也分了一部分给她，现在她和女儿住在一起。"

老梅念了一句《三字经》："养不教，父之过。这也怨老徐生前没有教育好自己的子女。"话里明显带有对老徐的不满情绪。

老干部处来电话，问参加追悼会的人数，好确定车辆。楚京明说那天她和辛处长有会不能去，老梅也说自己有事去不了。

学圆自从来到局里，只听过却从未见过徐局长，不承想却在追悼会这个特殊的场合和老局长碰了面,看着川流不息的人群依次和哭哭啼啼的亲属握手,出了灵堂就有说有笑,学圆突然蹦出一个荒诞的念头,和这些无亲无故的人握手,对死者和家属是一种安慰还是一种亵渎？

回来的路上,学圆暗暗为老梅担忧,这回老梅最后的希望彻底破灭了,对他的打击不知道有多大。他把自己的担心告诉了潘全力。潘全力的小眼睛在镜片后面眨了眨,有些莫测高深地点拨学圆说:"你也不要把问题想得太简单了,即便老徐不死,他说话管用吗？你当分房委员这么长时间了,还没琢磨出这里的猫腻儿,想给你总是有理由,不想给你也是有原因的。老徐,一个退了休的人,别看是局长,恐怕说话还不如你这个分房常委说话管用。"

听潘全力这么一夸,学圆听了虽然觉得很入耳,但是他嘴上谦虚地说:"哪里,我说话也管不了什么,我这个常委就是跑跑腿、动动嘴,大主意还是领导说了算。"

潘全力对学圆的话非常认可:"你说得对,现在就是谁有权有势谁就说了算,不仅分房如此,其他的事情也是如此。现在唯上之风盛行,许多干部都是只唯上,不唯下,溜须拍马,阿谀奉承,只要把领导糊弄好了,能提拔自己就行了,至于群众的利益根本不闻不问。你看这些年出的贪污腐化分子,哪个不是手中握有权力,职务越来越高,腐败越来越凶,为什么？权力应该关在笼子里,晒在阳光下,反观我们领导人的权力,缺少监督,个人权力过于集中,不出事儿才怪呢！"

学圆对此深有感触,他下意识地脱口而出:"您说得有道理,就说咱们局这次分房,说是公开、公平、公正,其实政策对人还是有区别的。老梅说他去找魏公正了,问为什么冯局长去西藏就可以奖励住房,而自己为什么不行？魏局长说:冯局长这次根本没有提出奖励住房的事,只有你老梅提出来了。"

潘全力诡秘地一笑:"冯局长的奖励住房已经到手了,肯定不会再提,而老梅的没有到手,两个人的情况根本没有可比性。"

话题转到老梅的身上,学圆忽然想起一个问题,他感觉很奇怪:"潘老师,您说为什么处长在老梅的问题上不像以前那样关照他了,连个证明也不肯给他出？我记得以前处长还和老梅是一个单位的。"

潘全力用手指往上托了一下眼镜腿，用神秘的口吻告诫学圆："毛主席说过，世界上没有无缘无故的爱，也没有无缘无故的恨。咱们处长自然有他的考虑，具体是什么原因，过些日子你就知道了。"

学圆见潘全力不想说，也就不再往下追问，又转到另一个话题："我看您和追悼会上的那些老干部关系很熟，他们都是什么领导呀？您认识的人还真不少。"

潘全力讳莫如深地告诉学圆："都是过去和老徐一起战斗过的老战友，也不是太熟悉，而且都离退休了，也不是什么领导了。"

看着潘全力闪烁游离的目光，学圆大脑飞快地在思索：潘老师在说谎，在殡仪馆那么多老干部见了他，有拍他肩膀的、有和他握手的，潘老师一脸媚笑、腰快弯成了90度，双手搀扶着老干部的胳膊，"伯伯长伯伯短"的，叫得甜如蜜汁，肯定不是一般关系。他为什么不和我说实话？看来其中必有隐情。

回到单位，潘全力和学圆见老梅坐在办公室里发呆，潘全力有些奇怪："老梅，你没有出门呀？"老梅支支吾吾地说："刚忙完，你们回来了，老徐的家人还好吧？"

"一家人哭得挺伤心的，他家人还打听你为什么没有去。我们说你今天有事儿。他孩子还让我们捎话给你，问你老徐医药费报销的事情有没有什么消息。"

老徐去世的消息，对于老梅来说，不啻一个晴天霹雳，本来他把希望全部寄托在老徐的身上，前些日子，他经常隔三岔五往医院跑，去探望老徐的病情，搂草打兔子——带捎的帮助老徐捎个东西、带个话。老徐的老伴当时感动得两眼泪水涟涟："老梅，你真是个好人，我们家老徐在位的时候，有些人快把我们家的门槛踢坏了，老徐一退休，就再也不上门了，更甭提来医院看老徐了，哪像你这么关心老徐。等我们老徐好了，一定让他登门道谢！"

老梅自然不会把内心的想法全盘托出，只是十分恳切认真地说："老嫂子你千万别这么说，徐局长在位的时候对我十分关照，我来看望他也是应该的。我和你们家人一个愿望，就是希望徐局长早日康复。"前些日子，得知老徐病危的消息，老梅就寝食不安了，现在

三十八　徐局长过世

275

不仅去西藏支边的奖励政策没有落实，不知道是谁又把他过去在计委分过房的老底儿也掀了出来，一波未平一波又起，简直是雪上加霜，搞得他焦头烂额，心力交瘁。老徐的死讯传来，他曾暗暗咒骂：这个老徐早不死，晚不死，偏偏这个时候死，死了都不给人留下个好念想儿。失望之余，连老徐的追悼会都没心思参加了。至于刚才潘全力捎给他老徐家人的话，他根本就没有听进耳朵里去。他心里很有些愤愤不平，凭什么局长去支援西藏就可以奖励住房，为什么到我这儿就不行？说到过去在计委分房，辛处长也分过房，怎么就没有人追究他的住房问题？而且辛处长对待自己的态度也和过去发生了很大的变化，不肯为自己说话，不像过去那样为部下"维权"了，而是一味讨好领导，这里面究竟有什么玄机？兔子急了还咬人呢，我不能这么束手待毙，要把水搅浑，趁机浑水摸鱼。

三十九　童年的梦

　　学圆写的一篇散文发表在省晚报上，看见自己的处女作发表了，学圆的内心无比激动，他最先想到的就是告诉杨丽这个好消息，并且用自己挣的第一笔稿费请杨丽吃晚饭，和自己心爱的人一起分享快乐。杨丽听到学圆的文章发表了，也是兴奋不已，不仅爽快答应晚上一起吃饭，而且神神秘秘地告诉学圆晚上要送他一个珍贵的礼物！

　　学圆在心神不定的等待中盼到了下班，因为第一次约会迟到了，所以，以后每次约会他都会提前。今天，他早早来到长安公园，这里曾经是孟学圆萌发童年梦想的地方，每当想起过去游园立志的情景，内心总是激动不已，感慨万千，抚今追昔，情不自禁陷入对往事的回忆之中。

　　孟学圆的家坐落在广袤的河北大平原一个小县城里，刚出生的时候，在他前面，父母已经连续生了两个男孩，为图五男二女的吉祥，父母特别渴望再生个女孩，为此，父亲特意给他取名孟圆，寓意"圆梦"，但苦于不能坏了流传了几百年的家谱排列顺序，最后确定的名字为孟学圆。皇天不负苦心人，在他的后面，父母果然为他又添了一个小妹妹。孟学圆知道了自己名字的特殊含义后，特别渴望借助这个名字在实现父母美好愿望的同时，也能够圆了自己童年的梦想。

　　孟学圆的童年梦想源于他人生中第一次进省城。

房门背后

孟学圆在上初中一年级的时候，正赶上"十一"国庆节放假，在省城工作的大哥放假回家，从单位带回来一张省城长安公园的游园票。大哥很是炫耀了一番长安公园如何如何漂亮，游园活动如何如何热闹，省城高楼大厦林立景色如何如何繁华。听着大哥绘声绘色的描述，馋得他和二哥两人羡慕不已。学圆虽然已经上了初中，而且他家距离省城直线距离不过几十公里路程，但是，十几年来，他一直在屁股大的县城周围打转转，去得最远的地方就是离家十多公里乡下的爷爷、姥姥家，省城在他幼小的心灵中是个朦朦胧胧、说不清道不明的神秘所在。看见大哥拿回来的票，他内心特别渴望去省城开开眼界，一饱眼福。可是，二哥也想去！两个人攥着这张游园票谁也舍不得撒手。最终的结果是由母亲裁决的：让学圆去！母亲的理由很简单也很有说服力，学圆在前不久结束的期中考试中六门功课全部100分，勇夺全校初一年级第一名，校长在全校大会上公开表扬，母亲认为这是给家长争光露脸的喜事，所以，应该把游园票奖励给学圆。母亲的这一决定得到了除二哥以外所有家庭成员的支持。

临出门的前一天，母亲给了他2元中午饭钱，反复叮嘱把钱放好了，千万别让小偷偷去。为了节省往返车费，母亲又让学圆借用了大哥的公交月票。

站在车站的候车口，学圆被身后强大的人流推进了车门，他急急忙忙抢了一个远离售票员的座位坐下。在一阵嘈杂的轰鸣声中，老旧的公共汽车喘着粗气，上下颠簸，摇摆着向省城开去，学圆一颗忐忑不安的心也随着车轮的颤抖而上下不停地摆动。

俗话说做贼心虚，上车后学圆的眼光一直不敢与售票员的目光直视，两只眼睛偶尔扫描一下面无表情圆圆胖胖像熊猫似的女售票员，急忙把目光又转移到车窗外。空旷的田野中，几匹拉犁的牛马往来穿梭，一手扶犁一手扬鞭的把式们抖动手腕让皮鞭在空中画出一道圆弧，嘴里不停地大声吆喝着牲畜，锃亮的犁尖在平整的土地上划出一道道波浪，后面几个戴草帽的妇女不慌不忙地播撒着麦种。

窗外岁月静好的风景，也很难抑制住学圆不停转动的心眼儿，一会儿查票时如果售票员发现我使的是假月票应该怎么回答？对！就一口咬定是我的。假如售票员把票没收了我怎么回家呀？

学圆的脑子正在一刻不停地胡思乱想，突然，女售票员尖锐的嗓声通过麦克风在车厢里面回荡开来："各位乘客，终点站就要到了，售票员马上要查票了，请大家准备好车月票。"售票员的提醒引发了车厢内一阵小小的骚动。学圆既盼着终点站快点到，又害怕终点站到。看见售票员挨个仔细查看乘客手中的票，学圆的心忽然一下跳到了嗓子眼。按照大哥传授的锦囊妙计，他早早地把月票捏在手里，把食指覆盖在照片上面，把月票的月份露出来，一旦售票员来到身边，就掏出来不紧不慢地晃一下。这个场景昨天晚上做梦都演练了好几次，今天应该不会有什么问题。

见售票员从前面的人丛中费力地挤到了自己的身边，学圆的心怦怦狂跳着，用微微颤抖的手强自镇定地把月票在售票员眼前晃动了一下。

售票员打量了一眼面前这个穿着打扮有些土气的孩子，仿佛不相信他也能买得起月票，她一反常态没有像对待别的乘客那样一扫而过，而是从学圆手里抽出月票，认真扫描了半天月票上的照片，又仔细端详打量了学圆一会儿，冷冷地问："这是你的月票吗？"

学圆本就心虚，见售票员又检查得这么仔细，不禁心神慌乱，说话也有些颤抖了："是我的月票。"

售票员见学圆惊慌的神态和答话的语气，嘴角挂上一丝鄙夷的微笑："你们这些乡下人就爱占小便宜，一张票能花几个钱，非得用假月票。"

学圆强自镇定地狡辩说："这就是我的月票，不是假的。"

售票员见学圆铁嘴钢牙死不承认，不由得有些恼羞成怒，她直接把月票收进售票夹中，一边转身继续去查票，一边嘴里不停地唠叨："跟我耍心眼你还嫩了点儿，我查票二十多年了，这点小儿科的伎俩还能骗得过我这双火眼金睛？你的月票我先没收了，一会儿到总站再罚款。"

听到售票员说到了总站还要罚款，学圆彻底慌了神，自忖兜里的两块钱恐怕还不够罚款的，如果不缴罚款他们叫警察把我抓起来怎么办？

车子到了终点站，乘客们一拥而下。学圆见售票员不在身边，急中生智随着人流跳下车去，撒腿就跑。售票员看见学圆远去的背影，知道自己是无论如何也追不上的，于是趴着车窗冲学圆发出威胁："臭小子，你跑也没有用，跑得了和尚跑不了庙，回去就这一条公交线，等你回来再和你算账。"

学圆跑了一段路见后面没有人追来，他赶紧将自己瘦小的身躯汇入摩肩接踵的人群，让即使追来的人也失去目标，但是这也让他完全不知道自己现在到了哪里，出门前大哥讲的乘车路线完全派不上用场了，学圆走了许多冤枉路绕了很多弯才走到公园的大门口。

晌午的太阳煌煌挂在天上，饥肠辘辘、两脚酸疼的学圆坐在公园的长椅上情绪低落，兴致全无，垂头丧气盘算下一步的行程。午饭肯定不能吃了，兜里的钱要先保证回家的车票钱；回总站乘车肯定也不行，搞不好熊猫售票员还在那里等着自己自投罗网；直接走回家路途太遥远了。思来想去，只有等天快黑了的时候再上车，而且绝不能在总站上车，要步行到远离总站的车站再上车。

落日溶溶，彩霞满天，在孟学圆的眼里城里的落日都显得那么美！霞光映在高楼大厦的幕墙上，沉到公园的大杨树间，衬得穿长裙子的女孩子身上都闪闪发光。

面对夕阳美景，学圆暗暗发誓：我长大后，要堂堂正正地做一个城里人，我一定要坐在宽畅明亮的高楼大厦里上班，做这里的主人！

"咳！发什么呆？"一声断喝打断了学圆对往事的追忆，侧头一看，杨丽身着一件碎花连衣裙，脚上穿了一双白色的高跟鞋，肩上挎着样式别致的金利来皮包，脸上化了淡妆，一股淡淡的香水味道从她窈窕的身躯里散发出来，两只漂亮的大眼睛放出迷人的光彩，正笑吟吟地站在自己的身边。学圆两眼直勾勾地盯住杨丽，心神一阵荡漾，好想把杨丽紧紧地搂在怀里。

"看什么看，不认识我了？"杨丽被学圆盯得有些不好意思了，脸上掠过一朵红霞。

"真漂亮！我还以为是哪位仙女下凡了。"学圆发自肺腑地夸赞杨丽。

听见学圆的赞美之词，杨丽也心中窃喜，她伸出手想牵学圆的手，见学圆手中紧紧攥着一卷纸，好奇地问了一句："拿的什么？"

学圆把手上的纸卷打开给杨丽看："这是一张晚报，上面有我的文章，拿来让你看看。"

杨丽伸出头，看了一眼文章的标题和作者的名字，随口夸赞说："你真棒！"

杨丽挽起学圆的胳膊，撒娇地问："今天请我吃什么好东西？"

学圆挎着宛若天仙的杨丽，嗅着她秀发的芳香和阵阵香水味道，心旌摇动，忍不住在杨丽的脸蛋上轻轻吻了一下："你想吃什么我们就吃什么，一切都听你的。"

"那我们去吃海鲜吧，我喜欢吃虾。"

"好！我刚才路过的时候看见前面有家粤菜馆，我们去那里吃吧。"

夏日的长安公园，夜幕漆黑，灯光暗淡，一弦新月笑弯了嘴巴，为天下的有情人默默祝福，幽静的竹林深处，唧唧的虫鸣伴着青草的芳香，更衬托出夏夜的浪漫。学圆和杨丽饭后手牵手沿着湖边走了一圈，两个人都感觉有些累了，走到一处茂密的树丛旁，杨丽停下了脚步，摇了摇学圆的手："我累了，我们歇一会儿吧。"

学圆急忙接了句"好！"转头四处一打量，用手一指树丛后面："我们去那里坐一会儿吧。"

杨丽点了点头，学圆见天黑路不平，怕高跟鞋崴了杨丽的脚，用力搀扶着杨丽的胳膊走进了黑乎乎的树丛里面。两个人在树丛里找到一块平坦的地方，刚想往下坐，学圆急忙拦住了她。"怎么了？"杨丽有些疑惑。

"等一下，地下脏，别弄脏了你的裙子。"

学圆把手里的报纸铺在地下，两个人头靠头、肩并肩并排坐了下来。夜幕下的长安公园，游人稀少，灯光暗淡，晚风吹过，飘来一阵阵淡淡的花香，脚下青草和泥土泛起的芳香，与杨丽身上的幽香交织在一起，沁人心脾，让学圆微微有些陶醉了，他不想破坏这温馨浪漫的氛围，只是把胳膊轻轻地搭在杨丽的香肩上，相互之间彼此倾听对方的心跳。

还是杨丽首先打破了沉寂，星眼含笑地发问："你是个大学生，又是机关干部，今后没准还是个大作家，以后前途无量，而我只是个饭店的服务员，你不会嫌弃我吧？"

学圆把嘴贴在她的耳边，低声吟出爱的诗篇："巧笑倩兮，美目盼兮，你是我心目中的女神，我会爱你到永远！一生一世只爱你！"

听了学圆爱的誓言，杨丽浑身颤抖了一下，柔软的身躯顺势倒在了学圆的怀抱里："只要你真心地爱我，我这一百多斤就全交给你了！"

怀抱杨丽柔软的娇躯，嗅着她身上散发出的淡淡幽香，学圆再也无法控制自己，情不自禁把嘴巴紧紧贴住了杨丽的红唇。刹那间，一种幸福的暖流从双唇间迅速向全身扩散，冲击得大脑竟微微地有些眩晕。他充满激情地在杨丽的耳边倾诉自己的心声："这里曾经是我萌发童年梦想的起源地，而今又是我们爱情扬帆启程的港湾，我觉得这是上天对我的眷顾，把你这样美丽善良的天使赐给我，又让我一步一步成就我的梦想，我真的好幸福，好满足！此生无复他求了。"

杨丽起身从自己的背包里掏出一张彩色艺术照，递给了学圆："这是你要的照片，也是我送给你的礼物。想我的时候就看看我，我不如你这个大学生会说话，但是，我把我的心里话都写在后面了，你可别辜负我的情、我的义！"

学圆接过照片先放在嘴边亲吻了一下，翻过来就着淡淡的月光浏览了一遍文字："亲爱的，你永远是我的唯一！这辈子有了你我感到特充实，有幸与你相遇，我的感情总算找到了归宿，真想躺倒在你的怀抱里让你亲个够，我日夜思念的心上人。月亮代表我的心，特别的爱给特别的你！"

学圆张开双臂把杨丽又紧紧搂在怀中，双唇在她的眼睛、眉毛、耳朵、嘴巴等处一通狂吻，边吻边喃喃发誓："你是我的最爱！你是我的唯一！你是我永远的追求！"

缠绵的情话、沸腾的热血、紧紧的依偎，两个年轻人仿佛融化在一起，如胶似漆，再也无法分离了。如果不是公园管理人员三番五次的催促，他们两个人真想相拥相抱到永远！

出了公园大门，两人挽着胳膊往公交车站走，杨丽把嘴巴贴在学圆的耳边羞答答地说，她的父母想见见未来的女婿，等父母相完女婿，如果没有意见，等学圆把房子分到手，就可以筹备婚礼了。

杨丽猛不丁提起房子，学圆的心里咯噔一下，发热的脑袋立即被夜风吹凉了许多。听杨丽的口气，好像她已经和父母说了自己能分房，真见到杨丽父母的时候，如果提起这件事，该怎么向她父母解释？搞不好自己无形之中就成了骗子。唉，解铃还得系铃人，去见杨丽父母之前请潘老师和杨丽解释解释，千万不要产生什么误会。最圆满的结果就是能够在这次分房中也争取到一处房子，哪怕一间也好。可是我一个没有分房资格的人究竟应该怎样做才能达到目的？

四十　研究三榜

老徐的追悼会之后时间不长,沉寂多日的寻呼机举报台又突然重现江湖,而且爆出了一条爆炸性的新闻,说辛处长和老梅,以前在计委都分过房子,辛处长后来给了他弟弟,老梅给了他儿子。为了显示信息的真实性,举报中把具体的分房日期、地点、门牌号码全部公布于众。

魏公正看见这条信息后,马上把刘旭找来,放亮嗓门说:"看见举报辛有成的信息了吧?你说这是谁又给咱们添乱?不通过正常途径向组织反映,成天拿个破机器在那乱呼,这寻呼台也是,什么信息都给呼,为了俩钱,一点职业道德也不讲了。你去问问寻呼台是谁在那里乱发乱呼。"

刘旭暗暗发笑:什么也不懂,上来就放炮,发送用户要求发送的正常信息,这是寻呼台的正常业务,和职业道德扯得上边吗?再说了署名是甄相,这和上次一样,肯定是假名,你能问出来吗?他岔开话题问魏公正:"发信息的人肯定不是用的真名,查也查不出来。甭管是谁发的,关键是咱们理睬不理睬他,用不用去核实。"

魏公正眉头皱了皱:"按说匿名举报可以理睬也可以不用理睬,要是其他人就算了,可是举报的两个人都是要两套房的人,咱们又不准备给,还是核实一下好!如果万一情况属实,咱们手中也多了一些筹码。"

刘旭点点头，表示同意魏公正的意见，同时，他又提出了自己的想法："魏局长，我看情况议论得也差不多了，我们也在下面小范围议了议，大家的思想基本统一了。多一天就多一天的事儿，早分完早完事儿。我建议是不是在近期召开常委会，抓紧时间把三榜的方案定下来，尽快提交党组研究审定？"

魏公正不假思索，脱口而出："好！我同意！早分完早消停。你们研究一下，定好时间告诉我，争取全体常委一个都不少。"

一个风和日丽的早晨，晚秋的朝霞给略带寒意的会议室送来一缕温暖，笼罩在身上暖融融的，让人感到十分惬意。在魏公正主持下召开了——按刘旭的话讲收官阶段的——分房常委会，研究确定三榜方案。

会议的基本内容是研究上次刘旭等人拉出来的三榜分配中存在的几个问题，并针对这几个问题研究最终的解决方案。刘旭先把三榜分配中存在的问题详细叙述了一遍。接着他提出了解决问题的方案设想。

在谈到辛处长、老梅要两套房子的问题时，话题自然而然地就转到了前几天寻呼台的举报。几个委员纷纷揣测，这到底是真事儿还是造谣中伤。

魏公正见大家议论纷纷也没有说出个子丑寅卯来，都在那里瞎猜，争相演绎推理，他转过头很不解地问贾大生："大生，老辛到局这么早怎么还住在平房里？他过去就没有分过房？"

贾大生见大家在那里胡猜乱想，几次预言又止，见魏公正客客气气请教他，得意之余又开始卖弄自己的无所不知："这个事情您问我还真问着了，老计委的事情我虽然称不上活字典，但大小事没有我不知道的。他过去在计委的时候确实分过一套两居室，后来，他拿这套两居和他弟弟的平房对换了。"

刘旭有些纳闷："那他为什么要拿楼房换平房？"

"这个我就不清楚了，听说是辛处长的老妈原来和他们一起住在楼房里，后来他老婆和婆婆不和，愿意和他弟弟一起住。为了让他弟弟照顾他妈，所以就把楼房换给了他弟弟。"

魏公正自作聪明地炫耀说："我猜都能猜出来老辛不会没房子，看来寻呼机举报的消息还是属实的，他以前就有一套两居，现在再要两套，合起来就是三套了，就是按照我们照顾一间的政策也超标了。"寻呼机举报的消息得到证实魏公正也不骂寻呼台瞎呼添乱了。

学圆提醒魏公正说："魏局长，辛处长还交出来两间平房，交房您不是说属于调换吗？要是按照照顾一间的说法总数上也不超啊。"

魏公正对学圆的提醒有些恼羞成怒："他拿两间平房换我两间楼房，想得倒美。要分他房也行，把两间楼房交出来我就给他换新房。"

大家一看魏公正又顺嘴放炮，都觉得可笑，张建华说："让他交楼房这怎么可能？他弟弟和他妈住得好好的把人家轰出来，这不现实啊。"

魏公正回击说："有什么不现实的？到他们那里都不现实，就到我这里以旧换新现实？就我好说话呀。"

刘旭急忙接过话头说："我们先看看辛处长的房本再说，他和他弟弟是换住还是把产权都过户了，如果是换住我意见应该视同他有一套两居了，如果是产权过户了，就承认现状。魏局长您看如何？"

魏公正见刘旭征求自己的意见，他面向委员们追问了一句："上次是哪个组调查的辛处长的房子？"

尹学军用歉疚的口气低声说："是我们组查的，当时我们认为他的住房情况比较清楚，正好也赶上辛处长出差，所以就没有去核实。"

魏公正用不满的口气批评小尹说："不能光凭想当然办事，你们认为清楚了，这不就出问题了？工作一定要钉是钉，铆是铆，不能马虎。不要小看查房本这么一个细节，有时候细节决定我们分房工作的成败。"

尹学军被老魏抓住了把柄，也不好再说什么，只是红着脸点了点头，嘴中连嗯了几声。

魏公正掉过头对刘旭说："我看让小尹他们再去看看辛处长的房本，如果是楼房的房本，再给他一套两居连照顾都到位了，如果是平房的房本，给他一套三居也就行了。"

贾大生说："费那个劲干吗？让服务中心查查他每年领不领供暖费不就行了？"

魏公正断然否定了这个建议："还是以房本做依据好，供暖费属于间接证据，不是直接证据。"

小尹请示说："我们不用去了吧？让辛处长把房本拿过来看看是不是就行了？"

"你们用什么办法我不管，只要尽快把情况搞清楚就行。"

学圆一直惦记着给自己留套三居室当集体宿舍，见这么分配，怕三居室分没了，不由得暗暗着急，他不好正面反驳，而是迂回地问刘旭一个问题："刘处，让辛处长参加三居室的分配，上次和他们谈话，他们同意了吗？"

刘旭摇了摇头，无奈地说："根本谈不通，非常强硬，一点余地都没有。"

魏公正不悦地说："不同意也没有关系，我们就这么拍板，不管他们。"

学圆疑惑地问："如果我们就这么拍了，他们还是不同意怎么办？"

魏公正插话说："是他们两个分房还是我们分房，同不同意也不是他们说了算。问问他们还想不想在市场管理局混了？还想不想进步了？"

学圆急忙解释说："我不是那个意思，我是说如果真的这么定了，就一定要保证能够贯彻执行，否则最后执行不了，我们的三榜不就成为了一纸空文了？"

魏公正斩钉截铁地说："如果定了就必须执行，我们要维护我们分房委员会的权威。"

魏公正说完，又扭过头问大生他们几个人："你们几个的意见呢？"几个人随着魏公正的目光扫描，都点头说好。

学圆见大家都同意了，心里火急火燎的，很想为自己的集体宿舍再垂死挣扎一回，但是他一时又不知道从何处说起，犹豫了一下，含糊其辞地还是拿辛处长说事儿："我估计辛处长肯定不会同意，他一定会坚持的。"

魏公正用怀疑的口气问学圆："为什么不同意？你们处长和你讲什么了？"

学圆一想这正是为自己争取利益的机会，于是他借着辛处长的嘴，顺着魏公正的问话回答说："辛处长说分房毕竟是福利性质的，不能光考虑级别，还是要考虑实际需要，解决干部的实际住房困难。他的儿子要结婚了，正是需要房子的时候，相比之下，他的困难应该更大一些。"

魏公正听了学圆的话非常不满，他不禁提高嗓门质问学圆："那你的意思是说我们的分房办法没有考虑干部的实际困难了？"

学圆忙分辩说："我只是表达辛处长的意思，这话不是我说的。"

魏公正说："那你说说你是什么意见？同意不同意给他们分三居室？"

学圆略一沉思，回答说："我认为分房办法确定的原则还是要坚持的，否则就乱套了。但是有可能照顾还是照顾一下，我们的分房办法里面还是有可以照顾一间的政策嘛。何况他还交了两间平房。"

魏公正很不耐烦地说："说来说去话又绕回来了，刚才我不是讲了吗？可以照顾他，等看完房本再决定怎么照顾他。你年轻轻的怎么就自己跟自己绕圈子？"

刘旭见魏公正气急冒火的，急忙插话说："这个事情已经通过了，我们不再议论了，下面议张爱爱。"

张爱爱的问题大家已经讨论得有些厌倦了，说来说去也没有什么好办法，刘旭提出给她一套好平房，双方都退后一步，拿这个条件去和她谈，大家不假思索就通过了。

牛力的问题，因为再次调查的结果否定了张瑞英提出的马上结婚的可能，所以决定不上三榜了，张瑞英虽心有不甘，但是缺乏充分的理由说服大家，也只好同意了。

讨论到取消宁静分房资格时，张瑞英表示了反对意见，她认为目前宁静还是市场管理局的干部，不能还没有调走就取消她的分房资格。而且已经上二榜了，没有正当理由就取消她的资格，于情于理都说不过去。

魏公正反驳说："有什么说不过去的？她已经向单位申请要调走了，如果说她调入别的单位还是为社会主义建设做贡献，为党和国家做工作，我们分给她房也无可非议。但是她是出国，放着中国人不当，崇洋媚外，去给资本主义卖力，我们的房子还是要解决我们自己干部职工的住房困难，这是个原则问题。"

张瑞英神情有些激动，她睁圆了眼睛、提高嗓门和魏公正争辩："可是她现在还是我们市场管理局的职工呀，至于说分房以后的事情，什么都有可能发生。但是我们不能拿目前还没有发生的事情做依据，取消她的分房资格。再说了，出了国学好本事还可以回来报效祖国呀，这么多出国的人不是有好些人回来了吗？"

魏公正一句话就把张瑞英噎了回来："那就等她回来报效祖国的时候我再给她分房。"

"那时候还有房分吗？到时候她回来了，您能保证分她的房子？"

"那是以后的事情了，谁知道以后的政策是什么，也可能还取消福利分房呐。我只管眼前的事情，以后的事情归不归我管还不知道呢。"

"那您说以后回国的时候再给她分房不是一句空话了？总不能回国报效祖国的时候让人流落街头无家可归吧。"

刘旭见张瑞英和魏公正两个人争论不休，急忙站出来和魏公正一唱一和："我想到时候宁静如果真的回归祖国参加社会主义建设，国家是有优惠政策的，包括住房、工资等，现在她既然已经离开市场管理局了，按道理说就不是市场管理局的干部了。魏局长说得有道理，我们自己的干部住房还不够分配的，为什么我们的住房还要分配给一个出国的人员？这对我们为市场管理工作辛勤奋斗的同志是不公平的。"

张瑞英歪着脑袋犟着脖子和刘旭争论："就算你说得再有理，可是现在人家还没有离开市场管理局，还是你市场管理局的干部，你总不能强行剥夺人家的住房分配权吧。"

魏公正说："她已经申请办理调离手续了。"

"申请不是还没有办理吗？"

"没有办理也说明她肯定是要离开的。"

"我认为既然人家还在市场管理局一天,就是市场管理局的职工,就不能剥夺人家的住房分配权。至于她分完房子走了,那是分房以后的事情了。我们局分完房子带着走的多的是,也没见把谁的房子收回来呀。"

魏公正见张瑞英不依不饶的样子,而且怎么也说不通她,就掉过头对贾大生等人说:"你们也说说你们的意见,应该不应该给宁静分房?"

贾大生吞吞吐吐地说:"应该说人走了就不能再分房了,因为咱们毕竟是市场管理局分房。可是人还没有走,就取消了她的分房资格也不太合适。"

魏公正不满地批评贾大生说:"你这句话说了等于没说,那么多弯弯绕儿,你就说同意不同意取消她的分房资格吧。"

贾大生马上回应说:"如果她办理了调动手续,我同意取消她的分房资格,可是她还没有走,还是市场管理局的干部就取消资格不合适。"

魏公正又问学圆等几个委员的意见,大家的口气都和贾大生差不多,异口同声说:人还没有调走就取消资格确实有些不妥。学圆知道,其实大家都和自己是一个心思,领导干部多要房都应该应分,而普通干部要房就处处受刁难,实在太不公平了,而且,他也想借支持宁静表达对魏公正刚才训斥自己的不满。

刘旭见大家都是这个意见,心里多少也有些明白大家的心思,伤众的傻事他才不会干,他顺着大家的口气给魏公正出主意说:"魏局长,我看这样好不好,既然大家都认为人没有走就取消资格不合适,那我们以三榜为期限,如果在出三榜之前宁静走了,我们就不分给她房子了,如果三榜出了她还没有走,我们就按照规定给她分房子。"

魏公正见大家都反对自己和刘旭的意见,不由得火冒三丈:"我的话都不管用了,是听你们的还是听我的!非得让我发通火儿你们就舒服了。"咦,刘旭投向自己的目光似乎蕴含深意,看来他有办法。魏公正用勉强的声音从嘴里挤出了一句话:"好!就先按照你的意见办吧。"

大家一听刘旭这个话比较合理，也都纷纷表示同意，暂定以出三榜的日子为界限，决定是否给宁静分房子。张瑞英暗想下来得赶快告诉宁静，一定等出了三榜再走，煮熟的鸭子千万别分飞了。

刘旭见自己的意见一致通过，马上趁热打铁要大家加紧研究建立集体宿舍的问题。他见学圆情绪不高，于是点名让他先发言："学圆，给你们解决宿舍，你也是受益者，有什么好主意？"

学圆见刘旭先征求自己的意见，急忙把酝酿好的腹稿抛了出来："我希望如果有可能的话，最好是拿出一套三居室当宿舍。理由有三：第一，外单位来办公室办公的人很多，人员形形色色，办公室兼宿舍，给人的感觉很不雅观。把宿舍搬出去，能够还办公室一个良好的办公环境，有利于树立政府机关的良好形象。第二，今后我局人员还会招收新的大学毕业生，一定要未雨绸缪、提前准备，不能再出现办公室兼宿舍的状况。第三，万一这次分房出现了意料之外的事情，还可以补漏，有回旋的余地。"

大家听了学圆的话，感觉理由挺充分，但是，如果按照刚才讨论的意见，三居室已经没有富余的了。大生首先提出了这个疑问。张瑞英很干脆地说："我同意把宿舍从办公室搬出来，但未必非得是三居室，关键是有房子住就行了，一群秃小子，无家无业的，在哪儿住不是住呀。"

大家的意见，都同意设立集体宿舍，但是，设在那里意见不统一。刘旭又站出来和了一把稀泥："我看先通过设立集体宿舍的意见，具体地点出三榜的时候视情况而定。"

魏公正认为必须解决干部长期住办公室的问题，同意视房源情况设立集体宿舍，还机关一个良好的办公秩序。

经过一番激烈的争论，所有的问题都有了结果，大家都长长出了一口气。贾大生抬腕看了看表，见魏公正的脸色荡漾着笑容，于是不失时机地试探性提出一个要求："局长，都已经错过饭点了，所有问题已经圆满解决，您还不请我们撮一顿，慰劳慰劳我们？"

魏公正很干脆地回答："撮一顿可以，我请客，你掏腰包。"

张瑞英插话说："您堂堂一个大局长请客还让下属掏腰包，说出去不怕让人笑话？"

魏公正一晃大脑袋，嬉笑着说："我不怕人家笑话，你要是不忍心让大生掏腰包，你掏我也没有意见。"

刘旭急忙接过话茬说："我们现在是行百里半九十，还不是欢庆胜利的时候，等我们分房工作胜利结束了，一定请大家痛饮一番。"

贾大生扫兴地说："那我们还是大拇指卷烙饼——自吃自去吧。"

魏公正见大家起身要出门，忙叮嘱了一句："我们今天讨论的还不是最终方案，我还没向党组汇报，大家要注意保密，别出去瞎说。"

四十一　辛处长争房

俗话说:天下没有不透风的墙,尽管魏公正一再强调要注意保密,但是,常委会研究的内容还是很快在局内不胫而走。学圆本想等尹学军找辛处长核实完情况,再向处长汇报,不想辛处长急不可耐地主动找上门来。

早晨,学圆刚要下地下室去吃早点,看见辛处长黑着脸、胡楂儿根根倒竖进了门。他上前主动打招呼,处长嗓子里冷冷哼了一声,用强抑制住的平静口气冲着学圆说:"学圆,你过来一下,我有些情况要问问你。"

学圆进了辛处长的办公室,在辛处长的示意下顺手关上门。辛处长没让学圆坐下就直截了当地问:"学圆,这次要两套房子的有多少人?"学圆看着辛处长的脸色如实地回答:"局长有两位,干部有两位。"

辛处长又问:"你们讨论的时候确定的处长不能分两处房子,局长可以分两处房子?"

学圆不知道是谁向辛处长打的小报告,也不知道此人怎么和辛处长说的,但他不想背这个黑锅,因此他实话实说:"局长的房子不用我们讨论,干部的房子讨论的时候,当时,有人提了这个建议,但是没有形成决定,一切要等全体分房委员会决定。"学圆怕辛处长以为是自己出的主意，产生误会，所以赶紧将球踢出去。

辛处长今天似乎有些要一吐为快，好好发泄心中的不满："凭什么局长就可以要两处房子，处长就不能要两处房子？政策应该是一视同仁的，不能把人再分为三六九等，他们的孩子还在上小学、上幼儿园，就提前把房子给孩子准备好，我的孩子都要结婚了，多要一处房子反而不行，这理儿上哪说去？"

学圆看处长一肚子怨气，而且他对领导多要房子也有自己的看法，就随声附和说："您说得对，大家对领导干部多要房都有看法。"

话说出了口，马上感觉不对，因为辛处长也属于多要房子的，与局领导相比只不过五十步笑百步而已。他自觉失言，忙打岔问辛处长别的事情："尹学军找您核实住房了？"学圆问这个问题，也是想核实是否尹学军向辛处长泄露的消息。

不知道辛处长是在气头上没有听出来，还是故意装糊涂，他绕开话题，语气沉重地向学圆说："我看这次分房很有可能就是最后一次了，古人不是说吗，时乎时，不再来。以后就要实行货币化分房，咱们挣的这半葫芦醋钱哪买得起房子？现在不给孩子留个块砖片瓦的，将来还不露宿街头？分房是一辈子的大事，你不去争人家也争，太老实了，到最后只能人家吃肉你喝汤，别人还笑你傻。捞到碗里的才是自己的，不然到时候你后悔也晚了。"

学圆感觉辛处长这番话是在为刚才自己说的群众有反映的话做解释，他急忙想说明自己刚才矛头不是指的辛处长，但他刚说了一个"我"字，辛处长就摆了摆手说："你不用解释，群众有反映是正常的，你别看他们有意见，其实每个人都想为自己捞，不捞白不捞，白捞谁不捞，这就是大家的一种普遍心态。提意见的人就是看见别人捞自己捞不上心态失衡的一种表现。"

学圆感觉辛处长说得似乎也有道理，回忆分房过程中发生的形形色色的故事，也确实如此，他不禁点了点头。辛处长又继续说："你虽然来的时间不长，但大家对你的反映还是不错的，特别是在分房的过程里，大家觉得你这个人还是很有能力，有正义感，办事也公平，你不怕得罪人，为老黄、高阳争房子说明你这个年轻人心地比较善良。在分房会上，你还是为我说了不少好话，你虽然没有告诉我，我也知道，我觉得我推选你当分房委员，还是很称职的。"

学圆被处长一肯定，感觉头发根儿都发涨了。他刚想解释为什么没有及时向辛处长汇报会议情况，辛处长摆摆手，示意他不用解释："你们有纪律要求，我明白，我也不破坏你们的纪律。但是，我希望你保持这种作风，该说的说，该讲的讲，该争的争。你首先是咱们处里的分房委员，其次才是局里的分房委员，不要怕得罪人，不要辜负大家对你的期望。"

学圆明白处长这是在提醒自己，在分房会议上要为本处室的人特别是辛处长去争去说话，他本想说自己说话的作用不大，关键是刘旭和魏公正，但是话到嘴边没有说出口，只是点点头，说了一个"好"字。辛处长好像看出了他的难色，安慰学圆说："你在会上该怎么说就怎么说，别让他们搞成一言堂。至于局领导那里我自然会去找他们。"

学圆急于去吃早点，见处长没有再交代别的事情，就想起身往外走，辛处长又叫住了他："你先别着急走，我问你，五星酒店调完价格，经营方面有没有什么变化?我们利用价格杠杆是否促进了企业的发展?情况你了解吗？"

学圆被处长问住了，调价前和潘全力去过一次，调价后一直没有去，只是与杨丽约会的时候听她说过，酒店的利润上升幅度较大，李经理非常感激，但是，具体的数据不清楚。看见学圆尴尬的表情，辛处长语重心长地提醒他："我们干工作不能狗熊掰棒子——掰一个扔一个，俗话说：光说不练的是嘴把式，光练不说的是傻把式，又练又说的是好把式。你和小潘要把这方面的情况好好总结总结，出一期简报，好好宣传宣传，我们如何发挥价格杠杆的作用，促进我省经济的发展，写完了抓紧时间给我，我修改后尽快发，同时报国家局。"

学圆饿着肚子听完处长的教诲，一看墙上的挂钟已经错过了饭点，也顾不上吃饭，赶紧回来落实处长安排的工作。学圆向潘全力传达了辛处长的要求，并且建议去一趟五星酒店，了解掌握第一手材料。潘全力听完学圆的建议，不怀好意地奸笑了一声："想去看杨丽了吧？"

学圆脸一红，忙矢口否认，假公济私的想法有，但也不完全是，他还是想实地考察一番，把报告写得更充实一些。潘全力用很自负的口吻说："你不用讲，我也明白你的心思，我们今天下午就去，你先给杨丽打个电话，让她转告李经理，把我们需要的材料准备好。"

学圆有些不好意思："还是您直接给李经理打吧，她也不管财务，说了也不懂，万一说不利落，反而误事儿。"

潘全力笑眯眯地和学圆开玩笑说："我是你们两人的红娘，今天晚上应该请客好好谢谢我这个媒人。"

学圆羞涩地一笑，很认真地回答："请您吃顿饭没问题，就是这件事真的八字还没一撇，我估计我们两个人挺悬的，不知道哪天就拜拜了。"

潘全力用很不解的口气问："你们闹矛盾了？因为什么？"

学圆叹了一口气，情绪有些消沉地说："其实，与我们单位分房也有关系，您给我们介绍的时候就说过，两口子一个在企业、一个在机关比较好，一个可以挣钱，一个可以挣房子。我怀疑，她当时可能就是因为这句话，相信我能挣房子，而且我们单位也马上要分房子，所以才和我好的。"

潘全力摇摇头予以否认："我看杨丽不是这样的女孩，她和我说过，一不图你的钱，二不图你的家庭背景，就是图你人好，有才华。"

"话是那么说，可实际不是那么回事儿。上周末我们到长安公园玩，杨丽问我什么时候房子能分到手，我告诉她今年分房我不够资格，当时她脸就变了，抱怨我骗她。后来，突然变天下起了暴雨，我们两人在湖心亭里避雨，想等雨小了再走，谁知公园要闭园了，两个保安死活往外轰我们，说我们不走他们也下不了班。我们没有带伞，出了公园打车也打不上，公交车也没有，浑身上下都淋透了。你看她好一通抱怨，说什么：潘处长说的，你将来可以挣房子，给我们置个安乐窝，而且现在正好赶上你们单位分房，你还是分房委员。我开始满心欢喜，谁知道分到最后，别人都住进了高楼大厦，你连个鸡窝都分不上，就是有间平房，我们也不至于淋成落汤鸡呀。我当时感觉很伤自尊，气头上就问她是喜欢房子还是喜欢我这个人，您猜她怎么说？"

潘全力眯着眼一笑说："针尖对麦芒，肯定没有好话。"

"就是，她说周围的小姐妹们交流找对象的标准都是有车有房，父母双亡，我虽然不是那种不通情理的女孩，但是，总不能嫁给你以后，天天这么流落街头吧？潘老师，你看她说的话，气人不气人？"

潘全力和颜悦色地劝解学圆："火头儿上的话，你也不要当真。男人嘛，还是要胸怀大度一些。等今天见到她，我再好好开导开导她。那你们后来是怎么回来的？"

"后来好不容易花高价打了一辆黑车回来的。"

潘全力见学圆气呼呼心中不平的样子，又循循善诱地化解他的怒气："不过你也要替她想一想，哪个女孩子不希望嫁给一个白马王子，希望自己的婚后生活无忧无虑？你看西方的童话，恨不得要饭的女孩子都找个王子嫁出去。中国古代有个笑话，有个漂亮姑娘，东边的财主和西边的穷秀才同时让媒婆来求婚，东边的人家有钱有势，西边的人家有才有貌，她父母拿不定主意，征求她的意见。姑娘说：最好是吃穿在东边，睡觉在西边。其实，古今中外莫不如此，现在，这么多歌星、影星，还有漂亮点的体育明星，不是移居国外就是嫁给亿万富翁，不都是想生活得好一些，婚后能过上锦衣玉食的生活吗？这就是当今的社会现实和人类的本性，你也要理解她的心情。"

学圆胸中的火气，顿时被潘全力的一通长篇大论扑灭了许多，他无奈地向潘全力倾诉心中的委屈："我也希望自己的生活能过得好一些，有钱有势，让自己的女人过上丰衣足食的幸福生活，可是，您看咱们挣的半葫芦醋钱能干什么？我一个郊区的孩子，在这个大城市中，一点关系和背景都没有，也不知道什么时候能混上一官半职，光空想有什么用？"

潘全力看学圆垂头丧气的模样，急忙给他宽心丸吃："你也不要这么想，事在人为，主观上只要努力，就一定会有收获。俗话说得好：只要耕耘就一定会有收获！谁说你没权没势？你当这个分房的常委就是权利！你不要小看和忽视这个权利，分房的时候，不能太死心眼儿了，该为自己争取的利益，一定要争取。你要很好地利用自己分房委员的地位，为自己的利益拼搏一下。争取政策范围内给自己解决一套房子。"

学圆有些疑惑不解地问:"我又没有分房资格,怎么给自己解决住房问题?"

潘全力一皱眉头,显然不满学圆的榆木疙瘩脑袋不开窍:"我听说这次要给你们解决集体宿舍,你应该力争一套三居室当集体宿舍,现在住集体宿舍的人并不多,你自己可以拥有一间房,你和杨丽约会有了自己的场所,她肯定高兴。另外,以后再分房,你住在集体宿舍里,想让你搬出去,你就有了要挟的资本,不满意就不搬,就像张爱爱一样,她是个聪明人,懂得自己手中资源的价值。我估计,最后你们肯定会给张爱爱分房。我猜得对不对?"

学圆佩服潘全力的聪明,但是,他不相信潘全力的结论只是猜的,他一定有自己的情报来源,但学圆也没有兴趣打听,他更关心的是潘全力说的争取三居室为集体宿舍的问题,这个提议真的触动了他的心事,联想到常委会议上,大家对拿三居室当集体宿舍的反对意见,他虚心求教潘全力:"那我怎么样才能把三居室的集体宿舍争取下来?"

潘全力眼睛在镜片后面眨了眨,一字一顿地说:"力保辛处长的利益,放弃其他小人物的利益,处长他们高兴,你也肯定能够得到三居室的宿舍。"

保辛处长的利益,放弃其他小人物的利益,就是说有房的更有房,而像老黄、高阳他们这些无房的就更住不上房了,这么做自己的良心能安吗?

见学圆以沉默对待自己的建议,潘全力哈哈一笑说:"我的建议供你参考,怎么办你自己拿主意。我给李经理打个电话,你赶紧拉个调查提纲,一会儿给他们传过去,让他们提前准备好材料。"

四十二　注水业绩

下午，潘全力和学圆刚一走进五星饭店的大厅，就受到了贵宾般的礼遇，李经理站在大堂入口处，一见面先握手，后拥抱，一口一个"潘处长""孟老师"，把两个人叫得心花怒放，两个身着红旗袍的年轻漂亮服务员，从他们两个人的手里接过皮包，在前面引导，径直走进了贵宾室。室内的会议桌上两束盛开的鲜花，散发出淡淡的幽香，让走进屋子的人不由得眼前一亮，精神为之一振。座位前面苹果、冬枣、香蕉、进口橙子等水果依次摆放，刚一落座，服务员马上递上一个热腾腾的毛巾把，随着甜甜的一声"请领导用茶"，一股浓烈的茉莉花香扑鼻而来，沁入心肺，令人陶醉。

潘全力先客套了几句，简单地把今天来的目的说了一遍，又问李经理上午传的提纲收到了没有，准备的材料怎么样了。李经理胸有成竹地说："全都准备好了，这是文字材料。"他从桌子对面站起身，把两份材料分别递给潘全力和学圆。嘴上还非常客气地解释："时间比较紧张，不知道是否符合你们的要求，我把销售和财务的负责人全都叫来了，潘处长有什么不清楚的问题可以随时提问。"

潘全力用眼睛扫了一遍坐在对面的饭店相关人员，微微含笑打个招呼，然后对李经理说："我看是不是请李经理先介绍一下饭店全面总体的情况，然后请财务和销售的领导再分别介绍本部门的情况，有不清楚的我们再问？"说到这里，潘全力用手一指对面墙上挂的"热烈欢迎市场管理局领导来我饭店检查指导工作"的横幅，用谦虚而又得意的口吻说："我们来不是指导检查工作的，而是来学习取经的，学习你们的好经验和好做法，认认真真来当学生的。"

李经理上来先用夸张性的语言、丰富的表情把潘处长和孟老师以及市场管理局使劲地夸奖了一通："你们对我们企业的支持和帮助，对于我们实现跨越性的发展，当好我省经济发展的排头兵不仅有重要的意义，而且对于促进全省的经济发展战略，实现我省的经济腾飞也具有重要的现实意义和长远意义！"

学圆看见李经理在那里眉飞色舞地大吹大擂，觉得很滑稽，他翻翻手里的材料，认为五星饭店的业绩确实比调价前有增长，但是，增长有限，不足以和李经理讲的战略高度相匹配，他侧头一瞥，看见潘全力脸上的笑容仿佛绽放的朵朵莲花，手上的笔飞快舞动，认真地在笔记本上做记录。

李经理站在云端里把市场管理局的作用大幅提升后，销售经理和财务经理又从各自的业务角度添油加醋地渲染了一番，潘全力也笑容可掬地和他们一唱一和，互相吹捧和彼此补充，学圆就一些关键的数据提了几个问题。座谈会结束的时候，屋子里已经笼罩上一层淡淡的暮色。李经理抬起手腕，看了一下手表，对潘全力说："潘处长，你和孟老师难得来一次，我们还有许多问题要求教，我看时间也不短了，是不是这样，在我们这里吃顿工作餐，我们边吃边继续汇报，潘处长再多给我们留下一些精神财富？"

潘全力爽快地应了一声："好！今天很有收获，我们在饭桌上再聊会儿。李经理，不用搞得很复杂，简单点儿，能吃饱肚子就行了。"

李经理哈哈一笑说："您想吃太好的，我们也没有，就是家常便饭。听说潘处长是美食专家，我们最近刚开了一个杭州菜馆，吃饭是次要的，主要的是我们想请潘处长对我们的菜品质量和服务给予指点和帮助。"

起身往外走的时候，潘全力装作不经意的样子问李经理："今天怎么没有看见你们的杨丽美女？"

李经理用非常遗憾的表情扫了一眼学圆，对潘全力说："她妈妈身体不舒服,她昨天请假回家看她妈妈去了,如果知道你们来,就晚一天让她回去了。"

学圆看见李经理扫过来的目光,感觉浑身很不自在,心里多少有些失落,她为什么回家之前不给自己打个电话?是生自己的气,还是有其他原因?不知道为什么,他的心里隐隐约约浮现出一丝不祥之兆。

李经理领着他们进了一座用竹子搭建的门,门内是小桥流水,亭台飞榭,清澈的溪流中红色的、墨色的、白色的鱼儿穿梭往返,水面上浮动着几朵鲜艳的人造荷花。在一座小小的亭子中,一位绿衣少女轻拂古琴,袅袅的琴声伴着欢快的流水,给人以幽静、深邃、无尽的遐想。学圆心中的不快,被这悠扬的琴声所牵动,思绪不知不觉地伴随着跳跃的音符而沉醉在一种虚无缥缈的梦幻中。

李经理招呼大家在桌子旁就座,并让服务员先沏一壶西湖龙井来品,在大家聊天品茶的过程中,服务员手脚麻利地把手剥笋、水晶肉、白斩鸡、四鲜烤麸等凉菜摆放在桌子上,李经理先给他们两个人依次介绍完凉菜,又伴随着服务员一道一道端上来的热菜,兴致勃勃地报着菜名:"这些都是杭州名菜:叫花子鸡、松鼠鳜鱼、龙井虾仁、西湖莼菜……"学圆第一次吃这么正宗的杭州菜,扑鼻而来的香气、色彩缤纷的菜肴,让他目不暇接,胃口顿开。仿佛是为了配合这满桌的佳肴,李经理变魔术一般,手中突然出现了两瓶茅台酒,酒瓶打开之后,李经理先给潘全力倒了一杯,浓郁扑鼻的酱香,略略泛黄的酒液,让潘全力眉开眼笑,本来就不大的眼睛几乎眯成了一道缝儿。

"李总,你太客气了,不用上这么好的酒,留着招待贵宾吧,咱们随便喝点什么就行了。"

"潘处长就是我们的贵客,您来了不喝好酒还有谁配喝这么好的酒?这是我珍藏了10年的酒,您看酒液泛黄,而且挂杯。不是您来我还真舍不得。"

潘全力啧啧称赞:"珍藏了10年的酒,喝一杯就是好几块,让我们自己买还真的喝不起。"

"既然潘处长喜欢,那我们就一起干一杯,首先感谢潘处长对我们酒店的大力支持帮助。"

李经理站起身,和潘全力碰了一下杯,仰天抬头一饮而尽,然后,又劝学圆也干了一杯,端起酒瓶又给潘全力斟酒:"来来来,潘处长再来一杯,难得你们来一趟,咱们今天要尽兴。"

　　俗话说:钱越要越薄,酒越喝越浓。推杯换盏,连干三杯过后,李经理指使手下的销售经理和财务经理轮番劝酒,情绪高涨之下,开始和潘全力互换年庚,称兄道弟,又喝了几杯。李经理脸泛春色,高声大气,两个人勾肩搭背,互诉衷情。学圆虽然没有他们喝得多,但是,也感觉自己满脸通红,两耳发烧,刚开始时的拘束被酒精一扫而光,虽不敢像潘全力和李经理一样,仰头就干,但也频频举杯,和劝酒的酒店领导小口小口地碰杯言欢。

　　见潘全力喝得满脸涨红,李经理用筷子一指桌上的东坡肉,劝潘全力说:"老兄你尝尝这道东坡肉,别有风味儿,而且也化酒。"潘全力夹起一块肉,仔细品了品,不住口地称赞:"确实好吃,肥而不腻,瘦而不柴,入口即化,不愧为名菜。这菜怎么做的,我学学,回家让我老婆给我做。"

　　李经理见潘全力夸菜好吃,心里十分得意,他用公筷给潘全力又夹了一块儿放碗里,然后告诉潘全力做菜的秘诀:"您回家买上一块鲜五花肉,让嫂子先把肉切成一寸见方的肉块儿,用开水一焯,去掉血沫,把砂锅下面铺上大葱和拍扁的鲜姜,焯好的肉肉皮向上码好,放上花雕和酱油,砂锅盖上的缝隙用布盖严了,大火烧开了再用小火焖,闻到屋子里肉香扑鼻就好了。"

　　潘全力说:"我们家没有花雕,用料酒行吗?"

　　"用料酒不行,味道不对。没有花雕这好办,孙经理!"李经理转过头吩咐销售经理,"一会儿吃完饭,你给我潘大哥和孟老弟各准备两瓶状元红带回去。"潘全力连连说:"不用了,不用了,连吃带拿,多不好意思。"

　　李经理满不在乎一摆手:"咱们弟兄之间,彼此还用得上这么客气!比起你们对我们的支持,区区两瓶酒算什么?"

　　学圆见潘全力上厕所的时候,头重脚轻,走路拌蒜,自己也有些头晕目眩,急忙对李经理说:"李总,我看潘处喝得差不多了,一会儿回来别让他喝了。"

李经理问学圆:"孟老弟你今天喝好了?"

学圆连声说:"喝好了,喝好了,我从来很少喝白酒,今天是第一次喝这么多,您可以问我们潘处。"潘全力正好从厕所回来,当即拍着胸脯给学圆做证:"确实,我在单位从来没有看见学圆喝这么多白酒,今天是被我们李总和各位经理的热情所感动,破例喝了这么多,这也说明学圆和我们酒店很有缘分。今后,你们酒店有什么事情,就全仰仗我们的后起之秀学圆了。"

李经理起身和学圆又碰了一杯酒:"孟老师,就按照潘处长说的,以后酒店请您关照的话我就不多说了,尽在酒中。"说完仰头一饮而尽。学圆害怕这又是潘全力设的什么圈套,让自己承担责任,急忙说:"哪里,我就是一个跑龙套的,有什么事情还是听我们潘处的。"潘全力意味深长地一笑说:"我总不能老跟着你呀,早晚有分手的一天,到时候你就要独挑大梁了。"

李经理笑呵呵地说:"潘处长高升了,可别忘记我们这个小庙和我们这些朋友!"

学圆惊诧地问:"您要去哪里高就?"

潘全力忙递给李经理一个眼神,语言含糊地掩饰说:"没有的事儿,就是说说而已,我能去哪儿?烂在咱们局了。时间也不早了,感谢李总的盛情款待,我们也该回去了。"

李经理急忙伸手拦住潘全力:"别着急走,到我们的舞厅跳会儿舞再走,听杨丽说你们二位都是跳舞高手,给我们指点指点再走。"

潘全力嘴上一个劲地客气:"我们哪里是高手,充其量是个刚入门的学生,既然李经理一片盛情,那我们就借机学习提高一下。"

李经理略带歉意地对潘全力说:"潘处长,跳舞我就不陪你们了,我还有其他客人要去照应一下,让我们孙经理陪你们。"他转过头吩咐孙经理说,"今天杨丽不在,你挑两个跳舞跳得好的,让她们好好向两位老师学习学习,为我们酒店培养培养骨干。"

孙经理满嘴喷着酒气说:"没问题,李经理你就放心吧,我们这里找老师不好找,找几个学生还是不难的。"

潘全力、学圆和李经理握手道别,跟着孙经理来到了舞厅,孙经理请他们两个坐在椅子上先品茶解酒,声称自己去找学生,请他们稍坐片刻。学圆见周围没有酒店的人，憋在心里的话马上蹦了出来："潘老师，您看饭店的经济效益不像他们吹的那么邪乎，我查了许多数据，不足以证明我们调整价格的巨大作用，回去怎么向辛处长交代？"

潘全力狡猾地一笑说："那还不好办？饭店提供的数据，我们如实上报就行了。"

学圆有些担心地问："这样做行吗？万一处长又批评我们没有认真核实怎么办？"

潘全力为学圆的认真感到可笑，他开导学圆说："统计统计瞎估计，三分实的七分虚，你编造的是成绩，是皆大欢喜的好事，各个方面脸上都有光，谁来追究你？再者说……"话到这里，潘全力转头看了一眼四周，压低声音问学圆："你是不是觉得最近辛处长对老梅的事情不是特别关心？"

学圆也深有感触，"是呀，我觉得辛处长不像过去那样对老梅特别关照了，特别是这次分房，连个书面证明也不愿意出，不知道是怎么了。"

潘全力两只略略泛红的眼睛里，闪出一丝莫测高深的目光，他再问学圆："你知道为什么处长着急让我们来饭店调研？"学圆摇摇头。潘全力诡秘地一笑说："我告诉你其中的奥秘吧，因为……"下面的话还没有出口，孙经理已经领着两个身材窈窕、面容姣好的美眉站到了面前。潘全力忙刹住车，对学圆说："有时间再说，我们先跳舞吧。"

第二天早晨，学圆一见到潘全力，急忙问潘老师几点钟回去的，休息得如何。潘全力抱怨说："昨天你写材料先回去了，你走后没人保护我，孙经理又灌我啤酒和洋酒，我都不知道怎么回的家，昨天的事儿大脑一片空白，今天早晨让你嫂子好一通埋怨。"学圆也感觉挺委屈："您是知道我的酒量的，昨天要不是您和李经理死活劝我，我肯定也不会那么喝，而且凭我的那点酒量就是在场也保护不了您。"

潘全力眯起眼睛夸奖学圆："其实你还是有酒量的，昨晚我看你也和他们干了好几杯，只要再锻炼锻炼，以后肯定比我强。"

"我让他们给我拿的小杯子，我的酒量肯定和您没法比，我看他们几个人轮番轰炸，车轮大战也没把您打败，舞厅里还能喝啤酒、洋酒，我真佩服。"学圆伸出大拇指由衷地表示敬佩。

潘全力仰靠在椅子背上，鼻孔里哼了一声，不屑一顾地挤对昨晚的几个对手："就凭他们几个人想打败我?开玩笑!我就是捂着半拉嘴和他们喝，他们也不是对手。昨天晚上，孙经理想灌我，结果怎么样?别听他吹在部队当团长的时候，能灌倒一团人，最后我没事儿，他先倒了。"其实，潘全力也不像他吹嘘的那么厉害，昨晚饭店派车把他送到他家楼下，他拒绝了司机执意要把他送上楼的要求，回家前先在楼下的草地上酣畅淋漓，一吐为快，差一点把苦胆倒出来，上楼的时候还给土地爷爷磕了好几个头。早晨出来的时候，听遛早的老人交头接耳地说，有一条流浪狗不知道吃了谁吐的酒糟，醉倒在草坪上了。不过家丑不能外扬，这些不能告诉学圆。

学圆把加班写出来的材料递给潘全力，虚心地说："这是我昨天晚上加班写出来的，您看看可以吗?"

潘全力看了一遍夸奖说："昨晚喝了酒，还能写出这么好的材料，李白斗酒诗百篇，不愧是个才子。"

学圆听了潘全力灌的蜜水，心花怒放，也自我吹嘘了一番："昨天晚上我回来一直干到凌晨一点，数据也按照您的要求做了一定的修改，我认为已经把李经理他们夸得可以了。"

潘全力见学圆很开心的样子，又轻描淡写地提了一点修改意见："我看总体可以了，就是你把李经理昨天讲的作用再加上去，这些也不是我们生编乱造的，是他们酒店自己的亲身感受。另外，数据可以再高一点，否则不足以支撑我们的观点。"

学圆见潘全力否定自己的稿件，心中略有不快，他分辩说："李经理讲的我觉得太夸大了，另外，数据已经比酒店的数据提高了一截，再提高是不是就露馅了?"

潘全力满不在乎地说："你就听我的没错，你写好了处长肯定满意，搞不好他还嫌你写的数字少，让你再提一提。不信我们两个人可以打个赌。"

学圆将信将疑地按照潘全力说的又修改一遍，怀着忐忑不安的心情把简报送到了处长的手里。辛处长满脸胡楂儿开放，笑着表扬了他一句:"这么快就写好了,效率够高的。"学圆受宠若惊地回答说:"昨天在酒店刚座谈完,潘老师就定了写作的路子,回来我又加了一个夜班赶出来的,怕您着急要。"

学圆先说这是潘全力定的路子,怕处长万一看出来数据不实,自己也好有个退路。说完话,他站立一旁,冷眼旁观处长看稿件的表情,他见辛处长一会儿眉头舒展,一会儿又紧紧锁在一起,嘴里不住地喃喃自语,自己的心也随之一会儿揪紧,一会儿放松,就像十五个吊桶在打水——七上八下的。辛处长自己嘀咕了几句,抄起笔在稿件上狠狠画了几道,又自己写上了一段话。学圆猜测一定是在画自己编造的那些数据,他的心忽悠一下提到了嗓子眼儿。想解释几句,又不知道如何说起。

辛处长写完最后几个字,把稿件递给他,表情严肃地吩咐他:"赶紧打印出来,抓紧时间报出去。"学圆接过简报,嘴上还想和处长解释几句数据的造假经过:"我知道这些数据不太实,主要是潘老师想重点突出我们价格改革的……"话没有说完,他突然被稿件上的改动惊诧了,数据确实被辛处长画掉了,但是,辛处长改的数据又提高了一些,而且在前面又加了一段话,讲述市场管理部门如何贯彻党中央国务院的指示精神,从加快经济体制改革,推进中国特色社会主义事业的高度,论述了这次调整价格的意义和作用。他小声地提醒辛处长说:"处长,这些数据是不是太高了,我们去的时候账上可没有这么多。"

辛处长很不满学圆的迂腐,他教导学圆说:"事物总是在发展变化,要用发展的眼光来看问题。再说了,企业有的时候为了逃税,搞的都是两本账目,有可能真实的数据比我写的还高,你就按我写的赶紧打印吧。"

学圆唯唯诺诺地连声答应,转身而回。进了门,潘全力兴高采烈地问:"我说得怎么样,处长让你改吧?"

学圆一挥简报,冷冷一笑说:"没有让我改一个字。"看见潘全力怀疑的目光,学圆又补了一句话:"全是处长自己改的,数据比我们写的又提高了一截!"说完,他把稿件递到了潘全力手里。

看到潘全力满脸得意神情,学圆心里确实由衷地佩服潘全力的先见之明，他用敬佩的口吻请教说："潘老师，您为什么估计到辛处长肯定还要改数据？"潘全力淡淡一笑说："这很容易，现在谁不是报喜不报忧啊？有芝麻大的成绩恨不得夸得比西瓜大，西瓜大的缺点错误讲得比芝麻小，已经形成一种风气了。你看写年终总结的时候，局里的人哪个不是前面全是成绩和功劳，不足就是最后轻描淡写的一句话？再说处长这么做肯定也有自己的目的。"

潘全力的这句话，一下子点醒了学圆，昨晚在舞厅潘全力还有半截话没有说完，看他的意思也记不得昨晚说什么了，何不套套他的话："潘老师，昨晚在舞厅，您说辛处长最近要有什么好事，后来让孙经理给打断了。您说今天告诉我，到底是什么事儿。"

潘全力一脸的茫然："我昨天和你说了？"

"肯定说了，不然我也不会瞎编。"

潘全力无奈地叹了一口气，自我检讨说："唉，酒后吐真言，喝多了酒什么秘密也保不住。"

潘全力示意学圆把门关好，又让学圆靠近自己，神色严肃地提醒学圆："我可以告诉你，但你现在千万不要告诉任何人。"

学圆斩钉截铁地做了保证，一定不会告诉任何人。

潘全力压低嗓音说："辛处长现在正在运作上调国家局的事情，已经有些眉目了。为了减少阻力，他不能得罪现在的局领导，所以，他不愿意为老梅的利益去得罪人，只要能顺利调走，其他人的事情就显得不重要了。另外，为什么火急火燎地让我们两人写简报，而且要上报国家局？就是想在国家局领导那里证明自己的能力，积攒政绩，为自己的调动铺路。所以，我知道他一定不满意你写的那些数据，现在你明白我说的话了吧？"

学圆大吃一惊，没有想到辛处长要上调的事情隐瞒得滴水不漏，他半信半疑地问潘全力是不是真的。

潘全力有些不满地说："信不信由你，反正过些日子你就清楚了。"

学圆忽然又想起昨晚李经理说的话，似乎也蕴含着一些话外音，他试探性地向潘全力又提出了一个问题："昨天听您和李经理话里话外的意思，是不是您也要高升呀！"

潘全力打个哈哈说:"李经理酒后的话当不得真,他就是随便那么一说,相声里讲的,逗你玩儿。"

见学圆还想再追问什么,潘全力马上催促他赶紧去打印简报,抓紧时间报送出去,别让处长再催。既然已经知道了这份简报的意义,学圆自然不敢怠慢,赶忙去忙活了。

四十三　三喜临门

北方的冬天，乍冷不冷，暖气即将开烧的前几天是最难熬的，这几天又赶上西伯利亚一股强冷空气来袭，室外北风呼啸，黄叶乱飞，被剥光了绿衣的树木，枯瘪的干枝在寒风的摧残下索索发抖，许多被狂风刮断的树干横七竖八地躺在公路上，向人们预告冬天即将来临。室内还没有暖气，强劲的北风从门窗的缝隙挤了进来，用楚大姐的话说："办公室就像个冰窖，人全成了冬储大白菜，冻缩缩了。"看见大家全喊冷，正好刘延安也从外地巡回检查归来，而且潘全力又生了一个大胖小子，辛处长主动提议说：给大刘接风、给小潘贺喜，咱们中午去吃涮火锅吧。

在等菜的工夫，刘延安问为什么不见老梅。潘全力告诉大刘：最近，老梅因分房的事，精神恍恍惚惚，办事儿顾头不顾腚，在浴室洗澡的时候，光开热水龙头，没开凉水龙头，光着屁股一头扎了进去，嗷的一声惨叫，吓坏了浴室所有的人，只见老梅脸上、胳膊上烫红了一大片，红肿得就像刚蒸熟的大闸蟹。大家七手八脚把衣服给他穿好，赶紧送往医院。医生说烫得比较厉害，让他在家休息，估计一时半会儿上不了班。

大刘扫了一眼桌上的人数，仿佛变魔术一般，从自己的背包里拿出来几个摩托罗拉的BP机，满脸笑容地说："落实领导指示，我从大检查办给咱们全处每个人要了一个BP机，你们看看喜欢不喜欢。"在座的许多人虽然都有了BP机（学圆为了和杨丽联系方便，也让大哥帮忙买了一个BP机）。但是这么贵重的物品不花钱就能白拿，不要白不要，大家在交口感谢大刘的同时，每个人都挑选了一个自己满意的号码，纷纷收入囊中。

硕大的黄铜涮锅顺着烟筒迸发出欢快的火焰，大刘、楚大姐和潘全力他们纷纷举杯祝辛处长高升，并言辞恳切地祝福他不断发展，芝麻开花节节高。学圆很吃惊，潘全力嘱咐他打死都不说的最高机密，竟然已经妇孺皆知了，而且远在千里之外的大刘竟然也知道了。辛处长一直很开心，面对大家的祝福，脸上的眉毛、胡子都笑开了花，举起杯子回敬大家说："衷心感谢大家几年来对我的支持和帮助，能到国家局当个副司长我已经很满足了，高不高升看缘分吧。以后这里还是我的娘家，娘家人有什么事儿随时找我，千万别拿我当外人。"

学圆看大家都在拣最动听的语言献给辛处长，就连平时和辛处长面和心不和的大刘，也动情地说："处长您这一走，是我们局的重大损失呀，不过话又说回来，像您这么大的本领，长期窝在咱们局，也是我们国家市场管理事业的损失。您走了，对我们省的市场管理工作虽然是个损失，但是对国家的市场管理事业是个加强和福音呀。"

潘全力也不失时机地凑趣说："不是搞不好，那是肯定的，以后我们就在电视机上一睹您的风采了！"

辛处长哈哈一笑，仿佛洞穿了大刘急于取代自己的迫切心情，话里带话地说："我走了，也是为了给你们腾道，老压着你们也确实不合适，你们都发展了，我这个当领导的也心里高兴。"

给辛处长道完喜，楚京明提议敬潘全力一杯酒，祝贺他喜得贵子，并撺掇潘全力请客。潘全力笑眯眯地连声道谢，起身干了一杯白酒，并答应过些日子一定请大家喝喜酒。

正当大家为本处室双喜临门举杯同贺时，大刘猛不丁冒出一句话："我看应该是三喜临门，我前些日子去北部地区巡视检查，见到了他们的市委书记，他说……"潘全力不待大刘把话说完，突然起身举杯敬酒："刘处长说得对，应该是三喜临门，辛厅长走马上任，咱们应该提前祝贺大刘荣升收费处处长！"

大刘被潘全力打断了话题，面对大家的祝福，谦虚地说："能不能当处长要听组织的安排，我希望大家团结一心，共同努力，千万不要给老领导丢脸。"

楚京明见大刘刚才说了半截话，急于知道下文："刘处你刚才没说完，北部地区的市委书记说什么了？"

大刘见潘全力暗暗在下面扯他的衣袖，支支吾吾地说："也没说什么，就是表态要全力支持咱们大检查工作。"

见楚京明还要往下追问，大刘急忙岔开话题，不无遗憾地说："今天可惜老梅不在这里，不知道他的伤怎么样了？下午不忙的话，辛处长，我想买点东西，代表我们处看看他。"

大刘要去看老梅，楚京明、潘全力、学圆也要去。辛处长窥见了潘全力扯大刘衣袖的举动，急忙说："别都去了，小潘你留下看家吧。"吃完饭回到局里，辛处长打电话给司机班要了一辆车，让大刘带着楚京明和学圆去看老梅。

进了老梅的家门，他脸上的纱布已经拆掉了，留下了几道黑黑的伤痕，看见大刘他们进门，他的老伴急忙跑前跑后，给大家沏茶倒水、洗水果。大刘代表辛处长和全处的同志向老梅问好，告诉了他辛处长即将高升的消息，并从包里掏出一台BP机送给老梅。老梅手捧BP脸上绽开了笑容（老梅自己不舍得买），问大刘是哪里给的。楚京明抢着说："这是刘处长关心咱们大家，特意从大检查办给咱们申请的。"老梅谢过了大刘，爱不释手地攥在手里。大刘半安慰半挑拨地劝慰老梅说："辛处长虽然高升走了，但是，我们这些老朋友还在，你有什么难办的事情就跟我们说，我们能够办的一定努力帮你办。"

老梅的老伴一旁插话说："我们家能有什么大事儿？眼下最大的事情就是分房的事情，老梅为这件事吃不下，睡不着，挨烫也是因为光想分房的事想入了迷，连冷热都分不清了。"

大刘很慷慨地一指学圆说："学圆不是在这里吗？他是分房的常委，有什么事儿就跟他说，我也去跟领导给你讲讲情，千万要保重身体，别自己跟自己过不去。"

大刘的话让学圆大吃一惊，大刘为了能够升为处长，买好老梅为自己拉选票，这可以理解，可是我可没有这么大本领："刘处长，老梅的事情和我说过，但是我一个小小的分房委员说了也不算，最终还是局党组定。"

"嗐，说一次不行，就说二次，二次不行就说三次，我们也去为老梅呼吁，老梅你也去找领导，咱们多管齐下，共同努力！"

老梅经过一番挫折，信心明显不足，说出的话也没了底气："谢谢领导的关心，谢谢你们来看我。我找过领导了，作用不大。唉，我现在是脚踩西瓜皮——滑到哪儿算哪儿。"

听老梅嘴里冒出这么一句俏皮话，学圆忍俊不禁，几乎笑出声来。大刘还是给老梅打气："老梅你别灰心，没试过怎么知道不行？回去我就去找领导，把你的事儿和他们好好说说。你就安心养伤吧，争取早日痊愈。"

老梅和老伴听了大刘一番仗义的话，再加上楚京明在一边夸奖大刘人有豪气，语言豪迈，性格豪爽，干事有豪情，气度很豪放，让老两口子感动得双手作揖，连连向大刘道谢。

出了老梅的家门，大刘很慷慨地放了楚京明的假，让她直接回家了。学圆对大刘刚才在老梅家说的话有些不满，好像自己这个分房委员没有为老梅尽心尽力似的，他想对大刘诉说一下自己的苦衷："刘处长，老梅的事儿，我在分房的大小会议上全讲过，没有用，关键是大家不认可，估计再说作用也不大。"

大刘怕学圆误会，急忙解释说："我知道你说过了，而且大家对你反映都不错，无论是分房还是干工作，上上下下都说你很能干，我也知道你为老梅尽力了，但是，咱们来看病人，总得让病人开心，不能给病人添堵，你说是不是？"

学圆听了大刘一番夸奖的话，内心的不快随之烟消云散，突然，他回想起刚才在饭桌上大刘说的三喜临门的话题，楚大姐想知道的其实也是他想问的。下车没人的时候他问大刘："您说的第三喜究竟是什么？"

大刘见左右无人于是告诉学圆，市委书记告诉他，潘全力很快就要调到他手下一个县级市去当市委副书记了，书记还问大刘熟不熟悉这个人。

学圆大吃一惊，他突然联想到那天在五星酒店李经理讲的话，心里豁然开朗，顿时内心泛起一种说不清、道不明的苦涩，有关系没关系差别太大了，有关系的人转瞬间就平步青云，没有关系只能老老实实地在一个地方苦熬时光，消耗青春和才华。

　　大刘从学圆的脸上多少看出了他内心的想法，他安慰学圆说："你别着急，老辛他们走了，正好为展示你的聪明才智提供了舞台。前些日子石局长还托我给你带话，夸你在分房工作中有正义感，工作有能力水平，让你好好努力。你放心，只要你全力支持配合我的工作，力争我们处的工作再上一个新台阶，你也一定会有自己的发展前途。"

四十四　期盼改革

回到办公室，潘全力告诉他，刚才肖天虎来电话找他，让他回来务必回电。

电话刚一接通，肖天虎的大嗓门就在话筒里炸响了："学圆，今天晚上有什么安排？"

"没有什么安排，怎么了？让我替你值班，没问题。"

"值什么班，没事儿和我出去一趟。"

"出去干什么？去哪儿？"

"好事儿，请你吃饭，下班后在楼下传达室会合。"

学圆感觉天上掉下来的这个馅饼有点突然，他疑虑重重地问："为什么请我吃饭？都有谁呀？"

"你问那么多为什么干吗？真啰唆。大生你和他说。"

话筒里传来贾大生的声音："学圆，今天吃饭的都是咱们局内的几个朋友，有天虎、小宋、我，还有检查分局的胡局他们，大家小聚一下，叙叙友情，没有什么别的事情。"

学圆见贾大生出面约他，不好意思拒绝，答应晚上一起去。

下班后，在楼下的传达室刚一见面，肖天虎就向学圆狂吠起来："你说你小子官不大，架子不小。我请你吃饭，还非得问个底儿掉。非得省长请你吃你才去呀！"

学圆一笑说："无功不受禄,再说了这不年不节的,请我吃饭有点意外。"他怕肖天虎这只铁公鸡请的是鸿门宴。

肖天虎大嘴一咧,大大咧咧地说："什么受禄不受禄的?要是有人请我,我二话不说,抬屁股就走,先混个肚歪再说。"

宋有志在一边调侃肖天虎说："从吃上看你就不能进步,没听人家说,请党委的领导吃饭,先问吃饭的人是谁,请人大的领导吃饭,先问吃什么,请政府的领导吃饭,先问吃完干什么,请政协的领导吃饭先问几点到。你小子什么都不问,光知道吃,看来这些大衙门你一个也进不去,只能在咱们局混了。"

肖天虎一梗脖子,恬不知耻地开始胡吹："进那里干什么?咱们局我觉得比他们那些衙门强多了,不是我吹,他们请我去我还未必去呐。"

"可惜就是没有人来请你!"贾大生的一句话把大家都逗笑了。

肖天虎还想说什么,这时小满的车轻轻滑了过来,他拉开车门冲着小满又喊了一嗓子："开个破车这么肉,等你等得脚都站肿了。"

小满也毫不客气地顶撞他："快成疯狗了,见谁咬谁,再咬人把你送'打狗办'去。你没看见佟队长他们刚走,我这不是马上出来了?"

大生一拉前车门钻进了车里,冲小满说："快走吧,在机关门口怪惹眼的。"

车子在古都酒店的门口停了下来,下了车,正好遇见检查分局的胡建设带着几个人也到了门口。

一见面,肖天虎乱吼了几句后,站在旋转门外把大家往门里让。见大家你推我让的,胡建设有些急不可待了："你们都瞎客气什么?再让下去黄花菜都凉了,我先进。"

胡建设在前面带路,走到走廊中间一扇门前,脸上带着坏笑回头对后面的人拉长声儿说："来来来,走过路过,千万不要错过,里面请!"说完推门而入。

走在后面的贾大生刚要抬腿跟进,被后面的肖天虎拉了一把,一嗓门吆喝住："你跟他干吗去,他吃屎你也去?"

大生抬头一看,原来是男厕所,气得骂道:"这臭胡真是狗改不了吃屎,一闻着香味儿就钻进去了。"

宋有志在前面带路,把大家直接领进了餐厅,古都酒店销售部的葛经理在雅间里恭候大家,宋有志把局里人的姓名职务都夸大其词地一一做了介绍。学圆也被临时提拔为科长。葛经理脸上露出非常高兴的表情,连连说:"没想到这么多领导光临,小店非常荣幸!"

胡建设得意地一晃脑袋,自我炫耀说:"葛经理你没看见这里数我的脸大,所以面子也大,一招呼大家都来了。"

大家哄地一笑,大生嘲讽说:"你的脸大不假,但比不上你的话大。"

葛经理招呼大家落座,并一再谦虚客套说:"没有什么好菜,备水酒一杯,不管好坏,是我们的一片心意,请各位领导一定吃好喝好!"

古都酒店顾名思义是以经营古都风味菜肴为主,桌上摆放的菜有焖酥鱼、芥末墩、肉皮冻、酱肘花、爆肚、炒肝、麻豆腐、焦圈、灌肠、干炸丸子、葱爆羊肉等,全是古都的看家菜,菜算不上高档,但确实风味十足。

刚开始喝,大家还比较拘束,酒过三巡,菜过五味,几个人就开始闹腾起来了,漫骂攻击,划拳猜掌,大呼小叫。学圆喝酒不行,就小声地问坐在旁边的宋有志,今天的饭局是怎么一回事。小宋小声地告诉他:"我到了信息中心以后,想建立一批固定客户,一方面为企业服务,另一方面为信息中心增加一些收入。古都饭店就是我们想发展的信息客户,因为成为客户每年要交一笔信息费,饭店就问交了钱成为客户有什么好处?我们的干部吹嘘说,交了钱有三大好处:一是可以随时提供最新的价格信息;二是价格检查可以前移,换句话说就是出现问题可以不罚款;三是定价权可以前移,就是为价格调整提供方便。葛经理是不见真佛不烧香,所以今天把你们检查的、定价的全都拉来托我们信息中心一把,同时也是给葛经理一个定心丸吃。"

学圆恍然大悟,怪不得宋有志当场封官提干,原来是作秀给葛经理看,自己糊里糊涂就被当枪使了,但上贼船容易下贼船难,事已至此,只好继续把戏唱下去了。

看见学圆酒杯里的下去得不多,胡建设一声断喝:"嗨,坐在那儿不喝酒发什么呆，又想媳妇呐？你们三榜的会议什么时间开？大家伙都盼着呐。"

学圆如实回复胡建设："不知道，应该快了。"

胡建设喝得两只小眼发红，酒一多粗话就出口了："操，你们这些分房委员干什么吃的？一点不关心群众疾苦，要是等你们的房子娶媳妇，孩子都生出来了，房子也分不下来。"

肖天虎不爱听了，立即和胡建设叫板："嫌我们分房慢，就这速度。你要是等不及，就把孩子再塞回你媳妇肚子里去。"

"可千万别塞错了，回头塞错地方，生出个猪八戒来。"贾大生绕着弯儿骂人。

"大生你在部队养过猪，尤其喜欢养母猪，这活让你干最合适。"胡建设嘴上一点也不肯吃亏。

学圆觉得他们说得太庸俗了，连忙打断他们的话头："胡局，其实什么时候分，我们几个说了也不算，我们只是讨论提出方案，最终还是由党组做决定。"

提起房子，检查分局的王昊突然问了学圆一个问题："听说你们常委会研究的时候，因为宁静出国，要把她房子扣下，那你们辛处长也要走了，房子还给不给？是不是也应该扣下？"

肖天虎抢过话头，呵斥王昊不懂政策："你小子一看就没有认真学习分房政策，上面写得清清楚楚，因工作需要调离的，房子可以不缴，而且可以参加分房，他和宁静不是一个类型。"

"可是宁静也是响应国家改革开放的号召，走出国门，去学习外国的先进经验，回来为祖国效力的，而且不花国家一分钱，更应该鼓励呀。"王昊还在狡辩。

肖天虎一语戳破了王昊的谎言："你小子就编故事吧，谁不知道宁静是因私出国，而且一家三口一起走，你老给宁静捧臭脚，是不是给你什么好处了？"

贾大生又站出来炫耀他未卜先知的才能："你们信不信，这次老辛要两处房的要求，肯定能满足。他去国家局当副厅长，也是局级领导了，要四间房符合政策了。"

"可是他不是我们局的局长呀，享受待遇应该去国家局享受，犯不上拿咱们局的房子给国家局拍马屁。"王昊有些愤愤不平。

"你这就不懂了吧，国家局是咱们的上级领导，又有钱又有势，以后许多事情还要求他们办，别人想找机会巴结还巴结不上哪，何况这送上门的机会。再说了房子又不是他老魏的，慷国家之慨，做顺水人情，何乐而不为？"

"大生的话有道理，我表哥在中央部委，去年春节前我去北京给我姑姑拜年，一进北京，道路堵得水泄不通，净是外地牌照的。开出租车的师傅说，这些车都是节前给有关部门上供的，年年如此。到了我表哥家，楼下还有许多外地牌照的车。我一问我表哥才知道，原来他们单位纪检部门规定，送礼的一律不允许进大门，所以，送礼的不是送到机关周围的酒店就是送家里。规定不错，最后还是一张废纸。"宋有志对当前的社会风气感触颇多。

王昊突然又联想到一个人："你们说，老梅的房最后能不能解决？举报上说他和辛处长都分过房子，如果辛处长给了两套，老梅是不是也能给两套？"

"老梅没戏，人家去西藏都是三年，他才去了一年因为生病就跑回来了，再说了他的根基在咱们局也没有老辛硬。你们信不信，这次老梅肯定要不到两处新房。"

"唉，那他举报自己和老辛不就白举报了？"小满摇摇头为老梅难过。

小满的话让在座的人大吃一惊："你怎么知道是他自己举报自己的？真的吗？"学圆无法想象老梅一个老实巴交的人会做出这种事。

"是'门缝包打听'告诉我的，她说那天老梅一个人在屋子里偷偷给寻呼台打电话让她听见了。"

"和他们这些人比我还真是佩服王清廉，以前，我也认为他是个'假马列'，这次他主动退出分房，而且以后也不要房了，从这件事我觉得他是一个'真马列'！"肖天虎伸出大拇指由衷地称赞。

"王清廉毕竟是少数，局里许多人为了房子简直是无所不用其极，造假的造假，自杀的自杀，喝药的喝药，离婚的离婚，举报的举报，唉！不知道脑子里都怎么想的。"胡建设对此感到不可理喻。

大生一针见血道出根源："这说明福利分房制度有弊端。"

肖天虎不同意大生的意见："福利分房本身没有问题，关键在掌握分房资源的人。再说了在分房的问题上没有活雷锋，有权的、没权的都是从个人利益出发为了房子不择手段。我这个话可能说得有点绝对，但是你看从分房办法的制定到住房的标准，实际上就是一次权力的角逐。"

胡建设不无担忧地说："福利分房虽然有弊病，可是还能分上，如果真的改为货币分房，那咱们这些挣工资的人可能更住不上房了。"

大生对此不认同："我想不管怎么改，总不能让大家住不上房子吧，改革只能越改越好，不能越改越差吧。"

宋有志是搞信息工作的，习惯用数字说话："我前几天查了一下资料，从1949—1979年，国家在30年里虽然投入了将近400亿元巨资建设住房，但还是远远不能满足城镇居民的需求。1978年，全国城镇居民人均居住建筑面积仅有3.6平方米，缺房户据说有800多万户，占城市总户数的将近一半。到1990年人均也只有6.17平方米，据国家有关部门制定的本世纪末小康社会标准，城镇人均住房面积为12平方米，照目前这个速度发展，如果住房制度再不改革，一定会拖小康社会的后腿。"

王昊问小宋："改革究竟怎么改？有具体方案吗？"

"听我表哥说改革设想是住房建设不能光靠国家出钱，要国家、单位、个人三者一起出钱，加快住房建设速度。"

"就咱们挣的这半葫芦醋钱能买得起房吗？如果买不起还不如不改。"小满对改革有些疑虑。

学圆从国家各项改革的成效中对住房改革也充满了信心："我认为住房制度改革一定会越改越好，回顾我们国家十几年的改革历程，从农业的改革开始，各行各业的改革应该说都取得了很大的成功，改革取得的成就也是有目共睹的。我想住房制度改革应该和我们价格改革一样，肯定会出现曲折反复，但是我相信只要有咬定青山不放松的坚韧毅力，住房制度改革最终一定会取得成功！"

四十五　三榜出台

　　下雪了，飘飘洒洒的白雪把大地装扮成了一个洁白的世界，平日干瘪稀疏的树枝上堆上了一层厚厚的积雪，玉树琼花，丰满壮实，它们一行行、一列列有序排开，恰似半空中飞来了一座座雪峰，整齐划一，连绵起伏。抬眼望天，飘逸洒落的雪花，如同阳春三月的柳絮杨花，婀娜多姿，漫天飞舞。遮掩在白雪下的一簇簇红豆，从积雪中露出点点红霞，红白相映，分外娇艳。"风雨送春归，飞雪迎春到。"全局干部职工期盼已久的分房三榜会议终于伴随着飞舞的雪花召开了。

　　宽敞明亮的大会议室里，委员们三三两两围坐在一起，扯起了闲话，嘈杂的会场没有了第一次全体大会时的庄重肃穆，透过缭绕的烟雾，学圆看见许多委员的脸上流露出一种如释重负的感觉，与第一次会议时那种紧张、激动的神情有了很大的差异。就在学圆感叹不已、浮想联翩的时候，刘旭扶了扶眼镜腿，连喊了两声："大家安静一下！大家安静一下！"会场顿时沉寂下来。

　　三榜会议虽然大家期望值很高，但是委员们觉得这次会议很平常，因为二榜出了以后，要房子的人都按照自己的分数对照房源进行了排队，已经基本知道自己能够分到什么房子了，因此委员们认为这只是一次例行的会议罢了。在开会前，张建华曾向学圆私下打了一个招呼，说上次常委会研究的意见根据局领导的要求可能有些变化，就不开常委会研究了，开会的时候常委们要全力支持，不要再提反对意见。张建华还暗示他：这些变动的内容已经向局领导汇报过了，是经过局领导批准的。学圆问张建华为什么变化了？变动的主要内容是什么？张建华说：这些日子刘旭和魏公正碰过几次，也让他提供了一些材料，听刘旭的口气好像同意给辛处长分两处新房了，据说与辛处长高升有关系。

会议上，魏公正不再重弹自己在常委会上的那些陈词滥调，而是和刘旭一唱一和，慷慨陈词，大力盛扬辛处长："他是市场管理局的老处长了，这些年来为党的事业和我局的工作呕心沥血，做出了很大的贡献。局党组一致认为他为我省的市场管理工作立下了汗马功劳，在全国都有一定的影响力和知名度，再说他现在已经是厅局级领导了，享受四间住房也合乎规定。"对这种助人为乐、锦上添花的好事，委员们没有什么大的意见，一致通过了。

老梅的住房问题，刘旭开宗明义阐明了自己的观点："关于去西藏支边是否应该奖励住房的政策问题，我们咨询了有关部门，而且也去拜访了我局的一些老领导，根据我们了解到的情况，省里的文件只是说优先考虑，没有多奖励一套的说法。具体是否奖励住房，由各个单位自行决定。应该说当时老梅去西藏的时候，我们单位奖励他一套住房的说法，没有确凿的证据，而且老梅去的时间也短，一年就回来了，没有达到规定的三年时间，所以，奖励一套的政策我们无法兑现。但是，考虑到他的实际情况，建议不让他缴平房再给他一套一居室，请委员们就此发表意见。"

大家好像全清楚了这次分房的方案已经过局领导同意，而且，基本上全是照顾方案，因此，进行得很顺利。学圆见自己的宿舍问题也圆满解决了，事先准备好的腹稿自然胎死腹中了。

讨论到宁静的住房问题时，起了一点小小的波澜。刘旭提出因为她马上要出国了，所以这次就不再分配她住房了。话音未落，张瑞英就突然打断了他的话，不满地质问道："上次常委会不是说好了吗？出三榜的时候如果她没有走，我们还把她作为正式职工对待，怎么又变了？"

刘旭说:"我正要和你说这件事,因为人事处已经在给她办理相关手续了,所以按道理她已经不是我们单位的职工了。"

张瑞英不服气地说:"可是我们的三榜现在不是也出了吗?"

魏公正说:"出什么出,现在只是研究三榜,还没有最后确定。再说了,就是研究完了,也不算正式的结果,还要经过党组会议研究批准。那个时候才算正式的出了三榜,到哪个时候她早就到了加拿大了,我们还把房子给她送到加拿大去?岂有此理!"

张瑞英被魏公正的话噎得不知道说什么好,"那什么、那什么"半天也没有说出下文。贾大生听魏公正的话心里明白了,肯定没有宁静的房子了,他马上站出来表态说:"既然宁静已经开始办理手续了,那就说明她已经调离了,我同意不再给她分房子了。还是要鼓励在市场管理局工作的同志。"许多委员也议论纷纷,都说既然已经办手续了,就不是市场管理局的职工了,现在房子这样紧张,连自己的职工还不能满足,就没有必要肥水落入外人田了。

刘旭见张瑞英满脸不忿的样子又适时地把一颗重磅炸弹投了出来。他面带得意的神色冲着张瑞英说:"瑞英,我再告诉你一个消息,我们已经和宁静谈过了,她已经同意退出这次分房了。"张瑞英一听宁静自己都同意退出了,再争论下去已经没有任何的意义了,她疑惑地问刘旭:"真的吗?我怎么不知道?"委员们一听宁静自己都同意了,底下一片同意的声音此起彼伏,大有嫌张瑞英狗拿耗子——多管闲事的意思。张瑞英心里暗暗纳闷,怎么宁静自己放弃了这次机会也不和自己说一声,让自己当众下不来台?回去一定要找宁静问问是怎么一回事。

因为辛处长和金大鹏都没有要三居室,所以空下来的三居室一套做机关的男宿舍,一套做机关的女宿舍。

三榜方案的顺利通过,大家都有一种大功告成的感觉。刘旭最后提议:"我建议会议做个决定,为了保证分房工作的顺利进行,确保房屋移交的时候不出岔子,借鉴过去分房的经验教训,我们这次要先办理腾退房的移交手续,然后再办理新房的入住手续,没办好移交手续的,一律不能办理入住新房的手续,不发新房的钥匙,大家看看有没有不同的意见。"这个提议得到了大家的一致赞赏。

魏公正提高了嗓音，兴奋地说："各位委员回去后要和大家讲清楚，分了新房就要住，凡是不住的，或者出租的，一旦发现马上收回来。"话音刚落下面一片哗然，肖天虎粗声大气地问："魏局长您怎么知道人家住还是没住？"

魏公正有些厌恶地皱皱眉，没有好气地回答说："这事情还不容易，到时候你们分成几个小组，夜里到楼下去观察，看分了房的人家谁家亮着灯，谁家的灯泡没亮。亮灯的就是住人了，成天价黑着灯的就是没有住人。"魏公正的话引来了下面一片笑声，叫好的、起哄的、褒贬的、质疑的声音不断。

刘旭对魏公正这种不负责任的随口乱说非常不满，他皱下眉对着嘈杂的会场喊了一声："大家听我说，魏局长的意思大家要从正面理解，主要是提醒分了新房的干部职工，局里分给你的房是为了解决你的住房困难，而不是让你来出租和干其他事情的，如果你不住拿来干别的，到时候出了什么事情，造成了恶劣的影响，局里该收就要收回来。"

肖天虎等几个人起哄问："那还让不让我们去数灯泡？"魏公正半认真半开玩笑地嗔骂道："就派你小子夜里去数灯泡，其他人都不派。"

肖天虎也针锋相对地回应说："那我到时候就天天去魏局长你们家楼下数灯泡，看您住不住，您可小心点。"

王乐强打趣道："那你可离得远点，别把魏局长老两口的私房话都听到耳朵里去。"魏公正在大家的笑声中对王乐强说："你小子就会胡呲，我们老夫老妻的能有什么私房话？你当像你们小夫妻情话不断的。"

肖天虎借机攻击魏公正说："魏局长您是怎么知道他们小两口情话不断的，您给我们做表率先去数灯泡了？"

魏公正愠怒地说："你小子狗嘴里吐不出象牙，我去数什么灯泡？不用说谁都知道，乐强回家不给老婆说好话，老婆还不让他跪搓板？"

王乐强急忙反击说："魏局长，您别现身说法，把你们家里的事情按到我头上。"刘旭见越说越离谱，急忙插话说："同志们，咱们还是言归正传，讨论咱们的三榜方案吧。讨论不完大家下班都走不了。"这个提醒非常有效，大家马上刹车。肖天虎吆喝了一句："我们都没有什么意见了，就这么着吧。"

魏公正点着张瑞英的名字问："瑞英，你还有没有什么意见？"张瑞英虎着脸摇摇头没说话。魏公正又点着名问了几个人，大家都说没有什么意见了，魏公正先声音洪亮地叫了一声"好！"接着又说："大家既然都没有意见了，那么三榜方案就算分房委员会全体通过，我们把方案报送局党组审核批准，局党组同意后就可以实施了。"

他略微停顿了一下，脸色凝重语气也有些放缓："同志们，经过我们在座的全体委员的将近一年的辛勤努力，艰苦付出，我们局的分房工作终于取得了圆满的结局。我代表局党组向同志们表示衷心的感谢！"说完这句话，魏公正带头拍响了双掌。委员们回想起一年来的酸甜苦辣，辛勤的付出今天终于有了结果，会场里掌声一片，委员们用自己热烈的掌声为市场管理局的分房工作画上了一个圆满的句号。

会议结束的第二天，张瑞英到了单位马上去找宁静，王昊告诉她，宁静病了，现在家里休息，可能宁静病好了就要走了，已经和大家道过别，一会儿他们处里的几个人还要去家里看宁静，如果您有什么事情可以让去的人带话过去。张瑞英说："一会儿走的时候叫上我，我也和你们一起去看看她。"

张瑞英和王昊几个人到了宁静的家里，一进门看见宁静的样子大家都吃了一惊，双眼红肿，面容消瘦，嘴角上起了几个大燎泡，一副憔悴不堪的样子，见到张瑞英他们进门，没有说话眼泪先流了下来。张瑞英本想进门先抱怨宁静几句，一见到宁静这副可怜的模样，心一软想说的话憋回了肚子里。

宁静的父亲和母亲都是部队转业的干部，看见大家来看宁静，急忙沏茶、倒水、上水果招待大家。张瑞英问宁静生了什么病。她父亲气呼呼地说："她是生的心病，就因为你们单位取消了她的分房资格，一气之下，急火攻心，就病倒了。"

提起分房，张瑞英不解地问："昨天分房的时候，我还在傻乎乎地卖力气替你争，可刘旭说你自己已经同意退出分房了，搞得我很难堪。"

宁静见张瑞英埋怨她，急得流着眼泪向张瑞英解释："那天李金华找我谈话，说因为我要出国了，所以就不分我房子了，我按照您教我的说法，告诉他我现在还没有走，还应该享受分房的待遇。可是李金华说三榜现在还没有出，而人事处已经开始给你办手续了，局里定的就是你办了手续就视同你已经调离，所以就不能分我房了。我说我可以推迟几天办手续。李金华说，推迟几天也没有用，你再推也推不过圣诞节去。魏局长说了，三榜什么时间出由他说了算，你推迟几天，那魏局长也可以将三榜推到元旦以后，看谁耗得过谁。我没有办法，再推我就没法出去了，只好同意退出。"

张瑞英听了她的解释，这才明白了事情的原委，心里的火气顿时消了一些，没有再追问下去。当然，宁静还有一些事情没有告诉她。当时，李金华代表魏公正表态说：你退出分房，局里也会照顾你，工资、奖金、补贴全都照数给你，一点不克扣，如果你坚持耗下去，到时候房子不但分不到手，而且工资、奖金、补贴也要照章扣除，让你偷鸡不成蚀把米，究竟怎么办你自己考虑清楚。权衡再三，宁静只好答应退出分房。

事情已经这样了，大家也没有什么更多的话可说，只是用不疼不痒的话安慰了宁静一番，叮嘱她走了千万不要忘记市场管理局的哥们儿姐们儿。宁静眼睛里噙着泪水一一答应了。大家临出门的时候，宁静拉了一把走在后面的张瑞英，小声地对她说："您放心，您的孩子出国留学的事情我会尽心尽力的。到那边一有消息我就给您打电话。"张瑞英刚才一直想问这件事，一是见人多不好开口，二是这次分房取消了宁静的资格，她怕宁静就此撒手不管了，见宁静主动说了出来，心里的石头才落了地。

四十六　戏耍田小玲

分房的三榜方案在元旦前几天局党组就批准实施了，分到房子的人都称赞局党组善解人意。吴局长也在公众场合喜滋滋地宣称，一定要让大家在新房里面过个欢乐、祥和、幸福的春节。局里分了房子的人员，急急忙忙抓紧时间办理入住手续。局办公室的田小玲分的是人事处刁五一腾出来的二手筒子楼，这几天她一直催促刁五一赶紧去办房屋移交手续。刁五一推托工作忙，一拖再拖，躲着不见面，把田小玲急得嗓子都肿了。

突然有一天，刁五一主动找到了田小玲，说他已经和司机班要了一辆车，催促她和自己一起马上去办房屋移交手续。田小玲向处长请了假，高高兴兴地和刁五一一道出了门。坐在车上，刁五一告诉田小玲："我们家这套房位置相当不错，虽说是简易的筒子楼，但坐落在市中心，交通、购物、孩子上学都十分方便，自己在这里住久了，还真的不愿意离开这个地方。"

田小玲安慰他，虽然新分的三居室位置不如这里好，但是毕竟面积大多了，而且设施齐全，也很不错。司机小满也说，刁五一的新房子朝向好，格局好，面积大，还是很不错的。刁五一叹口气说："要不是因为图这些好处，我还真不舍得搬。"

刁五一在来市场管理局之前，在省一轻局工作，进了一轻局的大门，刁五一热情地和他过去熟悉的同事打着招呼。房管处一个姓刘的中年人，听完刁五一的解释后，给田小玲开具了证明，并解释说因为马处长出差不在家，所以今天盖不了章，只能等处长回来签完字再盖章。刁五一把没有盖章的证明塞到田小玲的手里说："这个你先拿着，等马处长回来了，你再来盖章。我如果有事来不了，你直接找老刘就行了。"田小玲急忙把证明小心收好，要了老刘的电话，并把自己的电话也留给了老刘，和刁五一喜洋洋地回到了单位。

到了单位一下车，刁五一就急忙拉住田小玲说："你的手续基本办完了，你和我到后勤找张建华把我的手续也办了吧。"田小玲没有多想，就和刁五一到了张建华的办公室。刁五一一进门就催促张建华快点给他开证明。张建华问移交手续办好了吗？刁五一说："我刚和小田从一轻局回来，已经办完了，你可以问小田。"

张建华用询问的眼光看着田小玲。田小玲迟疑了一下说："基本办完了，已经开了证明，就是他们马处长出差了，还没有盖章。"说完她把那纸没有盖章的证明掏出来给张建华看。看到张建华质疑的目光，刁五一急忙说："因为马处长出差，所以没有盖章。没有关系，过几天等马处长回来了，就马上去盖，差不了几天。你先给我的证明开出来了吧。"张建华对田小玲欲言又止，迟疑了一下，把证明信开出来给了刁五一。刁五一把证明攥在手里，匆匆而去。

张建华叫住了一只脚已经迈出门口的田小玲，一语双关地说："田小玲，你要盯死了，一定要抓紧时间去盖章，千万别耽误了。"田小玲怔了一下，疑惑地问："怎么了？有什么不对吗？"

张建华意味深长地一笑："事情宜早不宜迟，夜长梦多呀。"田小玲似乎有所醒悟，急忙说："我下午就去找刁五一，让他再找别人帮我办。"

下午一上班，田小玲就打电话给刁五一，一直没有人接听，打到另一个房间，接电话的张雪梅说刁五一请假去办理新房入住手续了。听了张雪梅的话，联想到张建华的提醒，田小玲心里隐隐约约地产生了一丝不安，但这不安究竟是因为什么，田小玲自己也说不清楚。

第二天，田小玲一大早就去堵刁五一的门，问他马处长不在家能不能找别的领导给签字盖章。刁五一说这件事就是马处长管，别人不行。田小玲有些不满地质问道:"那如果马处长不在了,他们一轻局房管处就不办公了?"刁五一也没有好气地回答说:"话不能这么说,你这不是妨人吗?人家不过是出几天差,又不是肉包子打狗,一去不回头了。"田小玲抢白道:"你已经住进新房了,当然不着急,我这还望房兴叹呢。"刁五一说:"我天天给你催,你自己也勤催着点儿。"田小玲见发脾气也没用,只好气呼呼地回来了。

田小玲这几天吃不下,睡不香,烦躁得很,心里像长了草一样。一天一个电话催问老刘马处长出差回来了没有,老刘都有些烦了,一听是她的电话,根本不愿接,而且说话的口气也越来越不友好。过了度日如年的五天,终于等来了马处长回来的信息,田小玲当时就想过去。老刘说处长刚回来,让处长休息一天,明天你再过来。田小玲心里的石头好像落了地一般,终于长长地吐了一口气。

第二天,田小玲强拉着刁五一一起去见马处长。刁五一说快到年底了,手底下事多,就是一个盖章的小事,田小玲一个人去就可以了。田小玲死活不干,非要拉着他去。并且说车子都给您要好了,刁五一没有办法,只好和她一起去了一轻局。

到了马处长的办公室,刁五一见了马处长的面先寒暄了几句,就让田小玲拿出了老刘写的那张证明,让马处长过目签字。一说到签字的事情,马处长的笑脸马上黑了下来,他批评刁五一说:"五一,不是我说你,你是咱们局的老人了,咱们局的规矩你不是不知道,人调走了,房子应该交回局里。当时你走的时候是照顾你,没有收你的房,暂时借给你住。你现在有房子了,就应该及时把房子交回来,你怎么能够私自转让出去呢?"一听这话,田小玲当时就傻了眼,好像孙大圣施了定身法一样,呆呆地愣在那里,急得连话都说不出来了。

刁五一惊讶地问:"我还以为现在的政策变化了呢。上次老刘也没有说呀,而且还给开了证明。"马处长严肃说:"老刘我已经批评他了,不能只照顾老关系而违反了原则,再说了过去借房给你住的事情他也不清楚,出了这件事我才告诉他原委。"

田小玲缓过神来,质问的话语冲口而出:"既然不行那你们为什么不早说,我好挑别的房子?现在人家都把房子挑完了,我是空欢喜一场。"

马处长也不甘示弱，他冲着田小玲一摆手说："你这个话和我说没用，你挑不着房子是你们单位的事情，我管不着。能不能把这套房子转出去，是我们单位的事，我说了算。"

田小玲觉得血往上涌，头脑发胀，手脚直发麻，说出的话语无伦次，腔调也变了："人家别的单位的房子能交出来，为什么你们一轻局的房子就不能交出来？市场管理局这么多人换房还没有遇见像你们单位这样不讲理的。"

马处长对田小玲的指责也真的动了气，他也大声地喊了起来："什么叫不讲理？每个单位有每个单位的规矩，我们一轻局的干部职工还有好些住不上房子的，凭什么还要把房子送给别人？你们市场管理局的干部职工住房由你们市场管理局解决，我们一轻局管不着，我们的房子只解决我们的干部职工的住房困难。"

刁五一看马处长和田小玲吵了起来，忙从中劝解："马处、小田你们都不要吵了，还是商量商量看有没有其他的办法。"马处长一摆脑袋："没有什么好商量的，这是局里的规定。我只是一个执行者，你们局定的交房规定与我们局没有关系，我们也不执行。"

田小玲气冲冲地问马处长："你是一个执行者，那你们谁是制定者，我去找制定者去。"

马处长回答得很干脆："这是局党组会议研究制定的，不是哪一个人定的。"

田小玲腾地站起来，怒气冲冲地说："那我去找你们领导谈。"

田小玲头也不回地找到了一轻局办公室，办公室一位女同志问她找谁，田小玲说要找局长。那位女同志说局长们在开会，让田小玲改日再来。这时候刁五一也怕田小玲见了局长做出不理智的举动，急忙追了过来。一看见田小玲没有遇见局长，不由得心里松了一口气，他语气和缓地劝说田小玲，先回去吧，等有时间了我找他们局长谈一谈，然后再作定夺。你去闯人家局长的会场，搞不好还会适得其反。田小玲也不想再回去见马处长，憋着一肚子气和刁五一坐车回了单位。

回到单位后，田小玲冷静下来，越想越不对劲，越品越不是味，这个房子应该是刁五一完整地交到自己手里，凭什么让我赤膊上阵去

四十六　戏耍田小玲

和一轻局要房？凭什么让我和马处长吵架他在一边看热闹？凭什么把他应该负的责任都转嫁到我的身上？联想到刁五一一连串的举动和张建华的提醒，她暗想可能自己被刁五一算计了。她把这些事情在心里仔细理了一遍，带着疑问去找魏公正告状。

　　自从三榜方案公布后，魏公正感觉终于可以松一口气了，折腾了将近一年，出了这么多故事，总算圆满地把房子分完了。刘旭和张爱爱谈过了，张爱爱也终于点头肯把房子腾出来了。自己和儿子住得不远，彼此之间也有个照应，今后儿子有了孩子，自己和老伴还能帮助他们看看孩子。就在他扬扬得意的时候，田小玲上门告了刁五一一状，魏公正当时听了并没有把这当一回事，他认为这是刁五一在捣鬼，回头找刁五一一谈话就解决了。

　　他当着田小玲的面指责说："这个刁五一，简直太不像话了，出了三榜还来这一手，等我找他算账。"他又用平缓的口气像哄孩子一样安慰田小玲："你也别生气了，这事好办，我让刁五一去跑，等他办妥了给你送钥匙来。你就等消息吧。"送走了田小玲，魏公正马上把刁五一叫过来，劈头盖脸训了他一顿："刁五一你要干吗，是不是看我清闲了你就不舒服，非要整点事出来你才舒坦？局里分了新房的干部哪个不是都顺顺利利办了移交？就你出幺蛾子，干吗？又想多吃多占呀？"

　　刁五一一声不吭地等魏公正发完了脾气，才不急不慌地说："您批评完了，我给您解释解释事情的前因后果。"

　　刁五一不慌不忙娓娓道出了事情的始末："我当初调离的时候，一轻局就让我缴房子，当时我坚决顶着不缴，为了保住这套房子，我找到了同意我调离的万副局长。万副局长发了话，说我这也是组织调动，不能收人家的房子，此事后来也就不了了之了。这次局里分房，我的本意是想给局里增加一处房源，缓解局里住房的困难，而且有了上次的经验，只要你坚决不缴，对方也没有什么办法。出于这个动机，因此我没有把一轻局必须缴房的规定告诉局分房委员会。我觉得只要我前脚一搬出去，田小玲后脚马上搬进来，一轻局也没有办法，总不能把住户强行赶出去。我当时和田小玲说了，我们两个定好时间，我悄悄搬走，田小玲立马搬进去。可是田小玲不干，她跟我说：咱们局规定必须把旧房的移交手续办好，才能给新房的钥匙，一定要按照局里的规定办理正规的手续，我要光明正大地搬进去，干吗要偷偷摸摸地搬？我没有办法，因为上次调出的时候就和一轻局撕破了脸皮，这次不好直接去找，而且害怕直接去找万一知道了我们局分房的事反而不好办。没有办法，我只好再去找已经退休的万副局长，让他帮忙说句话。万局长说：现在世态炎凉，人一退了休，说话就没有人听了，没有人愿意管闲事。在我的再三恳求下，万局长让我去找房管处的马处长，这个人是万局长在位的时候提拔的，应该多少给点面子，回头万局长再给马处长打个电话说一说。我按照万局长的指点，给马处长打了电话，马处长让我找的老刘，满以为万事大吉了，不承想马处长突然翻脸了，应承的事情全抹了桌子。那天从一轻局回来，我内心也觉得挺对不住田小玲的，后来我又觍着脸去找了万局长，想问问怎么和马处长说的，为什么马处长突然变卦。万局长叹了口气，满怀伤感地告诉我说，现在就连自己的亲生儿子有时都靠不住，更甭说曾经过去的部下了。听说有个现任的副局长看上了我的房子，让马处长一定把这套房子收回来。万局长一个退休的局长，终究比不过现职的副局长，所以，马处长才会突然翻脸不认人。"刁五一讲完了，用无奈的口气说："我又去找了马处长，想让他通融通融，人家说得很干脆，你们局里的干部如果把你们单位的房子私自转让出去可以吗？再说了我端的是一轻局的饭碗，就得遵守一轻局的规定，不能为了你的事情砸了我的饭碗。你回去问问你们局长我的话在不在理。"

听了刁五一的话，魏公正这才知道事情的复杂，想再训斥他几句，又觉得一轻局也有一轻局的道理，如果自己是一轻局的领导也会这么做的，所以急迫之下也没有什么可说的，只是嘴里连着嘀咕着："这叫什么事？这叫什么事？"刁五一见魏公正一时语塞，嘴角露出一丝不易察觉的微笑，他主动给魏公正找了一个台阶，用慷慨的语气向魏公正保证："您放心，我再去托熟人找找关系，争取把这件事情办好，给田小玲一个交代。"魏公正束手无策之际，只好用恫吓的语气发泄不满："你小子赶快去办，办不好把你的新房收回来分给田小玲。"刁五一知道这是魏公正发狠的牙疼咒，根本当不得真，所以嘴里连声应着起身而去。

　　过了几天，田小玲又来找魏公正，问事情办得怎么样了，魏公正把刁五一解释的话又照葫芦画瓢地给田小玲学说了一遍。田小玲不留情面地质问魏公正："我不管他怎么说，我只想问我的房子怎么办？"魏公正见一个小年轻这样质问自己，心里也有了气，口气生硬地回答说："我不是告诉你了吗？现在人家一轻局的房子不给咱们，我也没有办法。实在不行就等下次分房吧。"田小玲猛然起身，愤怒地说："你们就是官官相护，根本就没把我们小民百姓的事情放在心上。"说完摔门而去。

四十七　再生波澜

几天来，魏公正一直在冥思苦想一个万全之策，绞尽脑汁也没有想出一个好主意，这天他随手拿起一份待批的请示，一看是关于投资信诚公司的事情，他突然脑袋中灵光一闪，暗暗埋怨自己，怎么就把这处房源忘记了，真是老了。他马上抄起电话，刚要打，就听见敲门声。

"进来。"话音未落，刘旭手里捏着一张折起来的白纸走了进来。魏公正高兴地说："我正要给你打电话，你就来了。"刘旭好像对魏公正溢于言表的兴奋没有察觉，沉着脸把手里拿着的纸页递给魏公正说："您先看看这个。"魏公正见刘旭面有不悦之色，忙问刘旭："这是什么？又出了什么事了？"

"您先看看再说吧。"

魏公正打开对折的白纸一看，是一张离婚证的复印件。名字是医务室权大夫的。魏公正惊诧地问："哦，他们离婚了，好好的日子不过瞎折腾什么？他们为什么离婚？"刘旭叹了一口气说："为什么我们不用管他了，清官难断家务事。关键是他们的离婚对我们的分房又产生了影响。"

魏公正有些不解："他们离婚对我们的分房有什么影响？"

"他们离婚对我们分房没有影响，可是他们在分割财产的时候，法院把他们现在的住房判给了男方，原来这间房是要缴给局里统一分配的，而且三榜已经分给了高阳，这一来高阳和田小玲一样，上了榜都没有房了。"

魏公正耐着性子等刘旭把话说完，马上把自己刚刚想到的办法抛了出来："你说得对，上了三榜拿不到房，搁谁心里也不好受。特别是这些小年轻的，等着谈恋爱结婚，都急得不得了。这几天田小玲看见我虎着个脸，爱答不理的。"魏公正话锋一转，把自己的想法和盘托出："你看我们能不能从新买的那1000多平方米经济适用房里拿两套，以解燃眉之急，这样就皆大欢喜了。"

刘旭以为魏公正有什么锦囊妙计，一听之下大失所望，他马上表情严肃地把魏公正堵了回去："这个办法肯定不行，这1000多平方米的房子目前已经整体上和一个电影明星签订了购房协议，如果我们再撤出两套，还要重新谈判，重新签订协议。上次签订协议的时候，对方就嫌我们没有达到他们要求的米数，想往下压价格，是我死说活说才签的协议。如果面积再减少，价格肯定要下来。"刘旭看见魏公正不悦的神情，又补充了两个理由："另外，如果单拿出来两套房分配，分给谁？如果分给田小玲和高阳，那排在他们前面没有分到好房的人肯定不干，如果大排队重新分，势必打乱现在的顺序，一切都得从新开始，太麻烦了，而且又要拖很长时间。再说了，这两套房拿出来分，大家如果知道了我们手里还有房，肯定不同意我们卖出去，事情闹大了，如果省里有关部门知道我们把经济适用房当商品房卖了出去，肯定要牵扯到吴局长，卫红同志说了，这是她千辛万苦托了很多关系买的这些房，如果一旦影响到吴局长的前途，就更得不偿失了。"

魏公正见刘旭不紧不慢地说出了一大堆理由，断然否定了自己的想法，而且最终把问题的核心聚焦到吴局长的身上，心里非常不快，但也不好再往下说什么。他马上把球又踢给刘旭："那你有什么好办法？"刘旭深思了一下说："这次两套三居室分别作男女集体宿舍了，目前住宿的女同志也不多，只有小田和小裴，我听说小裴最近也要调走，腾出一间房让田小玲当婚房先结婚，高阳、学圆他们住三居室，实际也是一个人一间，比住平房不次。另外，下次分房让田小玲和高阳先挑,再者说了这次他们也分不上一手房,下次先挑可以挑到好房子,估计对他们也是一种希望和安慰。俗话说等待也是幸福。"魏公正思考了一下,这个办法虽然是画饼充饥,但聊胜于无,有希望总比没有希望强,实在没办法,也只好如此了。他叮嘱刘旭说:"到时候你亲自找田小玲和高阳谈谈,做做他们的思想工作,别因为他们的问题影响了整个分房工作,我再把咱们商量的意见向吴局长汇报一次。"刘旭点了点头说:"您放心吧,我亲自找他们谈,一定做好他们的工作。"魏公正见这个事情有了眉目,又顺手拿起那份请示问刘旭:"卖房的钱你准备全投资,不留点后手了?"

刘旭见魏公正对此还有些犹豫,马上像老师教育学生一样,循循善诱地给魏公正算了一笔账:"我已经和信诚投资公司谈好,我们投资三百万,每年投资回报率保底数不低于10%,如果再加上投资分红,估计在20%~30%之间。这样我们每年就有60万~90万的红利,摊到全局干部职工的头上,每年就是几千块,这也是一笔不少的福利了,我这么做也是为了全局干部职工谋福利。"

魏公正见刘旭为自己描绘了一幅美好的蓝图,但终究心里不踏实,他疑惑地问:"你说得这么好,有把握吗?别到时候肉包子打狗,有去无回,这么多钱打了水漂,可不是小事。"刘旭不以为然地回答说:"您不用担心,这个信诚投资公司是有背景的,有人撑腰,肯定没问题。您就放心签字吧,有什么事情我顶着。"

魏公正其实本不想签这个字,在开党组会研究这个问题的时候,魏公正主张把房子分给大家,不要卖,多解决一些干部职工的住房困难,拿着这么多钱去投资,万一出了问题,给党的事业、国家的利益和人民的财产造成损失没法交代。但吴卫红在刘旭的挑唆下,还是坚持要卖房交这笔集资款。党组会上几个副局长因为不分管这块工作,所以对吴卫红的意见没有提出什么不同看法,老魏一个人反对也没有什么用。党组会确定由魏公正负责,刘旭去运作。魏公正在党组会上建议说:这么大的事情应该由吴局长直接负责,由他负责不合适。但是吴卫红说这块工作由老魏分管,还是由老魏负责比较名正言顺。再说,这是党组会的决定,集体负责,老魏即使签了字也不会由他一个人承担责任。魏公正一想,自己过两年就要退休了,今后出了事也找不到自己头上，也就没有坚持己见。他见刘旭一副急不可待的样子，也就没有再多问，提起笔来，在请示上郑重写下了"经党组会研究，同意此项投资"的字，签上自己的名字，递给了刘旭。刘旭带着胜利者的微笑满意而去。

魏公正把三榜出台后出现的新情况和处理意见原原本本向吴卫红做了汇报，并征求她的意见。吴局长听完汇报，果断地说："分房的事情已经分了一年了，不能再拖下去了，春节马上就要到了，一定要在春节前把分房工作全部结束，让大家过一个欢乐、祥和的春节，田小玲和高阳的事情就这样办了，不再纠缠了，给他们两个人好好做做工作，不能让他们两个人耽误了大家。"魏公正满口答应，并且说一定做好他们的思想工作，为分房工作画上一个圆满的句号。吴卫红最后说："分房是给大家谋福利，我们要通过这次分房让大家更加感到党和政府的温暖，感到市场管理局的可亲，更好地调动大家的积极性。安居才能乐业嘛。你们要好好总结这次分房的经验，要把成绩讲足，充分体现分房分出了团结，分出了和谐，分出了干劲。你们把报告写好送党组审核通过后，春节前要召开全局干部职工大会，对分房工作进行总结，对工作突出的同志进行表彰。"魏公正一一答应下来，表示一定要认真进行总结，并尽快把总结报告报送局党组。

四十八　尾声

　　转眼就到了春节，局里许多分到新房的人抢在节前搬进了新居，学圆他们也告别住了一年多的办公室搬进了集体宿舍，节前老黄就找学圆，让他搬过去之后，过节的时候一定抽空去家里坐坐，喝杯水酒。学圆以自己春节要回家去看父母而婉言谢绝了。过完春节学圆从家里回到了宿舍，进门见同宿舍的人都还没有回来，他一个人也懒得做晚饭，把母亲装在包里的熟食掏出来，烧上开水，准备泡碗方便面吃就权当晚饭了。水还没有烧开，忽听有人敲门，学圆以为是同伴回来了没有带钥匙，急忙起身去开门，拉开门一看是老黄站在门口。

　　他急忙问："您怎么来了？快请屋里坐。"

　　老黄说："我不坐了，我是专门来请你到家里坐坐的。"

　　学圆说："我不去了，已经烧上水了，一会儿泡点方便面吃就行了。"

　　老黄急得眼泪快出来了，他生气地说："你放心，我一个已经退休的老头子，没有什么事情求你的，就是想请你吃顿家常便饭表达表达心意。这几天我一天一趟往楼上跑，腿都快跑细了。没电梯的时候我是爬楼梯爬上22楼来的，不为别的，就凭我老头子的这一点诚心你也不能不去。你放心，药不死你。"

　　学圆看老黄真动气了，不忍心辜负老黄的一片诚意，只好答应下来。学圆锁上门和老黄去坐电梯，他忽发奇想，拉住了一只脚已经踏进电梯门的老黄，提了一个建议："老黄我们走楼梯好不好？"

老黄有些纳闷："有电梯不坐干吗要走楼梯？"学圆说："我们看一看都谁搬进来了，谁家的房子是空的。"

老黄一愣说："你这个分房委员的瘾还没有当够呀。好吧，我就陪你走一走，自当锻炼身体了。"

两个人从楼上一层一层往下走，老黄给学圆介绍他了解到的情况：这是刁五一的房子，他一直没有过来住，听说他现在还住在一轻局的房子里，那边方便他的孩子上学；这是郝明德的房子，他一般一周过来住一天，其他的时间还是住在过去部队的房子里；这是秦老的房子，听说几个孩子都想要这套房子，家里吵架挺热闹，秦老一生气，把门锁上谁也甭想住；这是×局长的房子、这是×局长的房子，他们都没有来过，房子一直上锁。老黄一指贴着大红喜字的一个房门，这是你们处老梅的房子，他没有来住，而是让自己的小儿子先搬过来成亲了。唉，真是可怜天下父母心呀！这是刘莹莹的房子，她和女儿已经搬过来了。徐刚也来过几次，据说是看孩子来了。这是小费的房子，听说因为他老婆生产了，这边没有人照料也从没来住过。这是你们处楚京明的房子，南郊住户折腾半天只有她分数最高搬回来了……老黄如数家珍一般把他了解的情况都告诉了学圆。望着眼前的一幕一幕，回顾分房中所经历的酸甜苦辣和折射出的百态人生，学圆不由得心潮澎湃、思绪万千，一股说不清道不明不知是喜还是悲的情感情不自禁地涌入了脑海。他长叹了一口气，既是自言自语，又是向老黄表明自己此刻的心情："安得广厦千万间，大庇天下寒士俱欢颜！"

老黄似乎也被学圆此时此刻百感交集的心境所感染，他迎着扑面的寒风动情地说："虽然我分到了房子，但我还是认为福利分房是社会财富分配不公的一种表现。有资源优势的部门，可以多盖房、多分房，这是社会整体分配的不公；有房的单位，有权有势的可以多要房、要好房，真正需要房的未必能够分到房，这是部门内部的不公。福利分房既然是社会福利的体现，应该对每个人都是公平、公正的。既然不公平，我倒真心希望住房制度改革的春风早日到来，真正实现